TROVARE JODELLE

Forze Speciali alle Hawaii, Libro 7

SUSAN STOKER

Copyright © 2023 di Susan Stoker

Titolo originale: Finding Jodelle

Traduzione dall'inglese di Emanuele Mazzola per Well Read Translations

Correzione bozze: Kelli Collins, Anna Maria Sacchi (edizione italiana)

http://wellreadtranslations.com

Design di copertina: AURA Design Group

Prodotto negli Stati Uniti

Also by Susan Stoker

Forze Speciali alle Hawaii
Trovare Elodie
Trovare Lexie
Trovare Kenna
Trovare Monica
Trovare Carly
Trovare Ashlyn
Trovare Jodelle

Ricerca e soccorso Eagle Point
In cerca di Lilly
In cerca di Elsie
In cerca di Bristol
In cerca di Caryn
In cerca di Finley (3 Ottobre)
In cerca di Heather
In cerca di Khloe

Il Rifugio
Meritare Alaska
Meritare Henley
Meritare Reese
Meritare Cora (14 Nov)
Meritare Lara
Meritare Maisy
Meritare Ryleigh

Armi & Amori: verso il futuro
Soccorrere Caite
Soccorrere Brenae
Soccorrere Sidney
Soccorrere Piper
Soccorrere Zoey
Soccorrere Avery

Soccorrere Kalee
Soccorrere Jane

Delta Duo
La forza di Gillian
La forza di Kinley
La forza di Aspen
La forza di Jayme
La forza di Riley (15 Agosto)
La forza di Devyn (15 Settembre)
La forza di Ember (1 Novembre)
La forza di Sierra (7 Dicembre)

Mercenari di Montagna
Difendere Allye
Difendere Chloe
Difendere Morgan
Difendere Harlow
Difendere Everly
Difendere Zara
Difendere Raven

Delta Force Heroes
Salvare Rayne
Salvare Emily
Salvare Harley
Il Matrimonio di Emily
Salvare Kassie
Salvare Bryn
Salvare Casey
Salvare Sadie
Salvare Wendy
Salvare Mary
Salvare Macie
Salvare Annie

Armi e Amori

Proteggere Caroline
Proteggere Alabama
Proteggere Fiona
Il Matrimonio di Caroline
Proteggere Summer
Proteggere Cheyenne
Proteggere Jessyka
Proteggere Julie
Proteggere Melody
Proteggere il Futuro
Proteggere Kiera
Proteggere i figli di Alabama
Proteggere Dakota

Ace Security
Il riscatto di Grace
Il riscatto di Alexis
Il riscatto di Bailey
Il riscatto di Felicity
Il riscatto di Sarah

Una raccolta di storie brevi
Un momento nel tempo

CAPITOLO UNO

JODELLE "JODY" Spencer si affrettava verso la vecchia Kia che aveva lasciato in un parcheggio di Waimea Bay. C'erano macchine parcheggiate ovunque, molti veicoli erano bloccati da altri. Le gare di surf alla North Shore creavano sempre lo stesso caos. Purtroppo non c'era abbastanza spazio per tutti, tra persone in gara, turisti e abitanti che volevano partecipare o semplicemente assistere. Nemmeno l'autostrada di Kamehameha, con solo due corsie, era adatta a tutto quel traffico, che creava disturbi notevoli agli altri.

Però quelle gare portavano importi consistenti ai negozi e ai ristoranti della zona, per non parlare dell'emozione di guardare gli atleti che affrontavano le onde enormi che rendevano famosa la zona nord dell'isola di Oahu.

In quel momento, però, Jody non stava pensando al fastidio del traffico, o ai surfisti in acqua, o ai soldi che portavano: poteva pensare solo a Ben Miller. Ben era uno degli studenti delle superiori che andavano a fare surf la mattina, uno dei ragazzi a cui Jody era affezionata. Lei aveva cominciato qualche anno prima a uscire presto il mattino per andare nelle spiagge più popolate di surfisti e portare qualche panino per colazione ai ragazzi, incoraggiandoli a tornare a riva in tempo per andare a scuola.

Ormai era diventata come una mamma per il gruppo di

surfisti. Era felice dei loro successi, si impegnava a consolarli nei momenti difficili a scuola, nel surf o nelle relazioni in erba.

Ben Miller era uno di quelli che lei preferiva: dal suo metro e ottanta, torreggiava su di lei, che era alta solo uno e cinquantacinque. Ben aveva i capelli castani e li teneva sempre corti, aveva un fisico da nuotatore e i piedi grossi, su cui lui stesso scherzava spesso, dicendo che il surf era l'unico sport in cui poteva sperare di avere qualche successo, perché coi piedi ben piantati sulla tavola almeno non correva il rischio di inciampare. Inoltre, Ben aveva un sorriso che gli illuminava il volto e che faceva star bene Jody ogni volta che lo vedeva.

Quando Jody aveva sentito dire che Ben dormiva in macchina, in pieno pomeriggio, durante una gara di surf, si era preoccupata. Era un comportamento anomalo per quel ragazzo, che normalmente sarebbe stato in spiaggia con gli amici a fare il tifo per i surfisti professionisti, a flirtare con le ragazze e a dare una mano.

Invece, evidentemente era stato vittima di un colpo di calore perché si era chiuso in una macchina sotto il sole cocente.

Jody sentì crescere in sé la determinazione mentre attraversava il parcheggio per raggiungere il punto in cui le avevano detto che Ben era assistito dai soccorritori.

"Calma, Jodelle," le disse Baker cercando di calmarla mentre la seguiva.

Jody si era quasi dimenticata che Baker la stava seguendo, il che l'avrebbe fatta ridere in qualunque situazione diversa da quella. Dimenticare Baker Rawlins era letteralmente impossibile... e non solo per via della struttura fisica mozzafiato.

Baker era l'uomo che Jody aveva sempre sognato... e anche di più. Era un uomo onesto, protettivo e fedele. Per non parlare del fascino! I capelli neri leggermente brizzolati erano più lunghi sulla testa, più corti ai lati. Teneva la barba ben curata e lei si era chiesta più di una volta se i peli sul volto fossero morbidi o irti. Inoltre, Baker aveva tatuaggi dappertutto: sulle braccia, sulla schiena e sul petto. Era anche molto muscoloso, dalle braccia alle cosce, perfino il sedere.

In breve... era uno degli uomini più piacenti che lei avesse mai visto.

Era anche un tipo pensieroso, misterioso e anche un po' inquietante. Però, chissà perché, quei tratti ombrosi non le davano fastidio. Tutt'altro.

Però Baker era anche fuori dalla portata di Jody, talmente tanto che lei non ci pensava nemmeno per scherzo. Era stato un SEAL della Marina, accidenti! Secondo Jody, se non ci fossero stati dei limiti di età, probabilmente Baker sarebbe stato ancora nelle forze speciali. Era in piena forma, nonostante i cinquantadue anni, e a giudicare dal modo in cui ultimamente aveva aiutato gli amici ancora in servizio, aveva ancora un sacco di contatti.

Jody avrebbe dovuto stare attenta: i segreti che circondavano la vita di Baker le ricordavano un po' troppo l'ex marito, che non sapeva dirle la verità su nulla, nemmeno sforzandosi. Però Baker le trasmetteva sensazioni totalmente diverse da quelle dell'ex marito.

Jody non era una sciocca: era ben consapevole che alcune azioni di Baker non erano pienamente nei limiti della legalità; ma dato che lui sfruttava quei contatti solo per aiutare gli altri, e non per estorcere denaro o per incasinarsi con la droga come faceva l'ex marito, lei non era affatto preoccupata.

Baker era chiaramente rispettato dagli amici, ed era proprio tutto quel rispetto che lo rendeva *veramente* diverso dall'ex marito. Bobby si eccitava mettendo paura agli altri... persino a lei. La prima volta che l'aveva colpita, lei aveva deciso che era finita. Aveva fatto i bagagli insieme a Kailani e se n'era andata con lui.

All'inizio aveva temuto che Bobby l'andasse a cercare, invece l'ex marito era stato contento di non avere attorno moglie e figlio che lo soffocavano. Non gli aveva chiesto nulla, nel divorzio, e lui aveva firmato i documenti senza brontolare. Bobby era stato ucciso a Honolulu quando Kailani aveva otto anni: una sparatoria con la polizia, presentatasi con un mandato di arresto per traffico di stupefacenti.

La morte dell'ex marito era stata un sollievo.

Guardando Baker con la coda dell'occhio, Jody sapeva senza ombra di dubbio che non avrebbe mai profanato il proprio corpo con delle droghe. Non gli aveva mai visto bere alcolici, nemmeno bevande gassate: solo acqua. Inoltre, Baker stava molto attento a ciò che mangiava: una volta, le aveva detto che era troppo vecchio per mangiare porcherie, che gli si sarebbero piantate direttamente nella pancia. A volte, Baker usciva in mare con i ragazzi a fare surf, e lei doveva sforzarsi per non strabuzzare gli occhi, vedendogli la tartaruga addominale e il fisico tonico in forma perfetta.

No, Baker Rawlins non prendeva alcuna droga e Jody ci avrebbe scommesso la testa.

La mente di Jody fu riportata al presente di soprassalto appena fu vicina alla macchina di Ben. Il ragazzo era seduto sul sedile posteriore, aveva i piedi sulla sabbia fuori dalla portiera, con un medico accovacciato davanti a lui.

Lei cercò di corrergli incontro, ma Baker la prese per un gomito.

"Devo vedere come sta," gli disse tirando il braccio distrattamente.

"Per caso ti sei laureata in medicina, dall'ultima volta che ci siamo visti?" le chiese.

Jody si accigliò. "Cosa? No!"

"Allora è meglio se stai qui con me e lasci che i soccorritori facciano il loro mestiere."

"Lasciami andare, Baker!" gli disse con tono irritato.

In tutta risposta, lui strinse la presa su di lei.

Stava cominciando a farla arrabbiare. "Dico sul serio: lasciami andare il braccio!" gli ripeté. Baker la sorprese obbedendole e lasciandole andare il gomito.

Però si avvicinò di un passo dietro di lei e le mise un braccio intorno al petto in diagonale, tenendola vicina in modo da farle appoggiare la schiena sul proprio petto.

Baker era più alto di Jody di una spanna abbondante. Lei

era abituata a essere la più bassa del gruppo, ovunque andasse, ma le emozioni di quel momento la mettevano in difficoltà: le piaceva che Baker la tenesse tra le braccia in quel modo, stringendola a sé, ma era anche indispettita perché le stava impedendo di raggiungere Ben per vedere che stesse bene.

"Adesso Ben è irritato," le disse Baker sottovoce in un orecchio.

Jody non riuscì a frenare il brivido che la attraversò quando sentì il fiato caldo di Baker sulla pelle sensibile. Alzò un braccio e si aggrappò all'avambraccio che Baker le teneva sul petto.

"Se adesso gli corri addosso, poi lui si chiuderà. Lascia che gli parlino i soccorritori, magari scopriranno cos'è successo; poi potrai andare a fargli da chioccia."

"C'è qualcosa di strano, Baker," gli disse Jody tenendo lo sguardo incollato su Ben, che aveva gli occhi bassi, rivolti alla sabbia sotto ai piedi, una bottiglia d'acqua in mano, mentre il medico gli stava provando la pressione. "È un bravo ragazzo. Allegro, estroverso... ma ultimamente è chiuso, imbronciato."

"È un adolescente," le rispose Baker.

Jody scosse la testa. "No. Cioè, sì, ma non è questo. Gli sta succedendo qualcosa. Guarda quella macchina: è un casino. Conosco tanti adolescenti che tengono la macchina in disordine, ma non Ben. Lui la tiene sempre in ordine. Poi ci sono tutti i vestiti sul sedile posteriore. Non solo un paio di pantaloncini di ricambio, qualcosa da mettersi dopo aver fatto surf. E... c'è anche un *cuscino*? Mi viene quasi da pensare che ci stia vivendo in quell'auto. Quindi c'è qualcosa di *molto* strano."

Jody si aspettava che lui dissentisse, che cercasse di convincerla di nuovo che i problemi di Ben, quali che fossero, erano legati solo ai suoi diciassette anni. Invece Baker la sorprese dicendo: "Allora noi scopriremo cos'è successo e cercheremo un rimedio."

Lei si voltò per cercare di guardarlo negli occhi, ma lui non allentò l'abbraccio per cui lei si trovò in una posizione scomoda. Voleva chiedergli anche cosa intendesse con quel *noi*.

Da quando lo aveva conosciuto, Baker non le aveva mai fatto capire in alcun modo di volere qualcosa di più di una semplice amicizia. Non si era mai attardato con lei, quando lo raggiungeva in spiaggia. Non l'aveva mai incoraggiata ad andare oltre in alcun modo.

Invece in quel momento era là che la teneva stretta in un abbraccio e parlava usando un *noi*.

Jody sentì la testa girare; la stava confondendo, ma non sapeva come chiedergli cosa cavolo stesse succedendo senza mettersi in imbarazzo. Probabilmente lui si era espresso malamente, senza pensarci.

Il medico si rialzò in piedi e cominciò a metter via i suoi strumenti. Ben si scolò il resto dell'acqua nella bottiglia e uscì dalla macchina, aprì la portiera di guida e si sedette al volante.

Jody restò senza fiato, sgomenta, ma quando cercò di raggiungere il ragazzo, a quel punto Baker la lasciò andare. Lei raggiunse la macchina correndo per qualche metro e si abbassò sul finestrino aperto. "Ben! Dove stai andando? Non dovresti guidare."

"Devo andare, Miss Jody," mormorò Ben.

"Cosa sta succedendo?" gli chiese.

"Nulla," le rispose.

"Non rispondermi *nulla*, Ben Miller," replicò Jody rimproverandolo. "Parlami."

"Non c'è nulla di cui parlare," insisté lui.

Jody allungò un braccio e mise una mano sull'avambraccio del ragazzo. Le sembrava ancora troppo accaldato, ma se il medico gli aveva dato il permesso di andarsene, lei non poteva farci molto. "Non so cosa stia succedendo, ma se hai voglia di parlarne, io ci sono. So di essere una vecchia matusa, ma sono brava ad ascoltare. Se hai bisogno di *qualcosa*... io per te ci sono, senza fare domande. Dico sul serio, Ben. Se cerchi qualcuno che ascolti, un pasto caldo, un posto in cui stare... qualunque cosa: vieni da me, hai capito?"

Gli occhi nocciola di Ben si alzarono e incontrarono quelli di Jody. "Ho capito, Miss Jody."

Negli occhi di quel ragazzo c'era un turbinio di dolore e

confusione, e Jody avrebbe tanto desiderato tirarlo fuori da quella macchina e stringerlo in un forte abbraccio, senza mai lasciarlo andare. Ma Ben aveva alzato le sue difese e in quel momento non si sarebbe mai lasciato andare di cuore. Soprattutto con le tante persone che aveva attorno e che lo stavano osservando, con tutti i turisti e i compagni delle superiori che se la spassavano là vicino.

Mentre i soccorritori tornavano alla spiaggia e i passanti curiosi perdevano interesse e cominciavano a disperdersi, Jody si allontanò dalla macchina e Ben avviò il motore. Lei per poco non inciampò in uno dei ceppi che delimitavano gli spazi del parcheggio, ma per fortuna Baker fu pronto a sostenerla. Quando però Jody fu ben in equilibrio, Baker non le tolse la mano dalla vita.

Ben guardò Baker negli occhi e abbassò subito lo sguardo. Fece retromarcia e liberò il posto auto, che fu occupato immediatamente da un'auto con dentro sei turisti, palesemente soddisfatti di aver trovato parcheggio.

Jody osservò con frustrazione l'auto di Ben che si allontanava.

"Da quanto tempo sei qui in spiaggia?" le chiese Baker.

Jody alzò lo sguardo verso di lui e fece spallucce. "Da un po'."

Lui sbuffò. "Quindi probabilmente sarai arrivata alle prime luci dell'alba. Adesso sono le tre del pomeriggio. Hai mangiato qualcosa?"

"Ho mangiato un panino," gli rispose Jody mentendo.

Baker doveva avere come un sensore di cazzate integrato, perché alzò appena le sopracciglia con espressione scettica.

"D'accordo. Non ho mangiato, ma non ho fame," gli disse Jody.

Senza dire una parola, lui la fece girare verso la spiaggia, dove era rimasto il frigo portatile di Jody. "Al volante."

"No! Non posso andar via, altrimenti non troverò più parcheggio," gli spiegò.

"Lo so."

Jody lo fissò negli occhi.

Vedendo quello sguardo, lui ridacchiò. "Sei stata in spiaggia tutto il giorno, Jodelle. Devi mangiare, altrimenti sarai la prossima che avrà bisogno dei soccorritori. I ragazzi a cui sei tanto affezionata stanno bene. Se andiamo via adesso, magari abbiamo una possibilità di raggiungere Waialua prima che tutti questi turisti del cacchio si mettano in strada."

Si incamminarono insieme e lei lo guardò senza timore di inciampare: il braccio che Baker le teneva intorno alla vita e il modo in cui lui osservava sempre tutto nei paraggi la facevano sentire al sicuro. "Cosa c'è a Waialua?" gli chiese.

"Casa mia," le disse con noncuranza.

Jody smise subito di camminare.

"Cosa c'è? È successo qualcosa?" le chiese lui con tono secco guardandosi intorno per cercare di capire come mai Jody si fosse fermata.

"Casa tua?"

Lui accennò un sorriso e tornò a guardarla. "Sì."

"Eh... perché casa tua?"

"Perché hai bisogno di mangiare e devi rilassarti. Se vai a casa tua, continuerai a pensare a Ben e probabilmente ti roderà al punto che uscirai per andare a trovarlo. Invece se vieni a casa mia posso farti mangiare qualcosa di nutriente e non ti metterai in strada con tutto il traffico che ci sarà alla fine di questa gara."

Jody non poteva certo controbattere a ciò che le aveva detto. Probabilmente, se fosse tornata a casa propria, avrebbe messo nel microonde un pasto pronto surgelato e poi si sarebbe tuffata nel pacchetto di biscotti lasciato a metà nella dispensa. Chissà se Baker stava cercando di dirle che era sovrappeso. Ma *certamente* si sarebbe preoccupata per Ben e andarlo a cercare non le sembrava una cattiva idea. Non aveva l'indirizzo, ma probabilmente avrebbe potuto ottenerlo da uno degli altri surfisti che passavano sempre il tempo con lui.

"Jodelle, ci sei?" le chiese Baker con un tono di voce chiaramente divertito.

Lei lo guardò in faccia. "Non capisco."

"Cos'è che non capisci, Trilli?

Jody si fece seria. "Mi hai appena chiamata Trilli?"

"Sì. Sei come la fatina di *Peter Pan*, Campanellino. Trilli."

"Santo cielo, ma lo sai quanto è seccante?" gli chiese contrariata.

Baker si limitò a sorridere.

"A te farebbe piacere se ti chiamassi Hulk? O King Kong?"

Baker si abbassò, invadendo lo spazio personale di Jody, che quasi si strozzò con la sua stessa lingua.

"Tu puoi chiamarmi come preferisci, Trilli."

Per un attimo, Jody credette che Baker l'avrebbe baciata, poi lui si rialzò e le mise una mano dietro la schiena. "Dai, andiamo a prendere il tuo frigo e vediamo di trovare uno dei tuoi ragazzi, così puoi dire che andiamo via e raccomandarti che facciano i bravi, poi ce la svigniamo."

Un po' stordita, Jody si lasciò accompagnare da Baker verso il tavolo da pic-nic che aveva occupato, dove aveva lasciato il suo frigo portatile. Non aveva idea di cos'avesse cambiato così tanto quell'uomo. La confondeva... e la intrigava. Ma non ne capiva il significato, quindi la spaventava a morte.

Quando arrivarono al tavolo, Baker prese il frigo di Jody e con la massima naturalezza se lo mise a tracolla sulla spalla libera. Poi si guardò attorno per un momento e appena vide Rome fece un fischio potente. Il ragazzo si girò verso di lui e Baker gli fece un cenno col capo per chiamarlo.

Jody non poté far altro che scuotere la testa divertita appena vide Rome che si mise subito a correre.

"Cosa c'è?" chiese Rome a Baker.

"Io e Jodelle andiamo via. Tu tutto a posto?"

"Sì."

"Lo fai sapere agli altri?"

"Certo."

"Ottimo."

"Stiamo organizzando un'uscita a Laniakea Beach alle prime onde dell'alba di mercoledì. Vieni anche tu?" gli chiese nello slang tipico dei surfisti per indicare le prime ore del mattino.

"Da non perdere," rispose Baker, che gli porse un pugno su cui Rome batté il proprio. "Non mettetevi nei guai," disse Baker, "se no poi Jodelle si preoccupa."

"Faremo attenzione," gli rispose Rome con un gran sorriso.

"Non fate tardi," aggiunse Jody, non resistendo all'impulso.

"Tranquilla," rispose Rome. "Vieni anche domani, per l'ultimo giorno della gara?" le chiese.

Jody stava aprendo la bocca per dire che sì, ovviamente ci sarebbe stata, ma Baker la batté sul tempo.

"No, ragazzi, sarete da soli."

"Baker!" esclamò Jody; ma lui tenne lo sguardo sul ragazzo.

"Nessun problema. Domani ci sono le finali e noi le guardiamo, siamo gasati a palla!" esclamò Rome con un altro sorriso.

Baker annuì. "Allora ci sentiamo più avanti."

"Ci sentiamo!" rispose Rome, che poi si girò e tornò di corsa dalla ragazza con cui stava parlando prima che Baker lo chiamasse.

Jody scosse la testa perché quel ragazzo le sembrava instancabile. Poi si voltò verso l'uomo al suo fianco. "Sul serio, Baker, non è stata una bella uscita."

"Dai, puoi farmi la ramanzina mentre ce ne andiamo da questo casino," le disse accompagnandola al parcheggio verso il furgone Volkswagen con cui era arrivata. Quel furgone era la gioia e l'orgoglio di Jody... come lo era stato per Kailani. Era in condizioni impeccabili e Jody aveva speso una fortuna per farlo riverniciare in modo divertente e un po' pazzo, con tanto di fiori e di simboli della pace.

Jody si ritrovò fin troppo presto al volante, a fare retromarcia per liberare il posto che aveva trovato quel mattino con un colpo di fortuna, prima ancora che il sole sorgesse e che i turisti arrivassero a ondate su Waimea Bay.

Scosse la testa e fece una risata.

"Cosa c'è?" le chiese Baker dal sedile di fianco a lei.

Jody era solo felice che lui non le avesse chiesto di guidare: nessuno guidava il suo cucciolo se non lei. "Non so proprio come sia successo. Non so nemmeno *cosa* stia succedendo," gli rispose.

"Cosa sta succedendo è che mi sono stufato di girarci attorno."

Jody lo guardò di sfuggita con espressione sorpresa. "Cosa vorresti dire?"

"Lo vedrai."

Lei si fece seria e continuò a dividere l'attenzione tra l'uomo accomodato su quel sedile e la strada, per evitare gli automobilisti impediti in circolazione. Avrebbe voluto insistere, farsi dire di più. Voleva farsi spiegare di cosa stesse parlando. Baker quel giorno si comportava in modo totalmente diverso, destabilizzante. Jody non ignorò nemmeno il pizzico di eccitazione che le scorreva nelle vene. Però si rifiutò di crearsi troppe aspettative. Baker non poteva trovarla interessante: lei era troppo... normale. La donna adatta a lui doveva essere in forma, bella, estroversa, sempre pronta all'avventura. Semplicemente *più* adatta di Jody.

Avrebbe accompagnato a casa Baker e poi sarebbe tornata indietro. Il loro rapporto sarebbe proseguito normalmente e lei avrebbe continuato a vivere in modo noioso e prevedibile. Qualunque fosse il motivo per cui quel giorno Baker aveva deciso di preoccuparsi per lei, gli sarebbe passato e sarebbe tornato tutto come prima.

Una fitta di delusione la attraversò, ma lei decise di non risentirne. Ormai era diventata bravissima a nascondere i propri sentimenti, evitando di mostrarli agli altri.

Era l'ombra della donna che era stata... ma a lei andava bene così. Le andava più che bene. La cosa migliore che le fosse mai successa nella vita le era stata strappata via con crudeltà, e lei non avrebbe mai più rischiato il cuore o l'anima affezionandosi troppo a qualcun altro. Vivere in disparte era più sicuro; era più comodo vivere da spettatrice. Anche Baker, una volta passato quel colpo di testa, sarebbe andato avanti come al solito.

Soddisfatta di quel ragionamento, Jody gli lanciò un'ultima occhiata e deglutì a fatica: invece di guardare la strada, Baker aveva gli occhi incollati su di lei. Jody si sentiva a disagio sotto quello sguardo intenso, così gli disse: "Hai intenzione di dirmi dove andare, quando devo svoltare, vero?"

"Certamente."

Lei annuì e tornò a osservare la strada, rifiutando di dare alcun significato al modo in cui Baker la scrutava.

Determinazione.

Ostinazione.

Anche una tenerezza con cui nessuno l'aveva mai guardata, se non quando si era appena sposata.

CAPITOLO DUE

BAKER TENNE APERTA la portiera davanti per Jodelle e non poté frenare la soddisfazione quando lei gli passò vicino per entrare e lui poté finalmente chiudere. Quella donna minuta era la prima persona in assoluto che lui avesse mai invitato a casa propria... e l'idea di portarcela lo faceva star bene.

Dal momento in cui l'aveva conosciuta, quando lei aveva cominciato a venire in spiaggia per tener d'occhio i ragazzi, Baker aveva sentito un certo legame. Non riusciva a spiegarselo e a dirla tutta l'aveva messo anche a disagio; lui si era sforzato di trattare Jody come una conoscenza qualunque, ma nell'ultimo anno circa gli era entrata dentro sempre più, senza nemmeno rendersene conto. Lui nel frattempo aveva visto gli amici trovare le loro anime gemelle e sposarsi... e notare come avevano fatto funzionare quei rapporti gli aveva fatto venire voglia di realizzare qualcosa di più nella vita.

Lui aveva avuto un solo rapporto di lunga durata, nella vita, e gli era bastato per rinunciare alle relazioni di coppia in tutto e per tutto. Aveva trattato Tabitha come una regina, ma lei in cambio gli aveva svuotato il conto in banca, gli aveva addebitato ventitré prestiti e aveva persino tramato di ucciderlo, come in un thriller televisivo. Si era presa gioco di lui. A quel tempo, Baker aveva un bisogno disperato di amore, il desiderio di una vita normale, come quella di tutti gli altri, e così si era fatto turlupinare.

Lei non era nemmeno stata messa in prigione, il che lo faceva incazzare a dismisura. Il padre di Tabitha aveva assunto l'avvocato più caro e di successo che potesse trovare e così lei se l'era cavata con la sospensione condizionale della pena e qualche multa.

Baker a quel punto aveva giurato di rinunciare per sempre a qualunque rapporto di coppia. Da allora, aveva passato al massimo qualche serata con la stessa persona, per poi volatilizzarsi. Si era comportato da stronzo e lo sapeva... ma poi, con Jodelle, per la prima volta dopo tanti anni, voleva andare oltre.

Rivoleva tutto quanto.

Jodelle. Quando ne aveva sentito il nome per la prima volta, Baker aveva pensato che fosse il nome più bello che avesse mai sentito. Quando l'aveva chiamata per nome la prima volta, lei si era messa a ridere e gli aveva spiegato che la chiamavano tutti col soprannome "Jody", ma lui si era rifiutato. Per lui era sempre stata "Jodelle".

Aveva lottato contro quell'attrazione per mesi. Per anni, in verità. Ma ormai non poteva più combatterla. Aveva sperato che il legame particolare che lui sentiva svanisse col tempo. Anzi, aveva sempre creduto che lei avrebbe fatto qualcosa di irritante che lo allontanasse. Qualcosa che gli dimostrasse che anche lei era come tutte le altre. Invece, più tempo passava con lei, più la conosceva, e più Jodelle gli piaceva.

Era una donna sensibile, a volte introspettiva. Non sentiva il bisogno di interrompere un momento di silenzio chiacchierando a tutti i costi. Si interessava di cuore ai ragazzi che teneva d'occhio e l'aveva dimostrato più volte negli anni. Era una donna altruista, affatto presuntuosa e a Baker piaceva molto anche per come indossava i suoi costumi da bagno. Aveva *tutte* le curve nei posti in cui piacevano a lui.

Tutto sommato, Baker non aveva trovato un solo difetto in Jodelle, da quando l'aveva conosciuta, il che lo irritava, ma lo intrigava allo stesso tempo. Nessuno poteva essere tanto puro come gli sembrava lei. Era impossibile.

Nonostante l'attrazione verso di lei, lui si era riproposto di starle lontano, perché era più che evidente che Jody era su un altro piano rispetto a lui. Eppure, dopo aver assistito alla felicità di Elodie e Mustang, alla felicità di *tutti* gli altri amici SEAL con le rispettive compagne, per non parlare dell'amore negli occhi di Pid ogni volta che guardava la sua neonata... la mentalità di Baker era lentamente cambiata.

Lui era solito tenere tutti a distanza, uomini *e* donne, ma da quando un altro SEAL, un ex compagno di squadra, si era presentato alle Hawaii in cerca di vendetta per un vecchio rancore (usando come esca Monica Collins, la compagna di un amico), Baker aveva cominciato a guardarsi dentro seriamente, in profondità.

Così era giunto a una conclusione: non voleva diventare un anziano senza amici, troppo cocciuto per aprirsi a qualcuno. Dopo tantissimi anni, il pensiero di stare da solo non lo attirava più.

Ogni volta che aveva pensato al futuro, alle persone con cui voleva passare il tempo una volta anziano e coi capelli bianchi, l'unica che gli veniva in mente era Jodelle. Era una follia, perché non si conoscevano nemmeno, in realtà, ma Baker non riusciva a smettere di pensare a lei.

Poi era successo che Ashlyn Taylor, la compagna di un altro amico SEAL, era stata ferita qualche mese prima con un colpo d'arma da fuoco, e Baker aveva immaginato Jodelle al suo posto.

Era andato nel panico. Niente di razionale. Non che non gli fosse mai successo in passato, che un amico fosse ferito, ma negli ultimi due o tre anni il pericolo era arrivato nei momenti più inaspettati, colpendo gli amici SEAL e le rispettive compagne. Così Baker non riusciva a scrollarsi di dosso l'immagine di Jodelle in un letto d'ospedale, dolorante perché qualcuno le aveva sparato. Un evento che lui non avrebbe *mai* voluto veder succedere.

Il modo migliore di tenerla al sicuro... era starle al fianco.

Quel pensiero non lo destabilizzava. Per la prima volta, dopo Tabitha, Baker voleva instaurare un rapporto. Voleva andare a dormire con una donna al fianco e svegliarsi allo stesso modo. Voleva ricevere da lei messaggi in cui gli raccontasse com'era andata la giornata, per poi risponderle raccontandole della propria vita.

Jodelle non era Tabitha, non avrebbe mai pensato di rubargli qualcosa... e tramare di ucciderlo? Impossibile che succedesse, Baker lo sapeva con la stessa certezza con cui conosceva il proprio nome.

Quel pomeriggio, quando le aveva messo il braccio intorno al petto per impedirle di interferire con l'intervento dei soccorritori sul ragazzo per cui lei era tanto preoccupata, Baker aveva capito subito di essersi perso. La sensazione del contatto tra i loro corpi era stata assolutamente perfetta. Lui non aveva mai avuto un debole per le donne minute, ma Jodelle gli aveva fatto cambiare opinione. A parte le curve, di lei gli piacevano i lunghi capelli castani, che sembravano ribellarsi sempre a qualunque acconciatura lei scegliesse, e gli occhi color dell'ambra, che suggerivano un dolore che lui avrebbe voluto alleviare. La trovava anche la donna più espressiva che avesse mai conosciuto: gli faceva sempre capire cosa pensava senza dire nemmeno una parola.

Ma ciò che lo aveva attirato di più era l'agonia profonda che le leggeva negli occhi: era una donna a pezzi, che tirava avanti a malapena. Ogni sorriso era smorzato, ogni risata stinta dal dolore. Baker avrebbe voluto stringerla e dirle che non doveva nascondersi a lui, che l'avrebbe aiutata a risollevarsi... ma doveva guadagnarsi quel diritto.

Proprio ciò che finalmente si era deciso a fare.

Baker sapeva che Jodelle aveva avuto un figlio e che era morto, ma non conosceva i dettagli. Doveva essere stata proprio la morte del figlio a spezzarla, e per quanto gli fosse capitato di soffrire per delle perdite, lui non poteva sapere esattamente ciò che lei provava.

Nel momento in cui l'aveva trattenuta dal raggiungere Ben, Baker aveva preso una decisione: si era comportato da codardo per troppo tempo. Aveva avuto paura di aprirsi, ma era ora di finirla. Aveva notato le occhiate che Jodelle gli aveva lanciato: era interessata, ma non aveva alcuna intenzione di farsi avanti, il che la rendeva diversa dalle altre. Baker aveva capito che, se non avesse almeno tentato di esplorare il legame che si era creato tra loro, se ne sarebbe pentito per il resto della sua vita.

Così quel giorno avrebbe fatto il primo passo per risanare entrambi. Forse avrebbe funzionato, forse no, ma accidenti, almeno doveva provarci.

"Bella casa," gli disse Jodelle, guardandosi intorno nella dimora di Baker.

Lui alzò le spalle. Non aveva mai pensato troppo ad arredare casa, gli bastava che fosse funzionale. Pavimenti piastrellati, zona giorno con cucinotto. Camera da letto di dimensioni medie con bagno annesso. Una camera extra, dove di solito teneva le tavole da surf e altre cianfrusaglie che aveva accumulato negli anni. Aveva un televisore a grande schermo che gli piaceva e un divano comodo con una poltrona oversize.

Tuttavia, quando tornava a casa e si guardava attorno, non c'era nulla di "familiare". Niente quadri alle pareti. Niente soprammobili. Erano ambienti freddi... il che era un paradosso, considerato che viveva alle Hawaii.

"È un posto dove dormo, tutto qua," disse a Jodelle alzando le spalle. Baker sapeva che lei cercava solo di essere gentile. Il punto era che lui non aveva idea di come rendere ospitale una casa, di come trasformare quegli ambienti in un posto in cui lei avrebbe potuto desiderare di passare il tempo.

"Vieni," le disse con tono più aspro del voluto. "Ti faccio accomodare così posso darti da mangiare."

"Sono a posto così," gli rispose Jodelle, quando lui le mise una mano dietro la schiena per accompagnarla al tavolino della cucina. Baker non ricordava l'ultima volta che ci si era seduto. Di solito mangiava in piedi o seduto sul divano a guardare la TV.

Ignorando il commento di Jodelle, Baker aprì uno dei

mobiletti della cucina e ne ispezionò il contenuto. "Posso prepararti degli spaghetti killer. Un po' di pasta ti farebbe bene, dato che non mangi da un po'." Poi andò al frigo e guardò dentro. "Oppure posso grigliare delle bistecche." Abbassandosi, Baker intravide in fondo anche una confezione di pollo. La prese e si rialzò per controllare la data di scadenza.

"Baker," disse Jodelle da dove era seduta.

"Stavo per dire che ho anche del pollo, ma non riesco a leggere la data di scadenza e non ricordo quando l'ho comprato. Non voglio rischiare di farti vomitare le budella più tardi." Si avviò al cestino della spazzatura e gettò la confezione di cosce di pollo, proponendosi di portar fuori l'immondizia prima che la carne puzzasse in casa.

"*Baker*," lo chiamò di nuovo Jodelle con un po' più di forza.

Lui si voltò per guardarla.

"Non devi prepararmi da mangiare. Non so ancora bene perché mi trovo qui, veramente. Non fraintendermi, sono felice di averti dato un passaggio, ma probabilmente avrai da fare e io dovrei tornare a casa."

Baker la raggiunse e mise una mano sul tavolo e l'altra sullo schienale della sedia dov'era seduta. Lei si girò di lato sulla sedia, in cui ormai lui la stava bloccando. Baker si abbassò verso di lei e notò con piacere che le si stavano arrossendo le guance, mentre lo fissava con gli occhi spalancati.

"L'unica cosa che devo fare adesso è fare in modo che tu non svenga per malnutrizione. Parleremo dopo mangiato. Preferisci spaghetti o bistecca? Purtroppo, al momento, ho solo questa scelta. Se scegli i miei spaghetti killer, in realtà il sugo dovrebbe sobbollire almeno sei ore per raggiungere l'effetto migliore, ma ci accontenteremo."

"Eh... spaghetti."

Baker la scrutò per un momento. "Tu mangi carne?" le chiese.

"Sì. Cioè, non molta. Non ho niente contro chi ne mangia di più, è solo che qui frutta e verdura sono fresche e a portata di mano. Il mercato agricolo di Waialua è fenomenale e io ci vado spesso, quindi di solito faccio il pieno di insalate e di ananas. Poi non ho esattamente bisogno delle tante calorie che ci sono sempre nei piatti pesanti di carne."

"No," le disse Baker.

Lei arricciò il naso. "No? No cosa?"

"No, non sminuirti. Sei perfetta come sei."

Jodelle fece una risatina, ma con un tono non proprio divertito. "Baker, ho quarantotto anni. A questo punto della vita, so come sono e come non sono, e non sono certo perfetta. Avrò una decina... va beh, diciamo pure una quindicina di chili che non dovrei avere. Quando sei alta un metro e mezzo o poco più, i chili di troppo si vedono eccome. Vivendo qui alle Hawaii, dove ci sono tante belle donne in bikini, la differenza nel fisico si fa sentire ancor di più."

"Non ho mai capito davvero il desiderio di tante donne di essere pelle e ossa," le disse Baker, che poi spostò lo sguardo, squadrandola da capo a piedi e soffermandosi sui seni, prima di proseguire. Jodelle indossava un paio di pantaloncini e lui dovette sforzarsi per non allungare una mano e sfiorarle la pelle abbronzata delle cosce. "Fidati, ti dico che mi piaci come sei. Ti va bene macinato di bufalo nel sugo per gli spaghetti?"

Lei lo fissò per una frazione di secondo, e lui notò la vena che le pulsava nel collo. Poi lei fece un respiro profondo. "Non ho mai mangiato macinato di bufalo. Che sapore ha?"

"Manzo," le rispose Baker rialzandosi lentamente. Non c'era niente che lo tentasse di più di abbassarsi per baciarla, ma era troppo presto per farlo.

"Allora perché non usi macinato di manzo?" gli chiese Jodelle, inclinando il capo in modo adorabile.

"Perché la carne di bufalo è più magra," le rispose, costringendosi a tornare verso il cucinotto.

"Perché non prendi la fesa di manzo che è più magra?" gli chiese.

Baker accennò un sorriso. Non poteva resistere: mai in un milione di anni si sarebbe aspettato di avere una discussione con lei in cucina sulle qualità della carne di bufalo rispetto a quella di manzo. "Il bufalo contiene più selenio, un antiossidante che aiuta a evitare lo stress da ossidazione e riduce l'infiammazione causata da una dieta povera. Inoltre, contiene più ferro, ha livelli più alti di vitamine e il doppio di beta-carotene."

"Ah, va bene, allora," commentò Jodelle con una risata.

Baker la fissò per un momento, frenando l'istinto improvviso di andare da lei, prenderla in braccio e portarla in camera da letto. Si era mai sentito in quel modo con una donna?

No, certamente no.

"Posso aiutarti?" gli chiese.

Lui non aveva bisogno di aiuto; poteva preparare gli spaghetti col ragù anche a occhi chiusi nel sonno, ma in quel cucinotto, se Jodelle l'avesse aiutato, di sicuro si sarebbero scontrati più volte... e lui si sarebbe goduto quel continuo strofinamento.

"Vuoi rosolare la carne?"

Lei si alzò subito. "Certamente."

Dopo tre quarti d'ora, Baker portò in tavola due piatti di pasta coperta di ragù. L'aveva preparata meno piccante del solito perché lei gli aveva detto di non amare particolarmente i sapori forti. Jodelle guardò il mucchio di spaghetti fumanti e rise.

"Non posso mangiarli tutti!"

"Allora non mangiarli tutti," le disse Baker alzando una spalla. "Quel che rimane lo mangio io più tardi."

Dato che lei continuava a fissare il piatto senza prendere la forchetta, Baker si fece serio. "Cosa c'è che non va? Se hai cambiato idea, posso sempre grigliare le bistecche."

Lei lo guardò sorpresa. "Cosa? No! Ti sei già scomodato per preparare gli spaghetti, non potrei mai cambiare idea, adesso."

Lui si sporse in avanti appoggiando i gomiti sul tavolo. Rimpianse di non essersi seduto di fianco a lei, invece che di fronte. Però il tavolo non era tanto grande e gli bastava allungare un braccio per prenderle la mano anche dall'altro capo, dov'era seduto; però si sforzò di rimanere dov'era. "Tutto quello che vuoi, Jodelle. Quando sei con me, non voglio che tu ti senta in obbligo solo per educazione. Se cambi idea, su qualunque cosa, in qualunque momento, sono più che felice di accontentarti."

Lei lo fissò per un momento; confusione e apprensione turbinavano nei suoi occhi marroni. "Non capisco."

Baker sapeva che c'era bisogno di un chiarimento, ma prima voleva davvero che lei mangiasse. Jodelle non si era nutrita per tutto il giorno, tanto si era preoccupata dei "suoi" ragazzi. Gli dispiaceva confonderla, così si appoggiò allo schienale e fece un respiro profondo. "Prima mangia, poi parliamo."

Quelle parole non sembrarono rilassarla, il che gli fece rimpiangere di averle parlato con tono troppo deciso. Lui non era mai stato molto delicato. Quando voleva qualcosa, la prendeva. Punto. Ma quella situazione non era un corso per diventare SEAL, né una missione per catturare un terrorista, o neppure la voglia di comprarsi un gingillo nuovo. Stava parlando con Jodelle e doveva darsi una bella calmata per non spaventarla, proprio l'ultima cosa che voleva.

"Assaggia," le disse, tentando di stemperare il tono. "Mangiane un boccone e dimmi cosa pensi della mia ricetta col macinato di bufalo."

La guardò fare un respiro profondo, raddrizzare le spalle e annuire. Jodelle prese la forchetta e arrotolò gli spaghetti intorno ai rebbi, cercando di catturare una bella porzione di ragù. Lui aspettò col fiato sospeso che lei si portasse il boccone alla bocca e masticasse.

Dopo aver deglutito, gli fece un sorrisetto e gli disse: "È davvero buona."

"Certo che è buona," commentò Baker con un pizzico di orgoglio. Lui non era certo uno chef come Elodie Webber, ma sapeva preparare gli spaghetti col ragù, come sosteneva.

Lei fece una risatina, poi scosse la testa e abbassò gli occhi sul piatto. "Spaghetti. Esiste un piatto più imbarazzante da mangiare davanti a qualcuno che..." si interruppe all'improvviso.

Baker sperava di cuore che stesse per dire "a qualcuno che ti piace", ma non voleva metterla in imbarazzo, così cercò di deviare la conversazione da ciò che lei aveva appena detto.

"Non dimenticherò mai quella volta in Marocco, quando una tribù del posto ha invitato me e la mia squadra a casa del capo. Era orgoglioso più che mai di servirci alcune prelibatezze del posto e ci ha portato un piatto pieno, ma noi non siamo stati in grado di capire cosa fosse. Solo che non volevamo rifiutare, sai, per educazione... sarebbe stato un insulto. Così ho preso dal piatto il pezzo che mi sembrava più innocuo. Il capotribù aveva in faccia un sorriso enorme, solo che io non ho capito che forse *non* era il caso di mangiare il pezzo che avevo preso. Però ero il caposquadra e ho dovuto farmi forza. Allora il capotribù ha preso un'altra palla dal piatto e se l'è messa in bocca intera, poi ha annuito verso il pezzo che tenevo in mano, come per dirmi di darmi una mossa. Così mi son fatto forza e l'ho imitato."

Jodelle stava sorridendo e si stava sporgendo verso di lui, come incuriosita da quell'aneddoto. "E allora? Com'è andata?"

Baker si accorse per la prima volta che non era un'ottima idea raccontare il finale mentre stavano mangiando. "Ehm... forse è meglio se prima finiamo di mangiare."

"Ah, no! Ormai hai cominciato a raccontare, non puoi lasciarmi così in sospeso. Non mi toglierà l'appetito per questa pasta fantastica, Baker. Continua."

"Come vuoi. Allora, era un pezzo un po' gommoso, quindi sono riuscito a schiacciarlo coi denti... ma poi si è ingrossato ancora. A quel punto potevo solo mordere la sacca morbida. Appena ci ho infilato i denti, mi si è riempita la bocca di una sostanza liquida viscida e ho cercato di non sputarla fuori. Però il capotribù stava sorridendo e annuiva come se mi avesse appena regalato il mondo, così mi sono costretto a mangiare. Almeno il pezzo che mi ero messo in bocca non era più grosso come prima, ma quel che ne era rimasto era gommoso, quasi impossibile da masticare. Per quanto continuassi a macinarlo, quel pezzo non diventava più morbido ed era troppo grosso da mandar giù intero."

"Così ho fatto quel che dovevo: mi sono schiaffato il boccone in una guancia, ho finto di deglutire e gli ho sorriso. Lui ha gridato come in trionfo e mi ha fatto un sorriso enorme. Quando si è girato per prendere un altro pezzo di quel piatto discutibile, io ho sputato la parte dura di quella roba, l'ho messa per terra e l'ho coperta alla svelta di terriccio."

Baker finse un brivido. "Uno dei bocconi peggiori che abbia mai mangiato in vita mia, e fidati, ne ho mangiata di robaccia!"

"Ma che cos'era?" gli chiese Jodelle con un sorriso radioso.

"Era occhio di pecora. Però io l'ho scoperto solo più avanti, e meno male! Altrimenti avrei rigettato subito sul posto, se me l'avessero detto."

Jodelle finse un brivido schifato.

"Allora... vedi che gli spaghetti non sono nemmeno tra i primi cento piatti imbarazzanti da mangiare davanti a qualcuno," le disse Baker con un sorriso dei suoi.

"Grazie per non avermi dato da mangiare occhio di pecora," gli disse restituendogli il sorriso.

"Mai!" esclamò lui.

Continuarono a mangiare in tranquillità. Baker stentava a credere di essere a casa con Jodelle, che cenava con lui. Lui non era certo un uomo particolarmente loquace, ma a lei non sembrava importare. Anche quando rimanevano in silenzio a lungo, lei non sembrava nervosa o a disagio. Ancor meglio, non si metteva a parlare a vanvera solo per riempire i momenti di silenzio.

A un certo punto, Jodelle si appoggiò allo schienale con un sospiro. "Mamma mia!" esclamò. "Ho mangiato finché ho potuto."

Baker era felicemente impressionato. Le aveva messo nel piatto una bella pila di spaghetti al ragù e lei era riuscita a mangiarne poco più di metà. Gli aveva fatto piacere non vederla intimorita o imbarazzata di mangiare con gusto davanti a lui, mentre alcune donne avrebbero mangiato solo poche forchettate, fingendo poi di essere sazie.

"Erano buoni?" le chiese alzandosi per andare a prenderle il piatto.

"Deliziosi."

Le fece un cenno soddisfatto col capo e si sentì pervadere da un'emozione familiare. Era una sensazione che aveva già provato dopo aver portato a termine una missione, o dopo aver cavalcato un'onda massiccia, o dopo aver scoperto delle informazioni importanti su qualche criminale… ma non gli era mai successo di emozionarsi per aver dato da mangiare a qualcuno.

Si aiutarono a vicenda per mettere gli spaghetti rimasti in frigorifero e sistemare i piatti; quando ebbero finito, Baker le disse: "È ancora prestino e il traffico in strada dev'essere tremendo. Se parti adesso, ti ci vorrà un'eternità per arrivare a casa. Vuoi fermarti un po'?"

Jodelle lo fissò per un attimo, poi gli chiese: "Sai dove vivo?"

Lui pensò per un secondo di mentire, dicendo che immaginava abitasse nella zona di Waimea Bay, ma non voleva avviare un rapporto in modo disonesto. "Sì," le rispose semplicemente.

Jodelle inclinò la testa e lo fissò. "Io non so nulla di *te*," gli disse dopo un momento.

"Sì che sai qualcosa," ribatté lui. "Ormai mi conosci da un po'."

"D'accordo. So che sei un surfista provetto, che sei stato nei SEAL, che hai degli amici fantastici… almeno quei pochi che ho conosciuto. So che sei un tipo forte ma chiuso, anche un po' autoritario, e che sei più gentile di quanto vuoi lasciar credere agli altri."

Baker annuì. "A parte l'ultima, tutto giusto."

"Non pensi di essere gentile?" gli chiese Jodelle.

"So di non esserlo," le rispose indicandole il divano con il mento. "Ci sediamo?"

Lei annuì subito e lo seguì nel salottino, si sedette a un

capo del divano e Baker si sedette all'altro. Avrebbe voluto prenderla tra le braccia e sedersi con lei sulla poltrona over-size, ma sarebbe stato un po' troppo anche per lui.

"Penso che... probabilmente avrai visto delle scene pessime, quando eri in servizio attivo," gli disse Jodelle, proseguendo con la conversazione. "Quindi sei sempre guardingo nei confronti degli altri. Però ho visto anche come ti comporti con i ragazzi. Con loro sei determinato, non ci giri attorno quando fanno casino, sulle onde o a scuola, ma non sei crudele. Dici loro cos'hanno sbagliato e come fare per rimediare. Loro ti rispettano per questo, e tu lo sai."

Baker scrollò le spalle.

"Cioè, intendiamoci, sai anche essere uno stronzo, ma il più delle volte, almeno a quel che ho visto, quando rimproveri qualcuno è perché se lo merita."

Baker avrebbe voluto dirle che si sbagliava, che lui era tutt'altro che gentile, ma non era nemmeno un idiota e voleva piacerle: confessare tutti gli episodi in cui aveva dato addosso agli altri o si era impegnato per fare incazzare qualcuno che se l'era cercata... beh, non gli sarebbe tornato utile.

"Son contento che tu mi veda così," le disse alla fine.

Jodelle lo sorprese ridendo. "Wow, che risposta *diplomatica*."

Anche lui non trattenne un sorriso.

"In ogni caso, sai dove vivo... che altro sai di me?" gli chiese.

"So che quando ti vedo le mie giornate migliorano al cento per cento; che stare vicino a te mi fa sentire meno un vecchio SEAL sfatto e più un uomo normale; che dentro hai un dolore profondo più forte di chiunque altro abbia mai conosciuto e che non ho mai desiderato una donna quanto desidero te."

Jodelle sbatté le palpebre stupita. "Oh, ehm... wow!"

Baker rabbrividì senza lasciarlo vedere. Accidenti, non era bravo in quel tipo di conversazione. "Non sono un uomo tanto buono," continuò, "ma stare vicino a te mi fa venir voglia di essere l'uomo gentile che tu vedi in me. Ho cinquantadue anni. Sono arrivato alla conclusione che va tutto molto meglio se dico fuori dai denti ciò che voglio, invece che girarci attorno o stare sul vago. Voglio conoscerti meglio, Jodelle. Uscire. Non faccio che pensare a te. So che è una follia, ma non mi sono mai sentito così e voglio capire se l'attrazione che mi sembra ci sia tra noi due è qualcosa da cui partire, oppure se è un fuoco di paglia che poi svanisce nel nulla."

Lei lo fissò tanto a lungo che gli fece venire il dubbio di essersi espresso troppo apertamente.

"Perché adesso?" gli chiese.

Dato che lei non si mise a ridere e non negò che ci fosse una certa attrazione, Baker si rilassò un poco e le disse: "Perché ho già cazzeggiato fin troppo. Se ho imparato qualcosa dalle disgrazie che sono capitate ai miei amici, è che la vita è breve. Cioè, sarebbe normale pensare che io abbia già visto di tutto, quando ero nei SEAL, invece gli occhi mi si sono aperti anche di più di recente, e ho capito di essere stato un idiota."

"Non sono sicura di volermi impegnare in un rapporto," gli disse.

Baker la apprezzò ancor di più per quell'onestà. "Nemmeno io ne sono sicuro," le rispose.

Lei accennò un sorriso. "Allora siamo in due, non vogliamo uscire ma ci proviamo lo stesso?"

Baker alzò le spalle. "Tu sei diversa," le disse tranquillamente. "Non so il perché, ma voglio scoprirlo. Ho sempre pensato che sarei rimasto da solo per tutta la vita, e mi ero messo il cuore in pace. Mi dava soddisfazione aiutare a beccare i bastardi che pensavano di poter far del male agli altri e di fare quel che volevano senza pagarne le conseguenze. Però, a fine giornata, torno in questa casa vuota e senz'anima e ho capito che, anche se c'è gente che apprezza ciò che faccio... se sparissi nottetempo dalla faccia della terra non gliene fregherebbe nulla a nessuno."

"Dai, non è vero," gli disse Jodelle sottovoce. "Ai tuoi amici importerebbe."

"A loro sì," concordò Baker, "almeno per un po'. Poi però tornerebbero alle loro vite, come è giusto che sia. Non so come spiegarmi... è solo che... ho capito di volere di più dalla mia vita, voglio andare oltre l'uomo che tutti chiamano quando hanno bisogno di aiuto, o quando devono scavare nel torbido per accusare qualcuno."

"E pensi di volere *me?*" gli chiese Jodelle.

"Sì," le rispose Baker con semplicità.

Lei scosse la testa. "Non penso di avere ancora amore da dare a qualcuno, Baker."

Lui sbuffò.

"Dico la verità," insisté lei.

"Hai più sentimento tu nel mignolo di una mano che tante altre persone in tutto il corpo," le disse. "Prendi quel che è successo oggi a Ben, è solo un piccolo esempio. Appena hai sentito che gli era successo qualcosa, non hai esitato minimamente a cercarlo, e so che stai ancora pensando a lui, persino adesso."

"Direi che è compassione umana, non è amore," insisté lei.

"Col cavolo che non è amore," le rispose Baker. "Senti, so che mi esprimo in modo forte, ma non so come altro fare. Se non vuoi esplorare il legame che sembra esserci tra noi due, non devi fare altro che dirlo. Io non sono uno di quelli che non sa accettare un rifiuto. Mi darà fastidio, ma rispetterò i tuoi sentimenti."

"È solo che non voglio che ti crei delle aspettative. Sono incasinata, Baker, dico sul serio."

"Però non mi hai risposto, Jodelle."

Lei sospirò. "Non voglio nemmeno deluderti."

Baker decise che era ora di finirla di tenere le distanze. Si avvicinò a lei finché le loro gambe non si toccarono. Poi alzò una mano e gliela appoggiò sul lato del collo. Quando lei inclinò leggermente la testa appoggiandogliela sulla mano, lui si sentì sollevato e felice. "Non mi deluderai. Ho la sensazione che semmai dovrei essere io preoccupato di non deludere *te.*"

Baker voleva baciarla. Lo desiderava tremendamente. Ma

si costrinse a stare dov'era, guardandola dritto negli occhi e cercando di interpretare le emozioni che vedeva turbinare in lei.

Poi, dopo una lunga pausa... "Va bene."

"Va bene?" le chiese Baker. "Cosa va bene?"

"Sono attratta da te fin dalla prima volta che ti ho visto... chi non lo sarebbe? Sei un uomo affascinante. Ma ho visto tanti uomini affascinanti in vita mia. Però, col tempo, man mano che passavi il tempo coi miei ragazzi, la mattina, ho capito che non eri solo un surfista fico. Mi confondi, a volte mi intimorisci, sei sempre diretto... ma sei anche protettivo, un ottimo amico, con un senso dell'onore che non ho mai incontrato in altri, mai. Anch'io mi sento sola, ma ho sempre pensato che la mia solitudine fosse una forma di penitenza per tutti gli errori che ho commesso nella vita. Non so se... anzi, *sono* sicura di non meritare un uomo come te, ma sono troppo debole per dire di no."

"Non sei debole," le disse Baker corrugando la fronte.

Lei non gli rispose.

"Non è così. Non so perché o per come tu pensi di essere una persona debole, ma farò tutto ciò che posso per farti capire come ti vedo io. La vita è dura, Trilli. A volte ti abbatte, poi si diverte a sorprenderti con delle disgrazie quando sei già al tappeto KO. Essere debole significherebbe arrendersi, amareggiarsi. C'è un proverbio che circola tra i SEAL, che l'unico giorno semplice era ieri... è una verità atroce. Eppure, in te io vedo la stessa forza dei miei compagni SEAL: il rifiuto di arrendersi."

"Ci sono occasioni in cui arrendermi è proprio ciò che vorrei fare," gli disse Jodelle.

"Però non ti arrendi," ribatté Baker. "Per questo sei forte come una roccia. Io ti vedo, Jodelle Spencer, e mi piace ciò che vedo."

Lei tremò e allungò una mano per prendergli il polso. "Probabilmente è un errore," gli sussurrò.

"Tu mi vuoi?" le chiese lui sfacciatamente.

Lei annuì.

"Allora non è un errore," le disse Baker. "Non posso prevedere il futuro, ma posso dirti questo: qualunque cosa succeda tra noi due, sarà buona; ottima. Se poi decidessimo di separarci, ci separeremo e non sarà una tragedia, può succedere. Va bene?"

Lei sospirò. "Sarebbe bello... ma, come hai detto, non puoi prevedere il futuro. A volte le cose vanno come vanno."

"È vero. Però sappi che io non me la prenderò mai con te, *mai*. Su questo hai la mia parola."

"Va bene."

"Va bene." Baker si sentiva entusiasta e felice come mai non si sentiva da tanto tempo. "Vuoi guardare la TV? Posso mettere un film, se no facciamo una passeggiata."

Lei alzò gli occhioni marroni e Baker pensò di notare riflesso in quegli occhi lo stesso entusiasmo che provava lui.

"Pensi che un bacio potrebbe chiudere l'accordo?" gli chiese timidamente.

"Sì, ma non adesso. Ci siamo già mossi abbastanza alla svelta. Hai bisogno di tempo per assorbire cosa sta succedendo tra noi due."

"Oh."

Il tono deluso di quel monosillabo fece quasi perdere a Baker il fermo controllo che aveva mantenuto su di sé. "Ci arriveremo, Trilli, non c'è fretta."

"È solo che..." Jodelle scosse la testa. "È difficile per me credere che siamo passati da persone che si vedono per caso a... quel che siamo adesso."

"Non ci siamo mai visti veramente per caso, lo sai," le rispose.

Lei lo fissò e annuì leggermente.

"Allora passeggiata," decise Baker, togliendole controvoglia la mano dal collo. "Così mi sarà più facile tenere le mani a posto."

"Mi piace sentire le tue mani su di me," ammise Jodelle.

Lui chiuse gli occhi e respirò a fondo. Maledizione... si era espressa senza peli sulla lingua: niente giochetti, niente finte malizie.

"Baker?" lo chiamò preoccupata.

Lui riaprì gli occhi e la fissò. "Anche a me piace tenere le mani su di te," le disse. Poi si alzò. "Andiamo. Polo Beach non è tanto lontana da qui, di solito non è affollatissima ed è un bel posto in cui bruciare le calorie della pasta."

Lei si alzò con un sorriso e gli chiese: "Non andiamo a fare una marcia forzata, vero? Perché ho la pancia piena e potrei vomitare, se mi fai camminare troppo alla svelta."

Baker ridacchiò e le mise un braccio intorno alla vita. "Teniamo il tuo passo, Trilli."

"Grazie. Hai le gambe più lunghe delle mie e con il tuo addestramento rimarrei indietro in pochi secondi."

"Pensi che ti lascerei indietro?" le chiese accompagnandola alla porta.

"No... ma ho la sensazione che da caposquadra eri uno tosto. Ti immagino che sbraiti ai tuoi marinai e ordini loro di darsi una mossa e di stare al passo."

Baker rise, perché quell'immagine non era molto lontana dal vero. Avrebbe voluto stringerla a sé e baciarla fino allo sfinimento, ma si accontentò di abbassarsi e baciarla sulla testa. "Ti prometto che sarà solo una sgambata per smaltire la cena, niente di più."

"Va bene. Ah, Baker?"

"Sì?"

"Trovo tutto molto strano, davvero inaspettato... ma non mi dispiace."

Lui sorrise radioso. "Bene."

La lasciò andare per il tempo necessario ad aprire la porta, uscire e richiuderla a chiave, poi lei gli prese timidamente la mano, dandogli una forte emozione. Era pazzesco: anche solo tenerla per mano gli dava i brividi. Baker aveva cinquantadue anni e per la prima volta nella vita... la compagnia di una donna gli faceva girare la testa. Non sapeva bene se preoccuparsene, o se seguire il suo istinto.

Jodelle lo guardò in faccia, gli sorrise di nuovo timidamente, poi tornò a guardare il marciapiede davanti.

Baker decise di seguire il suo istinto.

CAPITOLO TRE

IL MATTINO DOPO, Jody era sdraiata a letto e fissava il soffitto. Il giorno prima era stato... interessante. Negli ultimi cinque anni, si era goduta una specie di routine tranquilla. Passava molte mattinate in spiaggia, a tener d'occhio i ragazzi prima della scuola, poi tornava a casa a sbrigare delle faccende; tornava in spiaggia nel pomeriggio e passava le serate a casa da sola, mangiava e spesso tornava a lavorare; infine andava a dormire per ricominciare tutto daccapo il giorno dopo.

Invece il giorno prima aveva portato una bella novità, diversa dalla solita routine, ma lei non era sicura se le facesse o meno piacere. Ripetere ogni giorno le stesse cose le dava una certa sicurezza. Di sorprese e di cambiamenti ormai ne aveva vissuti abbastanza per una vita intera.

Baker l'aveva spinta fuori dalla sua zona di comfort. Prima c'era stato l'incidente di Ben, a cui era successo senz'altro qualcosa; lei aveva cercato disperatamente di parlare con quel ragazzo, per vedere se c'era qualcosa che potesse fare per lui. Non sapeva molto su Ben, solo che i suoi genitori erano ricchi e che era un adolescente piuttosto tranquillo, ma socievole.

Poi era arrivato Baker.

Con un sospiro, Jody chiuse gli occhi mentre ripercorreva nella mente la serata. Era difficile credere che fosse davvero interessato *a lei*, una donna assolutamente normale, che alcuni giorni faceva fatica persino a stare a galla. Eppure lui le era sembrato totalmente serio, quando le aveva detto che voleva esplorare il rapporto tra loro due.

Baker era anche un po' arrogante, ma Jody era certa che, se avesse respinto quelle avance, lui avrebbe accettato il no senza tormentarla. Però lei non aveva detto di no. Per la prima volta dopo tanto tempo, aveva accettato il rischio.

Kai le avrebbe detto che era ora.

Ripensare al figlio, Kailani, la addolorava; invece quel mattino l'immagine del figlio che le sorrideva e che batteva cinque con lei non l'aveva avvilita come sempre. Il suo ragazzino imbranato le mancava più di quanto lei potesse esprimere. Avevano passato insieme tanto tempo, solo loro due; svegliarsi senza di lui in quella casa le sembrava sbagliato.

Però Jody sapeva di non potersi adagiare in quel dolore, altrimenti si sarebbe rovinata la giornata, così si costrinse a ripensare a Baker. Le piaceva il modo diretto in cui si esprimeva. Era un uomo intenso, ma che almeno le aveva detto chiaro e tondo che tipo di rapporto voleva, il che era stato un sollievo. Lei aveva passato da tempo l'età dei giochetti tra coppie.

La passeggiata sulla spiaggia era stata gradevole. Si erano tenuti per mano e avevano parlato, tra le altre cose, delle gare di surf di quel giorno (e di quanto odiavano il traffico che causavano). Baker le aveva raccontato qualcosa del periodo trascorso in Marina e della decisione di fermarsi alle Hawaii dopo essersi ritirato dai SEAL. Era stata una chiacchierata piacevole e a lei sembrava di conoscere quell'uomo da sempre. Era ancora confusa sul quel passaggio repentino da amici occasionali, che si vedevano qualche volta la settimana in spiaggia, a coppia, dato che evidentemente si erano messi insieme; ma Jody non poteva certo dire che le dispiacesse, anche se aveva comunque i nervi a fior di pelle.

Baker era... difficile da descrivere a parole. Jody sapeva solo che le piaceva stargli vicino, le riempiva il cuore, che le si era completamente svuotato dalla morte di Kai.

Jody rifiutò di farsi rovinare il buon umore; si mise seduta e si girò, sporgendo le gambe fuori dal letto. Si era presa un raro giorno di riposo dalle consuete mattinate in spiaggia. Era l'ultima giornata della gara di surf e i suoi ragazzi sarebbero andati di sicuro ad assistere, come avevano fatto negli ultimi giorni. L'indomani sarebbero tornati alla solita spiaggia, a fare surf nelle prime ore del mattino, prima che cominciasse la scuola, e lei sarebbe andata a tenerli d'occhio.

Così si era presa un giorno per sé... anche se non era il tipo di giorno che preferiva. Però aveva dei progetti di design grafico a cui doveva lavorare, oltre a un sito che doveva costruire dal nulla. Era molto grata per quel lavoro... le dava qualcosa su cui concentrarsi quando il dolore della perdita di Kai era insostenibile, permettendole di rimanere nella casa che aveva condiviso col figlio.

Dopo la doccia, Jody prese un biscotto Pop-Tart dalla dispensa e se lo mangiò in piedi in cucina. Sapeva che quei biscotti zuccherini non erano molto salutari, tutt'altro, ma erano tra i dolcetti preferiti di Kai e lei ne mangiava uno ogni mattina a colazione, in memoria del figlio.

Aveva appena finito il biscotto, quando il telefono suonò con il bip di una notifica. Jody si preoccupò, non sapendo chi potesse contattarla nelle prime ore del mattino; andò al tavolo dove aveva lasciato il telefono la sera prima e lo prese.

Vedere il nome di Baker sullo schermo le fece venire le farfalle nello stomaco. Si erano scambiati il numero la sera prima.

Baker: Ieri sera sono stato bene. Sto sforzandomi di non essere troppo pesante, quindi cerco di resistere alla tentazione di venirti a trovare.

Lei si accorse di avere un sorriso da sciocca in viso; si appoggiò al mobile e cominciò a rispondere coi pollici.

· · ·

Jody: Non stavi scherzando, vero, quando hai detto che volevi fare sul serio?

Baker: No. Te ne accorgerai conoscendomi. Quando voglio qualcosa, do tutto me stesso. Che programmi hai per oggi?

Che sensazione piacevole! Era passato chissà quanto, da quando Jodelle aveva avuto qualcuno con cui condividere i propri programmi.

Jody: Niente di entusiasmante. Qualche lavoro.

Baker: Niente spiaggia?

Jody: Hai detto a Rome che non ci andavo, quindi mi sono adeguata. Poi è domenica, non c'è scuola e c'è la finale della gara. I miei ragazzi saranno troppo presi a godersi le prodezze dei loro surfisti preferiti, non si metteranno nei pasticci.

Baker: Domani però ci sei?

Jody: Sì. Perché?

Baker: Volevo solo essere sicuro di rivederti presto.

Jody sentì la pelle d'oca sulle braccia. Accidenti, che uomo determinato! Poi si fece seria. Lui poteva strappare quel poco cuore che le era rimasto in petto e ridurlo in schegge. Fu pervasa dai ripensamenti. Forse non era stata una buona idea.

Baker: Niente fretta e niente pressione, Trilli. Solo per concretezza.

Era come se Baker potesse percepire quel momento di paura e facesse quel che poteva per cercare di alleviarlo. Dopo un respiro profondo, gli rispose.

. . .

Jody: Non posso far finta di non essere nervosa... ma mi sono svegliata con il sorriso, e non mi succedeva da anni.

Baker: Bene. Allora oggi aspettati una telefonata da Elodie.

Jody sbatté le palpebre confusa. Sapeva chi era Elodie, era la moglie di un SEAL, uno degli amici di Baker che lei aveva conosciuto nell'ultimo anno o poco più; ma non aveva idea del perché quella donna l'avrebbe chiamata.

Jody: Elodie? Come mai?

Invece di veder comparire i tre puntini nella zona del testo, a indicare che Baker stava digitando la risposta, il telefono le squillò in mano facendole prendere un bello spavento. Rise per quella reazione, poi cliccò sull'icona per rispondere.

"Ciao," gli disse un po' timidamente.

"Accidenti se odio digitare," le disse Baker invece di salutarla. "E comunque preferisco sentire la tua voce. Buongiorno, Trilli."

Le ultime due parole gli uscirono con un tono più dolce e morbido di quelle prima.

"Buondì," gli disse.

"Elodie si metterà in contatto con te perché stamattina ho parlato con Mustang e mi è capitato di dirgli che io e te abbiamo passato la serata insieme. Vedrai che lo racconta a sua moglie e senza dubbio lei si farà prendere dall'entusiasmo e mi telefonerà per chiedermi il tuo numero, per darti il benvenuto nel circolo... per così dire."

Jody non sapeva bene come rispondergli. "Ah... va bene."

"Lei è fatta così," le disse Baker con dolcezza. "È un po' come tutte le altre amiche: è curiosa di sapere di te e vedrai che vorranno conoscerti meglio. Se vuoi che dica loro di starti lontane, glielo dico."

"No!" esclamò subito Jody. "Cioè, anch'io sono curiosa di conoscerle, a dire la verità. Quelle poche volte che le ho incontrate, mi son sembrate gentili."

"Perché *sono* gentili," confermò Baker. "Sono anche impiccione come non mai, quindi se ti fanno delle domande a cui non te la senti di rispondere, non rispondere. Non se la prenderanno."

"Magari tormento Elodie parlando di *te*," gli disse Jody per stuzzicarlo.

"Fai pure," le rispose Baker.

Jody scosse la testa e immaginò che il suo uomo non avesse alcun timore su ciò che gli amici potevano dire di lui. Ma si sentì anche confortata.

"Sul serio, Jodelle, se ancora non te la senti di affrontare Elodie o le altre, basta che tu me lo dica. Dirò loro di darsi una calmata perché ci stiamo ancora conoscendo e possono aspettare che il rapporto si consolidi, prima di invitarti alle loro nottate tra amiche."

Jody rise. "Nottate tra amiche?"

"Sì. Di solito si trovano all'attico di Aleck e Kenna. Da lassù c'è un panorama fantastico. Comunque sia, Aleck va fuori con gli altri e le ragazze passano la serata tra loro. Prima che tu me lo chieda, agli altri la tradizione va benissimo perché così le signore non devono mettersi troppo in tiro e andare in un locale per ubriacarsi. È molto più sicuro così."

Jody sentì un'ondata di nostalgia mista a tristezza. Non poté fare altro che ricordare alcune delle nottate che Kai aveva passato con gli amici, da bambino. Il suono dei suoi amici che ridevano in casa era ormai svanito col tempo, ma i ricordi erano limpidi come se fosse successo il giorno prima.

"Trilli?" la chiamò Baker.

"Scusa, sì, ci sono," gli rispose.

"Cazzo, non volevo rattristarti."

Come faceva quell'uomo a leggere i suoi stati d'animo al telefono? Jody proprio non lo capiva, ma non si soffermò su quel dubbio. "Non sono triste, non esattamente. È passato tanto tempo da quando ho sentito parlare di nottate passate fuori casa."

"Occhio, Trilli... prima o poi vorrò sentire tutta la storia del tuo ragazzo."

Jody chiuse gli occhi. Non sapeva bene che dire. La morte di Kai non era un segreto e il fatto che Baker lo sapesse non doveva sorprenderla.

"Perché fuori dai denti, la sua morte è una disgrazia atroce," aggiunse Baker. "Avrei tanto voluto conoscerlo. Con una mamma così speciale, sarebbe diventato un uomo come pochi."

Due lacrime scesero dagli occhi di Jody appena sbatté le palpebre dopo quelle parole. Era passato molto tempo da quando qualcuno era stato tanto diretto nel parlare di Kai. In tanti evitavano a tutti i costi l'argomento. Lei lo sapeva: gli altri immaginavano che parlare di Kai le desse fastidio, ma evitando l'argomento era quasi come se facessero di tutto per eliminarne persino il ricordo. Invece Baker no. "Vorrei tanto che ti avesse conosciuto," gli disse dopo un lungo momento.

"Vuoi che dica a Elodie di darci... darti... un po' di tempo?" chiese Baker.

Jody deglutì e si asciugò il viso. Quel mattino aveva vissuto quasi ogni possibile emozione, e non erano arrivate nemmeno le nove. Aveva vissuto troppo tempo in un torpore mentale, e se da un lato quegli sbalzi incredibili di stato d'animo non le andavano a genio, non poteva certo negare che si sentiva finalmente viva. Era come una sensazione di disgelo, dopo aver passato molti anni bloccata nel ghiaccio. Rimaneva ancora da capire se fosse o meno uno sviluppo positivo.

"No. Penso che mi farebbe piacere parlare con lei," disse Jody a Baker.

"Va bene. Odio ammetterlo... ma non so che lavoro fai."

Contenta di quel cambio di argomento in qualcosa di meno profondo, Jody fece una risatina. "Sono una grafica. Faccio di tutto, da logo a design di maglie, finanche siti online."

"E riesci a fare tutto il lavoro da casa?

"Sì, per fortuna sì. Mi organizzo come voglio, posso gestire i lavori nelle ore libere. A volte qualche cliente mi contatta con dei lavori urgenti, ma in generale preferisco scegliere quanto e quando lavorare."

"Mi fa piacere che i tuoi orari siano flessibili, Trilli."

Jody non trattenne un sorriso. Di nuovo, Baker non esitava a dirle ciò che gli passava per la testa, il che cominciava a piacerle davvero. "Anche a me. E tu che mi dici, Baker?"

"Io *che* ti dico?"

"Tu cosa fai? So che non sei più in Marina e che facevi il SEAL, ma adesso cosa fai?"

"Te lo dico quando ci rivediamo," le rispose Baker dopo una pausa.

Jody si fece seria. Era una risposta vagamente sinistra. "Detto così è un po' inquietante," gli disse.

"Ma no, è solo che è difficile da spiegare e preferirei che non ci fossero incomprensioni su ciò che ti dico. Se siamo faccia a faccia quando ne parliamo, posso intravedere ogni fraintendimento che potrebbe sorgere."

"Pensi che ci *saranno* fraintendimenti?" gli chiese.

"È possibile."

Merda, quel tono non le piaceva.

"Però se fraintendi, farò in modo che sia tutto chiaro prima di finire la chiacchierata."

A quella conclusione, lei si mise a ridere.

"Mi piace," le disse lui sottovoce.

"Cosa?"

"Sentirti ridere. D'ora in poi la missione della mia vita sarà sentirti ridere ogni giorno."

A quel punto, Jody fu attraversata da una strana sensazione. Non ricordava l'ultima volta che qualcuno si era preoccupato per *lei*, chiedendole cosa stesse pensando o come si sentisse, o facendo attenzione che mangiasse, che si riposasse, che ridesse... o che fosse anche solo di buon umore.

"Jodelle?" la chiamò Baker dopo qualche secondo in cui lei non disse nulla.

"Sì, ci sono, è solo che... sono passati anni da quando qualcuno si è interessato a cosa facessi o cosa pensassi."

"A me interessa. Adesso però ti lascio, così puoi lavorare un po', prima che Elodie ti interrompa. Non sorprenderti se ti ritrovi a casa un gruppo di signore per una dimostrazione della Tupperware o di chissà che altra roba, senza la più pallida idea di come abbia fatto a convincerti."

Jody sorrise. "Va bene."

"Dico sul serio. Quella donna ha delle abilità subdole. Però, Trilli, se non te la senti, se non sei a tuo agio, non aver paura di dire di no. Vedrai che Elodie non ci rimane male. Dille solo che hai bisogno di tempo, o di spazio, vedrai che ti accontenta."

"D'accordo."

"Per il resto tutto a posto?" le chiese.

"Sì, Baker, penso di sì."

"Pensavo di sentirti più avanti per controllare che rimanga tutto a posto, a te va bene?"

"Quando dici controllare, intendi sbirciare dalla finestra ogni tanto, oppure presentarti alla porta di casa mia?"

A quel punto fu lui a ridacchiare, e a Jody piacque sentirlo. Le venne il dubbio che nemmeno Baker ridesse molto spesso. "Pensavo più che altro di mandarti qualche messaggio, magari di telefonarti stasera."

"Mi va benissimo," gli rispose. "Comunque, per la cronaca, non mi sarebbe dispiaciuto se mi avessi proposto di fare un salto qui da me."

Al che fu lui a rimanere in silenzio per un attimo. "Cazzo, mi fai morire... mi piace che non ci giri attorno, Trilli. Ci aggiorniamo dopo, intanto buona giornata."

"Va bene." Jody si accorse che non gli aveva chiesto i suoi programmi per la giornata, ma ormai era troppo tardi. "Buona giornata anche a te."

"Ciao."

"Ciao." Jody cliccò per chiudere la conversazione, ma non

si spostò, rimanendo appoggiata al mobile. Si accorse dopo un minuto o due che stava ancora sorridendo.

Finalmente, si avviò in camera da letto, verso la scrivania ad angolo. In casa c'erano due camere da letto, ma anche dopo tutto quel tempo lei non se la sentiva di trasformare la seconda camera in un ufficio. Quella era la stanza di Kai e sarebbe sempre rimasta la sua camera. Jody aveva dato in beneficenza quasi tutti i vestiti del figlio, poi aveva sistemato tutto il resto in alcuni scatoloni; però le bastava vedere il materasso senza lenzuola e gli adesivi che Kai aveva attaccato alla cassettiera per star male, anche dopo tutti quegli anni. Le era venuto in mente di trasformare quella camera in un ufficio, ma... davvero non poteva immaginare di fare delle modifiche.

Quella era una stanza vuota, mentre lei lavorava sulla piccola scrivania nell'angolo della sua camera da letto. Se voleva cambiare, si portava il computer in salotto e lavorava sul tavolo da pranzo o in cucina.

Jody purtroppo non aveva un gran panorama da guardare, mentre lavorava; non c'erano le onde dell'oceano che si frangevano sul bagnasciuga. La casa dove abitava era piccola e infilata dietro una più grande, per cui, dalla finestra della camera da letto, lei vedeva solo la casa dei vicini, mentre dalle finestre più grandi del salotto vedeva degli alberi. Il cortile era di buone dimensioni, un vero dono del cielo. In più c'erano anche degli alberi da frutto.

La mancanza di un panorama probabilmente era un aspetto positivo, perché l'aiutava a concentrarsi. Quel giorno però Jody faceva più fatica del solito a tenere la testa sul lavoro... grazie a Baker. Sotto sotto, le veniva il dubbio che fosse tutta un'allucinazione, che quell'uomo affascinante non avesse davvero dichiarato l'intenzione di "smettere di cazzeggiare" e di costruire un rapporto con lei. Però le bastava leggere rapidamente i messaggi che si erano scambiati per rassicurarsi: aveva *davvero* passato il pomeriggio e la serata del giorno prima insieme a lui, e chiaramente gli piaceva.

Era molto strano. Una donna di mezza età, divorziata, con

la testa ancora incasinata dal dolore del lutto, tanto che a volte faceva fatica ad arrivare a fine giornata. Per non parlare dei chili di troppo che si portava in giro, su un corpicino di costituzione esile, e del fatto che per lei era più semplice andare d'accordo con un gruppetto di adolescenti che con i coetanei. Cosa diavolo ci vedeva Baker in lei?

Jody non era convinta che un rapporto con lui potesse funzionare, ma non poteva negare che, per la prima volta dopo tanti anni, aveva voglia di provare. Era stanca di essere sempre triste.

Dopo un respiro profondo, si sforzò di togliersi dalla testa quei pensieri per affrontare finalmente i lavori di grafica che l'attendevano. Un cliente aveva bisogno di una vetrofania da mettere nell'ascensore di un albergo panoramico per una conferenza. Doveva essere un design accattivante e facile da leggere a una rapida occhiata. Il cliente le aveva dato carta bianca, Jody poteva ideare ciò che secondo lei avrebbe funzionato meglio.

Dopo tre ore, Jody si appoggiò allo schienale della poltrona e guardò soddisfatta lo schermo che aveva davanti. Amava la grafica che aveva creato e sperava tanto che piacesse anche al cliente.

Era talmente concentrata che lo squillo del telefono la spaventò terribilmente e quasi cadde dalla sedia. Dopo una risata, pensò che fosse un po' triste non aver sentito il telefono squillare per molto tempo, tanto da esserne spaventata per due volte nella stessa mattina; poi rispose.

"Pronto?"

"Pronto, sono Elodie, parla Jodelle?"

"Sì, ma chiamami pure Jody, mi chiamano tutti così."

"Tutti tranne Baker," disse l'altra con una risata.

"Vero. Gli ho detto che nessuno mi chiama col nome completo, ma a lui sembra non interessare."

"Tipico di Baker. Come va?"

"Tutto bene."

"Mi dispiace che ieri non ci siamo viste alla gara di surf. Baker è stato tanto gentile da convincere un suo amico a farci entrare nel suo cortile, così abbiamo visto tutto dall'alto e senza dover cercare parcheggio in quel traffico orribile. Non so come fai tu."

"Come faccio cosa?" le chiese Jody, un po' divertita dalla piccola predica di Elodie. Aveva quasi l'impressione che fosse nervosa, ma le sembrava esagerato. Se una di loro doveva essere nervosa, doveva essere *lei*, non Elodie.

"Come fai a vivere da quelle parti, con tutto quel traffico."

"Beh, sì, è una rottura, ma non è sempre così terribile come quando ci sono le gare di surf, e comunque il traffico sulla H1 non è tanto migliore."

Elodie rise. "Hai ragione. Allora... devi sapere che... siamo tutte molto curiose di conoscerti."

Jody arricciò il naso. "Non sono tanto interessante."

"Ti sbagli," le disse Elodie senza esitazione. "Guarda, ormai conosco Baker da un po', anzi, mi ha proprio salvato la vita; quell'uomo non sopporta le persone frivole ed è molto selettivo nel decidere con chi passa il tempo... e tu sei *senz'altro* inclusa nel suo club esclusivo."

"Ti ha salvato la vita?" le chiese Jody.

"Eh sì! Ti racconterò tutto... ha dato una mano anche a salvare la vita di tutte le mie amiche... comunque ti dico tutto se ci troviamo a pranzo, uno di questi giorni."

Jody non trattenne una risata. Santo cielo, aveva riso più quel giorno che negli ultimi anni messi insieme.

"Che c'è? Perché ridi?" le chiese Elodie.

"Niente, è solo che Baker mi ha avvertita che mi avresti convinta a ospitare un gruppo di dimostrazione della Tupperware o qualcosa del genere prima della fine della telefonata."

Elodie fece una risata. "Allora? Ci troviamo per pranzo? Magari... pensavo che potremmo trovarci a metà strada. Appena a sud della piantagione Dole, sulla H2, c'è un posto che si chiama Sunset Smokehouse, Scott dice che è favoloso, ma se non ti va bene possiamo andare da qualche altra parte."

"Ci sono stata, fanno delle grigliate fantastiche," le disse Jody.

"Forte! Adesso magari mi spingo un po' troppo oltre, ma... che ne diresti se venisse anche qualche altra amica?"

"Qualche altra amica?" chiese Jody.

"Monica, Lexie, Ashlyn. Mo l'hai già incontrata, invece Lexie l'hai salutata una volta da lontano mentre stava parlando con Baker: Invece pensa: Ashlyn ha un istinto di protezione nei confronti di Baker... da non credere! È pazzesco, ma è vero. Anche Kenna e Carly vogliono conoscerti, ma hanno pensato bene di poter aspettare che organizziamo una delle nostre nottate tra amiche."

A dirla tutta, Jody era un po' frastornata, ma riuscì a ridere di nuovo. "Baker mi ha anticipato anche delle vostre nottate."

"Bene, perché vogliamo che una di queste volte partecipi anche tu. Presto."

"Ehm... scusa se magari ti sembro un po' scontrosa, non è mia intenzione... ma non mi conoscete. Inoltre, io e Baker abbiamo letteralmente appena deciso ieri sera di fare un tentativo tra noi due. Non è passata nemmeno una giornata, quindi non capisco come possiate essere tanto... entusiaste di conoscermi."

"Ascoltami bene, Jody... Baker è un mito. Ha fatto per tutte noi più di quanto tu possa immaginare. Farei di *tutto* per lui e non pensar male. Anche se lui non chiederebbe mai alcun tipo di aiuto. Lui vive come in una bolla tutta sua, è felice di aiutare gli altri, ma non chiede mai per sé stesso. Ormai è già da tempo che gli interessi e se interessi a lui, significa che sei una persona speciale. Quando Scott, mio marito, vuole qualcosa, niente può impedirgli di ottenerlo, e anche se non conosco Baker *tanto* bene, so che somiglia parecchio a mio marito."

"Sì, devo dire che è fatto così anche lui."

Elodie rise di nuovo e Jody si accorse che stava sorridendo.

"Allora, ci vediamo a pranzo?"

"Sì, mi farebbe piacere."

"Bene. Che ne dici di questo fine settimana."

"Oh, ehm... va bene."

"Sabato all'una? E per quanto mi addolori, non farti convincere da Baker a farti accompagnare da lui. Solo ragazze."

"Ti addolora?" chiese Jody.

"Baker è un tipo misterioso. Nessuna di noi ha mai passato davvero del tempo con lui. È come se compaia dal nulla, poi sparisce dopo un minuto. Quindi... sì, mi farebbe molto piacere sedermi a chiacchierare con lui senza bisogno che succeda prima un qualche dramma, ma prima voglio conoscere te."

Jody non ebbe una bella sensazione, sentendo parlare di "qualche dramma", ma non si soffermò su quel punto. "Mi sembra un'ottima idea. Sabato al Sunset Smokehouse. Alle tredici."

"Sarà divertente, garantito," disse Elodie.

Jody non era convintissima, quasi ci stava già ripensando, ma non disse altro se non: "Sono ansiosa di conoscere alcune delle amiche di Baker."

"Ora hai il mio numero, quindi puoi chiamarmi o inviarmi un messaggio se c'è qualche imprevisto. Non vedo l'ora di conoscerti," concluse Elodie.

"Idem."

"Bene, allora ci sentiamo."

"Ciao." Jody cliccò per chiudere la chiamata e aggiunse subito il numero di Elodie ai contatti. Era triste vedere i pochi contatti che aveva in rubrica nel telefono, fu un vero piacere poterne aggiungere uno nuovo.

Senza pensarci, Jody aprì l'applicazione dei messaggi e cominciò a digitarne uno per Baker.

Jody: Elodie ha telefonato. Niente dimostrazioni della Tupperware in programma, ma ci troviamo a pranzo sabato.

Non passò nemmeno un minuto dall'invio del messaggio, che cominciarono a muoversi i tre puntini: Baker stava rispondendo. La stava abituando a non dover aspettare, per una risposta.

Baker: A te va bene?
   Jody: Quasi.
   Baker: Spiega.
   Jody: Ci saranno anche Elodie, Monica, Lexie e Ashlyn. Monica l'ho incontrata, sembra timida, ma gentile. Anche Lexie l'ho vista una volta, invece Elodie ha detto che Ashlyn è protettiva nei tuoi confronti.
   Baker: Vuoi che telefoni a Elodie per dirle che è troppo e troppo in fretta? Non voglio che tu ti senta alle strette.

A Jody non sfuggì il fatto che Baker non menzionasse il senso di protezione di Ashlyn, ma forse un messaggio non era il modo migliore per chiarire.

Jody: No. Sono una donna adulta, Baker, me la cavo.
   Baker: Va bene, ma se non puoi, non è un problema.
   Jody: Ho un po' la sensazione di dover preparare dei braccialettini da distribuire sabato per fare amicizia.
   Baker: LOL
   Jody: OMG, hai appena scritto LOL?
   Baker: Hai gli occhi per leggere, Trilli. L'ho scritto davvero.
   Jody: Io non ti vedevo tanto incline a usare le abbreviazioni da messaggini.
   Baker: Infatti non lo sono.
   Jody: Eppure hai scritto LOL.
   Baker: Dovevo scegliere tra quello e dirti che ti vedo come una mezza matta e che adoro il tuo modo di essere. Però penso che... probabilmente è un po' presto per chiamarti mezza matta e per dirti che adoro qualcosa di te, quindi... mi sono accontentato di scrivere LOL.

. . .

Jody deglutì a fatica e sentì di nuovo la pelle d'oca alle braccia. Santo cielo, che uomo!

Baker: Alla fine te l'ho scritto lo stesso e magari adesso ti ho spaventata. Scusami.

Jody: No! Beh, magari un pochino, ma in senso buono. È passato tantissimo tempo da quando sono stata qualcosa di diverso dalla mamma di Kai, o da Miss Jody, o dalla graphic designer che completa un progetto per qualcuno.

Baker: Tu sei tutto ciò e anche di più, per me. Hai finito di lavorare, per oggi?

Jody: No. Ho completato un progetto, ma devo avviarne altri due e devo controllare le mail per vedere che progetti voglio mettere in coda per dopo.

Baker: Allora ti lascio lavorare.

Jody: OK.

Baker: Elodie e le altre sono brave persone. Non hai nulla di cui preoccuparti. Ci sentiamo dopo.

Jody: Benissimo.

Dato che non comparvero i tre puntini sullo schermo, Jody capì che la conversazione era finita. Fece un respiro profondo e scosse la testa, tanto le sembrava folle quel cambiamento radicale nella sua vita, rispetto a ventiquattr'ore prima; poi si alzò e andò in cucina per prepararsi qualcosa da mangiare, prima di tornare al lavoro.

CAPITOLO QUATTRO

IL MATTINO DOPO, Baker partì per Waimea Bay prima del solito. Già di consuetudine era mattiniero, ma aveva anche voglia di vedere Jodelle. Non sapeva nemmeno lui cosa fosse ad attirarlo tanto, ma si era stufato di resistere a quell'attrazione. Il parcheggio era già affollato, ma Baker non fu sorpreso di notare che il furgone colorito di Jodelle era già lì. Baker saltò fuori dal suo Subaru Crosstrek (un SUV di piccole dimensioni, il veicolo migliore per portarsi in giro tavole da surf) e si infilò la muta da surf; prese la tavola dalla griglia sul tettuccio e si avviò verso il punto in cui di solito si sistemava Jodelle per tenere d'occhio i ragazzi.

Il giorno prima, Baker aveva fatto alcune ricerche; in parte gli dispiaceva aver curiosato così nella vita personale di Jodelle, ma si sentiva giustificato perché proprio non voleva dire qualcosa che la rattristasse.

Sapeva già che il figlio era morto cinque anni prima, ma non sapeva altro sull'argomento. Non era stato difficile scoprire i dettagli della morte di Kailani: era stato un evento tragico e straziante, che gli aveva fatto capire meglio i motivi che la spingevano ad alzarsi alle prime ore dell'alba ogni mattina per andare a tener d'occhio i ragazzi delle superiori che facevano surf.

"Ciao," le disse avvicinandosi; non voleva spaventarla arrivandole alle spalle senza preavviso.

Jodelle si voltò e gli sorrise... e gli bastò quello per sentire un colpetto all'uccello. Maledizione! Quand'era stata l'ultima volta che aveva perso il controllo del proprio corpo? Mai successo. Un'altra dimostrazione che quella era la donna giusta per lui; Baker avrebbe fatto di tutto per non mandare all'aria quel rapporto.

"Buondì," gli disse Jodelle, che aveva tra le mani una tazza da asporto; avvicinandosi, Baker poté sentire l'aroma del cioccolato.

"Caffè?" le chiese, ben conoscendo la risposta.

"No. Cioccolata calda," gli disse Jodelle. "Era..." Si fermò, fece spallucce e proseguì: "Mi piace."

"Cosa stavi per dire?" le chiese Baker.

"Oh, nulla," rispose Jodelle mentendo.

Lui appoggiò la tavola da surf a un albero vicino poi camminò verso di lei. Jodelle era seduta sopra un tavolino con i piedi appoggiati sulla panca; da lì poteva vedere chiaramente l'oceano davanti a lei. Le onde erano ancora moderate; più tardi, si sarebbero gonfiate nei cavalloni mostruosi per cui la North Shore era famosa in quel periodo dell'anno.

Baker si abbassò su di lei e scosse la testa. "Cosa stavi per dire a proposito della cioccolata calda, Trilli?" le chiese di nuovo.

Per un attimo, Baker ebbe l'impressione che non gli avrebbe risposto. Poi lei disse sottovoce: "Solo che era una delle bevande preferite di Kai e che ogni mattina ne bevevamo insieme una tazza prima di andare a fare surf."

"Non aver paura di parlarmi di tuo figlio," le disse Baker perentoriamente. "Non devi stare attenta a ciò che dici. Sentirti parlare di lui non mi metterà a disagio. Se qualcosa ti ricorda tuo figlio, voglio saperlo. Certo, se poi c'è qualcosa che ti mette a disagio o che ti fa star male, ci mancherebbe, possiamo evitarlo assolutamente. Voglio solo che tu sappia che non devi sentirti in imbarazzo a parlarne quando ci sono io."

Gli occhi di Jodelle si riempirono di lacrime. Lei deglutì e annuì, però rimase in silenzio.

Baker ci rimase un po' male. Anche lui non era uno che raccontava molto di sé stesso, ma sperava che Jodelle gli parlasse dei propri sentimenti; però le avrebbe lasciato tutto il tempo necessario per farle capire che lui non prometteva mai nulla senza esserne convinto.

Baker si abbassò e la baciò sulla fronte, poi si rialzò. Si voltò verso l'oceano e disse: "A quanto pare, stamattina sono in tanti al line-up. Chi è uscito?"

Il line-up era la zona, lontana dal moto ondoso sul bagnasciuga, in cui ogni surfista aspettava il proprio turno per catturare un'onda al largo. Baker capì che Jodelle conosceva il gergo dei surfisti appena gli rispose senza esitazione.

"Ci sono tutti. Felipe, Rome, Brent, Lani, Kal..." Si interruppe come in sospeso.

"Ben non c'è?"

"No," gli rispose sottovoce con le labbra incurvate per la preoccupazione.

Baker non era abituato a impicciarsi in una situazione senza che gli venisse chiesto, ma dato che Jodelle era palesemente in pensiero, lui colse l'attimo per interessarsi. "Vedrò cosa posso scoprire."

Lei inclinò la testa e lo scrutò intensamente. Quando lui ormai pensò che Jodelle non gli ponesse tutte le domande che le leggeva negli occhi, lei disse semplicemente: "Grazie."

Ogni SEAL impegnato in una relazione stabile arrivava a un punto in cui doveva decidere quanto condividere nel rapporto. Baker conosceva alcuni colleghi che non condividevano letteralmente nulla. C'erano molti dettagli di cui non potevano parlare, anche volendo, ma lui sapeva per certo che alcuni SEAL *parlavano* ai coniugi di ciò che facevano o vedevano.

Lui non era mai stato tentato di dire a qualcuno ciò che aveva fatto in passato, o ciò che ancora faceva. Nemmeno gli amici sapevano fino a che punto fosse ancora coinvolto nelle operazioni top secret legate alla sicurezza nazionale. In quel momento, per la prima volta, Baker sentì l'istinto di spiegare a qualcuno esattamente quali fossero i suoi incarichi; ma dire tutto a Jodelle poteva metterla in pericolo, proprio l'ultima cosa che lui avrebbe voluto. Lei ne aveva già passate fin troppe, nella vita: non era certo il caso di aggiungere altri patemi.

Eppure Baker si sentiva in grado di aprirsi con quella donna più di quanto avesse mai fatto in passato con chiunque altro... e gli andava benissimo.

"Quanto bene conosci Ben?" le chiese.

Jodelle si chiuse nelle spalle, bevve un sorso di cioccolata, poi gli rispose: "Bene quanto gli altri ragazzi, credo. Ha cominciato a fare surf la mattina un paio di anni fa. È sempre stato molto tranquillo, rispettoso. Alla fine dell'anno scolastico appena passato, gli è venuta un'otite, però la mattina veniva lo stesso in spiaggia. Si metteva seduto insieme a me a chiacchierare. Mai niente di troppo personale, però... è un bravo ragazzo, Baker, mi sta simpatico. Però c'è qualcosa che non va, me lo sento."

Lui annuì e ripeté: "Vedrò cosa posso scoprire."

"Me lo dirai?"

Baker corrugò la fronte sorpreso. "Ma certo."

"Ah... va bene... pensavo solo, dato che sei sempre così misterioso, che ottenessi delle informazioni e te le tenessi per te."

Lui non fu sorpreso che Jodelle lo ritenesse una persona misteriosa: era la verità. Si abbassò su di lei, contento che lei non si allontanasse. Alzò una mano e gliela appoggiò sul lato del collo, accarezzandole la guancia con il pollice. Lei rimase ferma immobile, tenendo su di lui gli occhi spalancati.

"Non è questo il luogo né il momento per la conversazione che voglio avere con te su ciò che faccio, ma ti darò solo un assaggio. Anche se ci sono molti dettagli che non posso condividere, Trilli."

"Lo so," gli rispose prima che lui potesse continuare. "Eri un SEAL, lo capisco."

"In parte è per quello, ma anche perché lavoro ancora per

il governo. Quando servono informazioni, chiamano me. Sono bravo in ciò che faccio, cioè trovare informazioni riservate."

Lei lo fissò senza batter ciglio.

"Non condividerò quella parte della mia vita con te, non nel dettaglio, ma non perché sono uno stronzo o perché non voglio che tu sappia: perché non voglio che quel mondo abbia *mai* a che fare con te. Se vogliamo che questo funzioni," le disse indicando con la mano libera prima lei, poi sé stesso, "ho bisogno che tu lo capisca e che lo accetti."

"Lo capisco," gli rispose senza esitare.

Baker si prese un momento per fare un respiro profondo. Santo cielo, che donna! Jodelle non si rendeva nemmeno conto di quanto fosse importante per lui la fiducia che gli dimostrava. Chiunque avrebbe potuto sospettare che lui facesse ricerche illegali o immorali, ma gli sembrò che a Jodelle quel dubbio non fosse venuto.

"Grazie, per me è importantissimo, Trilli," le rispose, "ma se da un lato non posso condividere ciò che faccio per il governo, non potrei mai tenerti nascoste informazioni che ti riguardano."

"Come Ben," gli disse.

"Come Ben," le confermò.

"Va bene."

Baker attese. Dato che lei non aggiunse altro, lui alzò un sopracciglio. "Tutto qua?"

"Ehm... sì?"

"Adesso ho proprio voglia di baciarti," le disse dopo una lunga pausa.

Jodelle respirò con più affanno, accennando un sorrisetto. "A me va benissimo, anche se non so bene come mai ti viene voglia proprio adesso."

"Motivo in più per volerlo," ribatté lui, "ma non ho né il tempo né la privacy di baciarti come vorrei, in questo preciso momento... e ho la netta sensazione che se comincio poi sarà difficile fermarmi. Inoltre... è troppo presto."

"Perché, c'è una tempistica per queste cose?" gli chiese.

Baker fece una risatina composta. "No, ma non voglio davvero darti l'idea che voglio solo sfilarti le mutandine. Per te vale la pena andarci piano, Trilli."

"Ehm, forse è meglio che non ti crei delle grandi aspettative su quel piano, Baker," disse Jodelle distogliendo lo sguardo per la prima volta.

Lui le mosse la mano dal collo, portandogliela sotto al mento per farle alzare la testa, costringendola a guardarlo di nuovo negli occhi. "Spiegami," le chiese.

"Sembra che a letto io non sia il massimo," gli disse.

Baker rimase senza parole per un momento... poi si mise a ridere a crepapelle. Quando riprese il controllo e tornò a guardare Jodelle, lei era corrucciata e lo stava bersagliando di frecciate con gli occhi.

"Scusami, Trilli, ma è una vera stronzata."

"Non puoi saperlo."

"Ma lo so," insisté lui.

"No, non lo sai. Penso che me lo ricorderei, se io e te avessimo già condiviso un letto."

"Jodelle, accidenti, è impossibile che tu non sia fuori di testa, quando si tratta di sesso."

Lei sembrò confusa in modo adorabile... ma anche arrabbiata. Baker sapeva di essere un bastardo a farsi eccitare da quella reazione, ma non sapeva che farci.

"Sul serio," gli disse. "Ti direi di fare due chiacchiere col mio ex, ma è morto, per cui non è possibile. Però fidati, mi diceva spesso che il sesso con me faceva pena e non ho altra scelta che fidarmi."

"Sbagliato," commentò lui, senza la minima traccia di ironia negli occhi. "Sei la donna più sensuale che abbia mai conosciuto. Se il sesso tra te e il tuo ex faceva pena, era tutta colpa *sua*, Trilli, non tua."

"Lui mi tradiva," ammise Jodelle candidamente. "Diceva che non gli davo ciò di cui aveva bisogno e che quindi doveva cercare altrove. Mi diceva anche che era tutta colpa mia se è passato tanto tempo, prima che arrivasse Kailani."

"Quel coglione era un maledetto bastardo *nonché* uno

stronzo idiota," commentò subito Baker. "Se non fosse già morto, scambierei senz'altro volentieri due paroline con lui. Penso che tu lo sappia: mi interessi già da un po', ma se non lo sapevi, adesso lo sai. Fidati quando ti dico che sei fatta per essere amata. Dal tuo corpo alle tue labbra, al modo in cui ti gratti le dita col pollice quando sei nervosa... come adesso," le disse Baker con un sorriso, abbassando lo sguardo sulla mano di Jodelle, che stava facendo esattamente ciò che lui aveva appena descritto. "Peraltro, tra noi due, penso che dovrei essere io a preoccuparmi delle mie prestazioni a letto. Saranno dieci anni che non sto con una donna."

Baker non intendeva ammetterlo, ma avrebbe fatto di tutto per mettere Jodelle più a suo agio e non si vergognava affatto di aver passato tanto tempo senza andare a letto con una donna: era stata una scelta voluta. Semplicemente non aveva sentito né il bisogno né il desiderio di entrare in intimità con nessuna. Prima di Jodelle.

"È solo che..." esordì Jodelle, ma Baker le mise un dito sulle labbra per interromperla.

"No. Fidati di me."

Lei sorrise dietro al dito e Baker le fece scivolare di nuovo la mano intorno al collo.

"Ci proverò," gli disse.

Baker si accorse che era impossibile nascondere l'erezione, dato che indossava una muta da surf aderente, ma del resto non gli importava. Se Jodelle si accorgeva quanto la desiderava, tanto meglio. Si abbassò e la baciò di nuovo sulla fronte, soffermandosi su quel contatto e inalando il leggero profumo di Frangipani, ben sapendo che, se avesse mandato all'aria quel rapporto, avrebbe perso qualcosa di prezioso.

Dopo un respiro profondo, Baker si staccò da lei; avrebbe preferito rimanerle vicino, ma per scoprire cos'era successo a Ben Miller doveva cominciare a parlare con le persone che lo conoscevano meglio, tra cui anche alcuni dei ragazzi che stavano facendo surf... proprio dove lui era diretto.

"Allora vado a beccare qualche onda," le disse, apprezzando lo sguardo rilassato sul viso di Jodelle. Gli faceva piacere sapere che poteva farla rilassare in quel modo.

"Va bene."

"Quanto tempo manca all'inizio della scuola?" le chiese.

Jodelle diede un'occhiata all'orologio da polso. "Una quarantina di minuti."

Non era molto tempo, ma doveva bastare. "Va bene, allora ci vediamo dopo."

Lei gli sorrise. "Penso che i tempi in cui andavi a scuola siano passati da un bel po', Baker. Non devi uscire dall'acqua con loro; anzi, di solito ci rimani più a lungo."

Era vero. In primo luogo, perché gli piaceva non dover aspettare il proprio turno per cavalcare un'onda, ma anche perché aveva cercato spesso di mantenere le distanze da lei. Ma quel periodo era finito.

"Lo so," le disse. "Ci vediamo tra una quarantina di minuti."

Lei gli regalò un sorrisetto timido. "Va bene."

Lui si costrinse a girarsi e a prendere la tavola. Incapace di trattenersi, si voltò indietro ancora una volta prima di entrare in acqua e fece una smorfia compiaciuta notando che Jodelle gli teneva gli occhi incollati al sedere.

Baker non era un vanitoso. Si teneva in forma perché si era abituato ad allenarsi quando era in servizio attivo, ma non poteva certo non fargli piacere il modo in cui lei lo guardava. Dopo una risatina allegra, corse in acqua e cominciò a nuotare sulla tavola per superare la zona in cui si frangevano le onde, per raggiungere gli altri surfisti.

Lo salutarono tutti con affetto e seguirono vari minuti di conversazione a proposito della gara di surf e di quanto sarebbero state alte le onde più tardi, quel pomeriggio. Quando Kal catturò un'onda imponente, Baker si avvicinò a Brent. Avrebbe preferito parlare con i ragazzi dopo aver fatto qualche ricerca sulla famiglia di Ben, ma non voleva perdere quell'opportunità.

"Non ho visto Ben, che gli succede?"

"Non lo so," rispose Brent. "Da quando gli interessa una nuova, non lo vediamo spesso."

"Una nuova?" gli chiese Baker. Jodelle non gli aveva detto nulla a proposito di una nuova ragazza legata a Ben, nonostante di solito conoscesse tutti i pettegolezzi delle scuole, dato che passava molto tempo con i ragazzi. Ma probabilmente era un rapporto nuovo, e con l'interruzione dovuta alla gara di surf, forse Jodelle non aveva ancora sentito parlare di quel nuovo affetto di Ben.

"Sì, si chiama Tressa Dixon, è carinissima; piccolina, troppo timida per me, suona nella banda della scuola; non so altro di lei," spiegò Brent.

"Ragazzi, state parlando di Tressa e Ben?" chiese Lani avvicinandosi prono sulla tavola.

"Sì. Baker mi chiedeva se ho visto Ben ultimamente, gli ho detto che passa il tempo con Tressa," disse Brent.

"È una che crea problemi?" chiese Baker.

"Tressa? Non che io sappia," rispose Lani, "ma io frequento la Waialua High mentre loro vanno alla Kahuku High, più a nord. Ho sentito da Parker Dunn, uno all'ultimo anno alla Waialua, che questo fine settimana ci sarà un'altra festa enorme a casa dei Miller, se ti interessa trovare Ben."

"Un'altra?" chiese Baker.

Lani annuì. "Sì, a casa di Ben ci sono sempre delle feste. Suo papà è molto generoso, è uno a posto, non gli dispiace che ci sia gente a divertirsi. Comunque Parker esce con Nora, che è al terzo anno alla Kahuku, e dice che Tressa è molto bella. Anche lei va in terza, ha capelli neri lunghi, occhi marroni e sembra che le stiano tutti dietro. Lei però è una riservata e non parla molto... a parte con Ben. Il che fa incazzare Alex Flores, uno che fa l'ultimo anno alla Kahuku e che ha promesso di pestare a sangue Ben appena lo vede... e sanno tutti che si vedranno alla prossima festa, perché ci vanno tutti."

"Quindi Ben non si fa vedere in giro?" chiese Baker. Gli sembrava logico: Ben aveva sentito che qualcuno voleva picchiarlo e cercava di non farsi trovare nei posti in cui passava il tempo di solito.

"Non proprio," rispose Lani. "Ben è incazzato perché vuole bene a Tressa e lo sanno tutti che Alex è uno stronzo che mena le mani con le ragazze. Alex ha insultato Tressa in corridoio e Ben non l'ha mandata giù."

Baker scosse la testa. Santo cielo, quelle trame alle scuole superiori non gli mancavano affatto. Però fu contento di sentire che Ben sembrava voler proteggere la sua ragazza.

"Alex fa solo lo stronzo, ma tanto non importa perché ho sentito che Tressa è vergine," commentò Rome, che si era unito al gruppo da un minuto o due e aveva sentito l'ultimo commento di Lani.

"L'ho sentito dire anch'io," confermò Brent.

"Che cazzo importa?" chiese Baker con un po' più fervore di quanto intendesse.

"Beh, importa," disse Lani, come se Baker fosse la mente più lenta del pianeta. "Importa perché significa che non cederà mai a un bastardo come Alex, e dato che lui e i suoi amici teste di cazzo cercano solo le ragazze facili, prima o poi si stuferà di stare dietro a Tressa e passerà alla prossima."

Baker non ne fu altrettanto sicuro, ma del resto era passato molto tempo da quando lui aveva sedici anni e frequentava ancora le superiori. "Allora che mi dite della festa?" chiese. "Se questo Alex minaccia di picchiare Ben e tormenta quella ragazza, perché Ben organizza una festa? A me sembra che così vada in cerca di guai."

A quelle parole, i ragazzi, prima disponibili a parlare, si ammutolirono.

Dopo una pausa nervosa, Brent gridò. "Onda da sballo!" Gli altri cominciarono subito a nuotare verso un cavallone grande abbastanza per essere cavalcato da vari surfisti allo stesso tempo.

Accidentaccio.

Baker si mise seduto sulla tavola da surf e fece un cenno col capo verso alcuni altri ragazzi che passavano lì vicino; in attesa di un'altra onda imponente, ripensò alle chiacchiere che aveva appena sentito.

Ben aveva un nuovo interesse romantico, una ragazza vergine e timida; qualcuno voleva picchiarlo per rivalità e nel fine settimana ci sarebbe stata una grande festa a casa di Ben. L'ultima informazione non gli tornava e lo inquietava. Per non parlare del fatto che lui non aveva una grande esperienza con gli adolescenti e con le loro traversie emotive. Baker preferiva mille volte dover affrontare un terrorista psicotico che quelle ragazzate.

Ma dato che Jodelle era preoccupata per Ben, Baker avrebbe fatto ciò che poteva per scoprire che diamine stava succedendo, anche solo per tranquillizzarla. Secondo lui, poteva essere semplicemente un ragazzo perso in un nuovo rapporto affettivo e preso dagli altri che cercavano di abbatterlo; motivo per cui ultimamente non si era dato al surf e si era comportato in modo strano.

Se si fosse trattato di un semplice caso di ragazzate, però, perché mai Lani, Brent e Rome avevano evitato di rispondere alla domanda sulla festa a casa di Ben? Forse perché avevano paura di mettersi nei guai? Quel tipo di feste potevano includere la presenza di alcol e chissà, anche di droghe.

Ancora più inquietante... perché mai c'erano dei vestiti di ricambio e un *cuscino* nell'auto di Ben, l'altro giorno?

L'intuito di Baker gli stava suggerendo ad altissima voce che i problemi di Ben erano ben altri, non solo una complicazione sentimentale e qualche bulletto.

Con un sospiro, osservò gli amici con cui Ben di solito faceva surf avviarsi verso la spiaggia. Così *capì* che stavano cercando di evitarlo. Di solito non risalivano in spiaggia volontariamente prima che Jodelle si presentasse sul bagnasciuga per chiamarli, dicendo loro di prepararsi per la scuola.

Quando anche Baker arrivò in spiaggia, i ragazzi si erano già fatti la doccia e stavano tornando alle macchine.

"Beh, un bel cambiamento," commentò Jodelle appena lui la raggiunse, al tavolo vicino al quale lei lo aspettava in piedi.

"Che cambiamento?" le chiese, immaginando già la risposta.

"Invece di farsi tirare fuori come al solito, sembravano tutti tanto desiderosi di andare a scuola. Strano, eh?"

"Sì, strano," concordò Baker, la cui curiosità era stata improvvisamente stimolata. C'era di sicuro qualcosa sotto, e ormai Jodelle non era più l'unica a essere preoccupata. Anche lui aveva la sensazione di essersi impegnato in una bella grana: lui era un adulto di cui gli adolescenti non si sarebbero fidati, e non poteva certo usare le tecniche che usava di solito per ottenere informazioni da un interrogato reticente.

Jodelle si abbassò per prendere il frigo portatile, ma Baker lo prese per lei. Aveva appoggiato di nuovo la tavola da surf a un albero e con la mano libera prese quella di lei. "Ti accompagno alla macchina," le disse.

"Penso sia abbastanza sicuro da poterci arrivare anche da sola," gli rispose per stuzzicarlo.

Lui alzò le spalle. "Forse sì, ma se anche c'è una probabilità dell'un per cento che tu possa farti male o che qualcuno ti attacchi, non voglio certo correre il rischio! Poi così posso stare con te un minutino in più."

"Come potrei lamentarmene?" gli chiese Jodelle.

"Non puoi."

Si avviarono al parcheggio, fino in fondo, al furgone VW colorito. "Perché non parcheggi più vicino?" le chiese Baker.

Lei fece spallucce. "Abitudine, credo. Non faccio molto movimento, dato che lavoro seduta al computer quasi tutto il giorno. Quindi penso che qualche passo in più mi faccia solo bene, così lascio i posti più vicini a chi fa più fatica a camminare."

Che tenera, la sua Jodelle.

Baker non si scompose nemmeno a pensarla come "sua".

Arrivarono al furgoncino troppo presto. Jodelle gli prese di mano il frigo portatile e aprì il portello posteriore, mettendo il frigo sul fondo.

"Mi sorprende che tu non abbia messo lucine e simboli

della pace in tutto l'interno," le disse Baker scherzando. "Non è un prerequisito per guidare uno di questi modelli?"

Jodelle rise. "Probabilmente hai ragione, ma a me non è mai piaciuto essere prevedibile... e prima che tu me lo chieda, i sedili li ho smontati e li ho messi in garage, a casa, perché così è più facile portare in giro più cose."

"Cose?" le chiese Baker.

Vide le guance di Jodelle diventare più rosse e ne fu incuriosito all'istante. Pensava di averla inquadrata, ma ogni volta che le stava vicino scopriva sempre più dettagli e aspetti che non conosceva già.

"Sì. A volte do un passaggio ai ragazzi quando non c'è nessun altro che li porta a casa. Non voglio certo che si mettano a fare l'autostop... e così avevo bisogno di spazio sul retro per le tavole da surf. Altre volte, quando non sono oberata di lavoro, vado in giro a ripulire l'immondizia abbandonata. Ci sono persone incivili che gettano bottiglie e lattine fuori dai finestrini mentre sono in macchina. Mi fa comodo avere spazio per le borse che riempio con la roba che trovo in giro."

Baker non fu sorpreso di tutti quegli impegni sociali: lei era fatta così e l'aveva dimostrato più volte negli ultimi anni. All'inizio, lui pensava che la bontà di Jodelle si limitasse agli spuntini che preparava per i ragazzi in spiaggia, ma si era chiaramente sbagliato.

"Quando penso di dover trasportare più di un passeggero però rimetto il sedile. Non mi piace far sedere qualcuno sul retro senza cintura di sicurezza."

"Come fai a rimettere il sedile?"

"Ehm... in che senso? Non capisco," gli disse Jodelle, un po' perplessa.

"Sei minuta, Trilli. Chiedi aiuto ai vicini di casa per rimettere il sedile nel furgone e per smontarlo?"

"I miei vicini sono anziani, oppure sono a lavorare," gli spiegò Jodelle.

Baker continuò a fissarla.

"D'accordo: non è una favola, ci sudo e tiro molte parolacce, ma ce la faccio," ammise lei, un po' sulle difensive.

Baker odiava il pensiero che lei armeggiasse da sola con il sedile posteriore del furgone. "La prossima volta fammelo sapere, che vengo ad aiutarti."

"Non è un problema, Baker, ci sono abituata."

Lui le si avvicinò fino a farla arretrare e a farle appoggiare con la schiena al furgone. "La prossima volta che devi smontare o rimontare il sedile, tu fammelo sapere, così vengo ad aiutarti," le ripeté.

"Ah... va bene."

"Dico sul serio, Jodelle."

"Ho detto che va bene," ribadì lei.

"Ma *eri* convinta?" le chiese aggrottando la fronte.

"Sì?"

Baker non trattenne una risata. "Ecco. Sono fatto così, non perché sia sessista o stronzo, è che quel sedile dev'essere grande quanto te, voglio solo aiutarti."

"Ho capito," disse Jodelle con un tono più determinato di quanto intendesse. "Ma senti cosa ti dico: ho dovuto imparare a fare un sacco di cose da sola. Non potrai essere sempre con me, quando mi serve aiuto."

"Posso provarci," ribatté lui.

Lei scosse la testa e borbottò: "Come vuoi."

Baker si abbassò e le annusò la pelle del collo appena sotto l'orecchio.

"Ehm... Baker?"

"Sì?"

"Cosa stai facendo?"

"Ti annuso."

Lei rise con un po' di imbarazzo. "Stamattina c'è caldo, non sarà certo un profumino allettante."

Lui alzò la testa. "Frangipani," le disse.

Quando Jodelle si leccò le labbra, Baker non poté far altro che trattenersi, per non stringerla e baciarla in quel preciso istante.

"È il mio profumo."

"Ti metti il profumo la mattina per venire in spiaggia?" le chiese Baker, cercando di capire.

Lei alzò le spalle. "È un'abitudine. Quando Kai era piccolo, la mattina si sedeva sul mobile della cucina e mi guardava mentre mi preparavo. Era un po' un nostro rituale. Lui voleva sempre spruzzarmi il profumo. Indossarlo è un altro dei miei piccoli gesti per ricordare mio figlio."

Baker alzò una mano e le accarezzò la testa. "Che dolce. Son contento che ti sia rimasto questo ricordo, Trilli."

"Anch'io son contenta," gli rispose sottovoce.

"Per la cronaca... questo profumo ti sta maledettamente bene."

Lei fece un sorriso timido. "Grazie."

"Prego. Oggi sei molto impegnata?"

"Come al solito, perché?"

"Mi chiedevo solo se oggi ti verrà un colpo di testa e andrai in giro a ripulire l'isola, salvare le balene, protestare contro le cannucce di plastica o trovare un turista qualunque da portare in giro per un tour privato dell'isola, o qualcosa di simile."

Jodelle fece una risatina. "No, oggi no, ho troppo da fare. Però, tanto per curiosità, cosa faresti se ti dicessi che ho voglia di fare una di quelle cose?"

"Mi azzarderei a farmi invitare per venire con te," le disse Baker a cuor sincero.

"Davvero?"

"Sì. Perché sei così sorpresa?"

"Il mio ex non voleva mai fare nulla del genere insieme a me. Mi diceva sempre che ero una benefattrice, ma me lo diceva con un tono che mi faceva capire quanto mi ritenesse ridicola."

"Non sei affatto ridicola," le disse Baker senza esitare. "Che vada al diavolo."

Jodelle sorrise. "Sì." Poi si fece seria. "Per caso qualcuno ti ha detto qualcosa su Ben?"

Baker sospirò e si allontanò di poco per lasciarle più

spazio. Lei non si mosse da dov'era, con la schiena appoggiata al furgone. "In realtà no, ma farò delle ricerche."

Lei abbassò le spalle. Baker avrebbe voluto dirle della festa, ma aveva la sensazione che Jodelle, sapendolo, si sarebbe decisa ad andarci di persona per vedere di scoprire qualcosa. Quella festa lo metteva a disagio e Baker proprio non voleva che lei ci andasse, quindi minimizzò ciò che aveva sentito dai ragazzi.

"Apprezzo che tu abbia tentato di parlare con loro," gli disse Jodelle. "Oggi pomeriggio provo a sentire se si aprono con me. Di solito però non si fermano tanto in spiaggia perché hanno troppa voglia di buttarsi in acqua per cavalcare le onde."

"Non so se avrai più fortuna oggi pomeriggio, perché le previsioni danno onde da sballo," le disse Baker.

Lei sorrise.

"Che c'è?"

"Sentirti dire *da sballo* è simpatico."

"Come mai?"

"Non lo so, è simpatico e basta."

Lui non poté trattenere un sorriso. "Faccio surf, piccola, devo parlare in gergo."

Lei ampliò il sorriso.

"Vieni qui," le disse allungando le braccia e invitandola ad avvicinarsi. Lei gli andò incontro senza esitare, mettendogli le braccia intorno alla vita e stringendolo.

Sentendola così vicina, Baker provò uno scatto d'eccitazione, ma lei non sembrò notarlo. Jodelle si tenne aggrappata a lui per vari minuti splendidi, poi sospirò e si fece indietro.

"Grazie."

"Di che?"

"È passato troppo tempo da quando qualcuno mi ha abbracciata. Kai era un ragazzino molto attaccato e ogni volta che usciva di casa doveva abbracciare la mamma. Mi manca il contatto fisico con qualcuno."

"Per la cronaca, ogni volta che ti va un abbraccio, io ci sono. Ma penso che dovrei avvertirti..."

"Avvertirmi di che?" gli chiese, corrugando la fronte in modo adorabile, dato che lui non le rispondeva subito.

"Forse dovresti prepararti... perché Elodie e le altre... hanno l'abbraccio facile."

Jodelle ridacchiò. "Ah sì?"

"Eh sì. All'inizio mi dava fastidio, ma poi mi ci sono abituato. Però *nulla* batte avere te tra le mie braccia, Trilli."

Le guance di Jodelle arrossirono di nuovo. Sapere di poter ottenere quella reazione gli piaceva, e Baker ebbe la netta sensazione che le sarebbe successo più spesso, man mano che il rapporto progrediva. Lui non era abituato a moderare i termini... specialmente a letto.

"Si sta facendo tardi. Devi tornare a casa, mangiare qualcosa di sano per colazione e metterti a lavorare, così potrai essere pronta a tornare oggi pomeriggio."

"Ci vediamo più tardi?"

Quel desiderio di rivederlo gli fece piacere. "Non sono sicuro. Devo vedere come si sviluppa la giornata, ma al massimo ti chiamo stasera, se non riesco a vederti prima."

"Va bene. Ah, Baker?"

"Sì, Trilli?"

"Penso che mi piaccia questo. Il nostro rapporto. Non sono ancora sicura di cosa sia cambiato, ma sono contenta."

Baker si ripromise di assicurarsi che, in un futuro non tanto lontano, lei non solo *pensasse* che quel rapporto le piacesse, ma che ne fosse maledettamente entusiasta! "Ciò che è cambiato è che ho tirato fuori la testa da sotto la sabbia. E anche a me piace. Ci sentiamo dopo. In gamba!"

"Anche tu."

Baker le sfiorò di nuovo la guancia con le dita, poi fece un passo indietro. Jodelle salì alla guida del furgone... letteralmente *salì*, dato che non era altissima... poi salutò Baker con un cenno della mano, fece retromarcia e imboccò la strada.

Lui tornò in spiaggia per prendere la tavola da surf, tornò al suo veicolo e legò la tavola sul portapacchi. Dopo essersi messo al volante, alzò la mano per annusarla. Poteva ancora sentire sulla pelle il leggero profumo di Frangipani, nel punto in cui la mano era stata appoggiata al collo di Jodelle. In furto, sentendo quel profumo, avrebbe sempre pensato a lei... il che gli andava benissimo.

Quel mattino non si era allenato nemmeno a metà; accidenti, non aveva cavalcato nemmeno un'onda, quindi avrebbe dovuto allenarsi da casa. Ma nel frattempo avrebbe ripensato alla situazione di Ben Miller. Baker non sapeva se quella ragazza, Tressa, avesse a che fare con ciò che stava succedendo a quel ragazzo. Forse era solo quel bullo di Alex che lo tormentava. O forse non c'era davvero di che preoccuparsi e le priorità di Ben erano semplicemente cambiate, spostandosi dal surf alle ragazze. Non era certo un'ipotesi priva di fondamento.

Del resto, era anche vero che gli amici di Ben si erano comportati in modo molto sospetto, quel mattino, per cui Baker non era tranquillo. Doveva indagare più a fondo, e se avesse avuto sentore di qualcosa di dubbio, avrebbe scoperto di cosa si trattasse, almeno per tranquillizzare Jodelle. Se c'era una persona che aveva bisogno di una vita serena, era proprio lei, che a quarantott'anni aveva già sofferto abbastanza. Baker si sarebbe impegnato per far sì che la vita di Jodelle da quel momento in poi fosse piena solo di gioie.

CAPITOLO CINQUE

JODY SCATTÒ SEDUTA sul letto e ascoltò con attenzione. Sapeva esattamente cos'aveva udito, perché l'aveva già sentito innumerevoli volte, così gettò da parte la coperta, saltò giù dal letto e corse alla porta di camera sua. L'aprì di scatto e quasi si gettò verso la porta della camera di Kai, la spalancò all'improvviso e si preparò a riprendere Kai per essere tornato a casa tanto tardi, dopo l'ora stabilita.

Invece di vedere il figlio in piedi in camera sua, con lo sguardo sorpreso e con un sorriso timido, Jodelle non vide altro che buio. La camera era vuota e fredda.

Il suono delle chiavi di Kai che cadevano sulla cassettiera non era stato altro che un frutto della sua immaginazione. Un sogno.

Jody arretrò incerta, con il petto gonfio di dispiacere. Ogni volta che pensava di aver finalmente accettato il fatto che l'adorato figlio non sarebbe più tornato, la mente le faceva un brutto scherzo, un inganno crudele.

Si girò e tornò a letto a grandi passi. Senza pensare a cosa stava facendo, prese il telefono.

L'ultima cosa che aveva sentito prima di addormentarsi era la voce profonda di Baker. L'aveva incontrato due volte, quella settimana; in entrambe le occasioni si erano visti la mattina, prima che lui andasse a fare surf coi ragazzi; però lui le aveva telefonato ogni sera, incluso quel venerdì... beh, ormai era sabato, dato che era passata la mezzanotte; era il giorno del pranzo con Elodie, Monica e Ashlyn. Lexie aveva avuto un imprevisto, quindi non ce l'avrebbe fatta.

Jody era entusiasta, ma anche nervosa. Baker le aveva assicurato che non aveva motivo di agitarsi, perché sarebbe andato tutto molto liscio.

Poi però, chissà perché, forse per i nervi che avevano avuto la meglio su di lei, aveva sognato di nuovo Kai, dopo molto tempo. In passato, lo sognava continuamente; poi però i sogni si erano diradati, il che era un bene, ma anche un male. Il figlio le mancava disperatamente e, anche se sognarlo la faceva soffrire, almeno così riusciva a "rivederlo".

Quella notte si era svegliata al suono del figlio che gettava le chiavi sulla cassettiera di camera sua. Era stato un suono chiarissimo. Un suono reale. Le era già successo. Anzi, per un certo periodo, dopo la morte di Kai, aveva sentito il figlio di continuo e in mille situazioni: lo sentiva entrare in casa, tirare lo sciacquone, parlare al telefono in camera sua. Lo sentiva talmente spesso che le era venuto il dubbio di essere impazzita.

Il telefonò squillò nella camera vuota. Proprio mentre Jody si stava svegliando, mentre si accorgeva che non era una buona idea chiamare Baker alle... si voltò verso la sveglia... alle tre e ventiquattro di notte, lui rispose.

"Cosa succede, Jodelle?"

Che sorpresa! Baker sembrava del tutto sveglio e attento. Ormai era troppo tardi per riattaccare e far finta di aver telefonato per errore.

"È... no, niente," gli disse.

"Parla, dimmelo," ribadì Baker determinato. "Dimmi subito, se no tra due secondi mi metto in macchina e ti raggiungo a casa tua."

"Ho avuto un incubo," gli sussurrò Jody, sentendosi sciocca per averlo svegliato.

"Cosa?"

"Un incubo. O meglio, un'allucinazione. Non so come

chiamarlo. Scusami, non volevo farti preoccupare. Va tutto bene, almeno *va* come dovrebbe. Ti lascio dormire, non so perché ho telefonato."

"Aspetta, non riattaccare," le disse Baker, molto più rilassato di qualche secondo prima. "Com'era l'incubo?"

"Era il solito," rispose Jody con un sospiro.

"Kai," disse Baker tirando a indovinare.

"Sì."

"Parlamene."

Con sua stessa sorpresa, Jody glielo raccontò. Aveva *bisogno* di parlarne con qualcuno. Per una volta, non voleva sentirsi troppo sola. "Ogni tanto mi capita, è sempre lo stesso sogno. Sto dormendo e potrei giurare di aver sentito il suono delle sue chiavi gettate sulla cassettiera. Era un suo gesto tipico: ogni volta che tornava a casa, andava dritto in camera sua e gettava le chiavi sul mobile, l'ha preso da me. Anch'io metto sempre le chiavi nello stesso posto, quando torno a casa, altrimenti non le trovo più. Sai quante volte Kai ha dovuto aiutarmi a cercarle! Per questo abbiamo concluso una specie di accordo: mettere sempre le chiavi nello stesso posto, appena tornati a casa. Le mie vanno in una ciotola in cucina, le sue sulla cassettiera."

Jody chiuse gli occhi e sorrise tristemente, ricordando le difficoltà di entrambi di abituarsi a mettere le chiavi nel posto che avevano deciso.

"Quindi stanotte l'hai sentito?"

"Sì," confermò lei sottovoce. "Il mio cervello mi dice che la sua morte è stato solo un terribile incubo, che è tornato a casa. Esco dal letto prima ancora di svegliarmi, corro in camera sua, pronta a riprenderlo perché ha fatto tardi ed è tornato a casa oltre l'orario stabilito, ma non trovo altro che una camera vuota. Passo dall'estasi alla devastazione nell'arco di un secondo. Ci sto ancora male, Baker. Maledizione, malissimo."

"Hai freddo?" le chiese Baker.

Per un momento, Jody si chiese il motivo di quella domanda, poi si accorse che le tremava tutto il corpo. Le battevano persino i denti. Lui doveva essersene accorto dalla voce.

"Sto gelando," gli rispose.

"Dove sei?"

"Sdraiata sul letto."

"Vai sotto le coperte."

Baker le parlava con tono autoritario, ma lei non era molto in sé, per cui non ci fece caso. Piegò le ginocchia e le spinse sotto il lenzuolo, poi si infilò sotto e si coprì.

"Sei coperta adesso?"

"Sì," gli rispose sussurrando.

"Chiudi gli occhi."

"Baker, di sicuro avrai di meglio da fare, volevo solo..."

"Ssshh," la interruppe non molto gentilmente.

Lei si zittì.

"Non so cosa creda tu su Dio, sul paradiso, su ciò che succede dopo la morte, ma ti dirò cosa penso io."

Jody annuì. Lui non poteva vederla, ma evidentemente non ne ebbe bisogno per proseguire.

"Le tue non sono allucinazioni, e non sei affatto pazza. Tu e tuo figlio avevate un legame unico. Eravate legati, assai legati, e credo che la sua anima sia ancora sulla Terra... per proteggerti. I sogni che fai, i rumori che senti, il metallo delle chiavi sul legno della cassettiera... è lui che si fa sentire vicino. Vuole farti sapere che c'è."

"Credo anche che, quando nasciamo, il nostro compito è imparare qualcosa della vita. Può essere amore, può essere amicizia, può essere diventare genitore, o superare a fatica le avversità e imparare come affrontarle. Quando moriamo, la nostra vita viene esaminata... e se abbiamo imparato ciò che dovevamo imparare, passiamo alla prossima vita: un'altra chance di imparare qualcosa di nuovo. Se non abbiamo imparato la nostra lezione, otteniamo una seconda chance di imparare ciò che dovevamo imparare, nella vita successiva."

"Stai parlando di reincarnazione?" gli chiese Jody.

"Esatto. Penso anche che le anime possano reincarnarsi insieme. Così, le persone che amiamo di più in questa vita ci accompagnano anche nella prossima, in qualche modo. Come amici, figli, coniugi, docenti che ti ispirano in particolare. Penso che le anime siano legate... quindi Kai ti sta aspettando, Jodelle. Quei sogni sono il suo modo di farti sapere che è lì con te, che ti osserva, che ti aspetta, finché un giorno, in futuro, sarete riuniti e potrete ricominciare insieme."

Jody pensò alle parole di Baker. Alcuni le avrebbero scartate immediatamente come un ragionamento astruso e fuori dal mondo... invece a lei piacque il pensiero di tornare a riunirsi con Kai, in un futuro magari non immediato. Però c'era un passaggio che la preoccupava, in ciò che le aveva detto Baker. "Non sono sicura che il mio ragazzo abbia avuto il tempo di imparare la lezione che doveva imparare, quale che fosse," disse ad alta voce.

"Mi dici quali erano i suoi tratti migliori?" le chiese Baker.

Lei non ebbe nemmeno bisogno di pensarci. "Era una delle persone più gentili che abbia mai conosciuto. Faceva amicizia letteralmente con tutti. Mi tormentava sempre perché fermassi la macchina per dare qualche spicciolo ai senzatetto. Una volta si è persino tolto le scarpe perché ha visto per strada un tizio che non le indossava. Aiutava i ragazzi più giovani a fare surf, te lo giuro, non l'ho mai sentito parlar male di nessuno, nemmeno una parola."

"Sto pensando che... forse la potenza superiore che ci guida aveva piani diversi per tuo figlio," disse Baker con tono tranquillo. "Forse lui non doveva imparare una lezione nella vita, forse doveva *essere* una lezione, insegnare agli altri ad accogliere, a non giudicare, a essere altruisti."

Le lacrime si accumularono negli occhi di Jody. Le piaceva quel ragionamento. Moltissimo. Non la parte in cui Kai doveva morire troppo giovane, ma *quello*, chissà, forse gli altri avevano imparato a essere altruisti grazie a lui.

"Per come la vedo io," aggiunse Baker, "non dovresti avere paura dei tuoi sogni, o di sentire Kai che fa rumore in casa. Accoglilo, trova gioia, la sua anima è ancora con te e aspetta di riunirsi con la tua."

Le lacrime cominciarono a rigarle le guance. "Vorrei, ma mi manca troppo, Baker."

"Lo so che ti manca, Trilli. Mi dispiace tantissimo non averlo mai conosciuto."

"Dispiace anche a me. Gli saresti piaciuto," disse Jody. Poi qualcos'altro la colpì, del ragionamento di Baker. "Allora... pensi che le anime si reincarnino insieme?"

"Credo di sì," rispose lui.

"Allora pensi che *noi* ci conoscessimo, in una vita passata?"

"Sì." Baker non esitò un solo istante prima di rispondere.

"Allora io potevo essere la tua maestra, o tuo padre?"

"Possibile, ma penso di no."

Dato che lui non proseguì, Jody gli chiese: "Perché pensi di no?"

"Sicuramente è troppo presto per parlarne," le disse Baker, evitando di rispondere, il che non era normale per lui.

"Scusa se ti ho chiamato tanto tardi... cioè, tanto presto," gli disse Jody.

"No, non intendevo in quel senso. È solo che... ci stiamo solo conoscendo e non voglio spaventarti."

"Baker, ti ho telefonato in piena notte per dirti che ho sentito mio figlio morto gettare le chiavi sulla cassettiera... se c'è uno che dovrebbe spaventarsi, probabilmente sei tu," gli disse Jody con un certo sarcasmo. Poi si meravigliò: si sentiva mille volte più calma rispetto a quando aveva preso in mano il telefono. Di solito, dopo un episodio come quello, cadeva in una depressione talmente grave che le servivano diversi giorni per riprendersi. Invece, dopo averne parlato con Baker, dopo aver sentito quel pensiero sull'aldilà, si sentiva già meglio.

"Se hai bisogno di me, puoi sempre telefonare, non mi frega un piffero di che ore sono," le disse Baker con decisione. "Hai capito?"

"Sì. Lo stesso vale anche per te, anche se non mi viene in mente alcuna situazione in cui sia *tu* ad avere bisogno di me."

"A volte, sentire la voce amica di qualcuno che non ti chiede nulla, se non semplicemente di chiacchierare, è il dono più prezioso che si possa ricevere," le disse Baker.

"Baker," sussurrò Jody, combattuta tra amore e odio per quelle parole.

"È così che fanno le anime gemelle," le disse sottovoce. "A volte c'è una persona in giro per il mondo, una persona fatta apposta per te, che ti segue vita dopo vita. Trovarla non è per niente facile, specialmente con le lezioni che dobbiamo imparare in ciascuna vita... ma io penso che i vari percorsi si incrocino e che tenendo gli occhi aperti, cogliendo le occasioni, si trovi la gioia di incontrare di nuovo l'altra metà della tua anima. Allora ti aggrappi a quella persona e ci rimani con tutto ciò che hai, a prescindere dagli ostacoli che ti si presentano, e accidenti, resisti... in cambio la ricompensa è un amore tanto forte e puro che nulla potrà mai scalfirlo."

Jody deglutì a fatica. Mai in un milione di anni avrebbe pensato di affrontare una conversazione come quella, in piena notte, proprio con Baker Rawlins. Non era sicura di credere a tutto ciò che le stava dicendo, ma sentì dentro come un calore che cresceva a ogni parola che lui le diceva.

Sotto quell'aspetto da duro, quel fare brusco e quell'atteggiamento a volte inquietante, in fondo Baker era un romantico. Una dicotomia che la stimolava totalmente.

"So che sembra pazzesco," proseguì lui, "e so che ci ho messo un'eternità a tirar fuori la testa da sotto la sabbia, ma credo davvero che tu sia la persona giusta per me, Jodelle. Nell'attimo stesso in cui ci siamo incontrati, è scattato qualcosa dentro di me. Ho resistito al nostro legame, perché credevo che, dopo la vita che ho vissuto, il mio destino fosse di rimanere da solo; ma ormai non posso più negare. Però non voglio che affrettiamo i tempi. Se hai bisogno di andarci piano per realizzare che tra noi è tutto vero, reale, ti darò tutto il tempo che vorrai. Quindi prendiamo comunque un giorno dopo l'altro, a piccoli passi, Trilli."

"Va bene," gli disse Jody.

"Hai ancora freddo?" le chiese Baker.

Lei ci pensò per un attimo, poi gli rispose: "No."

"Bene. Vuoi dormire o preferisci parlare?"

"Hai detto che domattina dovevi andare a Honolulu per visitare un vecchio amico," rispose Jody.

"Sì."

"Allora dovresti dormire, così sarai più riposato," proseguì lei.

"Preferisco parlare con te, per sapere che stai bene. Se mi preoccupo, poi non riesco comunque ad addormentarmi," spiegò Baker.

Jody si infilò meglio sotto le coperte, si girò su un fianco e piegò le ginocchia rannicchiandosi. "Mi racconti qualcosa dell'amico che vai a trovare domani?"

"Ma certo. Però prima... sei nervosa per domani... anzi, per oggi?"

Jody si accorse che Baker lo faceva spesso: rigirava la conversazione per parlare di ciò che faceva lei; non che le dispiacesse, anzi, apprezzava quell'interesse, ma ogni tanto voleva parlare anche di lui. "Sì, nervosa in senso buono."

"Cosa intendi dire?"

"Non esco con delle amiche da tantissimo tempo. Mi sono allontanata dalle amiche storiche dopo il matrimonio, dopo aver dato alla luce Kailani. Poi, dopo il divorzio, non ho potuto fare altro che occuparmi di mio figlio e di me stessa. A volte mi sembrava di stare a galla a malapena. Man mano che Kai è cresciuto, mi sono impegnata sempre più nel lavoro, cercavo di guadagnare abbastanza per dare a mio figlio tutto ciò di cui aveva bisogno, e anche ciò che voleva. Quando poi lui è morto, anche solo alzarmi il mattino è diventata una sfida. Quando finalmente ho cominciato a star meglio, mi sono di nuovo immersa nel lavoro, in più vado in spiaggia al mattino e al pomeriggio, per tener d'occhio i ragazzi. Quindi sono nervosa, ma anche entusiasta. Mi intriga conoscere le donne dei tuoi amici, voglio fare una buona impressione."

"Già ti apprezzano," le disse Baker.

"Non mi conoscono," ribatté lei.

"Non importa. Sanno che stai con me e non fraintendermi, ma mi stimano, Trilli, sanno che non sono un idiota qualunque. Se tu mi piaci, significa che sei speciale, quindi non hai nulla di cui preoccuparti, vedrai che sarai la benvenuta tra loro. Semmai dovrei essere *io* a preoccuparmi che ti impegnino tutto il tempo libero... finirà che dovrò aspettarti fuori al freddo."

Al che Jody si mise a ridere. "Ehm, vedrai che non succederà, Baker."

"Meno male. Sono brave persone," le disse con dolcezza. "Sanno cosa significa avere paura, cosa significa sentirsi completamente soli al mondo. Ricordi cosa ti dicevo a proposito delle anime che si reincarnano insieme? Queste sono le persone giuste per te, Jodelle. So che sembra ridicolo, ma ti giuro che è vero. Non devi fare altro che essere te stessa. Lo sai perché Kai era un ragazzo gentile e sensibile, vero?"

"Perché?" gli chiese Jody con un sussurro, mentre le emozioni minacciavano ancora di travolgerla.

"Perché ha imparato dalla sua mamma. Ti ho vista con i ragazzi in spiaggia, e anche con gli altri. I panini che prepari non sono solo per i ragazzi che tieni d'occhio, sono per chiunque incontri e ti sembri affamato. E non pensare che non abbia notato la borsa di infradito che tieni nel furgone, caso mai incontrassi qualcuno che non può permettersi di sostituire le scarpe vecchie rovinate."

Jody chiuse gli occhi e fece un gran respiro.

"L'amico che vado a trovare domani si chiama Theo. Vive a Barbers Point, vicino al centro di Food For All dove lavorano Elodie, Lexie e Ashlyn. Ha una quarantina d'anni, era un senzatetto e ha salvato la vita di Lexie. Ha qualche problema a livello mentale, ma è l'artista di maggior talento che io abbia mai conosciuto e anche se siamo agli antipodi, siamo anche... sì, siamo amici."

Jody sorrise, non sorpresa che Baker avesse accolto Theo nella sua cerchia. Fece a Baker altre domande su Theo, su Food For All, su come avesse cominciato a fare surf e su altri argomenti qualunque. Prima che se ne rendessero conto, passò un'altra ora.

Quando lei sbadigliò per la decima volta in cinque minuti,

Baker le chiese dolcemente: "Adesso pensi di poter dormire, Trilli?"

Jody sentiva le palpebre pesanti e non si sentiva tanto rilassata da moltissimo tempo. "Sì."

"Bene. Mi piace, Jodelle."

"Cosa?"

"Parlare con te mentre ti addormenti e sei rilassata. Quando potrò farlo di persona, sarà un sogno che si realizza."

"Cosa?"

"Farti rilassare dopo una brutta serata... mi piacerebbe molto farlo mentre ti stringo."

Jody non aveva alcun dubbio al mondo: sarebbe piaciuto molto anche a lei.

Baker non le lasciò il tempo di rispondere. "Allora domani divertiti. Guida con prudenza. Mi fai sapere quando torni a casa?"

Jody sentì di nuovo lo stesso tepore nel corpo. Era l'idea che qualcuno si interessasse a lei e le chiedesse dov'era e se fosse tornata a casa sana e salva. "Tu mi fai sapere quando torni a casa dopo la visita a Theo? Altrimenti mi preoccupo, perché ti ho tenuto sveglio."

"Sì, Trilli. Ti faccio sapere. Un giorno o l'altro vorrei presentare Theo anche a te. Sarà molto curioso di conoscerti."

"Mi racconterai qualcosa su di lui?" gli chiese, incapace di frenarsi.

"Ma certo."

"È passata solo una settimana da quando abbiamo deciso di andare oltre l'amicizia," disse Jody divagando, pur sapendo bene che non c'era bisogno di ricordarglielo.

"Siamo anime gemelle," disse lui semplicemente. "Vai a dormire, Trilli. Ci sentiamo domani. Mi racconterai tutto: com'è andato alla grande il pranzo, quando sarà la prossima nottata tra amiche..."

Jody fece una risatina. "Non so se passeremo da un primo incontro al diventare super-amiche al punto da fare un pigiama party."

"Non sottovalutare il potere di Elodie e della sua cerchia," le disse Baker con una risata. "Divertiti, domani. Sogni d'oro."

"Anche a te."

"Notte."

"Buona notte," gli disse, per poi chiudere la chiamata. Jody rimase sdraiata in quella posizione raccolta per un momento, poi rotolò sul letto e appoggiò il telefono sul comodino. Infine rotolò di nuovo sul fianco, chiuse gli occhi e sussurrò ad alta voce: "Buona notte, Kai. Ti amo."

Jody stava un milione di volte meglio rispetto a quando si era svegliata di soprassalto. Tenne gli occhi chiusi e sprofondò subito in un sonno profondo e indisturbato.

CAPITOLO SEI

JODY ACCOSTÒ nel parcheggio del Sunset Smokehouse e le scappò un sorriso nel vedere tre donne in piedi all'ingresso, intente a chiacchierare. Riconobbe Monica dall'unico incontro in cui si erano conosciute; immaginò che le altre due fossero Elodie e Ashlyn.

Fu sollevata di vedere che aveva scelto bene nel vestirsi: un abbigliamento informale, ma non troppo. Indossava un prendisole di cotone che aveva comprato due anni prima in un negozietto di Honolulu quasi per capriccio. Aveva maniche ad aletta, vita alta stile impero e le arrivava alle ginocchia. Era nero con fiori gialli. Un abito più vivace di quelli che indossava di solito, ma le piaceva perché le andava a pennello e la faceva sentire bella.

Aveva completato il look con un paio di scarpe con la zeppa e con delle perline luccicanti in punta, a forma di fiore. Kai la prendeva sempre in giro quando le calzava, diceva che erano da femminuccia, ma in un'occasione aveva anche ammesso che erano carine. Jody pensava a lui ogni volta che se le metteva... motivo per cui non le aveva mai più indossate dal giorno in cui lui era morto. Però, quel sabato, dopo aver pensato alle parole che Baker le aveva detto quella notte, le era sembrato giusto portarsi anche lui, nella speranza di fare nuove amicizie.

Prima di uscire dall'auto, tirò fuori il telefono e scrisse un messaggio al volo per far sapere a Baker che era arrivata al ristorante senza intoppi. Lui non gliel'aveva chiesto, le aveva solo accennato di fargli sapere quando fosse arrivata a casa, ma quel mattino le aveva inviato un messaggio per metterla al corrente che era arrivato a Barbers Point senza problemi, che era stanco, ma non *troppo* stanco. Era stato un pensiero carino, dato che lei si era preoccupata, così aveva pensato di restituirgli il favore.

Jody: Sono arrivata. Le ragazze mi aspettano all'ingresso, ma volevo farti sapere che sono qui.
Baker: Grazie, l'apprezzo. Divertiti.

Le rispose con un messaggio breve e diretto, ma Jody non ci badò. Probabilmente Baker era impegnato col suo amico ed era stato gentile a risponderle subito. Mise il telefono in borsa, fece un bel respiro e scese dal furgone.

Le altre tre la osservarono mentre le raggiungeva. Probabilmente si erano accorte di quando era arrivata con il suo VW colorito.

"Ciao," disse Jody appena fu vicina alle altre. "Io sono Jody."

Le altre tre erano tutte sorridenti. La donna coi capelli neri fece un passo verso Jody e le disse: "Ciao, io sono Elodie, che piacere conoscerti, finalmente!"

Poi sbalordì Jody spalancando le braccia per un abbraccio lungo e sentito.

"Piacere ritrovarti, Jody," disse Monica, che poi l'abbracciò.

Infine, l'abbracciò anche l'altra donna, quella alta, che doveva essere Ashlyn.

Baker l'aveva detto sul serio: quelle amiche *avevano* l'abbraccio facile... e per Jody fu una meraviglia, tanto che non riusciva a togliersi dal viso un sorriso estatico.

"Non ci credo, finalmente ci sei! Ormai eravamo convinte che Baker non avrebbe mai aperto gli occhi e non ti avrebbe mai chiesto di uscire con lui," disse Elodie con un sorriso.

Anche Ashlyn sfoggiava un sorriso amicale, ma Jody capì d'istinto che lei sarebbe stata la più difficile da conquistare. Ricordava ciò che le aveva detto Elodie al telefono, che Ashlyn era protettiva nei confronti di Baker. Invece di darle fastidio, le dava una buona sensazione. A Jody faceva piacere che qualcuno si preoccupasse per lui, perché era lampante che lui era il tipo di uomo che si preoccupava sempre per gli altri.

Entrarono tutte e Jody inspirò profondamente. C'era un buon profumino... e le venne voglia di affondare la forchetta in una bistecca affumicata dall'odore prelibato. Si misero in coda, poi Jody ordinò una punta di manzo, imitata da Elodie. Monica ordinò sfilacci di maiale e Ashlyn delle costine. Aggiunsero un'insalatona da condividere e qualche porzione di fagioli piccanti. Quando trovarono posto, un cameriere portò loro un cestino di rotolini dolci hawaiani.

"Non posso credere di non aver mai saputo di questo locale," disse Ashlyn dopo aver cominciato a mangiare. "Il barbecue alla texana è il mio preferito in assoluto."

"È buonissimo," confermò Jody. "Fanno anche servizi di catering e da asporto... anche se è un po' troppo lontano da Barbers Point, per voi."

"Sono sicura che a Slate non dispiacerebbe venire a mangiare qui. Cioè, guardate qua... vale davvero la pena di fare un po' di strada!" Alzò una costina. Aveva le dita coperte di salsa, ne aveva anche sulle guance. Risero tutte.

"Verissimo," commentò Jody.

"Sono sicura che anche Baker verrebbe qui volentieri per fare scorta per voi due, giusto?" chiese Elodie con gli occhi radiosi.

Jody si accorse di arrossire, ma reagì con un sorrisetto. "Probabile."

"Allora... finalmente voi due state insieme?" chiese Elodie fuori dai denti.

Jody fu colpita dal tempismo di Elodie, che non aspettò a

lungo, prima di parlare di Baker... del resto non poteva biasimarla: sapeva benissimo che quell'incontro con le altre non era solo per conoscersi meglio, ma anche per diffondere qualche dettaglio su quel nuovo rapporto. "Immagino di sì," rispose.

"Come... immagini?" le chiese Ashlyn. "Elodie ha detto che vi eravate messi insieme."

"Cioè, immagino di sì, ma è stato impegnato, e anch'io, quindi non siamo ancora usciti insieme," spiegò Jody.

Elodie lasciò andare un sospiro e si appoggiò allo schienale del divanetto con un piccolo sbuffo. "Che tipo," disse scuotendo la testa.

"Baker mi sembrava il tipo di uomo che non ti prende in giro... un po' mi delude sapere che non è così," commentò Monica.

Jody non era contenta che le altre pensassero male di lui. "Mi ha detto che sono la sua anima gemella," sbottò.

Al che Elodie e Monica sorrisero.

"Ora sì che ci siamo," disse Elodie.

"Me l'immagino dire una frase del genere," ragionò Monica.

"E tu? Tu cosa pensi?" le chiese Ashlyn.

Meno male che Jody poteva farsi distrarre dal cibo, altrimenti le sarebbero tremate le ginocchia. Ingoiò il boccone di fagioli che si era messa in bocca mentre Ashlyn parlava, poi la guardò negli occhi.

"Penso che Baker sia la cosa migliore che mi sia capitata da tantissimo tempo. Mi fa sentire al sicuro, mi fa ridere, è la prima persona che mi chiede come sto... con un interesse sincero... da anni. Penso anche di non essere assolutamente alla sua altezza. Lui merita una donna che non si sveglia con la tristezza addosso e che va a dormire con la stessa tristezza quasi tutte le sere. Una che non sia... a pezzi. Ma so già che farò tutto ciò che posso per essere la donna che lui merita. Non ho la più pallida idea se ce la farò o meno, ma ci proverò. Penso anche che deve essere una persona meravigliosa come sembra, se voi tre tenete tanto a lui."

Durante quel breve discorsetto, l'espressione di Ashlyn si sciolse un poco, e quando Jody finì di parlare, Elodie aveva gli occhi bagnati dalle lacrime e le prese una mano per stringerla, poi le disse sottovoce: "Mi ha salvato la vita."

"Anche la mia," aggiunse Monica.

Jody portò gli occhi su Ashlyn.

"Non ha salvato la mia, ma c'è rimasto malissimo perché non è riuscito ad anticipare quel che stava per succedermi e perché non si trovava a casa del mio amico James quando quell'imbecille dell'assistente domiciliare è andato fuori di melone e mi ha sparato; pensa che addirittura Baker era talmente stressato che in piena notte era in spiaggia a rimuginare. Io gliel'ho detto che non era molto sicuro, in spiaggia di notte, e gli ho detto anche che quel suo senso di colpa era ridicolo, ma sai, lui è il tipo di uomo che ci sta male quando qualcuno a lui vicino è in pericolo e ci sta anche peggio se non può fare nulla per aiutare."

"Ehm... wow... capisco," disse Jody cercando di assimilare tutto ciò che Ashlyn aveva appena detto. "Ti hanno *sparato*? Adesso stai bene?"

L'espressione di Ashlyn si rilassò ulteriormente. "Sto bene," rispose a bassa voce.

"E... il tipo che ti ha sparato?"

"Morto," disse Ashlyn senza fronzoli.

"Capito."

"Ma Baker non ti ha detto nulla di noi?" le chiese Elodie.

"Non proprio, mi ha detto solo che siete fantastiche e che secondo lui siete fortissime," rispose Jody.

"Figurarsi. Allora, la mia storia è che stavo scappando da un boss della malavita che voleva ammazzarmi perché, quando lavoravo per lui come chef, non ho messo del veleno in una pietanza per uccidere uno dei suoi ospiti. Mi sono nascosta per un certo periodo su una nave mercantile, che però è stata presa d'assalto da dei terroristi. Poi ho conosciuto Scott, sono venuta alle Hawaii pensando di essere al sicuro, ma il boss ha mandato un killer che mi ha trovata e mi ha lasciata nell'oceano a morire di una morte lenta e orribile."

Jody spalancò gli occhi e rimase a bocca aperta. Dimenticato il cibo che aveva davanti, non poté far altro che fissare Elodie. "Che mi venga un colpo!"

"Eh! Ma Baker è andato a New York a incontrare il nuovo boss, perché quello che voleva farmi ammazzare nel frattempo era stato ucciso, e hanno 'trovato una soluzione'. Da lì, Baker mi ha garantito che ero al sicuro."

"Sul serio?"

"Sì!" esclamò Elodie.

"Poi uno dei vecchi colleghi SEAL di Baker è venuto alle Hawaii e mi ha rapita per usarmi come esca, perché voleva attirare Baker in trappola e ucciderlo. Baker non ha nemmeno esitato a mettersi in pericolo per affrontare quel matto," spiegò Monica.

"Santo cielo, uno dei suoi *colleghi*?" chiese Jody incredula.

"Sì, perché Baker era caposquadra e gli aveva comminato una nota di demerito o come cavolo si chiama; il fatto è che quello era mentalmente instabile e si meritava quel giudizio; ci ha rimuginato per anni e anni, prima di fare la sua mossa. Però non preoccuparti, è finito bruciato nella lava su Big Island... la fine che voleva far fare a Baker."

Jody credeva a stento a ciò che sentiva. "Uno dei suoi ex commilitoni ha cercato di ucciderlo. Con la lava."

"Sì," confermò Monica con enfasi, "ma ovviamente non ci è riuscito."

Jody abbassò lo sguardo sul piatto; ormai non vedeva nemmeno più quella grigliata deliziosa. "Cosa *cavolo* ci trova in me?" sussurrò. "Sono una noia totale, rispetto al suo solito."

"Penso che Baker si meriti un po' di noia," commentò Ashlyn.

Jody rialzò lo sguardo verso di lei.

"Ma guarda che non intendo affatto in senso spregiativo," si affrettò a spiegare Ashlyn. "Baker si fa in quattro per aiutare i nostri uomini in ogni modo: fa ricerche per le missioni, interviene quando succede qualcosa a noi e aiuta ogni volta che può. Ha bisogno di una persona che gli dia una vita normale. Probabilmente, penso io, a lui fa bene la routine, considerando tutto ciò che è successo negli ultimi due annetti."

Jody non era sicura di concordare.

"Ti ha detto che lavoro fa?" le chiese Elodie.

Jody scosse la testa. "No. Perché? Che lavoro fa?"

"Beh, accidenti. Speravo proprio che fossi *tu* a dircelo," proseguì Elodie con un sorriso. "Cioè, sappiamo che ha dei contatti straordinari... dai, è andato a New York ed è riuscito a incontrare un boss mafioso, per l'amor del cielo! Però nessuna di noi sa esattamente che lavoro faccia."

"Ha importanza?" domandò Jody.

Per la prima volta, le altre tre sembrarono rimanere senza parole.

Alla fine fu Ashlyn a ridere. "No, non ha assolutamente alcuna importanza. Noi gli vogliamo bene perché è un essere umano da favola. Ha aiutato noi tutte e i nostri uomini nei momenti di maggior bisogno. Non importa che lavoro faccia."

Jody fu sollevata di sentirselo dire, perché anche lei la pensava allo stesso modo. Più scopriva su Baker e più ne rimaneva meravigliata. "Beh, io non ho alcun boss che mi dà la caccia, almeno che io sappia, e non penso di essere in pericolo, nessuno mi rapirà prossimamente. Sono solo una normale graphic designer che sta a casa seduta davanti al computer, una ex mamma, una che va in spiaggia la mattina e il pomeriggio per tener d'occhio i ragazzi delle scuole che vanno a fare surf. Se a lui piace la routine, ha fatto centro."

"Ex mamma?" le chiese Monica. "Non credevo che fosse possibile."

"Mio figlio è morto," svelò Jody di getto.

Vide un'espressione sorpresa negli occhi di Monica, poi il dolore, mentre l'amica elaborava quella spiegazione.

"Sono mortificata," disse Monica allungando un braccio sul tavolo e toccando la mano di Jody. "Io ho avuto la mia prima, Charlotte, appena un mese fa e seriamente non posso concepire niente di peggio che perderla."

"Non *c'è* niente di peggio," confermò Jody, che a quel

punto si aspettava che l'argomento si chiudesse. Invece Ashlyn la sorprese chiedendole: "Come si chiamava?"

"Kailani."

"Che bel nome," commentò Elodie con dolcezza.

"Significa 'cielo e mare'," spiegò Jody con un sorriso accennato. "Un nome azzeccato, perché appena ha imparato a nuotare, si è innamorato dell'acqua e dell'aria aperta. Era un surfista eccezionale. Il posto in cui si sentiva più a suo agio era su una tavola, nell'oceano."

"Motivo per cui adesso vai in spiaggia?" le chiese Monica.

Parlare di Kai dava a Jody una strana sensazione, ma positiva. Era passato anche troppo tempo da quando qualcuno le aveva chiesto del figlio, quindi tra Baker e quelle amiche, le stava capitando più del solito. "Sì e no. È morto un mattino mentre faceva surf. Una corrente oceanica è arrivata all'improvviso dal nulla e ha cominciato a trascinare tutti al largo. Un ragazzo più giovane è andato nel pallone e ha cercato di tornare a riva nuotando, invece di rimanere sulla tavola; così Kai lo ha raggiunto e gli ha dato la sua tavola, perché ha visto che quel ragazzo faticava a rimanere a galla. Poi ha cominciato a trascinare la tavola con sopra il ragazzo, seguendo la costa in parallelo per cercare di uscire dalla corrente, e ce l'aveva quasi fatta... ma un'onda enorme li ha raggiunti e Kai è stato risucchiato, ha battuto la testa, ha perso l'orientamento ed è annegato."

Le amiche al tavolo rimasero in silenzio e Jody si pentì subito di aver raccontato quella storia. Non voleva rattristare l'atmosfera. "Vado in spiaggia a tener d'occhio i ragazzi perché se qualcuno fosse stato presente, la mattina in cui è morto mio figlio, forse avrebbe chiamato soccorso e magari Kai non sarebbe annegato."

"Fai da angelo custode," disse Elodie a voce bassa.

Jody alzò le spalle. "Non saprei, è solo che non voglio che un'altra mamma debba soffrire come me."

"Ci racconti qualcosa di lui?" le chiese Monica.

Jody la guardò sorpresa. Quando guardò anche le altre due, vide che annuivano con un sorriso.

"Io... cosa volete sapere?"

"Quello che ti va di raccontare. Sembra che tuo figlio fosse una persona meravigliosa," le disse Ashlyn.

"Era meraviglioso."

"Quanti anni aveva?" le chiese Elodie.

"Diciassette. Era al terzo anno delle superiori."

"Scommetto che era l'idolo delle ragazze," commentò Monica.

"In realtà no, perché gli interessava di più il surf delle ragazze," rispose Jody con un sorriso. "Anche se io l'ho convinto a uscire per andare a ballare, è successo non molto tempo prima che morisse. Lui poi ha anche ammesso di essersi divertito."

Per la mezz'ora seguente, Jody continuò a rispondere alle domande delle altre, parlando del figlio. Quando la conversazione passò in modo naturale alla figlia di Monica, il cui papà era totalmente iperprotettivo, Jody non poté resistere all'istinto di chiudere gli occhi e di assaporare la strana sensazione che le scorreva nelle vene,

"Jody? Stai bene?" le chiese Elodie.

Lei riaprì gli occhi e annuì. "Sì, sto bene, davvero bene. Voglio solo ringraziarvi per avermi chiesto di parlare di Kai."

"Che motivo avremmo di non chiederti?" domandò Monica.

"In tanti si sentono a disagio a sentirlo nominare. Pensano che parlarne mi porti tristezza, ma tanto io sono *sempre* triste. Parlare di lui e ricordare quei bei momenti in realtà mi fa star meglio, almeno per un breve periodo di tempo."

"Era una persona in carne e ossa che merita di essere ricordata," commentò Monica.

"Esattamente, quindi grazie per avermi dato quest'occasione," concluse Jody.

"Ogni volta che ti va di parlarne, tu parlane pure. Noi non saremo affatto a disagio," la rassicurò Elodie.

"Che stranezza," disse Jody asciugandosi le lacrime che erano riuscite a sfuggirle.

"Quale stranezza?"

"Una settimana fa ero una donna di mezz'età, solitaria da almeno cinque anni, adesso invece c'è un uomo favoloso che si interessa a me, parlo continuamente di mio figlio... mentre prima evitavo perfino di dirne il nome ad alta voce per non mettere a disagio gli altri... e sono seduta a mangiare con tre donne di cui vorrei tanto, *tanto* diventare amica."

"Ma noi siamo già amiche," la rassicurò Ashlyn in un baleno.

"Non solo, ci sono altre tre donne che saranno gelosissime di noi per il tempo che abbiamo passato insieme oggi," aggiunse Elodie con un gran sorriso.

"Ah, sono sicura che Kenna fisserà la data della prossima nottata tra amiche nel momento stesso in cui sentirà il resoconto di questo pranzo," disse Monica con una risatina.

"Baker mi ha parlato di queste nottate leggendarie," disse Jody.

"La fine del mondo," commentò Elodie. "Aspetta di vedere il panorama dalla terrazza di Kenna. Uno spettacolo. Lei è una sempre pimpante e molto affascinante, ma che vuoi farci: è anche carinissima a condividere quel panorama eccezionale."

"Penso di essere troppo vecchia per dormire fuori con le amiche," disse Jody con un po' di imbarazzo. "Cos'ho, tipo vent'anni più di voi? Ero sposata prima ancora che voi foste nate."

"E allora?" chiese Elodie. "L'età non è altro che un numero. E poi a noi mamme farebbe molto comodo il tuo punto di vista, la tua esperienza... e ovviamente vogliamo sapere *tutto* su Baker, se bacia bene o no..."

Risero tutte.

"Certo che bacia bene!" esclamò Ashlyn. "È Baker!"

Guardarono tutte Jody con espressione perplessa.

Lei fece spallucce e disse: "Se vi aspettate che *io* vi dica come bacia, temo proprio che vi deluderò. A meno che non vogliate sapere come mi fa tremare le ginocchia sfiorandomi la fronte con le labbra."

La guardarono tutte con l'aria allocchita per un attimo, poi parlò Monica: "Ci sta andando piano."

Jody annuì.

"Sa che non è il caso di correre, quando è in cerca di qualcosa di importante," confermò Ashlyn.

"Per la cronaca, è in cerca di te," chiarì Elodie.

"Tanto per metterti in guardia... alle altre piace parlare di sesso," aggiunse Ashlyn. "Non che insistano, ma non si tirano indietro. Se l'argomento ti mette a disagio, non è un problema, non sei tenuta a parlarne, ma volevo solo avvertirti prima della prossima serata tra amiche."

"Non mi dispiace parlare di sesso, in generale, ma non voglio parlare di Baker," disse Jody con decisione. Non voleva allontanare quelle donne, quando le sembrava di aver appena conquistato il loro rispetto e la loro amicizia, ma non voleva certo chiacchierare dietro le spalle del suo uomo. "Sono sicura che Baker ci tenga alla sua privacy e non voglio chiacchierare di lui di nascosto per poi perdere la sua fiducia."

Le altre tre la guardarono tutte con un sorriso radioso.

"Mi sembra giusto, per lui," commentò Ashlyn sottovoce.

"Mi sembri giusta *tu*, per lui," aggiunse Elodie.

"Penso che tu sia esattamente la persona di cui ha bisogno," concordò Monica. "Grazie per essere venuta a conoscerci, oggi; grazie per essere te stessa e grazie per non esserti offesa alle nostre domande."

"Grazie a *voi* per avermi inclusa," ribatté Jody. "Quando ti ho vista sulla spiaggia, quel giorno, ho capito che eri una persona speciale," disse a Monica.

"Adesso non farmi piangere," ribatté Monica sbattendo le palpebre.

Il resto del pasto si concluse senza particolari avvenimenti, rispetto agli argomenti emozionanti che avevano già affrontato. Jody scoprì altri dettagli su Lexie, Kenna e Carly, e promise di andare a trovarle al centro alimentare di Food For All e di uscire a cena al Duke's, un giorno. Elodie le offrì di ospitarla a casa sua, qualora si fosse fatto tardi, al che partì una discussione su chi poteva ospitare Jody a dormire, perché anche Monica e Ashlyn la invitarono ad approfittare delle rispettive case.

Sentirsi desiderata era una bella sensazione, ma Jody pose fine alla discussione dicendo che probabilmente Baker avrebbe preferito riportarla a casa alla North Shore, a prescindere dall'ora *tarda* in cui fosse finita la cena... e lei si sarebbe affidata a lui per tornare a casa sana e salva.

Piena di cibo e di gioia, Jody seguì le altre fuori dal ristorante, in un bel pomeriggio hawaiano. Si scambiò il numero di telefono con Ashlyn e con Monica, poi aggiunse ai contatti anche Lexie, Kenna e Carly su insistenza di Elodie. Vedere tutti quei nomi in una rubrica che fino a poco tempo prima era quasi deserta la fece sorridere.

Ashlyn l'abbracciò, poi Monica fece altrettanto, infine Elodie la strinse per un lungo momento. "Grazie per essere venuta," le mormorò. Quando si tirò indietro, tenne le mani sulle braccia di Jody. "So che ti sembrerà strano, ma vogliamo tutte il meglio per Baker, davvero. È un brav'uomo. A volte è misterioso, un po' inquietante, ma siamo tutte in debito nei suoi confronti. Siamo felici che finalmente abbia trovato lo spirito giusto per cercare ciò che ovviamente voleva."

Al che Jody arrossì. "Anch'io sono felice. Era tanto tempo che piaceva anche a me."

"Buon rientro," le disse Monica. "Magari, se per te va bene, la prossima volta che ci troviamo a pranzo o altro, posso portare anche Charlotte?"

"Mi farebbe tanto piacere," rispose Jody con spontaneità. A lei piacevano molto i bambini piccoli e di rado aveva occasioni per vederne. "Sarei contenta di venire io a Honolulu o Barbers Point."

"È un po' lontano," ribatté Elodie.

Jody sorrise. "Non è poi *tanto* lontano. Cioè, serve un giorno intero per attraversare in macchina il Texas... venire giù in città non è nulla, al confronto."

"Verissimo," commentò Elodie. "Immagino di essere solo un po' viziata, adesso. Ormai, per me, più di venti minuti sono un'e-ter-ni-tà," disse rimarcando le sillabe dell'ultima parola.

Risero tutte.

"Ragazze, buon rientro!" esclamò Jody salutandole.

"Grazie, anche a te," le rispose Ashlyn. Si salutarono tutte con un cenno delle mani, poi Jody andò al suo furgone. Vedendolo, le venne da sorridere. Le altre si erano divertite commentando su quel veicolo, anche per via della ragazza *hula* sul cruscotto. Jody aveva insistito dicendo che non poteva avere un furgone VW classico *senza* una ragazza hula.

Appena si mise al volante, abbassò i finestrini per rinfrescare l'aria e tirò fuori il telefono dalla borsa. Vide che Baker le aveva mandato un messaggio per dirle che era tornato a casa. Digitò una risposta veloce.

Jody: Pranzo finito, torno a casa.
   Baker: Tutto bene?
   Jody: Hai amiche fantastiche.
   Baker: Allora è andato tutto bene?
   Jody: Indovinato. C'è solo un problema.

Dopo quel pranzo ben riuscito, Jody stava benissimo e si sentiva coraggiosa.

Baker: Cosa? Devo chiamare gli altri per farle calmare? O scusare?

Quella preoccupazione immediata fece crescere una sensazione di tepore in Jody.

Jody: No.
   Baker: Allora qual è il problema?

Jody: Le ragazze volevano sapere se sei bravo a baciare. Ho dovuto ammettere che non lo so.

Passò un minuto d'orologio, prima che sullo schermo comparissero i tre puntini, tanto che Jody rimpianse di essere stata *tanto* coraggiosa. Stava quasi per scrivergli di lasciar perdere, per poi cedere alla mortificazione, quando sullo schermo le arrivò la risposta.

Baker: Rimediamo la prossima volta che ci vediamo.
Jody: Non volevo farti pressioni.
Baker: Nessuna pressione.
Jody: Ci hai messo tre anni per rispondere al mio commento stupido.
Baker: Non era stupido. Ci ho messo tanto perché è da quando avevo quattordici anni che non avevo un alzabandiera scattante come dopo aver letto il tuo messaggio. Stavo cercando di riprendere il controllo.

Jody sospirò di sollievo.

Jody: So che volevi aspettare.
Baker: Volevo aspettare che *tu* fossi a tuo agio con il nostro rapporto. Io so già dove voglio arrivare e dopo la notte scorsa, dopo che ti ho parlato di anime gemelle e tu non hai reagito male, e poi non solo mi hai mandato un messaggio quando sei arrivata al ristorante, ma anche adesso, per dirmi che stavi per tornare a casa, penso che ci siamo.
Jody: Ci siamo.
Baker: Allora, la prossima volta che ci vediamo, cercheremo di scoprire cosa dirai poi alle tue amiche.
Jody: Non sono una che racconta i miei baci.

Baker: Se vuoi dire che sono il baciatore migliore di tutti i tempi, a me sta bene.

Jody fece una grassa risata. Se qualcuno l'avesse spiata in quel momento, avrebbe pensato che era una matta... seduta in macchina per conto suo, a ridere. Ma a lei non importava.

Jody: Sei tanto sicuro di te?
Baker: No. Sono tanto sicuro di *te*, Trilli. Mi farai impazzire, non ho alcun dubbio, assolutamente. Buon rientro a casa.
Jody: Grazie. La visita a Theo è andata bene?
Baker: Sì. Poi ti racconto tutto.
Jody: Ok.
Baker: Son contento che sei stata bene.
Jody: Anch'io.
Baker: C'è una nottata tra amiche in programma?
Jody: Ah! Non ancora, ma se n'è parlato.
Baker: Immaginavo. Va beh, adesso allora ti lascio guidare. Ci sentiamo dopo.
Jody: A dopo.

Jody mise di nuovo il telefono in borsa e sorrise. Si era mai sentita così, quando frequentava il padre di Kailani? No, nemmeno lontanamente. Forse la teoria di Baker sulle anime gemelle aveva qualche fondamento. Era un pensiero da brividi, ma in senso buono. Lei aveva ancora paura che qualcosa non funzionasse, ma avrebbe fatto tutto ciò che poteva per dare una chance al loro rapporto.

Non c'era alcuna regola che stabilisse che non si potesse trovare l'amore dopo i quaranta o dopo i cinquanta. Lei non stava cercando un rapporto, ma non era una tonta e non avrebbe voltato le spalle a un uomo come Baker.

Sorrise per tutto il viaggio verso nord, fino a casa.

CAPITOLO SETTE

QUELLA SERA, Baker era seduto di fronte a Jodelle a casa di lei e si sentiva radioso. Gli aveva telefonato appena tornata a casa e gli aveva chiesto se volesse raggiungerla per cena. Lui non era un idiota: aveva accettato l'invito in due secondi e un decimo. Quando era arrivato, l'aveva trovata chiaramente nervosa e si era chiesto se fosse perché le aveva promesso di baciarla, o se fosse per qualche altro motivo.

Quando lei, un quarto d'ora dopo averlo fatto entrare in casa, finalmente aveva trovato il coraggio di chiedergli se avesse intenzione di baciarla, lui le aveva risposto: "Sì. Ma non se sei così nervosa. Rilassati, Trilli." Quelle parole non avevano completamente alleviato la tensione nell'aria, ma almeno un pochino lei si era rilassata.

La casetta di Jody gli piaceva. Non era sfarzosa, ma vissuta. Ovunque si voltasse, vedeva foto del figlio. Dai primi scatti del neonato, alle immagini catturate poco prima che perdesse la vita: indossava giacca e cravatta e torreggiava sulla mamma, tenendole un braccio intorno alle spalle; ridevano entrambi. Era un momento bello e straziante allo stesso tempo.

Però a lui faceva piacere che Jodelle non avesse nascosto le immagini del figlio: Kai era parte della vita della madre tanto quanto lo era stato in vita.

Jodelle aveva preparato uno stufato al forno e l'aveva tirato fuori appena lui era arrivato. Poi si erano messi seduti a tavola a mangiare.

Parlarono un po' della visita di Baker a Theo, e lui le spiegò il ruolo che l'ex senzatetto aveva avuto nel dramma di Lexie, che poi gli aveva preso in affitto un monolocale vicino al centro alimentare di Food For All a Barbers Point. Poi aveva aggiunto che, nonostante finalmente avesse un tetto sulla testa, Theo a volte dormiva comunque per strada perché gli piaceva. Era un'abitudine che lo faceva star bene.

"Lo rispetti," gli disse Jodelle.

"Certo che lo rispetto, è un brav'uomo."

"Non direi 'certo', perché in tanti probabilmente lo guardano dall'alto al basso sia perché a volte dorme ancora per strada sia per via del problema mentale."

"Io non sono come tanti," le rispose Baker con decisione.

Jodelle sorrise. "Mi farebbe molto piacere conoscerlo, un giorno."

"Anche lui vuole conoscerti," le disse Baker."

"Ottimo!"

Era *davvero* ottimo. Baker non poteva essere più sollevato della reazione di Jodelle, che non fece una piega sentendo la storia dell'amicizia con Theo. "Questo stufato è fantastico," le disse, ficcandosi in bocca un'altra forchettata.

"Grazie. Era il piatto preferito di Kai." Poi Jody arricciò il naso e concluse: "Scusami."

"Per cosa?" le chiese Baker.

"Perché continuo a parlare di lui."

Baker posò la forchetta, si sporse sul tavolo e mise una mano sotto al mento di Jodelle, facendole alzare la testa per guardarla negli occhi. "Te l'ho già detto e continuerò a ripetertelo finché non ne sarai *sicura*. Non scusarti mai perché parli di Kai. È stato nella tua vita e c'è ancora, con un ruolo meraviglioso. Non devi mai scusarti se ti viene in mente."

"A volte gli altri si imbarazzano quando ne parlo," gli disse a cuor sincero. "Pensano che ormai dovrei aver superato tutto."

"Sono passati solo cinque anni," commentò lui con dolcezza, "e poi se sono in imbarazzo è un problema *loro*, non tuo."

Jody gli regalò un sorriso. "Immagino che parlare di lui a pranzo con le altre mi abbia fatto pensare a lui più del solito, oggi. Lo sai com'è morto?" gli chiese.

Baker ne approfittò per sfiorarle col pollice la pelle incredibilmente liscia della guancia, prima di staccare la mano. Jodelle aveva qualche ruga in viso, ma per lui le rughe altro non erano che segni da portare con orgoglio. La vita non era stata facile, per lei, specialmente negli ultimi cinque anni, ma il fatto che fosse rimasta tanto gentile la diceva lunga sulla forza e sulla resilienza di quella donna, tratti che a lui piacevano tantissimo.

"Sì. Ho fatto una ricerca per risparmiarti l'onere di raccontarmi i dettagli," le rispose.

"Probabilmente è meglio così. Non mi dispiace parlare di lui, ma non di quel giorno in particolare," gli spiegò.

"È stato un eroe," le disse Baker con dolcezza.

"Lo so. L'unica cosa che mi fa stare un pochino meglio rispetto all'accaduto è sapere che Kai sarebbe stato fiero di ciò che ha fatto. Ha preferito morire, piuttosto che lasciar morire l'altro ragazzo."

"Sai, mi sentivo proprio allo stesso modo, quando andavo in missione con i SEAL. Se la mia morte poteva salvare la vita di almeno un'altra persona, allora ne valeva la pena," le spiegò Baker.

Jodelle portò gli occhi su quelli di lui. "Sono contenta che tu non sia morto," gli sussurrò.

Baker dovette impegnarsi per non spingere indietro la sedia, prendere Jodelle in braccio e portarla in camera da letto per darci dentro. Preferì risponderle: "Anch'io son contento. Se non altro per essere qui in questo momento, a mangiare questo stufato delizioso, seduto con la donna più bella su cui abbia mai posato il mio sguardo."

Lei abbassò gli occhi imbarazzata, concentrandosi sul

piatto che aveva davanti. "Non devi farmi troppi complimenti."

"Io non faccio mai complimenti," le disse in un tono forse troppo duro per quel tipo di conversazione. "Io parlo pane al pane e tu sei affascinante, Jodelle."

Le guance di lei arrossirono. "Baker, l'ultima volta che mi sono messa del trucco sarà stato il millenovecentonovantanove. Ho troppe rughe perché sto sempre al sole, sono rotondetta e la mia altezza lascia molto a desiderare."

"E io sono un Navy SEAL logoro con più rughe che buon senso. I muscoli di cui andavo tanto fiero cominciano ad afflosciarsi e sono imbronciato più spesso che sorridente. La gente mi guarda e si allontana per la paura. Noi siamo *più* del nostro guscio, Jodelle, ma non ti sto prendendo per i fondelli quando ti dico che sei bella. Pensi che mi andrebbe meglio una più giovane? Una che ci mette un secolo a spiaccicarsi della roba in faccia prima di uscire di casa? Una che rifiuta una nuotata spontanea per non rovinare il trucco? Nel caso non ti sia chiaro, le risposte sono tutte *no*."

"Io voglio te, non una *come* te, ma proprio te, Trilli. Mi piacciono le tue curve, accidenti se mi piacciono! Per me sei della taglia ideale, il modo in cui il tuo corpo aderisce al mio... sembra fatto apposta, e sai già cosa penso al riguardo. Quando ti dico che sei affascinante, voglio che tu mi creda."

"È che... È difficile credere a qualcosa che nessuno ti ha mai detto in tutta una vita," gli spiegò lei dopo un minuto.

"Stai dicendo che Kailani non ha mai detto quanto era bella la sua mamma?" le chiese Baker con scetticismo.

Jodelle alzò le spalle. "Era un ragazzino."

"Forse, ma non era uno stupido. Non l'ho mai conosciuto, ma da quel che mi hai detto di lui, lo so senz'ombra di dubbio."

"No, non era uno stupido," confermò lei.

"Stiamo davvero discutendo della tua bellezza?" le chiese Baker con un filo di voce, scuotendo la testa.

Jodelle accennò un sorriso.

"Immagino sia meglio che litigare per altre stupidaggini,"

aggiunse Baker, per poi infilarsi in bocca un'altra forchettata dello stufato di carne, formaggio e patate. Dopo aver deglutito, aggiunse: "Dobbiamo parlare del mio lavoro."

Così attirò l'attenzione di Jodelle, che annuì. "Va bene."

"Non adesso: dopo mangiato. Ci accomodiamo sul divano e facciamo la nostra bella chiacchierata. Se poi ti sta bene ciò che ti dico, magari troviamo un film o un programma da guardare per rilassarci."

Jodelle lo guardò dritto negli occhi. "Se mi sta bene ciò che mi dici?" gli chiese.

"Sì."

"È tanto brutto?"

Baker alzò una spalla. "Dipende."

Dato che lui non spiegò, Jodelle gli chiese: "Dipende da cosa?"

"Se sei il tipo di persona che vede il mondo in bianco e nero, oppure se accetti anche il grigio."

Lei lo scrutò per un lungo momento di disagio. "Capisco," disse infine, per poi tornare a guardare il piatto.

Baker voleva chiederle cosa intendesse, ma era stato lui a dirle che avrebbero parlato dopo cena. Finirono di mangiare in poco tempo e sistemarono i piatti in lavastoviglie. Quando Jodelle si girò verso di lui mordendosi il labbro inferiore con incertezza, Baker le chiese: "Sei comoda?"

"Eh... in che senso?"

Lui annuì. "Cosa indossi di solito, quando sei rilassata in casa la sera? Immagino non siano pantaloncini stretti e camicette col pizzo. Anche se mi piace quel che vedo, Trilli, voglio che tu sia comoda."

"Volevo mettermi carina per il nostro primo appuntamento," ammise lei.

"Questo non è un appuntamento," la corresse.

"Ah no? Strano, perché abbiamo mangiato e adesso vuoi che guardiamo un film per passare il tempo insieme. A me sembra tanto un appuntamento," ribatté lei con ironia.

Baker fece una risata. "Ecco, su questo hai ragione. Ma per come la vedo io, un appuntamento è quando ti porto fuori per metterti in mostra e far ingelosire tutti gli altri. Poi prendiamo l'auto per andare in spiaggia e ci mettiamo a guardare il tramonto mentre ci baciamo. Poi ti porto a casa, ti chiedo di entrare e partiamo con baci e carezze finché non finiamo a letto, dove facciamo l'amore per tutta la notte, lentamente e con dolcezza."

"Oh... wow!" esclamò Jodelle dondolandosi sui piedi. "A quanto pare sei un esperto."

"Ma no," ribatté lui. "Ti ricordi quel che ti dicevo, che son dieci anni e passa che non faccio sesso? Ma la mia idea di appuntamento con te è quella che ti ho descritto."

"Allora questo cos'è?" gli chiese muovendo le mani per indicare loro stessi e la casa.

"Questo sono io che conosco meglio la mia donna," rispose Baker. "La metto a suo agio in mia presenza, senza la pressione del sesso. Parliamo di quel che faccio in modo che non ci siano segreti tra noi. Ci accertiamo di poter andare avanti senza fraintendimenti o sorprese. Ci togliamo il pensiero del primo bacio, così potrai dire alle tue amiche che il tuo uomo non è una schiappa nel settore baci e anche per comprovare che siamo più che compatibili."

Lei lo fissò con gli occhi spalancati. Baker era carinissimo: voleva togliersi il pensiero di ciò che doveva dirle, in modo da passare alla parte più piacevole della serata... cioè abbracciarla e coccolarla sul divano. Non gli sembrò nemmeno strano che, in tutta la vita, non gli fosse mai venuto il desiderio di *coccolare* una donna, mentre in quel momento non riusciva a pensare ad altro.

"Oh," disse Jodelle, con un'espressione anch'essa adorabile.

"Allora, non è un appuntamento e abbiamo già stabilito che non devi fare assolutamente alcuno sforzo per fare una buona impressione su di me, perché tanto sono già colpito, quindi vai pure a cambiarti, indossa un paio di pantaloni comodi o dei leggings e una maglia, quello che vuoi, poi torna qui che troviamo qualcosa da guardare alla TV per rilassarci."

Jodelle sorrise. Baker avrebbe dovuto esserne sollevato... invece in quell'espressione notò qualcosa che lo agitò.

"Va bene. Vado a mettermi quello che indosso di solito quando sono a casa da sola e giro per casa di sera."

"Bene."

"Vuoi sapere una cosa?" gli chiese.

Dato che lei non proseguì, Baker alzò un sopracciglio.

"Sì?"

"Non sono affatto preoccupata di quel che vuoi dirmi. Però è chiaro che *tu* sei nervoso, il che mi garantisce che non fai ciò che fai con leggerezza e che ti importa di ciò che penserò. Altrimenti sputeresti il rospo e mi diresti di accettarlo. Quindi... sono pronta a chiudere anche questo argomento."

Con quelle parole di commiato, si girò e andò in corridoio per raggiungere la camera da letto.

"Cazzo..." commentò Baker con un filo di voce, mentre si metteva una mano sul pacco per sistemarselo. Ma gli era impossibile trovare la posizione ideale, con quell'erezione. Era passato tantissimo tempo dall'ultima frequentazione e non aveva mai avuto una reazione come quella. In passato, era sempre stato molto contenuto, preoccupato di dire qualcosa di male che potesse irritare la ragazza di turno. Era bello stare con una donna più matura, che non interpretasse male ogni mezza parola.

Jodelle aveva ragione: lui era nervoso di rivelarle il proprio lavoro perché non sapeva come avrebbe reagito. Poteva essere un momento rivelatore. Lui non avrebbe smesso comunque, e lei avrebbe dovuto accettarlo, per poter continuare un rapporto di qualunque tipo. La vita di Baker era immersa in un mondo sfumato di grigio, in cui spesso il bene e il male erano confusi. Lo faceva per il bene della patria, per le persone a cui voleva bene, ma a volte doveva spingersi al di là del lecito. Jodelle avrebbe dovuto mantenere segreto ciò che le avrebbe detto; se non se la fosse sentita, sarebbe stato impossibile imbastire un qualunque tipo di relazione, anime gemelle o no.

Ecco perché lui era tanto agitato, perché aveva cercato a tutti i costi di ignorare quell'attrazione. Ma ormai non ce la faceva più. Dopo tutto ciò che avevano passato le donne degli amici SEAL, Baker si era stufato di rimanere in disparte. Quella sera, avrebbe giocato tutte le carte a sua disposizione: Jodelle l'avrebbe accettato per quello che era, oppure no.

Baker era talmente immerso in quei pensieri che non si accorse che Jodelle era tornata. Quando lei si schiarì la gola, lui alzò la testa di scatto... e la fissò incredulo. "Cazzo, ma stai scherzando, vero?" le chiese con voce roca.

Jodelle fece una risatina. "Hai detto di mettermi comoda e di indossare ciò che indosso di solito la sera."

"Che mi venga un colpo," borbottò Baker, che si stava già muovendo per raggiungerla.

Jodelle stava sorridendo, ma quando vide quell'espressione intensa sul volto di Baker, il sorriso si affievolì e lei cominciò ad arretrare.

Una mossa intelligente, ma ormai era troppo tardi: Baker l'aveva già puntata.

Jodelle arrivò con la schiena contro il muro e lui la raggiunse subito, chiudendola tra le proprie braccia e appoggiando un avambraccio al muro sopra la testa di lei, per poi abbassarsi verso di lei. Baker abbassò la testa e le affondò il naso nell'incavo del collo. Lei inclinò la testa di lato per lasciargli più spazio, mentre con le mani impugnava la maglia di lui all'altezza della vita.

"Baker?" lo chiamò.

"Che profumo delizioso," mormorò Baker, che col fiato caldo sulla pelle le fece venire i brividi. "Dolce e irresistibile."

"Grazie," gli rispose sussurrando.

"Davvero ti vesti così per andare a letto?" le chiese.

"Sì. Non mi piace avere caldo quando dormo."

Baker riuscì a tenersi sotto controllo per il filo del rasoio. Jodelle indossava dei pantaloncini corti leggeri, che non nascondevano un bell'accidente di nulla, e una canotta che aderiva alle curve come una seconda pelle. Sembrava lo facesse apposta per provocarlo.

Baker alzò la testa e con lo sguardo la squadrò da capo a piedi. Aveva seni magnifici, lui l'aveva sempre pensato, ma intravederli sotto quella canotta aderente gli fece venire l'acquolina in bocca. Poté notare i capezzoli che si irrigidivano davanti ai suoi occhi mentre li fissava. Dovette dar fondo a ogni briciolo dell'autocontrollo appreso nei SEAL per rimanere dov'era e non alzarle la canotta per appoggiarle le labbra sulla pelle.

Dopo essersi sforzato di distogliere lo sguardo da quei capezzoli, notò un accenno di pancetta, ma invece di dispiacergli, non poté far altro che pensare alla sensazione morbida che gli avrebbe dato quel corpo, contro il proprio.

Jodelle aveva cosce formose e lui di nuovo se l'immaginò durante il sesso, mentre lo avvolgeva con le gambe intorno alla testa, appoggiandogliele sulle spalle mentre lui la leccava. Non le vedeva il sedere, perché l'aveva appoggiato contro il muro, ma Baker l'aveva già adocchiato abbastanza in passato e sapeva che era goduroso come il resto di lei. Jodelle aveva piedi piccoli e caviglie esili, che quasi sembravano inadatte a sostenere quel corpo tanto appetitoso.

"Lo sai che mi stai facendo impazzire, vero?" le disse, dopo aver completato con gli occhi quell'ispezione.

"Ho solo seguito il tuo consiglio," gli rispose con una smorfia sorniona. "Però, se ti fa star meglio, le coperte sullo schienale del divano non sono solo decorative. Mi piace usarle quando guardo la TV."

"Meno male, accidenti," commentò Baker con un filo di voce, pensando che forse sarebbe sopravvissuto alla serata, se solo fosse riuscito a coprire il corpo di Jodelle.

Lei rise di nuovo. "Se me lo chiedi, posso andare a mettermi una tuta o qualcos'altro."

"No." Quell'unica parola gli sfuggì senza nemmeno pensarci.

Lei gli sorrise lentamente.

"Mi terrai sempre sul chi va là, vero?" le chiese tornando ad avvicinarsi per inalare il profumo dolce. Frangipani e Jodelle: niente al mondo poteva eguagliarlo.

"Non vorrei mai annoiarti," gli rispose.

"Non sia mai. Andiamo, mettiamoci sotto una di quelle coperte," le disse Baker, che intrecciò con lei le dita di una mano e si staccò dal muro per raggiungere il divano.

"Ti senti bene? Cammini in modo strano," gli disse Jodelle con un tono chiaramente confuso.

Lui la guardò di nuovo incredulo. "Sul serio?"

"Ehm... sì?"

"Trilli, ce l'ho talmente duro che mi fa male a camminare," le spiegò con un cenno del mento verso il proprio inguine.

Le guance di lei divennero tanto rosse che lui non si trattenne e rise.

"Cosa ti aspettavi? Praticamente sei mezza nuda!"

"Non sono nuda!" protestò subito lei.

"Trilli, quella canotta potrebbe esserti dipinta sulla pelle, e quei pantaloncini? Non mi nascondono un bel nulla."

"Eh... ma..." Jodelle sospirò. "Va bene, speravo... dopo che mi avrai detto ciò che ti rende tanto nervoso, speravo di convincerti a fare qualcosina di diverso dal guardare un film."

Baker si mise seduto sul divano tirandola a sé. Lei cacciò un grido di sorpresa, mentre lui se la tirava sulle ginocchia. Poi lui prese una coperta morbida dallo schienale e avvolse entrambi. Infine si sistemò meglio in un angolo di quel divano, estremamente comodo, tenendo un braccio dietro la schiena di Jodelle e l'altro sulla porzione di coperta che le copriva le cosce.

"Allora direi che mi siedo qui," commentò lei ironicamente. "Non è che... ti peso addosso?" gli chiese sistemandosi su di lui.

"Ti voglio vicina così posso leggere le tue reazioni mentre parliamo," le rispose sinceramente. "E poi tenerti seduta sul mio uccello non potrebbe mai pesarmi. A *te* dà fastidio?"

"Ehm... no."

"Bene, allora non badarci."

Lei ridacchiò. "Non so se sia possibile, Baker."

"Vedrai che si ammoscia... forse," le disse. "C'è qualcosa che dovresti sapere su di me."

Dato che lui non proseguì, lei gli chiese: "Che cosa?"

"Che sono un cocciuto, e sono abituato a modo mio, vecchia maniera."

Un'espressione estremamente inquieta si mostrò sul volto di Jodelle. "Oh, santo cielo, non è che stai per dirmi che non vuoi fare sesso prima del matrimonio?"

Lui sbatté le palpebre sorpreso, poi lasciò cadere la testa all'indietro e fece una risata talmente divertita da fargli venire le lacrime agli occhi. Quando riuscì a riprendere il controllo, tornò a guardarla negli occhi, contento di accorgersi che non se l'era presa per quella reazione. "Col cazzo," le rispose scuotendo la testa. "Però è anche vero che non salto a letto con una donna solo perché ne ho l'occasione. Alla mia età, cerco un rapporto che abbia un significato. Con te, ci sarà più che un significato, ci sarà tutto. Voglio che siamo entrambi convinti: quando faremo l'amore, sarà per *amore*."

"Ah, capisco... e se..."

"E se cosa?" le chiese, dato che lei non si spiegava. "Sii sincera con me, Trilli. Finora lo sei sempre stata e a me fa piacere che non ci siano giochetti."

"E se poi non ci innamoriamo? Se ci piacciamo parecchio e ci vogliamo davvero tanto, ma non siamo sicuri della questione 'amore'?"

"Allora non si fa nulla," le rispose.

Jodelle sospirò. "È pazzesco, Baker."

"Ma no, invece. Senti: io ho cinquantadue anni, tu quarantotto. Non stiamo certo ringiovanendo, ma io *non* ho bisogno di qualcuno per essere felice. Sono rimasto da solo per tanto tempo, e anche tu. Posso procurarmi orgasmi da solo, e anche tu. Non ho intenzione di accontentarmi di un rapporto a metà, e nemmeno tu devi. Tu mi piaci, accidenti, un sacco, e sì, mi ci vedo a innamorarmi di te, ma non mi piace l'idea di fare sesso fine a sé stesso. Voglio di più. Voglio tutto."

Baker fissò Jodelle e pregò che il rapporto non finisse prima ancora di cominciare.

"Io... sì, hai ragione."

"Lo so."

Lei alzò gli occhi al cielo. "Sei anche un bel rompiscatole."

"Vero. Penso solo che il sesso tra due persone dovrebbe andare al di là di uno sfogo, e voglio godermi la nostra conoscenza prima che diamo seguito all'attrazione. Fidati di me: alla lunga è molto meglio."

"Se lo dici tu..."

"Lo dico... ma non significa che non possiamo... giocare insieme."

Gli occhi di Jodelle si illuminarono.

"Ah, ti piace," le disse Baker convinto.

"Perché, non dovrebbe?" gli chiese lei. "Frequento l'ex SEAL e surfista più fico e di successo che sia mai esistito alla North Shore."

Baker fece una risatina. "Non esageriamo, Trilli."

"Come vuoi... insomma, affrontiamo il discorso così possiamo andare oltre. Cosa volevi dirmi?"

Baker non era sicuro di essere pronto, ma Jodelle aveva ragione: doveva smetterla di girarci attorno e affrontare la questione.

"Sai che sono stato un SEAL," le disse. Vedendola annuire, proseguì. "Quando mi sono ritirato dal servizio attivo, ho scoperto che mi annoiavo a morte... così ho parlato con il mio ex comandante e mi sono offerto di aiutare a reperire informazioni per le missioni. Lui ha accettato la proposta."

"E poi?" gli chiese Jodelle, mentre lui faceva una pausa per riordinare i propri pensieri.

"E poi ho scoperto di essere molto bravo a reperire informazioni. Negli anni, mi sono creato molti contatti, sia in patria che all'estero. Ho conservato informazioni compromettenti su persone che farebbero di tutto per preservare i propri loschi segreti, infatti ho contatti disposti a dirmi tutto ciò che voglio in cambio del mio silenzio. E non mi faccio riguardo a usare i miei contatti per trovare le informazioni che cerco. In cambio però anch'io devo fare dei favori, devo passare altre informazioni che scopro e che interessano a questi figuri. Vivo nel mondo del 'do ut des', dare per ricevere, una realtà tetra e piena di marciume."

Baker trattenne il fiato mentre Jodelle assorbiva ciò che le stava dicendo.

"Quindi... sei come un libero professionista che lavora per il governo?"

Baker fece una risata nasale e alzò le spalle. "Sì, più o meno."

"Scopri informazioni sui criminali in modo che i nostri possano andare in missione e compiere il loro dovere."

"In pratica è così."

"Va bene."

Baker si fece serio. "Va bene? Cosa va bene?"

"Va bene. Mi hai detto cosa fai per vivere, tutto qua?"

"Penso che tu non abbia capito, Trilli. Non mi faccio riguardo a ricattare per ottenere informazioni. Lavoro a stretto contatto con persone orribili, uomini e donne. Ignoro i reati immorali che compiono per avere la meglio su altri che sono anche peggio."

"Come il boss della mala che hai incontrato per risolvere la situazione di Elodie?" gli chiese Jodelle.

"Esattamente."

Lei annuì, ma senza dir nulla.

"Non credo tu mi stia seguendo," aggiunse Baker frustrato.

"Invece sì che ti seguo," ribatté lei con calma, "è solo che non mi interessa."

Lui la fissò sconcertato.

"Senti, non sono una scema, so come funziona il mondo... e per rispondere alla domanda che mi hai fatto prima... è chiaro che i toni di grigio mi stanno bene. Non sono un'ingenua: a volte devi sporcarti le mani per salvare qualcuno. Prendi ad esempio la pedopornografia: so che tante volte gli ispettori che si sorbiscono quello schifo devono ignorare gli utenti in fondo a quella disgustosa catena, devono lasciarli perdere per arrivare a quelli che stanno più in alto. È uno schifo, ma alla lunga è la scelta migliore. Per beccare i capi devi lasciar nuotare i pesci piccoli."

Jodelle alzò una mano per portarla dietro la nuca di Baker,

poi abbassò il capo. "Ti dirò: se mai qualcuno mi rapisse e chiedesse un riscatto, tipo un folle della malavita, non avrei assolutamente alcun problema se tu andassi dal fratello o dal cugino del criminale in questione e facessi un patto per trovarmi. So che due malefatte non diventano una buona azione, ma se lo fai per salvarmi la vita, è assolutamente corretto."

"Nessuno ti rapirà," commentò Baker con voce roca. L'aveva sottovalutata, ma non avrebbe mai più ripetuto lo stesso errore di giudizio. Avrebbe dovuto aspettarsi quella reazione: Jodelle non aveva fatto una piega, sentendo i giri in cui lui era coinvolto. Anche se lei non conosceva esattamente che giri fossero, sapeva che erano pessime frequentazioni, ma non le importava.

"Lo so, dicevo per dire," aggiunse lei vagamente stizzita.

"Dico sul serio. La melma in cui opero non ti sfiorerà. Mai. Non ti coinvolgerò, non parlerò di te, non condividerò."

"D'accordo."

"Se qualcuno anche solo pensa di usarti per arrivare a me, lo distruggo, maledizione!"

"Ho detto che va bene, Baker."

Lui la fissò, cercando ancora di comprendere il fatto che lei avesse riassunto il tutto definendolo un "libero professionista". Accidentaccio... era davvero la donna giusta per lui... e lui avrebbe fatto di tutto, pur di averla.

"Adesso ti bacio," la avvertì.

"Era ora," commentò Jodelle con una luce speciale negli occhi.

"Hai ancora modo di fermare tutto," le ripeté. "Se sei preoccupata, se hai dei dubbi su di noi, puoi dirmelo subito. Altrimenti, sappi che non ti lascerò andare."

"Mai?"

Lui avrebbe voluto risponderle che no, mai l'avrebbe lasciata andare... ma non voleva sembrare un maniaco del controllo, non era da lui. Jodelle però non gli lasciò il tempo di rispondere alla domanda.

"Io ti accetto, Baker Rawlins, esattamente per come sei.

Sei una brava persona, anche se hai appena fatto del tuo meglio per convincermi del contrario. Sei perfetto? No... ma va bene, perché nemmeno io sono perfetta. Dico e faccio stupidaggini di continuo. Ho dei rimpianti, penso che tu sappia a cosa mi riferisco, ma sto cercando di non farmi paralizzare dalle mie paure. Voglio andare avanti, voglio essere di nuovo felice. Nell'ultima settimana sono stata finalmente felice, dopo cinque anni. Anzi, sono persino contenta che tu abbia quel genere di contatti. Sì, certo, ci sono dei pericoli, ma allo stesso tempo mi consola sapere che se mi succede qualcosa, o se succede qualcosa a te, agli amici, alle loro compagne, a qualche SEAL in missione all'estero a sputare sangue per tenerci al sicuro... beh, tu puoi sfruttare i tuoi contatti per intervenire."

Al che, Baker decise di farla finita con gli avvertimenti. Le mise una mano dietro la testa, mentre con l'altra la teneva all'altezza della vita, e si abbassò verso di lei.

Jodelle gli andò incontro.

Quando le loro labbra si toccarono, non ci fu indecisione o delicatezza in quel primo bacio. Baker chiuse gli occhi e inspirò, mentre la gustava. Jodelle non rimase seduta in modo passivo: gli afferrò i bicipiti affondandogli le unghie nella carne mentre lui la baciava come se la vita dipendesse da quel bacio.

Le loro lingue si incrociarono, mentre si scambiavano sapori e sensazioni. Baker sentì quasi le dita dei piedi alzarsi da terra. Una sensazione ridicola, ma capì senza ombra di dubbio che quella sarebbe stata l'ultima donna che avrebbe mai baciato.

Quando lui alzò la testa, sentì con gran piacere che Jodelle mugolava e cercava di non perdere il contatto delle labbra. Baker aspettò che lei aprisse gli occhi e lo guardasse, poi le parlò: "La mia anima aspettava di trovare la tua da più di cinquant'anni. Fino a due secondi fa, ancora non ci credevo fino in fondo."

"Baker," gli sussurrò Jodelle, ma lui non le lasciò il tempo di continuare: scese di nuovo con la testa e si impegnò per baciarla con dolcezza, invece dell'attacco passionale e fuori controllo di prima.

In quel bacio, su quel divano, Baker perse la cognizione del tempo. Passò un minuto, o forse un'ora; il tempo sembrò fermarsi. Lui capì solo di essersi perso a quel contatto, a quella sensazione. Si impresse nella mente ogni rumorino che lei faceva con la gola. Notò come le piaceva, quando le mordicchiava il labbro inferiore, per poi alleviare quello stimolo con la lingua; si accorse che lei tremava di delizia, quando le mordicchiò l'orecchio e lei inarcò la schiena spingendosi contro di lui, mentre le succhiava quel piccolo lobo di carne.

Baciare Jodelle lo fece godere più di qualunque rapporto sessuale completo con un'altra donna. Avrebbe potuto letteralmente baciare per tutta la notte la donna che aveva tra le braccia e sentirsi completamente appagato. Ma quando Jodelle cominciò a muovere le mani, passandogliele sotto la maglia, Baker capì di doversi fermare.

Con riluttanza, allontanò le labbra da quelle di lei e la fissò, memorizzando quelle labbra gonfie per i baci e lo sguardo sognante negli occhi di Jodelle. A un certo punto dovevano essersi mossi, perché Jodelle era sotto di lui, che le teneva le braccia intorno al corpo. Anche mentre era perso nel piacere, aveva fatto attenzione a non pesarle addosso, dato che lei era molto più minuta. Baker sentiva di averlo duro come l'acciaio ed era impossibile nasconderlo: ce l'aveva appoggiato contro l'interno coscia di Jodelle. L'unico impedimento a spingersi dentro di lei erano i sottili strati di tessuto dei pantaloncini corti e dei jeans.

"Ehm... wow," commentò lei fissandolo negli occhi.

"Eh sì."

"Posso dire in tutta onestà che non avrò alcun problema con le amiche: il mio uomo *sa* baciare."

Baker scoppiò a ridere; poi si mise seduto di scatto, portando Jodelle con sé; si sistemò nell'angolo del divano, facendola accomodare di nuovo sulle ginocchia e avvolgendo ancora entrambi con la coperta. Poi allungò un braccio per prendere il telecomando appoggiato sul tavolino vicino al divano.

"C'è qualcosa in particolare che vuoi guardare?" le chiese.

Jodelle lo osservò per un attimo, poi scosse la testa e sorrise. "Figurarsi se mi trovavo un uomo che fa seguire i fatti alle parole. Davvero vuoi che stiamo qui seduti a guardare la TV?"

"Sì."

Jodelle sospirò, poi si accoccolò contro di lui, stringendosi fino ad appoggiargli la testa su una spalla. "Va bene, ma se perdi sensibilità alle gambe non dare la colpa a me."

A lui sembrava impossibile che succedesse, quindi le rispose con un grugnito.

"E non mi interessa cosa guardiamo, mi basta rimanerti in braccio per essere contenta."

Baker percepì in quelle parole una sincerità profonda.

"Va bene, Trilli. Trovo qualcosa io."

"Baker?"

"Sì?"

"Mi piace averti qui, e per quanto mi dia fastidio ammetterlo... sono contenta che per adesso la pressione di fare sesso sia esclusa. Che tu ci creda o meno, nonostante la mia mossa azzardata di presentarmi in tenuta da letto... non credo di essere pronta ad andare oltre."

"Lo so," le rispose lui. Baker lo sapeva davvero: la sua Jodelle si era impegnata per mostrarsi sicura della propria sessualità, ma era smentita dal fatto che non avesse idea di quanto era bella. Lui non aveva alcun problema ad andarci piano: ne valeva la pena.

Jodelle si addormentò dopo una ventina di minuti guardando la partita di football che aveva scelto lui. Baker rimase seduto sul divano con le braccia intorno a lei, e non si accorse nemmeno di come finì l'incontro, tanto era concentrato su Jodelle: il modo in cui respirava, il modo in cui si muoveva nel sonno e arricciava il naso quando il rumore del pubblico in televisione si faceva troppo forte. Baker cercò di memorizzare ogni dettaglio, fino a imprimersi tutto nella mente e nel cuore.

Quando la partita finalmente terminò, lui si alzò tenendola in braccio. Lei si mosse svegliandosi.

"Che ore sono?"

"È tardi," le disse avviandosi verso la camera da letto, dove si abbassò per appoggiarla con dolcezza sulle coperte. "Infilati sotto," le disse.

Ancora mezza addormentata, lei si infilò sotto le lenzuola, che poi Baker le rimboccò. Dopo di che lui andò nell'altra stanza a prenderle il cellulare e glielo portò in camera, appoggiandolo sul comodino.

"Domattina devi alzarti presto per qualche motivo?"

"Ho del lavoro da terminare, ma di solito la domenica mi piace dormire più a lungo."

"Benissimo. Ho la sensazione che lavori troppo."

"Lunedì voglio andare in spiaggia," gli disse. "Voglio vedere se c'è Ben e se riesco a farlo parlare."

"Ti dispiace se vengo anch'io?" le chiese Baker.

"No, mi fa piacere."

Di nuovo, Baker apprezzò la sincerità con cui gli rispondeva. "Va bene. Allora domani ti chiamo per sentire se sei sveglia. D'accordo?"

"Perfetto," gli rispose.

"Anch'io vedrò cosa posso scoprire su Ben."

Al che, Jodelle spalancò completamente gli occhi. "Non so se i tuoi contatti avranno qualche informazione su un ragazzo delle superiori che probabilmente non ha fatto nulla di male nella vita."

"Non credo nemmeno io, ma se c'è qualcosa che posso scoprire, lo scoprirò." Non le accennò alle feste a casa di Ben e al disagio degli altri ragazzi, quando aveva parlato con loro.

"So che lo scoprirai," gli disse Jodelle con un sospiro, "ma spero che non ci sia nulla."

"Anch'io, Trilli. Anch'io. Cerca di non preoccuparti troppo."

Lei sbuffò appena. "Dirmi di non preoccuparmi per uno dei miei ragazzi è come dirmi di non respirare."

"Lo so. Per questo me ne occupo."

Lei alzò una mano e gli infilò le dita nei capelli. "Hai i capelli lunghi."

"Sì, son troppo pigro per farmeli tagliare."

"Mi piacciono. Posso infilarci le dita," gli disse.

"L'ho notato," le rispose con un sorriso. Baker se n'era accorto prima, quando si stavano baciando: Jodelle gli aveva afferrato i capelli con le mani, tenendosi stretta mentre lui la divorava. O forse era *lei* che lo divorava?

"Vai piano."

"Non abito lontano," le disse con un sorriso.

"Lo so, ma vai piano lo stesso."

"Va bene. Vuoi che ti mandi un messaggio quando arrivo a casa?"

"Sì. Facilmente starò dormendo, ma quando mi sveglio a notte fonda posso guardare il telefono e sapere che sei arrivato sano e salvo. Attento, che se non vedo il messaggio chiamo i rinforzi!"

"*Quando* ti svegli a notte fonda?" le chiese.

"Sì. Mi sveglio sempre almeno una volta. Penso sia un istinto, per vedere se Kai è tornato a casa."

A Baker non piacque quell'abitudine e si ripromise di fare quel che poteva per fargliela perdere. Non poteva riportare in vita il ragazzo, ma forse poteva farle far pace con i ricordi e con la vita, in modo che non le venisse più l'istinto di alzarsi la notte. "Va bene, ti messaggio."

"Sono stata bene, stasera, nel nostro non appuntamento, Baker."

"Anch'io," le rispose sorridendo; poi si abbassò e la baciò in fronte dolcemente, inalando fino in fondo per un'ultima volta, prima di allontanarsi.

"Mi piace che continui ad annusarmi."

"Bene, perché non ho intenzione di smettere tanto presto."

"Vai!" gli ordinò. "Di sicuro domani avrai qualche motociclista incallito da ricattare e dovrai dormire per essere al top della forma."

Baker ridacchiò scuotendo la testa. "Dormi bene, Trilli."

"Anche tu, Baker."

"Ci sentiamo domani."

"Va bene."

"Buona notte."

Al che, Baker si sforzò di allontanarsi e di uscire da quella camera da letto.

"Baker?"

Lui resistette all'istinto di tornare verso il letto: era già arrivato all'uscio, quasi per miracolo, quindi non era il caso di mettere sotto pressione l'autocontrollo, almeno per quella notte. "Sì?"

"C'è una chiave sotto il quinto vaso di fiori davanti alla porta di casa. Quello viola con i fiori gialli. Era il vaso preferito di Kai. Puoi chiudere la porta e rimettere la chiave dov'era?"

Baker si sentì pervadere d'affetto. Sapeva bene che Jodelle non gli stava dando la chiave di casa, ma gli faceva piacere quella fiducia nel fargli sapere dov'era. "Certamente, grazie per avermelo detto, così posso chiuderti dentro. Non mi sarei dato pace a lasciare la porta senza dare qualche giro di chiave alla serratura."

"Kai diceva sempre la stessa cosa, per questo ha insistito a nascondere la chiave fuori dalla porta. Non gli piaceva portarla con sé, nel caso qualcuno gliela prendesse. La macchina non gli importava tanto, lo diceva sempre, ma sapere che qualcuno può entrarti in casa? Assolutamente no."

Baker non riuscì a spiaccicare parola... perché aveva un groppo in gola. Maledizione, che fastidio non aver potuto conoscere Kailani Spencer! Sarebbe stato un uomo eccezionale. *Era* stato un uomo eccezionale.

"Buona notte, Baker."

"Notte," riuscì a dirle, prima di girarsi e avviarsi nel corridoio. Prese le proprie chiavi dalla ciotola sul mobiletto (era la stessa ciotola in cui erano le chiavi di Jodelle, dove le metteva sempre quando tornava a casa) e poi uscì. Trovò il vaso e raccolse la chiave. Dopo aver chiuso la serratura dell'uscio, fissò per un lungo momento la chiave che teneva in mano. Poi chiuse gli occhi e alzò la testa per dire una preghiera in silenzio, per Kailani. Promise di rendere giustizia alla sua mamma, di occuparsi di lei nel modo che meritava, come avrebbe voluto lui.

Infilò di nuovo la chiave sotto al vaso, poi si avviò alla macchina. Aveva alcune faccende da sbrigare (la settimana prima era rimasto un po' indietro, dato che aveva passato molto tempo rimuginando su ciò che doveva dire a Jodelle), ma avrebbe di sicuro trovato il tempo di andare a fare surf lunedì mattina.

Sorrise al pensiero di rivedere presto Jodelle, e si sentì leggero come mai si sentiva da anni. Tutto grazie a una piccola forza della natura.

CAPITOLO OTTO

"SEI DELUSA?" chiese Baker a Jody lunedì mattina, dopo averla salutata.

"Beh, sì. Speravo tanto che ci fosse Ben per potergli parlare," disse Jody.

"Mi dispiace, Trilli."

"Anche a me."

"Sabato notte ho cominciato a fare ricerche su di lui," le disse Baker.

Jody si fece seria; era seduta al solito posto, su un tavolino da picnic, con i piedi sulla panca per poter tener d'occhio i ragazzi che facevano surf. "Ma sei andato via tardino."

"Eh sì."

"Baker, anche tu hai bisogno di dormire."

Lui fece una risatina e le chiese: "Sei in pensiero per me?"

Jody si fece preoccupata. "A dire la verità, sì. Perché, ti crea problemi?"

"Maledizione, certo che no! Chissà quanto tempo è passato, da quando qualcuno mi ha chiesto se dormo abbastanza! Di solito mi chiedono sempre e solo se ho trovato le informazioni di cui hanno bisogno."

"Beh, io non sono come 'quelli', chiunque essi siano, e non puoi andare a negoziare con della gentaglia se sei stanco."

Baker ridacchiò. "Appunto. Comunque, dovevo cercare

informazioni la settimana scorsa, ma poi sono stato distratto. Così ho deciso di smettere di rimandare. Un po' perché, da quando mi hai parlato di Ben, è una settimana che anch'io mi preoccupo per lui, ma anche perché so che, se non scopro tutto ciò che posso scoprire, poi tu partirai in quarta in missione di ricerca e soccorso per conto tuo."

"È un ragazzo," gli disse Jody sottovoce. "So che possono esserci molti motivi per cui ha cambiato la sua solita routine e non viene più in spiaggia prima della scuola... ma ho un cattivo presentimento."

"Sì."

"Allora? Cos'hai scoperto?"

"Adesso non c'è tempo di parlare: devo beccare delle onde e quando chiacchieriamo vorrei che tu fossi ben concentrata, mentre so che non ti piace distrarti quando osservi i ragazzi. Ti chiamo più tardi, così avrai modo di lavorare un po'."

"Brutte notizie?" gli chiese, incapace di trattenersi.

Baker strinse le labbra. "Brutte notizie, no... almeno non esattamente. Ma non per questo sono buone. È una situazione... strana, anche per questo sono sempre più interessato a parlare con Ben."

"Capperi!" esclamò Jody.

Baker fece un sorriso.

"Che c'è?"

"*Capperi* sarebbe la tua imprecazione?"

"Sono stata una mamma," gli spiegò, "non potevo certo andare in giro imprecando come un mozzo."

"Sei una mamma," la corresse Baker.

"Come?"

"Tu *sei* una mamma," ripeté lui.

"Baker," gli disse Jody con un sussurro, quasi sopraffatta dall'emozione.

"La morte di Kai non ti ha fatto perdere il titolo, Jodelle. Poi... guardati: sei qui dalle prime luci dell'alba a tener d'occhio un gruppetto di ragazzini che non hai partorito tu. Dai loro da mangiare, fai in modo che vadano a scuola per tempo.

Ti preoccupi per Ben. Non ho mai conosciuto persona che sia più mamma di te."

Ormai lei *stava* piangendo.

Baker le mise una mano sul lato del collo e si abbassò verso di lei. "Non piangere, Trilli."

"Non ci riesco," gli rispose. "Stamattina sei troppo dolce."

"Sarà meglio che ti ci abitui," le disse, "perché penso che ti serva più dolcezza nella vita."

"Dai, devi andare a fare surf," insisté lei.

"Ora vado. Prima devo sapere che stai bene."

"Sto bene," gli confermò senza esitare. Stava davvero bene, e se ne meravigliò.

"Ottimo. Quanto tempo hanno?"

Dato che Baker non le aveva tolto la mano dal collo, e lei non voleva far nulla che interrompesse quel contatto se non all'ultimo secondo, quando fosse stato necessario, Jody alzò il braccio per controllare l'orologio. "Circa un'ora."

"Farò del mio meglio per radunarli quando è ora."

Jody gli sorrise. "Grazie." In passato, c'erano stati giorni in cui era stato impossibile far uscire quei ragazzi dall'acqua, specialmente quando le onde promettevano bene. Quel mattino, invece, Jody non si aspettava problemi, perché il mare era agitato, quindi le onde erano irregolari e imprevedibili. Situazione non ideale per fare surf.

Baker si abbassò e la baciò sulle labbra. Non fu un bacio lungo e appassionato come quelli che si erano già scambiati, ma altrettanto intenso.

Si staccò da lei prima che Jody fosse pronta a interrompere il bacio, poi la scrutò per un lungo momento. Quando Baker annuì soddisfatto, lei si chiese cosa stesse osservando, o cos'avesse notato.

"Non promette bene per me," commentò lui misteriosamente.

"Cosa intendi?" gli chiese Jody.

"Intendo che il profumo di Frangipani me lo fa venir duro. Già me l'immagino, in futuro: vado in giro per i fatti miei, passo vicino a una pianta di Plumeria e *bum*, arriva l'erezione."

Jody fece una risata.

Baker le restituì un gran sorriso. "Il tuo sorriso mi piace di più delle lacrime," le disse, accarezzandole una guancia con un pollice, prima di staccare la mano e allontanarsi.

"Fai attenzione, in acqua," lo ammonì Jody: era più forte di lei.

"Va bene, ci vediamo tra poco."

Jody lo guardò prendere la tavola da surf dal punto in cui l'aveva ficcata nella sabbia, per poi andare di corsa verso l'oceano. Guardandolo, sospirò: Baker era un uomo affascinante, e lei se lo immaginava con indosso l'uniforme completa dei SEAL, con tutte le attrezzature top secret, che si immergeva nell'oceano per installare una bomba su una barca, o per infiltrarsi tra le onde e i criminali per reperire informazioni. Sì, insomma, non aveva idea di cosa facessero veramente i SEAL nell'acqua. L'unico riferimento che aveva erano film come *Trappola in alto mare* o *The Rock*.

Si sentì un grido dalla zona in cui i ragazzi erano allineati in attesa di un'onda, e Jody si allarmò. Poi però si accorse che stavano solo salutando Baker. Era sbalorditivo: i ragazzi delle superiori erano contenti quando li raggiungeva per fare surf con loro. Di solito non passavano il tempo in acqua con degli adulti, ma era chiaro che Baker ne aveva conquistato il rispetto. Ulteriore motivo per innamorarsi di lui.

Jody pensò che forse avrebbe dovuto preoccuparsi, per la velocità a cui si stava sviluppando quel rapporto: erano passati da qualche parola al volo a essere quasi connessi a livello inguinale. Ma ormai Jody conosceva Baker da un po' di tempo, e sapeva che tipo di uomo era; l'aveva capito semplicemente guardandolo interagire con gli altri. Era un brav'uomo. Il tipo di uomo che qualunque donna avrebbe voluto al fianco, a qualunque costo. Se da un lato Jody era rimasta da sola per molto tempo, abituandosi, dall'altro non poteva negare che avere Baker vicino fosse... davvero meraviglioso.

Mentre guardava i surfisti e il sole che si alzava pigramente nel cielo, i pensieri tornarono a Ben, e Jody fu di nuovo colpita dalla preoccupazione. Si scervellò per trovare altri motivi che l'avessero portato a dormire in macchina in pieno pomeriggio, spiegazioni per lo sfinimento per cui aveva ignorato il calore eccessivo. Forse un'altra spiegazione era che si era fatto coinvolgere dalle persone sbagliate e aveva cominciato ad assumere delle droghe, o a bere.

Jody scosse la testa. No. Ben non era quel tipo di ragazzo. Le ricordava molto Kai, un pensiero che Jody aveva avuto spesso. Era un ragazzo molto rispettoso e le sembrava impossibile che assumesse stupefacenti, a prescindere dagli avvenimenti della vita.

Però non le era possibile ignorare la preoccupazione per quei vestiti, per il cuscino e per il numero esagerato di contenitori di cibo da asporto che gli aveva visto in macchina, mentre veniva soccorso. Ormai si era convinta che Ben stesse vivendo in macchina, il che la spaventava davvero.

Non c'era alcuna spiegazione logica al fatto che Ben dormisse in auto: aveva una famiglia e una casa proprio nella zona nord dell'isola. Non esisteva motivo al mondo per cui fosse un senzatetto.

A meno che i suoi genitori non avessero traslocato e lui avesse rifiutato di cambiare scuola. Oppure, magari, era successo qualcosa ai genitori di Ben e lui era rimasto da solo. O forse aveva litigato con loro.

La determinazione si consolidò in lei: doveva trovarlo. Non sapeva perché dormisse in macchina, ma se lei avesse litigato con Kai e lui se ne fosse andato via di casa, non sarebbe passata nemmeno una notte: lei sarebbe andata a cercarlo. Il fatto che i genitori di Ben non sembrassero preoccupati per lui la impensieriva. Se fossero stati in ansia, a un certo punto si sarebbero presentati in spiaggia, dove Ben passava regolarmente il tempo.

Certo, Jody non conosceva le dinamiche interne di quella famiglia, ma c'era qualcosa che non tornava. Qualcuno doveva pur interessarsi a ciò che stava succedendo nella vita di Ben... e quel qualcuno sarebbe stata lei.

Quel mattino, Jody doveva finire un progetto di lavoro,

ma tutto il resto poteva aspettare. Si sarebbe mossa per cercare Ben.

L'avrebbe trovato a scuola, ma se la macchina di Ben non fosse stata in quel parcheggio, Jody avrebbe controllato tutti gli altri parcheggi nelle spiagge popolari tra i surfisti, o anche nelle zone turistiche. Da qualche parte doveva pur essere, e prima l'avesse trovato, prima avesse parlato con lui, meglio si sarebbe sentita.

Dopo aver elaborato quel piano, Jody si sentì come rilassata. Non ne avrebbe parlato con Baker, perché sapeva che avrebbe insistito per andare con lei. Non che le dispiacesse, ma sapeva che anche lui aveva del lavoro da sbrigare. Inoltre, lei non stava facendo nulla di pericoloso: stava semplicemente cercando un adolescente che forse aveva bisogno di una mano per rimettersi in carreggiata, ma forse anche no.

Dopo tre quarti d'ora, i ragazzi cominciarono a nuotare verso riva sulle tavole. Jody era pronta ad aspettarli quando la raggiunsero sulla spiaggia. Si alzò e prese il frigo portatile, consegnando a ciascuno un panino man mano che le passavano a fianco, non mancando di salutarli a uno a uno e di dire a tutti, con fare gentile, che teneva a ognuno di loro.

"Dai, prendine due, Rome. L'oceano sembrava un po' irrequieto stamattina. Felipe, hai una nuova muta? Mi piace. Brent, questo panino l'ho preparato apposta per te: niente carne, solo uova e formaggio. Lani, buona fortuna con il test di matematica di oggi! Kal, sei cresciuto di un altro paio di centimetri dall'ultima volta che ci siamo visti? Te lo giuro, diventi ogni giorno più alto!"

I ragazzi sorrisero e scherzarono con lei mentre si sciacquavano di dosso l'acqua salata nelle docce all'aperto, poi mangiarono i panini e andarono nelle cabine a cambiarsi, indossando i vestiti per la scuola.

Un braccio avvolse Jody alla vita, e lei scattò di soprassalto, ma poi si accorse che era Baker.

"Sei buona, con loro," le disse.

Lei fece spallucce. "Sono bravi ragazzi."

"Non la penserebbero tutti come te. C'è gente che li guarderebbe e direbbe che sono vitelloni da spiaggia e che non andranno da nessuna parte nella vita perché vogliono solo fare surf."

"Beh, ma quella gente si sbaglia. Lani sta seguendo un programma avanzato di matematica, penso che sia questo il motivo per cui è tanto in gamba a fare surf, perché sa calcolare gli angoli e le traiettorie delle onde e sa quali sono più efficaci e quali è meglio lasciar perdere. Rome vuole diventare un ingegnere. Brent vuole lavorare con le tartarughe marine, mentre Kal è un genio delle macchine. Sono bravi ragazzi, Baker, e chiunque li veda solo come vitelloni da spiaggia è un idiota."

"Ecco che torna la mamma chioccia," commentò Baker nell'orecchio di Jody.

Lei fremette: le piaceva farsi stringere dalle braccia del suo uomo, contro di lui. Non ebbe il tempo di rispondere, perché i ragazzi cominciarono a uscire dalle cabine. La salutarono tutti con un cenno della mano mentre andavano verso il parcheggio.

"Andate piano!" urlò Jody.

"Sì! Va bene!" le risposero tutti urlando.

Jody alzò lo sguardo verso l'uomo che le stava dietro. "Vuoi un panino per colazione?"

"Sì."

Baker allentò la presa e Jody allungò le braccia verso il frigo. "Te ne ho preparato uno completo di tutto. Ai ragazzi di solito non piacciono i panini con tutta questa roba, li preferiscono semplici." Tirò fuori dal frigo il panino che aveva preparato apposta per Baker. Era un'idea un po' sciocca, ma se per conquistare un uomo bisognava passare dallo stomaco, lei avrebbe approcciato anche quell'aspetto.

Gli passò il panino in un contenitore di silicone riutilizzabile. "E non farmi delle storie per il contenitore riciclabile: negli oceani è già stata scaricata fin troppa plastica, non voglio contribuire a peggiorare la situazione."

"Non volevo dire nulla," rispose Baker tirando fuori il panino. Jody gli prese il contenitore e lo rimise nel frigo. Poi si girò verso Baker, che stava alzando la fetta di pane per vedere cosa stava per mangiare.

"È una specie di frittata morbida tradizionale del sudovest ficcata nel pane. Uova, bacon, peperone, pomodoro, sottiletta di provolone, formaggio Monterey con peperoncino, lattuga e una fetta di prosciutto a coronare il tutto. C'è anche un po' di salsa per sprigionare il gusto."

Baker tornò a guardarla negli occhi e Jody non riuscì a interpretarne l'espressione.

"Sul serio?" le chiese infine.

"Ehm... sì?"

Poi lui morse un bel boccone di panino, chiuse gli occhi e gemette masticando.

Jody lo osservò mordendosi un labbro. Anche quando mangiava, quell'uomo era sexy a un livello ridicolo.

Appena Baker deglutì il boccone, le disse: "Sposami."

Jody si mise a ridere. "Allora il panino non è poi tanto male?"

"No, accidenti, proprio no!" esclamò lui. "È meraviglioso, proprio quel che ci voleva, dopo le onde di stamattina."

"Mi fa piacere."

"Tu non mangi?" le chiese Baker.

Lei alzò le spalle. "Mi preparo qualcosa quando torno a casa." Jody non avrebbe mai confessato a Baker, con quel fisico tanto in forma che le stava davanti, in quella muta attillata, che lei mangiava ogni mattina una Pop-Tart.

Baker si avvicinò di un passo e le porse il panino. "Dai, prendine un morso."

"Non c'è bisogno," gli rispose scuotendo appena la testa.

"Fallo per me," le disse lui con un tono di voce che lei non comprese.

Così gli obbedì: gli afferrò il polso per tenergli ferma la mano, poi si avvicinò e morse un pezzettino del panino, molto meno di quanto ne aveva mangiato lui. Gli aromi combinati degli ingredienti le stuzzicarono le papille gustative, facendola sorridere mentre masticava.

"Grazie," gli disse dopo aver deglutito.

Baker ne prese un altro morso, poi le passò di nuovo il panino. Non parlarono mentre condividevano quella colazione, ma fu comunque il momento più intimo che Jody avesse condiviso con un altro essere umano in tanti anni.

Dopo essersi messo in bocca l'ultimo pezzo ed essersi leccato le dita, Baker alzò le braccia verso di lei per tirarla a sé. Jody sentì ogni centimetro del corpo muscoloso di Baker contro il proprio. La muta umida le bagnò la maglia, ma a lei non importava. L'aveva già bagnata abbracciandola prima.

"Non sia mai che io mangi davanti alla mia donna senza che mangi anche lei," le disse.

"Baker, ho preparato questo panino *per te*."

"Non m'importa. Cioè, mi importa che ti sei fatta in quattro per prepararmi il panino migliore che abbia mai mangiato, accidenti... ma non mi rimpinzerei mai senza far mangiare anche te. Mai."

"Non avevo fame," gli disse Jody sottovoce.

"Non importa, Trilli."

Lei lo fissò per un momento e vide che Baker non aveva intenzione di tirarsi indietro. "Allora la prossima volta ne preparo due," gli disse infine.

"Ottima idea. Perché vedi... anche se negli ultimi cinque anni non c'era forse nessuno che si preoccupava per te, adesso qualcuno c'è."

A Jody piacque quella spiegazione; non perché avesse bisogno che qualcuno si preoccupasse per lei, in realtà non ne aveva bisogno... ma perché Baker riconosceva che Kai aveva fatto il possibile per prendersi cura della sua mamma.

"Hai dormito bene nel fine settimana?" le chiese.

Jody annuì.

"Ti sei svegliata in piena notte?"

"No."

"Bene. Io devo fare altre ricerche su Ben e suoi suoi genitori, poi devo andare alla base navale," le disse Baker.

"Va bene," gli rispose Jody, non capendo bene il perché glielo stesse spiegando.

"Al ritorno, pensavo di fermarmi da Leonard's Bakery e prendere delle *malasada*, ti piacciono?"

"Le *malasada*? Secondo te?" gli chiese con un sorriso.

Baker le restituì il sorriso. "Sai, prima non l'avevo capito."

Jody aspettò che le spiegasse, ma dato che lui non parlava, gli chiese: "Cos'è che non capivi?"

"Il motivo per cui Mustang e gli altri si davano tanto da fare per le loro donne. Adesso però l'ho capito. Farei praticamente di tutto, pur di vedere sempre quel sorriso sul tuo viso."

Jody gli si sciolse addosso. "Non devi comprarmi da mangiare per farmi sorridere, Baker. Ti basta essere te stesso."

"Mi fa piacere sentirtelo dire, ma mi piace viziarti un po'. Quand'è stata l'ultima volta che hai mangiato le *malasada* di Leonard?"

"Santo cielo... anni fa?"

"Vedi? Allora ti va bene se passo da te quando torno, sul tardi?" le chiese.

"Certo."

L'espressione di Baker si intenerì. "Nessuna esitazione? Non mi hai chiesto a che ora penso di tornare, o null'altro."

"Baker, se vuoi passare da me, non importa che ore sono, la porta è sempre aperta. Se devo finire del lavoro, te lo dico. Presumo che alla tua età di circa mezzo secolo saprai come passare il tempo intanto che finisco. Poi possiamo parlare, mangiare, guardare la TV o quel che ci pare."

"Lo stesso vale per te, Trilli. La porta di casa mia è sempre aperta."

Jody sorrise. "Grazie."

"Anche se casa tua è più carina."

"Baker, è praticamente identica alla tua."

"No, a casa tua c'è un profumo migliore."

Jody alzò gli occhi al cielo.

"E poi c'è il tuo computer, e immagino che ti servano programmi e aggeggi vari per fare la tua roba di grafica."

Era vero.

"Peraltro, a casa tua c'è Kai, quindi è più vissuta."

Un'altra verità. Kai *era* in quella casa. Non fisicamente, ma nello spirito. Jody l'aveva percepito più volte, dopo la conversazione con Baker sul tema reincarnazione. Per non parlare delle tante foto con il viso del figlio, foto che lei aveva messo un po' dappertutto.

"Adesso mi farai piangere di nuovo," lo avvertì.

"Non voglio farti piangere. Che ne dici di un bacio, prima di andare ognuno per la sua strada? Anch'io devo andare: devo fare prima le ricerche su Ben, poi ho una riunione, infine le *malasada* da comprare," le disse Baker.

Jody si mise subito in punta di piedi con la testa inclinata all'indietro. Baker le mise una mano dietro la schiena per sostenerla, mentre abbassava la testa.

Fu un bacio più profondo di quello di prima, ma non erotico come i baci che si erano scambiati sul divano un paio di sere prima. Jody stava scoprendo che le piacevano tutti i vari baci diversi che Baker le dava.

Si staccò da lui prima di essere pronta, solo perché erano in una spiaggia pubblica e non era il luogo adatto a trascinare il proprio compagno sulla sabbia per goderselo come avrebbe voluto.

"Mi piace la luce che hai negli occhi, Trilli, ma abbiamo entrambi da fare."

"Mannaggia," sussurrò lei.

Baker rise, poi tornò serio dicendole: "Mi prenderò cura di te."

"E io posso prendermi cura di te?" gli chiese lei.

"Accidenti, certo!"

"Allora va bene."

"Allora va bene," ripeté lui come un'eco.

Jody si leccò le labbra e sentì il sapore del sale, del panino e di Baker. "Oggi guida con prudenza mentre vai a Honolulu."

"Certamente. Ti mando un messaggio quando parto, uno quando arrivo e un altro quando torno."

"Non devi," gli disse, preoccupata che Baker cominciasse a sentirsi appesantito e che gli desse fastidio doverle riferire ogni spostamento.

"So che non devo. Ma tu ti preoccupi?"

Jody si morse un labbro. Certo che si sarebbe preoccupata.

"Ecco. Allora ti scrivo," le disse, senza bisogno di aspettare che lei rispondesse.

"Va bene."

Baker si abbassò per baciarla con forza e rapidamente, a labbra strette. Poi si tirò indietro. "Dai, ti accompagno al furgone."

"Posso arrivarci da sola," gli disse, non riuscendo a evitare quella puntualizzazione.

"Lo so."

Appunto. Jody immaginò che anche quello fosse un modo per "prendersi cura di lei", e a lei andava benissimo. Baker prese il frigo e le mise un braccio intorno alla vita, poi si avviarono verso il parcheggio. Mentre Jody si metteva al volante del suo furgone e abbassava il finestrino, Baker le mise il frigo sul retro tirando il portellone scorrevole. "Ci sentiamo dopo," le disse.

Jody annuì.

Baker allungò una mano e le appoggiò dolcemente il palmo sulla nuca, tirandola a sé per un ultimo bacio; poi la lasciò andare e staccò la mano, facendogliela scivolare tra i capelli. Infine le fece un cenno col mento e fece un passo indietro.

Quel cenno col mento... buon Dio! Che gesto tipicamente maschile. Tanto che Jody strinse le cosce. Si sentiva sciocca, a eccitarsi per un gesto talmente piccolo, eppure era la verità.

"Pensi di andare, o di rimanere qui parcheggiata tutto il giorno a fissarmi?" le chiese scherzosamente.

"Vado, vado," gli rispose. "Baker?"

"Sì, Trilli?"

"Grazie." Non sapeva bene nemmeno lei per cosa lo stesse ringraziando. Forse per quanto era gentile coi ragazzi, o forse per quanto aveva apprezzato il panino che lei gli aveva preparato. Forse per essere il tipo di uomo che non si faceva problemi a dire alla sua donna che si sarebbe preso cura di lei.

Forse era per tutte e tre le ragioni, avvolte in un insieme inebriante.

Come al solito, Baker non le fece domande e le rispose solamente: "Per te, questo e altro."

Sì, Jody poteva senz'altro ammettere che si stava innamorando di lui, profondamente e alla svelta.

Gli fece un cenno con la mano, sentendosi un'imbranata, poi fece manovra per uscire dal parcheggio e tornare a casa. Per quanto amasse stare in compagnia di Baker, doveva terminare un progetto urgente a cui stava lavorando, per poi darsi da fare per trovare Ben. Non si era dimenticata di quel ragazzo: pregava solo che non gli fosse successo nulla, sperava di trovare la sua macchina nel parcheggio della scuola, per metter pace a ogni preoccupazione.

Sotto sotto, però, Jody sospettava che non sarebbe andata in quel modo.

Guardando lo specchietto retrovisore, vide Baker ancora in piedi dove lo aveva salutato. Non era tornato subito alla tavola da surf, era rimasto dov'era per osservarla, fino a vederla sparire all'orizzonte.

Jody sentì un altro brivido nel corpo. Sì, Baker aveva cercato di convincerla che non era davvero un brav'uomo, quando le aveva spiegato cosa faceva nella vita: ma si era sbagliato.

CAPITOLO NOVE

Erano le undici e mezza e Jody non aveva ancora trovato Ben. Era frustrata. Era andata prima alla scuola superiore del ragazzo, ma in quel parcheggio non c'era traccia della macchina di Ben. Pur sapendo di comportarsi in modo assai sospetto, Jody era andata in giro in quel parcheggio guidando molto lentamente e senza preoccuparsi di ciò che avrebbero pensato gli altri.

Poi era andata lungo la costa, fermandosi in tutte le spiagge che incontrava. Aveva pregato che Ben stesse solo marinando la scuola per fare surf, ma non era riuscita a trovare la sua macchina in nessuno dei luoghi adatti al surf. Ormai la pancia le brontolava da un po', così si era fermata per comprarsi un taco ai gamberetti in uno dei tanti furgoncini alimentari lungo la Kamehameha Highway. Aveva appena finito di mangiare e stava gettando i rifiuti, quando le squillò il telefono.

Baker le aveva mandato prima un messaggio per dirle che stava partendo per la base navale. Poi le aveva scritto quando era arrivato. La riunione doveva essere stata breve, perché le stava già telefonando.

"Ciao," disse Jody rispondendo. "La riunione è già finita?"

"No, ma facciamo una pausa per il pranzo e dato che non

sono riuscito prima a dirti cos'ho scoperto su Ben, ne approfitto adesso."

"Se parliamo al telefono, poi ti rimane il tempo di mangiare qualcosa?"

Baker fece una risatina. "Sì, Trilli. Ho già mangiato qualcosa, ma grazie per l'interessamento."

"Qualcuno deve pur pensare a te," ribatté lei, sentendosi in brodo di giuggiole per quel ringraziamento.

"Appunto. Allora, il nostro Ben ha dei bei voti, quasi tutti nove o dieci. Non si è mai messo nei guai, nessuna sospensione o nota sul registro. Però non partecipa a molte attività dopo la scuola, il che mi sembra strano. Moltissimi della sua età si danno da fare per completare la formazione scolastica, per così dire, in modo da arricchire il curriculum per poi andare al college; invece sembra che a Ben questo aspetto non interessi molto."

"Non tutti gli adolescenti vogliono andare al college," si sentì in dovere di puntualizzare Jody. "Alcuni vogliono entrare nelle forze armate o imparare un mestiere. Dio solo sa quanto c'è bisogno al mondo di meccanici, elettricisti e idraulici."

"Su questo non si discute, Trilli, ma con le informazioni che ho trovato sui suoi genitori, non credo proprio che Ben voglia intraprendere quelle strade."

"Cos'hai scoperto sui suoi genitori?" gli chiese Jody preoccupata.

"Niente di male, è solo che sono ricchi. Beh, almeno il patrigno."

"Il patrigno?"

"Sì. Il padre biologico è morto quando Ben era piccolo. La mamma ha avuto dei problemi: viveva in un appartamento fatiscente giù a Honolulu e soffriva di disturbi psichici. Ha fatto una puntatina o due nel reparto di psichiatria dell'ospedale e una vicina di casa le ha tenuto il figlio nel frattempo. Sembra che abbia fatto comunque del suo meglio per Ben. Aveva due lavori e cercava di tenere un tetto sulla testa e la pancia piena."

"Oh, Baker, che brutta storia."

"Non è una situazione tanto rara," le disse Baker.

Forse era vero, ma in ogni caso a Jody non faceva affatto piacere.

"Comunque, la vita della mamma di Ben è cambiata quando ha incontrato Al Rowden, un tizio che si è fermato alla pompa di benzina in cui lei lavorava e a quanto pare ne è rimasto affascinato. Si sono sposati meno di cinque mesi dopo essersi conosciuti. Al ha fatto traslocare Emma e Ben a casa sua da queste parti, le ha trovato un posto in amministrazione presso uno studio medico e la vita di Ben e di sua mamma è cambiata in meglio."

"Allora è un bene, giusto?"

"Lo penso anch'io," confermò Baker. "Al Rowden è giudice presso il tribunale minorile delle Hawaii, guadagna bene, lavora in orari umani ed è una persona rispettata. È responsabile delle udienze che coinvolgono imputati minorenni, deve decidere in merito alle loro malefatte."

"Perché ho la sensazione che mi dirai qualcosa che non mi piacerà?" gli chiese Jody.

"Perché sei intelligente," le rispose Baker. "Ecco cosa c'è: in superficie, non si trova nulla che indichi che Rowden prenda mazzette o sia un giudice corrotto. Sembra essere severo, ma equo. Molti dei ragazzi che sono passati nell'aula del suo tribunale non dicono altro che bene di lui: che li ha aiutati a trovare la luce, dando loro una chance di rimettersi in riga."

"Però?" gli chiese Jody.

"Ho fatto fatica a trovare qualcuno che ha parlato *male* di lui, il che di per sé è strano. Cioè, normalmente ti aspetti che siano in tanti a incazzarsi perché vengono condannati al carcere, o ai domiciliari, oppure ai servizi sociali. Invece no. Ne parlano tutti benissimo."

"Non è normale," commentò Jody, affermando l'ovvio. "Cioè, persino io ho ricevuto delle recensioni negative per dei lavori che ho fatto. Non le condivido, ma ci sono."

"Jodelle, le recensioni negative sul tuo lavoro sono cavolate. I tuoi clienti lo sanno benissimo."

"Le hai lette?"

"Sì, e ti confermo che sono cavolate. Ho guardato quel sito che hai progettato per la signora con quegli accidenti di polli: era bellissimo. Facile da navigare, tutti i link funzionavano benissimo. I commenti negativi che ha pubblicato erano ridicoli."

"Grazie," gli disse Jody. "Ci ho messo quattro mesi di troppo per finire quel progetto, perché la cliente continuava a cambiare idea su ciò che voleva e mi inviava sempre foto diverse. Era senz'altro una difficile con cui lavorare, figuriamoci da accontentare."

"Appunto. Avresti anche potuto prenderla a calci in culo a metà strada e farle trovare qualcun altro che la sopportasse."

"Allora avrebbe avuto *davvero* qualcosa di cui lamentarsi," ribatté Jody. "Quando accetto un incarico, voglio anche portarlo a termine."

"Perché tu sei tu," le disse Baker. "Comunque hai ragione: il fatto che non ci siano lagnanze se non minime sul giudice Rowden è di per sé un maledetto sospetto."

"Che mi dici della mamma di Ben? Lavora ancora?"

"No. Ha mollato il posto circa un anno e mezzo fa. L'anno scorso, è stata ricoverata due volte. Aveva trascorso quasi dieci anni senza alcun problema, e adesso ci è cascata ancora all'improvviso? Non mi sembra logico," concluse Baker.

"Ricoverata per problemi psichici?" gli chiese Jody.

"Sì. Anche trattamento sanitario obbligatorio. In entrambe le occasioni è stato il marito a farla ricoverare, dicendo che era sul punto di suicidarsi e che vedeva delle strane creature verdi, aggiungendo che era un pericolo per sé stessa e per il figlio. La seconda volta, è rimasta ricoverata per il tempo massimo, settantadue ore, poi ha chiesto lei stessa di rimanere più a lungo e alla fine è rimasta in ospedale per trenta giorni."

Jody non sapeva bene che conclusioni trarre da quel resoconto, quindi decise di chiedergli: "Tutto questo cosa c'entra con Ben?"

"Non lo so," le rispose Baker, "ma ormai ho le antenne alzate."

Jody sapeva che quella conclusione non presagiva nulla di buono. Baker continuò a spiegarle.

"I voti di Ben sono peggiorati negli ultimi mesi. Prima era sempre sull'ottimo o eccellente, invece ultimamente salta la scuola e non porta i compiti. Nell'ultimo trimestre ha preso quattro sufficienze, un'insufficienza e un discreto. Penso che a casa stia succedendo qualcosa e che si stia riflettendo sul suo rendimento scolastico."

"Penso proprio che tu abbia ragione. Stamattina non ho visto la macchina di Ben al parcheggio delle superiori," gli disse Jody.

"Sei andata alle scuole?" le chiese Baker.

Jody si morse un labbro. Non gli aveva svelato il proprio piano di cercare Ben, non perché cercasse di nasconderlo, ma perché non voleva che Baker si preoccupasse per lei mentre aveva altro da fare. "Sì. Devo trovarlo, Baker."

"Sei ancora in giro a cercare?"

"Sì."

"Potevi anche dirmelo, Trilli."

"Non volevo pesarti."

"Tu non sei *mai* un peso," le disse Baker con tono determinato. "Se hai anche il minimo malessere, voglio saperlo. Se hai voglia di fare un giro dell'isola in macchina, voglio saperlo. Se vuoi mettere cartelli in ogni spiaggia con su scritto 'basta usare la plastica' o 'salviamo le tartarughe', voglio saperlo. Non perché voglia fermarti, maledizione, è solo che voglio sapere dove sei perché così posso fare quel che devo fare se succede qualcosa."

"Baker..."

"No," la interruppe prima che Jody potesse spiegarsi. "Sono un bastardo paranoico. Non posso farci nulla, dopo tutta la merda che ho visto e fatto. So che può succedere sempre qualcosa di male, Jodelle, e non posso sopportare il pensiero che succeda a te. Ho visto le donne dei miei amici rapite, picchiate, lasciate in fin di vita in acqua, in pieno oceano... e fin troppe altre tragedie. Farò tutto il possibile per evitare che succeda qualcosa a te, e se, maledizione, dovesse succedere lo stesso, sono pronto a far piovere fuoco e fiamme su chiunque osi metterti le mani addosso. Ma non posso raggiungerti o tenerti al sicuro se non *mi parli* per dirmi cosa intendi fare."

Fu uno sfogo importante, e Jody non poté negare i brividi di gioia che l'attraversarono, ma anche qualche preoccupazione. "Baker, sono rimasta da sola per tanto tempo. So badare a me stessa."

"È quel che diceva Carly, prima che la ficcassero nel baule di una macchina e che la portassero in mezzo all'oceano," le disse Baker.

Jody chiuse gli occhi. Baker aveva ragione. "Non stavo cercando di ingannarti," gli ripeté.

"Lo so, Trilli. È solo che... merda, se ti succede qualcosa, non so come reagirei."

"Non mi succederà nulla," gli disse lei. "Stavo solo andando in giro in macchina per cercare Ben. Dev'essere pure da qualche parte. La sua macchina era incasinata e sono sempre più convinta che ci viva dentro."

"Sì, se a casa c'è una brutta situazione, è da presumere che viva in macchina," confermò Baker.

Jody sospirò sollevata: Baker non sembrava intenzionato a portare avanti la paternale.

"Finora dove hai cercato?" le chiese.

Jody gli raccontò delle spiagge e di alcuni punti di ritrovo più famosi di cui aveva sentito parlare dagli studenti delle superiori.

"Prova a cercare i negozi e altre zone più frequentate; in spiaggia forse ha paura di farsi notare troppo. Se invece va in un parcheggio dove c'è sempre viavai, nessuno noterà nemmeno una macchina che rimane parcheggiata per ore, perché nessuno ci rimane tanto a lungo."

"Ottima idea," commentò Jody.

"Sarà anche abbastanza furbo da non andare nei soliti posti. È facile che si trovi in un posto affollato, ma è altrettanto possibile che voglia un po' di spazio per pensare, dove non c'è tanta gente attorno. Chissà, forse va in montagna a nascondersi durante il giorno, così nessuno si chiede cosa ci fa un adolescente in giro, invece di essere a scuola."

"Giusto."

"Chiamami se lo trovi," aggiunse Baker.

"Ti chiamerò."

"Non importa cosa sto facendo, se mi chiami, rispondo," le disse. "Il patrigno di Ben è un uomo molto potente su quest'isola, e se Ben si sente con le spalle al muro e pensa che nessuno possa aiutarlo, non vorrà farsi trovare."

"Lo so," sussurrò Jody.

"Da quel che so, è più vicino alla mamma che al patrigno. Non ne ha mai assunto il cognome, ha preferito tenere il cognome da nubile della madre. Se lo trovi, per farlo parlare, chiedigli della mamma."

Al pensiero di dover trovare le parole giuste per far parlare Ben, Jody ebbe una strana sensazione che non le piacque; ma Baker aveva ragione, e ovviamente la sapeva lunga su come far parlare qualcuno, di sicuro più di lei. Jody non voleva approfondire il modo in cui Baker aveva accumulato quell'esperienza in materia. "Va bene."

"Jodelle?"

"Sì?"

"Lo troverai, e lui si fiderà di te perché sei *tu*. Però fai attenzione."

Quella fiducia la fece star meglio. "Farò attenzione."

"Dovrei tornare a casa verso le tre."

"Contando anche il tempo per comprare le *malasada*?" gli chiese Jody. "Perché da Leonard c'è sempre tanta gente."

"Incluso il tempo per le *malasada*, perché io non devo aspettare. Se ti dico che ho dei contatti, Trilli, significa che ho dei contatti... e non sono tutti dei malavitosi. Conosco anche alcuni proprietari dei ristoranti migliori, e se glielo chiedo mi riservano sempre un posto... o mi mettono da parte delle *malasada* ancora scottanti appena uscite dalla friggitrice, così passo a prenderle."

"Sarà il caso che ti chieda cos'hai fatto per poter evitare la fila da Leonard?" gli chiese Jody.

"Sì, puoi anche chiederlo, ma no: non te lo dico. Il mio lavoro e la nostra quotidianità non possono coesistere, te l'ho detto."

"Non voglio ritrovarmi al tavolo con un terrorista che tu hai lasciato vivere perché ti ha fatto catturare un terrorista peggio di lui... ma penso che il proprietario di un ristorante sia una storia diversa," gli spiegò Jody.

"Per questo tu sei tu e io sono io. Nessuno è immune al male che c'è nel mondo. Nessuno."

"D'accordo. Però secondo te è sbagliato che non mi dia fastidio che il mondo in cui lavori mi procuri *malasada* appena fritte senza dover aspettare un'ora in fila?"

"No."

"Meno male. Allora non vedo l'ora che arrivi più tardi con le mie leccornie."

Baker rise e lei si rilassò. Non le faceva piacere metterlo di cattivo umore e sapeva di averlo fatto, non dicendogli che si sarebbe messa alla ricerca di Ben. Avrebbe dovuto avvertirlo. Lui non l'avrebbe certo giudicata, non l'aveva ripresa per quella scelta, ma solo perché non gliel'aveva detto. I motivi di Baker erano più che fondati. Non stava cercando di controllarla, non cercava di fare lo stronzo: era solo preoccupato per lei, e lei poteva capirlo. Specialmente dato che nessuno si era mai minimamente preoccupato per lei, dalla morte di Kai.

"Spero di trovarlo," disse Jody a bassa voce.

"Lo troverai," ripeté Baker. "Tienimi aggiornato."

"Certo. Allora buon fine riunione."

Lui fece una risatina. "Non è il tipo di riunione che porti a qualcosa di buono, Trilli."

"Porta a qualcosa di male?"

"No. È solo un aggiornamento su informazioni che ho trovato, per tenere al sicuro le donne e gli uomini che proteggono la patria."

"Ecco. Allora vai a elargire tutte le informazioni per tenerli al sicuro."

Dopo un attimo, lui rispose: "Ho aspettato troppo."

"Come dici?" gli chiese Jody.

"Avrei dovuto darmi una mossa molto prima. Mi sono perso per troppo tempo la meraviglia che sei, Trilli."

"Potevo *anch'io* trovare il coraggio di farmi avanti," gli rispose.

"Forse è meglio così, perché probabilmente avrei detto di no, avrei ferito i tuoi sentimenti e così adesso non mi rivolgeresti più la parola. Adesso devo andare. Stai in campana, Trilli. Se hai anche solo l'impressione che ci sia qualcosa di strano, o se non ti senti al sicuro, torna indietro, va bene?"

"È un ragazzino, Baker."

"È una spanna più alto di te e pesa cinquanta chili di più. Sarà anche un ragazzino, ma non significa che non abbia a che fare con dei problemi seri e probabilmente avrà interiorizzato della rabbia per tutta la situazione. Non ti sto dicendo di non aiutarlo, ma solo di fare un passo indietro se necessario, solo perché così potrò aiutarti a scoprire il modo migliore per intervenire."

"Capito. Promesso," confermò lei.

"Grazie, l'apprezzo. Dicevo sul serio, prima: sono pronto a far piovere fuoco e fiamme su chiunque osi metterti le mani addosso, anche se è un ragazzo di diciassette anni."

Jody si fece seria. "Faresti del male a Ben?"

Baker non le rispose subito, poi le disse: "So che dovrei dire di no, perché è quello che vuoi sentirti dire, ma non posso. Però quel che *posso* garantirti è che valuterò la situazione con molta attenzione. Se però dovessi accorgermi che devo mettere le mani addosso a qualcuno per tenerti al sicuro, lo farò. Ma ci sono altri modi per far piovere l'inferno su qualcuno senza per forza cercare lo scontro fisico."

Jody non capì bene cosa stesse cercando di dirle Baker, ma ne apprezzò l'onestà. "Grazie ai tuoi contatti?" gli chiese.

"Grazie ai miei contatti," confermò lui. "Non sono uno che va in giro a pestare a sangue le persone, Jodelle."

"Non intendevo questo," gli rispose sinceramente.

"Accidenti, dovremmo fare questo tipo di discorsi faccia a

faccia," mormorò Baker. "Non sono un bastardo, non mi piace la violenza e preferisco spiegarmi in modi più sottili, che durino più a lungo; ad esempio toccando sul vivo le persone... come nel conto in banca. I soldi fanno girare il mondo, Trilli, e io sono bravissimo a far sparire ciò che interessa di più alla gente. Detto questo, alla violenza ci arrivo se so che non c'è alternativa e diventa indispensabile."

"Come con Monica e con la storia della lava?"

Lui sospirò. "Ti ha raccontato cos'è successo?"

"Sì."

"Allora sì, come in quel caso. Sto solo dicendo che non mi piace il pensiero che qualcuno ti metta le mani addosso, a prescindere dall'età o dal fatto che sia un uomo o una donna, e farò tutto ciò che devo per chiarire che niente del genere sarà mai tollerato."

"Ho capito, Baker."

"Mi stai dando ragione solo perché adesso sei sbalordita e vuoi chiudere la telefonata, per poi ripensare a tutto il nostro rapporto, oppure sei d'accordo con me perché sai che è così che si comporta un uomo, quando tiene alla sua donna?"

"La seconda."

"Bene, perché io tengo a te, Jodelle, e sono disposto a tutto per renderti felice *e* per tenerti al sicuro."

"Posso fare lo stesso per te?"

"Sì. Basta che non cerchi lo scontro fisico con qualcuno e non ti metti in pericolo."

"Non mi sembra giusto," brontolò Jody.

"Infatti," confermò lui.

Jody sospirò. "Allora sei *davvero* un rompiscatole."

"Sì. Però sono un rompiscatole che tiene a te e che vuole che tu rimanga esattamente come sei. Se qualcuno ti facesse del male, cambieresti e questo pensiero mi fa incazzare. Quindi... sì: non succederà."

Jody a quel punto non trattenne una risata. "Sei anche un bel cavernicolo."

"Mi hanno detto di peggio," commentò lui. "Adesso però devo davvero andare. Ti prendi qualcosa per pranzo?"

"Ho appena preso un taco ai gamberetti da un baracchino."

"Bene. Allora fai attenzione, Trilli, e fammi sapere se trovi Ben."

"Va bene."

"A dopo."

"Ciao, Baker."

Jody chiuse la chiamata e rimase seduta nel furgone, accostato sul ciglio della strada, per un lungo minuto. Quella conversazione le aveva fatto piacere, ma l'aveva anche un po' impensierita. Lei non aveva paura di Baker, ma la preoccupava di più il destino di chi avesse osato fare qualcosa a lei, qualcosa che a Baker non sarebbe piaciuto. A volte le persone si comportavano male, ma lei era diventata abile nell'ignorare ogni comportamento impertinente e maleducato, rifiutando di lasciarsi abbattere dagli altri. Però, sapendo di avere Baker vicino, forse non avrebbe più dovuto preoccuparsi che qualcuno fosse perfido verso di lei.

Decise che il momento più opportuno per discutere di quelle tendenze iperprotettive sarebbe stato quando fossero emerse nel concreto; tornò a guardare sul telefono la mappa della zona nord dell'isola. Baker le aveva suggerito degli ottimi spunti: anche lei, se fosse stata adolescente e avesse cercato di rimanere nascosta, avrebbe cercato di non farsi notare. Doveva cercare posti fuori mano, oppure dei parcheggi affollati in cui Ben avrebbe potuto confondersi nella folla.

Jody non aveva idea dei problemi che tormentavano la vita domestica di Ben, ma era determinata a scoprirli. Voleva fargli sapere che aveva un'amica e che poteva contare su di lei per farsi aiutare.

Sempre più determinata, imboccò la superstrada: Ben era là, da qualche parte, e lei l'avrebbe trovato.

CAPITOLO DIECI

Servì un'altra ora, ma quando Jody entrò nel parcheggio di Ka'ena Point Trail, riconobbe subito la vecchia Kia di Ben. C'erano una decina di macchine, ma quella di Ben era l'unica che le interessava. Jody parcheggiò subito dietro alla Kia e fece un respiro profondo, poi uscì.

Sbirciò nell'auto e vedendo che non c'era nessuno afflosciò le spalle. Che fare? Non c'erano molti posti in cui Ben poteva essere. O giù alla Mokulē'ia Rock Beach, oppure su all'imbocco del sentiero, verso la punta nordoccidentale dell'isola di Oahu, chiamata Ka'ena Point. Jody abbassò lo sguardo sugli infradito che calzava e fece un sospiro. Non erano le scarpe adatte per andare a camminare in montagna, ma aveva quasi trovato Ben e non intendeva mollare.

Guardò il furgone e pregò che nessuno lo scassinasse mentre lei si allontanava. Nei parcheggi più frequentati dai turisti, venivano rotti i finestrini a moltissimi veicoli, che poi venivano derubati.

Si avviò per il sentiero sterrato, da cui partiva una camminata di circa cinque chilometri, e sorrise alle poche persone che incontrò. Alla sua destra, il rumore dell'oceano la fece sospirare. Jody amava vivere alle Hawaii. Qualcuno le aveva suggerito di tornare in continente per riprendersi meglio e allontanarsi dai ricordi di Kai, ma erano proprio quei ricordi il motivo principale per cui Jody voleva rimanere.

Certo, ripensare al figlio la faceva soffrire, ma lei *non* voleva dimenticarlo, e il modo per stargli più vicino era rimanere accanto a ciò che lui amava di più: in particolare il mare.

Il sole scaldava l'aria e Jody rimpianse di non aver portato con sé un cappello, quel mattino, quando era uscita di casa. La brezza dell'oceano la aiutò a non soffrire troppo il caldo, ma sapeva che, al rientro a casa, avrebbe avuto la pelle scottata dai raggi del sole. Pregò di riuscire almeno a trovare Ben.

Finalmente arrivò alla fine del sentiero... e sospirò sollevata vedendo una persona sola seduta accanto a un'enorme roccia vulcanica.

Ben.

"Questo è uno dei punti migliori dell'isola per osservare le balene," disse Jody a bassa voce, rimanendo circa tre metri dietro di lui.

Ben si voltò e la guardò, ma Jody non riuscì a interpretarne l'espressione.

"Da quanto tempo..." gli disse, dopo che lui si era voltato di nuovo verso le onde che si frangevano sulla costa.

Jody decise di osare e si avvicinò, sedendosi accanto a lui. "Sei una persona difficile da rintracciare."

"Non vuoi farmi una ramanzina perché non sono andato a scuola?" le chiese.

"No," gli disse Jody alzando le gambe e mettendo le piante dei piedi sulla roccia che aveva davanti, per poi avvolgere le ginocchia con le braccia.

Lui la guardò con la coda dell'occhio. "Perché no?"

"Perché non so il motivo per cui sei qui, invece che a scuola. Sarei un'arrogante a farti una ramanzina per qualcosa di cui non so nulla."

Ben sembrò sorpreso e sbuffò.

"Però penso che potevi anche trovare un posto più all'ombra, per passare il tempo," aggiunse Jody. "Sai, così non rischi che ti venga ancora un colpo di calore."

"Sto bene," le disse Ben.

"*Tu* puoi anche star bene, ma io sono anziana," gli disse Jody per stuzzicarlo.

"Non vorrei offenderti, ma non ti ho invitata io a venire qui."

"Hai ragione, non mi hai invitata," gli rispose. "Ma quando ti preoccupi per un amico, non ti fermi solo perché non indossi le scarpe adatte o perché hai dimenticato il cappello."

Ben non disse nulla per almeno tre minuti pieni. Jody gli lasciò il tempo di accettare la sua presenza e di elaborare quel gesto di interesse, poi gli disse: "Sono preoccupata per te, Ben. Non sembri lo stesso. Sei un bravo studente, responsabile, e salti la scuola per dormire in macchina, invece che frequentare gli altri surfisti... c'è qualcosa che non va... e io voglio aiutarti."

"Non torno a casa," le rispose con determinazione.

"Va bene," gli disse semplicemente.

Ben si voltò verso di lei con un'espressione seriosa.

"Cosa c'è? Se non vuoi tornare a casa avrai le tue buone ragioni. Si troverà una soluzione diversa."

"Perché stai prendendo tutto così con calma? È strano. Gli altri mi direbbero che non sono abbastanza grande per decidere di andar via di casa."

"Io non sono come gli altri," gli spiegò con calma. "Parla con me, Ben."

Lui scosse la testa e tornò a guardare l'oceano.

Jody non si aspettava fosse facile fargli dire cosa stava succedendo, ma non aveva intenzione di rinunciare. A quel punto, l'obiettivo principale era assicurarsi che Ben fosse sano e al sicuro. A giudicare dall'aspetto esteriore, stava senz'altro vivendo in macchina. Quando aveva sbirciato nella Kia, prima di mettersi in cammino, Jody aveva notato i pacchetti di cibo da asporto e anche dei rifiuti. Ben indossava vestiti sporchi e non emanava un gran buon profumo. Era chiaro che quei vestiti non venivano lavati da giorni, forse da più di una settimana. Forse Ben aveva usato una delle tante docce pubbliche, ma era difficile lavare i vestiti senza una lavatrice.

"Non sono qui per farti una paternale," gli disse Jody

sottovoce. "Sono preoccupata per te. Non ti ho visto in spiaggia la mattina, da quella gara di surf..." Jody si interruppe. "Non so cosa stia succedendo, ma voglio aiutarti," gli ripeté.

"Non puoi," le disse Ben con le spalle afflosciate.

"Lasciami provare."

Il ragazzo sospirò.

Jody non se la prese: gli adolescenti esageravano spesso, per natura. Bastava un nonnulla per deprimerli, oppure per mandarli su di giri per giornate intere. Lei se lo ricordava da quando Kai era ancora vivo, ma sapeva anche che era una questione ormonale. Una fase della vita da cui poi uscivano. Bisognava solo portare pazienza.

"Ti sei mai trovata tra l'incudine e il martello, Jody?"

Almeno finalmente l'aveva chiamata per nome. "Sì."

"Allora sai che non è una bella sensazione."

"Lo so," gli rispose. "Ma so anche che col passar del tempo spesso si sistema tutto."

Ben abbassò lo sguardo sulle proprie mani. "Ho la macchina senza benzina e non ho soldi per fare rifornimento. Non mangio da un giorno. Puzzo, quindi mi rifiuto di farmi vedere dalla ragazza che mi piace. È deprimente, perché è davvero meravigliosa. A scuola non va bene, a casa va anche peggio. Sono fregato. Non posso andare avanti e non posso tornare indietro e cambiare alcune delle cose che ho fatto. Anche se vorrei."

"Hai ragione, non puoi tornare indietro. Penso che lo saprai: anch'io vorrei tornare indietro, più di chiunque altro," gli disse Jody.

"Lo conoscevo, lo sai?" le chiese Ben sottovoce. "Tuo figlio Kai."

Jody fu sorpresa, ma cercò di nascondere la propria reazione. "Ah sì?"

"Sì, era un istruttore a un corso di surf a cui ho partecipato quando ero in quinta elementare."

"Me lo ricordo! Gli è piaciuto," disse Jody con un sorrisetto dolce.

"Era davvero bravo a insegnare," aggiunse Ben. "Ma non solo: quando lo incontravo fuori dall'ospedale, era sempre gentile con me, non come gli altri, che facevano finta di non vedermi. Mi ha aiutato a trovare la posizione giusta sulla tavola e mi ha insegnato esattamente i segnali da cercare per scegliere l'onda giusta. Era paziente e divertente, non gli interessava se gli altri lo prendevano in giro perché aiutava un pivellino, un *grommet*."

Jody sorrise radiosamente. Non sentiva da anni quel termine, con cui i surfisti indicavano dei ragazzini inesperti. "Kai era fatto così," gli disse semplicemente.

"Mi dispiace che sia morto," disse Ben.

"Anche a me dispiace, Ben; anche a me," gli disse Jody. "Che ne dici di venire a casa con me? Ti dai una ripulita mentre io ti lavo i vestiti, poi ti preparo qualcosa da mettere nello stomaco... poi potrai valutare meglio i prossimi passi. Puoi rimanere da me quanto tempo vuoi. Penso che sia molto meglio che dormire in macchina: non è sicuro, Ben."

Ben fece una risatina, ma con un suono non molto divertito. "Non è sicuro; sì, lo so. Perché ti dai tanto da fare per aiutarmi?" le chiese.

"Perché ne hai bisogno, e perché mi stai simpatico."

"Se vengo con te, telefonerai a mia madre?"

"Tu *vuoi* che telefoni a tua madre?"

"No."

"Allora no. Però sento di dovertelo dire: è tua madre e probabilmente sarà preoccupatissima per te. Se Kai vivesse in macchina e io non sapessi dov'è, anch'io sarei fuori di testa. Non so cosa stia succedendo e spero che a un certo punto tu ti senta a tuo agio nel dirmelo, ma la mia offerta di aiuto è libera, senza impegno."

"Ci sono impegni in tutto, Jody, c'è sempre un secondo fine."

"Non con me," gli disse con decisione.

Ben non le rispose e lei gli lasciò del tempo per riflettere su quell'offerta. Mentre aspettava, le squillò il cellulare. Lei lo tirò fuori di tasca: era Baker.

"È Baker che mi telefona, è un problema se rispondo? Sa che ti stavo cercando e sarà in pensiero."

Ben scrollò le spalle.

Jody lo interpretò come un sì e cliccò sul telefono. "Ciao."

"L'hai trovato?"

"In realtà sì, l'ho trovato."

"Ottima notizia, Trilli."

"Eh sì."

"Dov'era?"

"A Ka'ena Point."

Baker non disse nulla per un momento, poi le chiese: "Come hai fatto a trovarlo fin lassù? O l'hai trovato al parcheggio?"

"Ho trovato la macchina nel parcheggio, ma lui è qui seduto alla fine del sentiero."

"Hai camminato fin lassù?"

"Non è lunghissimo, Baker."

"Sono cinque chilometri, Jodelle. Non è certo una passeggiatina."

"È un sentiero pianeggiante, non è malaccio."

"Adesso dove sei?" le chiese Baker.

"Sono ancora al punto di osservazione, insieme a Ben. Sta riflettendo sulla mia offerta di tornare a casa con me."

Baker non disse nulla per un po', così Jody gli chiese: "Baker? Ci sei?"

"Sì, sono qui. L'hai invitato a venire a casa tua?"

"Sì." Jody spostò gli occhi su Ben, che la stava fissando. "Ha bisogno di un'amica e ci sono io. Non fa un pasto decente da chissà quanto tempo e ha bisogno di un posto in cui dormire al sicuro, per riprendersi."

"Ti ha detto cosa sta succedendo?"

"No."

"Aspetta: hai detto che sei ancora al punto di osservazione? Porti un cappello o hai messo la crema?"

Jody non trattenne un sorriso. "No, ma sto bene."

"Cacchio, probabilmente avrai gli infradito ai piedi, vero?"

"Come fai a saperlo?"

"Trilli, porti sempre le infradito! Merda! Sono troppo lontano per venirti a prendere."

"Non c'è bisogno che tu mi venga a prendere, sto bene, Baker."

"Sei senza cappello, ti stai cuocendo al sole e hai già camminato per cinque chilometri praticamente a piedi nudi. Accidenti, *non* va bene."

"Ma sì!" insisté lei, per quanto le facesse piacere sentirlo preoccupato.

"E devi anche tornare alla macchina."

"Baker, basta. Va tutto bene."

"Invece no: sarei dovuto partire dalla base subito, quando ci siamo sentiti, avrei dovuto accompagnarti a cercare Ben. Mi dispiace."

"Digli che ci penso io ad accompagnarti e che andrà tutto bene," le disse Ben.

Jody riportò gli occhi su Ben in un baleno.

"L'ho sentito," disse Baker. "Digli che l'apprezzo."

"Ehm... Baker ti ha sentito e dice che l'apprezza," riferì Jody.

Ben annuì. "Anch'io l'ho sentito. Spero non sia un problema. Hai il volume molto alto," le spiegò Ben.

"Allora hai sentito quanto è iperprotettivo," aggiunse Jody con sarcasmo.

"Voi due state insieme?" le chiese Ben.

"Sì," gli rispose Jody.

"Forte."

"Trilli, metti il telefono in vivavoce," le chiese Baker.

"Perché? Tanto ti sente già."

"Mettilo, per favore."

"D'accordo," rispose Jody con un sospiro, per poi cliccare sull'icona del vivavoce. "Ecco fatto."

"Ben?"

"Sì?"

"Non so cosa ti stia succedendo, ma ti consiglio di accettare l'aiuto di Jodelle."

"Non dovrei," rispose Ben.

"Sì che dovresti. Ci sono grane con il tuo patrigno?"

"Come fai a conoscere Al?" gli chiese Ben raddrizzando la schiena in un lampo.

"Non lo conosco, ma quel che ho scoperto su di lui non mi fa presagire rose e fiori," gli disse Baker.

"È un giudice rispettato a cui tutti vogliono bene," disse Ben a bassa voce.

"Io non rispetto le persone solo per il lavoro che fanno," ribatté Baker con calma. "Io rispetto gli altri in base a come si comportano. Ho un amico che è stato senzatetto e andrei ad aiutare lui prima di tante altre persone cosiddette rispettabili su quest'isola. Però ho una domanda... anzi no, due. La prima: se vai a casa di Jodelle, la metti in pericolo?"

Ben deglutì a fatica e Jody sentì il cuore che le batteva forte nel petto.

"Io... non lo so."

"Grazie per la tua sincerità. Seconda domanda: c'è dell'ombra, nel punto in cui vi trovate?"

Quella domanda colse chiaramente di sorpresa il ragazzo. "Ehm... in realtà no."

"Ecco. Allora apprezzerei molto se cominciaste a tornare al parcheggio, così Jodelle si toglie dal sole. Jodelle?"

"Ci sono," gli rispose.

"La mia riunione è finita e Leonard mi sta preparando un bel pacchetto di *malasada* in questo preciso momento. Quando sarai tornata a casa, dovrei esserci anch'io. Se no, aspettami prima di entrare."

"Prima di entrare a casa mia?" gli chiese Jody confusa.

"Sì."

"Perché?"

"Perché non sei da sola. Senza offesa, Ben."

"Baker! Ben non ha intenzione di farmi del male."

"Ne abbiamo già parlato, Trilli," le disse Baker.

"Ha ragione," intervenne Ben. "Aspetteremo fuori, Baker."

"L'apprezzo. Tornate alle macchine con calma, non sforzatevi troppo."

Jody avrebbe sbuffato irrequieta, ma Baker era riuscito a

fare qualcosa che lei non era riuscita a fare: in pratica Ben aveva accettato di tornare a casa con lei. Aveva detto "Aspetter*emo* fuori."

"Io non ho benzina per arrivare a casa di Jody," disse Ben.

Baker rimase in silenzio per un momento, poi gli disse: "Ci penso io. Lascia le chiavi sotto al tappetino del sedile posteriore lato passeggero."

"Va bene."

Santi numi! Ben non aveva esitato. Jody era meravigliata. Baker aveva una capacità persuasiva notevole. Lei avrebbe fatto meglio a ricordarselo, in futuro. Avrebbe dovuto prestare sempre la massima attenzione, per evitare di accettare qualunque cosa le dicesse, senza ascoltare *cosa* le dicesse.

Appena le passò per la mente quel pensiero, lei lo scacciò: era totalmente illogico. Baker non le avrebbe mai chiesto di fare qualcosa che le nuocesse, mentalmente o fisicamente.

"Che ne dici di avviarvi verso il parcheggio, così vi tirate via dal sole e Jodelle può occuparsi di te?" gli chiese Baker.

"Ho diciassette anni, non ho bisogno di assistenza," ribatté Ben.

"Sbagliato. Te ne accorgerai col tempo, ma abbiamo bisogno tutti di qualcuno che ci aiuti," gli disse Baker, "e quando trovi quel qualcuno, fai tutto ciò che puoi per incoraggiarne e proteggerne il buon cuore. Hai capito?"

"Sissignore."

"Ottimo. Jodelle?"

Lei stava per commentare con sarcasmo il fatto che finalmente si fosse ricordato anche di lei, ma era troppo commossa per quanto Baker aveva appena detto. "Sì?"

"Sei stata brava."

Quell'elogio le trasmise calore, inebriandola.

"Adesso togliete le chiappe dal sole e ricordate di bere molto appena arrivate al furgone. So che hai un frigo pieno d'acqua fresca, non è vero?"

Jody sorrise. "Certamente."

"Bene. Mandami un messaggio quando siete arrivati al parcheggio."

"Va bene."

"Ci vediamo dopo."

"Ciao."

Jody cliccò sull'icona rossa, e per rompere il silenzio un po' imbarazzante che si era creato tra lei e Ben, gli disse: "Baker è super protettivo."

"Come è giusto che sia," commentò Ben, che poi si alzò e le porse la mano. "Andiamo, dobbiamo toglierci dal sole e tornare al furgone, così puoi bere quell'acqua."

Jody avrebbe voluto alzare gli occhi al cielo, ma le piaceva che Ben riecheggiasse le parole di Baker. Anche lui voleva portarla al sicuro, dimostrando di essere un ragazzo a posto, proprio come pensava lei. Ancora non le era chiaro il motivo per cui Ben si stava nascondendo, o da cosa stesse scappando, ma almeno aveva accettato di tornare a casa con lei.

Mentre Ben l'aiutava ad alzarsi in piedi, rimanendole vicino nel caso perdesse l'equilibrio, la mente di Jody turbinò di pensieri: tutto ciò che doveva fare, per accogliere a casa un ospite. Aveva già del cibo, ma se Ben si fosse fermato per più di un giorno o due, sarebbe stato necessario un salto al supermercato per rimpolpare la dispensa. Ben era un adolescente in crescita: se solo fosse somigliato un minimo a Kai, avrebbe mangiato un sacco. Gli servivano anche del sapone e uno shampoo; i prodotti delicati che usava Jody non sarebbero stati adatti a lui. Doveva anche cambiare le lenzuola al letto di Kai...

No. Non era più il letto di Kai.

"Jody?" la chiamò Ben mentre percorrevano a ritroso il sentiero sterrato.

"Sì?"

"Grazie per avermi cercato."

"Non c'è di che."

"Pensavo che nessuno notasse la mia assenza. Beh... magari a parte Tressa."

"Io l'ho notata," gli disse Jody, tanto per confermare. "Ma sono sicura che l'ha notata anche Tressa."

Poi puntualmente inciampò in un sasso che sporgeva in mezzo al sentiero.

"Attenta!" esclamò Ben prendendola per un braccio per aiutarla a non cadere.

Era più che evidente che Ben Miller era un bravo ragazzo. Jody si ripromise di arrivare in fondo alla questione che lo tormentava. Tra lei e Baker, senza dubbio avrebbero scoperto cos'era e avrebbero ridato a Ben una vita normale.

CAPITOLO UNDICI

B AKER ACCOSTÒ DAVANTI alla casetta di Jodelle meno di dieci minuti dopo aver ricevuto il messaggio con cui lei lo informava di essere arrivata insieme a Ben.

Parcheggiò dietro al furgone e spense il motore, poi uscì subito e camminò dritto verso Jodelle, che era là in piedi vicino a Ben. Salutò il ragazzo con un cenno del mento, senza togliere minimamente l'attenzione dalla donna che aveva davanti.

Jody aveva le guance arrossate, ovviamente per i raggi del sole a cui era stata esposta. Aveva i piedi sporchi, ricoperti del terriccio del sentiero di Ka'ena Point. Aveva i capelli alle tempie e dietro le orecchie madidi di sudore, eppure Baker non aveva mai visto una donna tanto bella. Le mise un dito sotto al mento e le chiese: "Stai bene?"

"Certo che sto bene," gli rispose con un sorriso. "Ma starò meglio quando mi darai quelle *malasada* che dovevi portare."

Sentendo quella frecciata, Baker si rilassò per la prima volta da quando lei gli aveva detto al telefono di aver trovato Ben. Si abbassò per darle un bacio sfuggente, tanto per confermare senza troppe parole che era sollevato di trovarla sana e salva. Poi si girò, tenendo un braccio intorno a Jodelle, e porse una mano a Ben. "Piacere di vederti."

Ben annuì e strinse la mano di Baker.

Il ragazzo aveva un aspetto trasandato. Baker non era stato tanto entusiasta della proposta di Jodelle di invitarlo a casa, ma dopo averlo visto capì che era stata l'idea giusta. Era chiaro che Ben non se la stava cavando da solo. Anche se lui probabilmente avrebbe sostenuto il contrario, era un adolescente addolorato, e vivere in macchina per conto proprio era più difficile di quanto lui si aspettasse.

"Ho telefonato a un amico. Ti farà benzina e porterà qui la tua auto stasera, non so a che ora," gli disse Baker.

Ben deglutì a fatica. "Grazie."

"Nessun problema. Però il mio aiuto non è pura beneficenza," gli disse Baker.

Jodelle si irrigidì al suo fianco e cercò di allontanarsi, ma Baker si rifiutò di lasciarla andare.

"Allora cosa vuoi in cambio?"

"Voglio che ti diplomi. Voglio che ti ricordi di questo momento e che tu faccia il possibile per aiutare gli altri, come noi abbiamo aiutato te. La vita non è semplice. È dura, cazzo! Ma voglio che tu trovi la forza di superare il problema che ti rode e che diventi ancora più forte."

"Baker, non dire parolacce," lo riprese Jodelle.

"Trilli, dico parolacce di continuo," ribatté lui.

"Lo so, e in genere non m'importa, ma Ben è un ragazzo e non c'è bisogno di usare brutte parole davanti a lui."

Baker guardò Ben negli occhi e notò che anche l'adolescente era divertito quanto lui dalle parole di Jodelle. "Non è più un ragazzino e immagino che nulla di quanto dico possa sconvolgerlo."

"Forse è così, però non è il caso," aggiunse Jodelle.

Baker la trovava troppo adorabile, così le promise: "Farò del mio meglio per contenermi."

"Grazie."

"Posso fare tutto quel che hai detto," gli rispose Ben a bassa voce, "ma non sto vivendo in macchina perché voglio fare una scenata ormonale," aggiunse.

"Non era questo che intendevo," gli disse Baker. "Sei un brav'uomo, con la testa sulle spalle. Ma i problemi si risolvono meglio chiedendo aiuto."

Ben sembrava scettico, ma Baker decise di non insistere, per il momento. Quel ragazzo si sarebbe sentito meglio dopo essersi lavato, dopo aver riempito la pancia e dopo una bella dormita, non sul sedile dell'auto, con il pensiero che qualcuno lo trovasse e potesse fargli del male.

"Vuoi andare a prendere il pacchetto di Leonard che ho lasciato in macchina?" chiese Baker a Jodelle. "È sul sedile anteriore."

Le si accesero gli occhi. "Sì!"

Baker lasciò cadere il braccio e lei partì subito per il lato passeggero della macchina. Lui capì di avere solo trenta secondi circa, prima che lei tornasse, così parlò alla svelta. Guardò Ben negli occhi e disse: "*Non* ferirla. Posso tollerare un sacco di merda, ma non che lei sia ferita. Hai capito?"

"Sissignore," gli rispose Ben immediatamente. "Vado via appena arriva la macchina."

Cazzo, non era quello che Baker intendeva. "Se vai via, lei sarà ferita di *sicuro*," gli disse. "Si preoccuperà."

"Eh..." Ben sembrava confuso e spaventato. "Il mio patrigno non è una brava persona."

"Questo l'avevo capito. Ci penseremo. Ho solo bisogno che tu mi dia le informazioni necessarie per tenerla al sicuro."

"Che buon profumino!" esclamò Jodelle con entusiasmo, avvicinandosi con in mano il pacchetto della Leonard's Bakery, il coperchio aperto di un centimetro e il naso infilato dentro.

"Golosona," le disse Baker con un sorriso.

"Sono *malasada*," rispose Jodelle. "Sono golosi tutti di *malasada*. Dai, Ben, andiamo in casa così ti fai una doccia e mi aiuti a mangiarle." Sorrise al ragazzo, poi andò verso la porta di casa.

"Sto cercando di tenere al sicuro anche gli altri," disse Ben a voce abbastanza bassa per non farsi sentire da Jodelle.

Baker capì e annuì, con più ammirazione verso quell'adolescente. "So che è tutto nuovo e che non mi conosci, a parte il surf, ma scoprirai che sono perfettamente in grado di proteggerti e di evitare che si diffonda altra merda. Nel frattempo, apprezzerei se non dicessi in giro dove dormi."

"Sì, certo," rispose Ben.

"Bene. Quando ti sentirai pronto, io ti ascolterò. Spero solo che ti confidi al più presto," concluse Baker.

"Ragazzi, entrate?" chiamò Jodelle dalla porta aperta.

Baker si girò e si avviò verso la sua donna. Ormai era tutto diverso: il tempo da dedicare a Jodelle era diventato una priorità. Del resto, a lui non dispiaceva affatto: più le stava accanto e più la voleva. Non solo a letto. Gli era proprio entrata dentro. Gli si era infiltrata nella psiche a tal punto che non ne sarebbe uscita nemmeno centrifugandosi il cervello.

Baker entrò in casa di Jodelle e rise, sentendola fare *oooh* e *aaah* per le *malasada*. Gettò le chiavi nella ciotola sul mobile e vedendo le chiavi di lei già dentro sentì nascere in sé un grande appagamento interiore.

"Mi dispiace, ma non ce l'ho fatta ad aspettare," disse Jodelle; le parole le uscirono confuse dalle pastine che le riempivano la bocca. "Sono buonissime!"

Baker rise. "Caspita, amica mia, ma sei sicura di aver bisogno di qualche cucchiaio di zucchero, dopo essere stata al sole tutto il giorno?"

Jodelle lo guardò sbuffando. "Va beh, dai..." Poi si voltò verso Ben. "Prima la doccia o le *malasada*?"

Ben sembrava a disagio. "Dovrei farmi la doccia, ma non ho nulla da mettermi."

Jodelle posò la pasta e si pulì la mano sui pantaloncini, provocando una smorfia a Baker. "Ho alcuni dei vestiti di Kai, puoi indossarli intanto che le tue cose vanno in lavatrice e si asciugano."

"Jody, non è il caso, davvero."

"Invece sì," gli disse con decisione. Poi ingentilì il tono: "Dopo la morte di Kai, ho dato quasi tutti i suoi vestiti in beneficenza; però c'è ancora uno scatolone da cui non sono riuscita a separarmi. Erano i suoi preferiti: maglie, felpe e jeans. Adesso penso che ci sia un motivo se non li ho dati via. Saranno un po' ammuffiti e non ti andranno alla perfezione, ma mi sembra che portiate più o meno la stessa taglia. Starai molto meglio, se ti cambi, Ben."

"Non voglio causare alcun dolore," ammise l'adolescente. "Se vedermi con addosso i vestiti di Kai è una sofferenza, posso aspettare."

Baker notò che a Jodelle tremava un labbro, ma lei mantenne il controllo sulle proprie emozioni e disse: "Penso che sarebbe una sofferenza peggiore farti sedere qui con quei vestiti puzzolenti, caro." Poi gli fece l'occhiolino. "Lo scatolone è nell'armadio... nella camera degli ospiti. Prendi pure ciò che vuoi, dico sul serio. Poter usare i suoi vestiti per una giusta causa mi farà felice."

"Se ne sei proprio sicura," disse Ben ancora esitante.

"Ne sono sicura," confermò Jodelle. "In bagno c'è una saponetta. Non è uno shampoo o un gel doccia, ma per il momento basterà, intanto che ti prendiamo qualcosa di più adatto. Penso che nel cassetto ci sia anche uno spazzolino nuovo e del dentifricio. Fai pure con comodo."

"Se me la prendo troppo comoda, magari quando torno non ci sono più *malasada* per me," scherzò Ben.

Lei fece un sorriso radioso. "È vero. Quindi forse è meglio se ti muovi."

Ben e Jodelle si sorrisero a vicenda.

"Grazie mille, Jody," le disse Ben.

"Non c'è di che," gli rispose lei.

Poi Ben si girò e si avviò verso il corridoio come se l'avesse percorso da una vita.

Baker non aspettò nemmeno che l'adolescente fosse fuori dal campo visivo per tirare Jodelle tra le braccia. Lei si avvicinò senza esitazione, rifugiandosi in lui e appoggiandogli la faccia sul petto. Non dissero nulla per un minuto abbondante. Solo quando Ben entrò in bagno e chiuse la porta, Jodelle alzò lo sguardo verso Baker.

"C'è davvero qualcosa di grosso dietro," gli sussurrò con la fronte corrugata per la preoccupazione.

Solo allora Baker comprese che l'atteggiamento entusiasta e felice di prima era stato solo una messa in scena. Jody era preoccupatissima per Ben e aveva abbassato la guardia appena il ragazzo si era allontanato. Si era confidata con Baker.

"Vedremo di scoprire cosa succede e di intervenire."

Quelle parole già le tolsero di dosso parte dello stress. Jody si sciolse più volentieri addosso a lui. "Va bene, mister 'aggiustatutto con i contatti'."

"Puoi giurarci," le rispose con un sorrisetto. Poi anche lui si fece serio e le passò un dito sulla guancia arrossata. "Ti fa male?"

"No."

"E i piedi?"

"Sporchi, ma niente vesciche."

"Bene. Vai anche tu a farti una doccia?"

"Mi stai dicendo che puzzo?" gli chiese provocandolo.

"Non sia mai. Però ti *dico* che preferisco il profumo al Frangipani."

Jodelle rise. "Sei ossessionato da quella roba."

"No: sono ossessionato *da te*," le disse Baker sinceramente.

"Non è che ti mangi tutte quelle *malasada* deliziose, mentre sono di là, vero?" gli chiese inclinando la testa.

Baker ridacchiò. "No."

"Va bene. Baker?"

"Dimmi, Trilli."

"Sono contenta che tu sia qui."

Lui annuì. "Non vorrei essere in nessun altro posto. Dai, mettiti comoda. Ma con la felpa e i pantaloni comodi, non con il pigiama."

Lei alzò gli occhi al cielo. "Figurati se mi metto in pigiama con Ben in casa," gli rispose scuotendo leggermente la testa. "Solo con l'uomo che mi attizza e che cerco di provocare."

"Non c'è bisogno di cercare, Trilli," le disse Baker.

Lei sorrise. "Mi baci, prima che vada?"

Lui non esitò: si abbassò e prese le labbra di Jody tra le

proprie. Non fu un bacetto casto come quello di prima. Fu un bacio profondo e possessivo, con cui cercò di farle capire per bene quanto gli piaceva e quanto era stato preoccupato per lei quel giorno.

Quando lui si staccò, lei commentò: "Wow."

Baker fece una smorfia. "Vai in doccia, Jodelle. Fai respirare il tuo uomo. Non vorrei mai dover fare una chiacchierata con Ben mentre ho l'alzabandiera."

Lei spinse l'inguine contro di lui, come per controllare che non le stesse mentendo. Quando sentì l'erezione contro la pancia, gli sorrise. "Chissà che dolore."

"C'è dolore e dolore."

"Detto da un eroe dell'esercito..."

"Della Marina... comunque, sì," confermò lui.

Lei gli sorrise di nuovo, poi si allontanò. Allungò una mano verso la *malasada* che aveva già tirato fuori e la tenne per aria con un sorrisone. "Mi serve energia per farmi la doccia."

Baker scosse appena la testa. La sua donna era una golosona, ma era tremendamente adorabile.

Jody prese un gran morso dal dolcetto, poi si girò e si avviò nel corridoio.

Appena lei si allontanò, Baker rilassò le spalle. Accidenti, era combattuto tra l'emozione di passare più tempo con Jodelle e lo stress di una minaccia ignota che sembrava aleggiare su Ben. Baker era un uomo a cui non piaceva non avere le informazioni necessarie per prendere decisioni intelligenti. Finché Ben non se la fosse sentita di condividere con lui ciò che sapeva, Baker avrebbe navigato alla cieca. Il modo ideale per farsi male.

Però Ben non era né un terrorista né un killer, e se da un lato Baker era preoccupato per ciò che l'aveva costretto a vivere in macchina, dall'altro non credeva si trovasse in una situazione a rischio della vita. Almeno così sperava. Baker non era un ingenuo e sapeva che il male poteva infiltrarsi anche in quel piccolo angolo di paradiso (del resto ne aveva avuto svariate conferme), ma pregava che non si trattasse di nulla di simile a ciò che era successo alle donne degli amici. Il pensiero che una minaccia del genere sfiorasse Jodelle, dopo tutto ciò che aveva sofferto nella vita, gli faceva venir voglia di chiuderla in casa e di gettare via la chiave.

Però lei non sarebbe stata felice: una vita da reclusa avrebbe spento la luce che brillava con tanta energia dentro di lei, nonostante il dolore di aver perso un figlio. Ecco perché la scelta migliore diventava andare fino in fondo alla brutta faccenda che Ben aveva cercato di affrontare da solo, aiutarlo a trovare una soluzione, in modo che Jodelle potesse tornare a rilassarsi.

———

Qualche ora dopo, Ben era lavato e sazio, dopo aver mangiato tre hamburger; la sua macchina era nella strada davanti a casa, i suoi vestiti erano nell'asciugatrice e lui era stravaccato e mezzo addormentato su un lato del divano, mentre Baker e Jodelle erano accoccolati sull'altro lato.

Jodelle alzò lo sguardo verso Baker e disse: "Si sta facendo tardi. Tu sarai stanco, dopo la riunione di oggi e il resto. Dovresti tornare a casa."

"Non torno a casa. Rimango qui," le disse Baker.

Lei si corrucciò e si mise seduta contro di lui. "Come dici?"

"Rimango qui."

"Ma... insomma... non siamo... merda. Baker, ci frequentiamo solo da una settimana."

"Dormo sul divano, Trilli, tranquilla."

"Ah, ma..."

"Rimango," ripeté lui con determinazione. Baker sentì su di sé lo sguardo di Ben, ma tenne gli occhi su Jodelle. "Immagino di potermi fidare di Ben, ma non sarei l'uomo che sono se ti lasciassi a casa con uno alto il doppio di te, che pesa il doppio di te."

"Baker, Ben non mi farà del male."

Lui alzò le spalle, minimamente dissuaso. "Lo penso anch'io, certo."

"Allora non devi rimanere."

Baker non le rispose, ma la guardò fissa negli occhi mentre si svolgeva tra loro una silenziosa battaglia di intenti. Una battaglia che lei avrebbe perso, ma che meritava tutto il rispetto.

"Ha ragione lui," disse Ben dall'altra parte del divano. "Di nuovo."

Jodelle si voltò verso di lui. "Hai intenzione di farmi del male?" gli chiese con una certa stizza.

"No."

"Vedi?" disse lei girandosi verso Baker.

"Ti sta proteggendo, come è giusto che sia," aggiunse Ben. "Io posso parlare fino allo sfinimento, ma sono i fatti che contano. La gente mente di continuo, Jody. In tanti dicono solo ciò che gli altri vogliono sentire, per poi fare solo ciò che vogliono. Fermarsi qui è la cosa più furba che Baker possa fare."

Jodelle sospirò. "Beh, ma io mi fido di te, Ben."

"Grazie, ma ha comunque ragione lui," rispose il ragazzo.

Jodelle tornò a guardare Baker. "Il divano non è comodissimo. Non è un divano letto."

"Andrà benissimo. Credimi, ho dormito su giacigli peggiori, in passato."

Lei corrugò la fronte di nuovo. "Non so se sentirmi meglio o peggio," gli disse. "Adesso mi è entrata in testa l'immagine di te che dormi per terra, al freddo, umido, tremante, mentre le pallottole ti volano sopra la testa," gli borbottò.

Baker non trattenne una risata. Avrebbe tanto voluto assicurarle che non gli era mai successo, ma non poteva.

"Posso dormire io sul divano," suggerì Ben.

"No," risposero Baker e Jodelle allo stesso tempo. Poi lei gli sorrise.

"Devi recuperare il sonno perduto," disse Baker al ragazzo. "Domani puoi prenderti una giornata per sistemarti, ma poi dovrai tornare a scuola."

Ben si fece serio e abbassò lo sguardo sulle proprie ginocchia.

"Se vuoi possiamo andare a fare surf," suggerì Baker. "Magari a metà mattinata; non c'è niente di meglio di qualche bell'onda per schiarirsi i pensieri."

"Non ho la tavola," rispose Ben, sempre con lo sguardo abbassato.

"Ne ho una in più a casa mia," gli disse Baker. "So che non è la stessa cosa, perché non è la tua, ma è sempre meglio di niente."

Baker trattenne il fiato, poi si rilassò un minimo appena Ben, finalmente, annuì.

"Bene. Adesso è *davvero* tardi, Trilli, e domani avrai di sicuro della roba... cioè, del lavoro da recuperare," disse Baker. "In pratica stavi già russando tra le mie braccia, quindi non dire che non sei stanca."

"Non stavo russando," protestò lei.

"Se lo dici tu," le disse stuzzicandola.

"Io... ma tu sei sicuro che starai bene, qui sul divano? Aspetta, ma hai una borsa con il necessario per la notte?"

Baker fece una risatina. "Il necessario per la notte?"

"Sì, pigiama, vestiti per domani, spazzolino, queste cose."

"Trilli, io dormo coi boxer e penso di poter indossare gli stessi vestiti di oggi, almeno per il tempo necessario a tornare a casa domattina e cambiarmi."

"Ma sei senza spazzolino?" insisté lei.

"Per caso ne hai un altro in più?"

Lei si morse un labbro. "Sì." Poi si affrettò a spiegare. "Ne ho tanti perché ne ricevo sempre uno gratis ogni volta che vado dal dentista, però non mi piacciono quelli che ci regalano. Preferisco comprarmelo. Quindi quelli gratis li metto nel cassetto... non si sa mai."

"Non mettevo in dubbio gli spazzolini in più, Trilli, ma son contento che non li collezioni perché hai la mania di invitare sempre qualche estraneo a dormire da te," commentò Baker.

Ben si mise a ridere e Baker fu contento di sentire che il

ragazzo si era rilassato abbastanza da trovare qualcosa divertente; però tenne gli occhi su Jodelle.

"Ma dai! Penso sia la prima volta in assoluto, dalla morte di Kai, che qualcuno dorme a casa mia. Solo... insomma, non voglio che tu sia a disagio."

"Non sarò a disagio, te lo garantisco."

"Va bene, ma insisto che non c'è bisogno."

"Io dico di sì," ribatté Baker.

"Io sono d'accordo," intervenne Ben.

"Va bene, va bene! Sono in minoranza, ho capito. Capperi!" esclamò Jodelle, che poi sbuffò.

Ben si alzò dal divano e rimase in piedi un po' impacciato in mezzo al salotto. "Allora io vado a dormire. Grazie ancora di tutto, Jody."

"Figurati, tesoro. Sono contenta che tu sia qui e mi fa piacere che tu rimanga per tutto il tempo che vuoi. Anche se passano dei mesi, dico sul serio, Ben."

Baker notò le lacrime che bagnavano gli occhi di quel ragazzo, che poi abbassò la testa. "Grazie," ripeté Ben a bassa voce.

"Ci vediamo domattina," gli disse lei; anche lei ovviamente aveva notato le lacrime e gli stava dicendo qualche altra parola per non far sentire Ben in imbarazzo per quello sfogo emotivo.

Ben annuì e si avviò verso il corridoio.

Baker aspettò che la porta della camera degli ospiti si chiudesse, poi chiese di nuovo a Jodelle: "Tutto a posto?"

Lei lo guardò corrucciata. "Perché me lo chiedi?"

"Perché la stanza di Kai è occupata da un ragazzo diverso, ed è la prima volta da quando è morto."

Jodelle chiuse gli occhi per un momento, poi li riaprì. "Sì. Pensavo sarebbe stato difficile; prima, mentre preparavo il letto, ho avuto un attimo di commozione, ma l'ho superato. È la cosa giusta da fare e so che Kai sarebbe felice di avere qui Ben. Si conoscevano."

Baker impiegò un attimo per capire cosa intendesse. "Kai conosceva Ben?"

"Sì. Ben me l'ha detto prima. Ha detto che Kai è stato suo istruttore di surf in una specie di laboratorio. Poi, mentre sistemavo le lenzuola, mi è tornato in mente qualcosa che ho sentito da una signora che cercava di consolarmi: ha detto che c'è sempre un motivo per tutto. Quando me l'ha detto, mi sono arrabbiata; non potevo immaginare il motivo per cui mio figlio dovesse *morire*. Non c'era alcun senso e mi sembrava una delle solite frasi fatte che ti dice la gente quando non sa che altro dire."

"Però... sto cominciando a capire che aveva ragione. Cioè, preferirei che mio figlio fosse vivo; ma se Kai non fosse morto, forse il ragazzo che ha salvato non sarebbe sopravvissuto, tanto per dire. Poi ci sono tante altre cose. Non avrei cominciato a passare il tempo in spiaggia, la mattina, non avrei incontrato te, non sarei qui con te in questo momento. Non avrei conosciuto nemmeno Ben e non avrei notato che cosa gli stava succedendo. Non sarei andata a cercarlo e lui sarebbe ancora smarrito a Ka'ena Point senza benzina, affamato e sicuramente impaurito. Di sicuro adesso non sarebbe qui e io non avrei mai scoperto che conosceva Kai e non avrei mai scoperto l'impatto che mio figlio ha avuto su di lui."

"Allora... se da un lato mi manca mio figlio, finalmente sto aprendo gli occhi su alcune delle belle cose che sono successe anche a causa della sua morte. Pensi che siano riflessioni di una persona malevola?"

"No," le rispose Baker, orgoglioso di lei a un livello tale che in quel momento non riusciva a esprimersi con le parole. "Penso che sia un modo sano di guardare la vita."

"Kai vorrebbe che mi prendessi cura di Ben, che gli offrissi il suo letto, i suoi vestiti, un posto sicuro in cui riprendersi, per scoprire cosa fare."

"Sono d'accordo," confermò Baker. "Ti va bene se rimango?"

"Sì... ma esagero se ti dico che preferirei non farti dormire sul divano?"

Baker contrasse i muscoli. "Accidenti, dai!"

"Troppo presto?"

"Sì... e no. Anch'io preferirei non dormire sul divano, ma sto cercando di mettere in chiaro qualcosa che Ben ha accettato senza problemi."

"Penso solo che potresti proteggermi meglio se fossi al mio fianco," aggiunse Jodelle ammiccando.

"Cacchio!"

Jodelle si leccò le labbra e gli fece un gran sorriso. "Va bene, va bene! Scusa tanto! La smetto. Però, Baker, dico solo che sono una donna adulta, non una ragazzina, ed è ovvio che tu mi piaci... almeno penso che sia ovvio. So che non ci frequentiamo da tanto tempo, ma a me sembra di conoscerti da sempre e so che sei un uomo di parola e che non hai intenzione di scoparmi e mollarmi. Quindi, se ti sei messo in testa che dobbiamo aspettare un mese o due, o chissà quanto, prima di consumare il nostro rapporto... sarà meglio che ci ripensi."

Baker si spostò insieme a lei fino a metterla supina sul divano, con i capelli castani sparsi sul cuscino sotto di lei e le gambe aperte intorno a lui, che la sovrastava. "Consumare?" le chiese con un gran sorriso.

Lei alzò gli occhi al cielo. "Sì, dai!"

"Allora no, Trilli, non mi sono prefissato alcun termine per la nostra *consumazione*, è solo che volevo lasciarti il tempo di conoscermi, conoscere la persona che in tanti nemmeno vedono, prima di arrivarci. Non sono un uomo semplice e ho bisogno che tu lo capisca, prima di concedermi il tuo corpo."

"Non voglio un rapporto semplice, sarebbe noioso."

"Adesso dici così, ma non penso ti sfugga che abbiamo discusso su un punto semplicissimo come il fermarmi qui a dormire stanotte," ribatté lui.

"Io penso che *a te* sfugga che mi ha fatto piacere, che tu voglia proteggermi."

Baker si fermò e continuò a fissarla. Aveva ragione lei: gli *era* sfuggito.

"Non solo: mi hai anche rispettata a tal punto da non pensare nemmeno per un secondo di dormire nel mio letto, questa notte. Sì, certo, sei un testone ostinato e iperprotettivo, ma sai, Baker, sono stata da sola per anni, ho dovuto crescere un figlio da sola, il che non è affatto facile, tutt'altro! Sono stata responsabile per lui e per me stessa per quasi tutta la mia vita da donna adulta. Posso accettare che tu non sia un uomo semplice, sapendo anche che tieni a me al punto da non lasciarmi da sola con qualcun altro, anche se quel qualcun altro non mi farebbe mai del male, non mi ruberebbe nulla e potrebbe essere mio figlio."

"Ho fatto un sacco di porcherie nella vita," la avvertì Baker.

Jodelle alzò gli occhi al cielo. "Ma certo che hai fatto delle porcherie, eri un SEAL!"

Non ne aveva fatte solo quando era nei SEAL; aveva continuato a compiere azioni di cui non andava esattamente fiero, ma sempre per ottenere un bene superiore. "Sto solo cercando di darti un'altra opportunità di tirarti indietro," le disse.

"Non la voglio," gli rispose lei con decisione. "Baker, ti desidero fin dal primo giorno in cui ti ho incontrato. Mi trasmetti delle vibrazioni molto intense, ma ho anche sempre saputo che non mi avresti mai ferita, né avresti mai fatto del male ai ragazzi con cui fai surf tutti i giorni. Più ti ho frequentato e più me ne hai dato prova, giorno dopo giorno. Anche quando hai cercato di fare il difficile con Monica, quando l'hai incontrata, lo facevi solo perché volevi proteggere il tuo amico."

"A quanto pare hai omesso qualche dettaglio, quando mi hai raccontato del pranzo con le amiche," commentò Baker con ironia.

Jodelle gli sorrise. "C'ero anch'io, quel giorno, ricordi? E quando Monica è andata nel panico vedendo il tuo tatuaggio, tu ti sei fatto in quattro per assicurarti che non si facesse del male. Le hai parlato, l'hai tranquillizzata. Io non ho sentito cosa le dicevi, dal posto dov'ero seduta, ma ho *potuto* vedere che ti dava un immenso fastidio averla spaventata."

"Sei tu l'uomo che voglio! L'uomo che ho sempre sognato quando ero da sola a letto, la notte. L'uomo che può dormire senza problemi sul mio divano, o che può usare i suoi contatti per portarmi delle *malasada* appena fatte. Però... metà della mia vita è andata: non voglio starmene seduta in disparte a fare dei giochetti stupidi, far passare un periodo di tempo arbitrario prima che arrivi la sensazione, chissà da dove, che si possa avere un rapporto fisico."

Baker la scrutò per un lungo momento. "D'accordo. Per stanotte dormo sul divano. Domani dormo a letto con te. Poi prenderemo la vita come viene."

Jodelle gli fece un sorriso radioso. "Mi sembra un'ottima idea."

"Meno male che non ti piace un rapporto semplice, Trilli, perché ho la sensazione che con me avrai parecchio filo da torcere," la avvertì.

"È probabile," gli disse, sempre sorridendo. Poi gli infilò le mani sotto la maglia, risalendo coi palmi tiepidi la schiena. "Però ho anche la sensazione che fare l'amore sarà indimenticabile."

"Merda!" imprecò Baker, mentre sentiva l'uccello che si risvegliava sull'attenti. Doveva averlo sentito anche lei, perché si mosse e inarcò di più la schiena in modo da sentirlo meglio tra le gambe.

Poi tirò Baker per cercare di farlo abbassare. Lui però fece resistenza e rimase sopra di lei alla stessa altezza, così lei fece il broncio e disse: "Baker."

"Sì?"

"Baciami," lo invitò.

Lui non poté resistere.

Si baciarono sul divano per diversi, lunghi minuti, finché Baker non capì di doversi fermare per non perdere il controllo. Le aveva infilato una mano sotto la maglia e aveva spostato la coppa del reggiseno per sostituirla con la propria mano. Il capezzolo di Jody era diventato turgido e gli pizzicava il palmo della mano, mentre lui la succhiava e la leccava appena sotto l'orecchio. Lei teneva la testa girata per dargli più spazio e con una mano gli aveva afferrato il sedere, mentre con il resto del corpo ondeggiava leggermente sotto di lui.

Con l'altra mano cominciò a slacciargli il bottone dei pantaloni.

Baker fece un respiro profondo, le rimise a posto il reggiseno e le tolse la mano da sotto la maglia. Poi afferrò la mano con cui lei stava cercando di slacciargli i pantaloni e se la portò alla bocca. Ne baciò il palmo e aspettò che lei lo guardasse negli occhi.

Jodelle respirava con affanno e le si vedeva la parte alta del petto arrossata per l'eccitazione. Baker avrebbe tanto voluto vedere se anche il resto del corpo le fosse diventato rosso.

"Non vedo l'ora di vivere quest'esperienza con te," le disse.

"Anch'io," gli rispose con un filo di voce.

"Ma soprattutto non vedo l'ora anche solo di abbracciarti mentre dormo, di addormentarmi con il tuo profumo di Frangipani nel naso, sapendo che, dopo tutto quel che ho fatto, chissà come, ho trovato comunque l'anima gemella."

Gli occhi di Jodelle si riempirono subito di lacrime.

"Non piangere, dai," la riprese Baker, "questo è un momento felice."

Lei prese fiato. "Sì, ma è anche frustrante," gli rispose dopo aver ripreso il controllo delle proprie emozioni.

"Sì... ma siamo saggi e maturi, lo supereremo," le disse Baker.

Lei fece un breve sorriso, poi disse: "Non ho mai dormito tra le braccia di qualcuno."

"Sul serio? Sei stata sposata..." ribatté lui.

"A lui non piacevano le coccole, diceva che lo facevano sentire soffocato."

"Era un idiota bastardo," le disse Baker.

"Penso che mi piacerà coccolarti," commentò lei.

Baker a quel punto si pentì di aver deciso di dormire sul divano. Avrebbe preferito mostrarle quanto era piacevole dormire con qualcuno. Anche solo dormire. "E io penso che dovresti godere di quest'ultima notte in cui dormi da sola."

"Sarà una lunga notte."

"La notte più lunga," confermò lui. "Ma sai come si dice: l'attesa aumenta il piacere."

"Chiunque lo dica è un bell'idiota," brontolò lei.

Baker rise. "Penso che tu abbia ragione." Poi prese forse la decisione più difficile degli ultimi tempi e si spostò dal corpo morbido e accogliente di Jody. L'aiutò ad alzarsi, poi la tirò fino a farla mettere in piedi davanti a sé. "Vai a dormire, Trilli."

"Pensi davvero che possa dormire, *adesso?*"

"Farai meglio a dormire: non ti voglio in catalessi, domani notte."

Lei fece un gran sorriso, poi arricciò il naso. "Adesso mi chiedo se sia il caso di dormire con te, quando Ben dorme nella stanza accanto."

"Per quanto mi voglia infilare tra le tue gambe, ho voglia anche solo di abbracciarti, Trilli. Poi... Ben non è un idiota e non ha più cinque anni."

"Lo so, ma insomma."

"Seguiremo il nostro istinto. Se lo riterremo opportuno, andremo a casa mia."

"Davvero? Lo lasceresti qui a casa mia da solo?"

"Non stanotte, né domani. Ma tra un po', quando avrà dimostrato che possiamo fidarci di lui? Sì. Se ti senti più a tuo agio a fare l'amore con me senza averlo intorno, e se capisco che non lo manderai via tanto presto, allora faremo così. Però, per la cronaca, non è che avrò bisogno di saltarti addosso ogni notte come un ventenne. Sono troppo vecchio per prestazioni del genere. A volte, è molto intimo anche solo sdraiarsi abbracciati, più che scopare."

Jodelle lo strinse. "A me va benissimo, al cento per cento," gli sussurrò.

Baker non si trattenne e la baciò di nuovo. Poi le appoggiò le labbra sulla fronte e la tenne stretta.

"Vado a prenderti un cuscino e una coperta in più," gli disse lei.

"Vorrei il tuo."

"Il mio?"

"Sì, il tuo cuscino," le spiegò Baker.

Jodelle arrossì di nuovo, ma annuì.

"Voglio sentire il tuo profumo mentre dormo," aggiunse Baker, anche se lei non gli aveva chiesto alcuna spiegazione.

Gli sembrava un maledetto miracolo: non l'aveva ancora spaventata. Il rapporto procedeva a mille all'ora, ma Jody non aveva battuto ciglio. Un altro indizio che era la donna perfetta per lui. Del resto, gli aveva già ammesso di essere interessata a lui fin dal primo momento. Era stato lo stesso per lui, anche se, da bravo idiota qual era, lui aveva esitato a fare la prima mossa. Baker aveva la sensazione che si sarebbe preso a schiaffi da solo, per non aver esplorato quell'interesse già tanto tempo prima. Si era perso due anni buoni di Jodelle al proprio fianco, nello stesso letto, pelle a pelle.

Ormai il rapporto si sviluppava rapidamente, ma solo perché c'era tanto tempo da recuperare e lui non voleva perdere più un solo giorno, per arrivare dove entrambi volevano arrivare.

Baker lasciò andare Jodelle, in modo che potesse portargli un cuscino dal proprio letto. Lui rimase dov'era, temendo che, se l'avesse seguita, non sarebbe più riuscito a dormire sul divano. Quando lei tornò, lui fece anche del suo meglio per non darle l'impressione di saltarle addosso.

"Buonanotte," gli disse lei sottovoce.

"Buonanotte, Trilli."

"Ci vediamo domattina."

Baker annuì e strinse i denti per mantenere il controllo. Jodelle lo fissò per un attimo, poi si girò e si avviò verso la camera da letto.

Passarono cinque minuti abbondanti, in cui Baker rimase dov'era ad ascoltarla muoversi in camera; poi finalmente anche lui riuscì a rilassarsi abbastanza per muoversi. Andò verso la porta di casa, controllò che fosse chiusa a chiave, poi controllò anche le finestre. Quando ebbe la certezza che la casa era protetta al massimo, tornò a sedersi sul divano. Si portò al viso il cuscino che Jodelle gli aveva portato e inspirò profondamente.

Fece una smorfia: l'uccello gli si era ravvivato al solo profumo del Frangipani; poi Baker sospirò. Sarebbe stata una lunga notte; eppure, stranamente, non ricordava l'ultima volta che si era sentito tanto appagato. Essere sotto lo stesso tetto di Jodelle, pur non nello stesso letto, lo faceva star meglio. Era esattamente dove doveva essere, senza dubbio.

Gli erano serviti cinquantadue anni per arrivarci, ma alla fine ce l'aveva fatta e non se ne sarebbe allontanato.

CAPITOLO DODICI

JODY NON AVEVA DORMITO BENE: continuava a sognare Baker. Si era svegliata varie volte, ben sapendo che lui era a pochi passi da quel letto. Le sarebbe bastato dirgli che si era svegliata per un incubo, e lui l'avrebbe raggiunta. Lei lo sapeva, ma si rifiutava di ricorrere a giochetti del genere con lui. Baker era... diverso. Molto diverso dall'ex marito, a cui non interessava nulla di nessuno, a parte sé stesso. Era diverso anche da quei pochi uomini con cui lei era uscita negli anni. Sembrava capirla a un livello più profondo che nessuno aveva mai raggiunto. Poteva parlare con lui di Kai, senza che Baker si imbarazzasse o si irritasse perché lei non poteva accettare la morte del figlio.

Kailani sarebbe sempre stato dentro di lei. Jody si rifiutava di dimenticarlo, o di farne sparire le fotografie.

Sentì un rumore provenire dalla stanzetta del figlio e si mise seduta nel letto. Era forse...?

Per una frazione di secondo, sentendo scricchiolare il parquet nella camera di Kai, si sentì pervasa dalla gioia; ma fu una felicità di breve durata. Kai non c'era più: quel che aveva sentito non era il figlio, ma Ben.

Tornò a sdraiarsi e fissò lo sguardo sul soffitto, analizzando le emozioni che provava in quel momento. Era arrabbiata? Non le sembrava. Ultimamente non aveva dormito molto, per cui aveva avuto l'impressione per un attimo di aver sentito Kai; ma la presenza di Ben la faceva sentire... consolata. Jody era profondamente convinta che Kai sarebbe stato felice di aiutare quel ragazzo. Pur non sapendo cosa stesse succedendo nella vita di Ben, in quel momento era sufficiente fornirgli un luogo sicuro in cui dormire, qualcosa da mangiare e un'amicizia incondizionata.

Sentì partire l'acqua nel bagno e si mise di nuovo seduta, poi si affrettò nel bagno attiguo alla camera da letto per prepararsi alla giornata. Voleva cucinare una colazione abbondante per Ben... e per Baker. Non le capitava spesso di saltare la colazione in spiaggia con i ragazzi del surf, ma per una volta poteva fare eccezione.

Si guardò allo specchio e notò il proprio sorriso. Non svegliarsi da sola era una sensazione bellissima. Si era abituata alla solitudine, ma non le piaceva affatto. Si raccolse i capelli in uno chignon alla buona, poi indossò un paio di leggings e una maglia oversize. Infine uscì dalla camera, sperando di cominciare a cucinare la colazione prima che Ben finisse la doccia.

Era talmente concentrata sulla cucina e sul pensiero di cosa ci fosse in casa, che non prestò alcuna attenzione quando uscì dal corridoio verso la zona giorno.

Quando si imbatté letteralmente in Baker, lanciò uno sbuffo sorpreso; sarebbe caduta col sedere per terra, se lui non l'avesse avvolta con le braccia intorno alla vita.

Baker la tirò più vicino, fino a tenerla spiacciata contro il proprio corpo, poi fece una risata profonda di gola. Quel suono le fece sprigionare la pelle d'oca sulle braccia. Jody lo guardò negli occhi verde giada e per un attimo le mancò il respiro. Accidenti, anche appena alzato, la mattina, Baker era un vero figo. Aveva i capelli scompigliati, quasi sparati in aria; sulla guancia che aveva appoggiato al cuscino era rimasto un segno, mentre i jeans ancora sbottonati gli scendevano bassi sui fianchi.

Jody l'aveva visto varie volte con la muta da surf, che già non lasciava nulla all'immaginazione, ma vederlo in quel momento... in cui chiaramente si era appena svegliato e a malapena indossava l'intimo, con il petto nudo su cui lei aveva appoggiato le mani... era totalmente diverso. Molto più intimo.

"Buongiorno, Trilli," le disse con voce roca e profonda, che la fece bagnare subito tra le gambe. Santo cielo, che uomo irresistibile.

"Ciao," riuscì a dirgli.

Anche lui la squadrò da capo a piedi con piacere; a giudicare dall'erezione che si appoggiava sulla pancia di Jody, doveva piacergli ciò che vedeva.

"Dormito bene?"

Lei alzò le spalle.

Baker si fece serio. "No? Che succede?"

"No, nulla," gli rispose accarezzandogli il petto istintivamente coi pollici. "Sono rimasta da sola in questa casa per tanto tempo, penso che il mio inconscio mi abbia tenuta sveglia sapendo che c'erano altre persone in casa. Mi ci vorrà un po' per abituarmi, tutto qua."

Baker si rilassò un pochino e annuì. "Ti capisco. Anch'io mi sono svegliato varie volte. Mi sono alzato per dare un'occhiata in giro, per assicurarmi che fosse tutto a posto. Abitudine. Mi dispiace se mi hai sentito camminare per casa e se ti ho svegliata."

"Ti capita spesso?" gli chiese.

"Sì. Mi è rimasto dal passato," le spiegò alzando una spalla, come se non fosse stato un gran problema per lui non riuscire a dormire la notte senza il bisogno di andare in giro in cerca di malintenzionati. Baker si accorse che Jody non era felicissima di quanto le aveva detto, così alzò una mano e le infilò le dita tra i capelli, allentando lo chignon. "Non è un problema, di solito torno subito a riaddormentarmi. Oddio, quanto mi piacciono i tuoi capelli."

Jody sbatté le palpebre per quell'improvviso cambio di argomento, ma non se ne lamentò, anche perché lui si abbassò per annusare a fondo.

"Sei troppo strano," gli disse, anche se, sotto sotto, le faceva piacere vederlo appagato da quel profumo.

"Probabile," le mormorò senza rialzare la testa.

Poi la colse di sorpresa cominciando a ondeggiare avanti e indietro insieme a lei.

"Cosa stai facendo?"

"Ballo," le rispose.

Jody sentì il cuore sciogliersi, e si sentì andare in brodo di giuggiole in quel salotto. Deglutì a fatica e chiuse gli occhi, lasciandosi portare da lui in quel movimento lento.

Passarono vari minuti a ondeggiare avanti e indietro, abbracciati... finché la voce confusa di Ben ruppe l'incantesimo che evidentemente li aveva ammaliati.

"Che succede?"

Jody si voltò di scatto e trovò Ben in piedi: li fissava confuso.

"Stiamo ballando," ripeté Baker, senza alcuna traccia di imbarazzo o di preoccupazione.

"Sarà..." Ben abbassò lo sguardo all'orologio che indossava al polso, "sono le sette e mezza di mattina."

"Sì," rispose Baker.

"Va beh... non importa," mormorò Ben. "Pensavo di uscire."

A quelle parole, Jody si tolse dalle braccia di Baker. "Cosa? Dove? Non ho ancora preparato la colazione."

Ben distolse lo sguardo. "Ho approfittato abbastanza, Jody, non voglio diventare uno scroccone."

"Benjamin Miller, tu non sei uno scroccone," gli disse con tono acceso. Poi Jodelle si girò verso di lui con le mani sui fianchi, accigliata con il ragazzo. "Se vuoi andare a fare surf con Baker, hai bisogno di energie. Immagino che tu non ti gusti una bella colazione da tanto tempo. Se non vuoi fare lo *scroccone*, puoi sempre aiutarmi, ma non te ne vai finché non ti avrò dato da mangiare."

Ben accennò un sorriso e si voltò verso Baker. "Che tipo autoritario."

"Eh sì," confermò Baker con un sorriso, avvolgendo Jody con le braccia da dietro.

"*Certo* che sono autoritaria," disse Jody. "Puoi mescolare l'impasto per i waffle mentre io preparo il bacon."

"Allora mi fermo," disse Ben sospirando.

"Hai la tua muta da surf?" chiese Baker.

"Sì, l'ho portata in casa ieri sera," rispose Ben.

"Bene."

"Devo dare una ripulita alla mia macchina... gettar via i rifiuti e altra roba," disse Ben titubante, come con imbarazzo.

"Puoi pensarci dopo mangiato," commentò Jody. "Hai dormito bene?"

"Sì."

"Ottimo."

"Jody?"

"Sì, Ben?"

"Ehm... grazie per avermi fatto dormire qui, stanotte."

Jody uscì dall'abbraccio di Baker e si avvicinò all'adolescente. Ben non era alto quanto Baker, ma ci mancava poco. Jody alzò una mano e la mise con dolcezza sulla guancia di Ben. "Come ti dicevo ieri sera, puoi rimanere tutto il tempo che vuoi."

"Grazie," le rispose Ben sussurrando.

Jody fece un gran respiro e abbassò la mano. "Ecco, allora prima che mi commuova troppo, c'è da preparare la colazione mentre Baker si fa la doccia."

"Devo andare in spiaggia a fare surf," le ricordò Baker.

"E allora?" gli chiese Jody voltandosi verso di lui. "Vuoi che il tuo puzzo contamini l'oceano e uccida le tartarughe?"

Baker trattenne a stento una risata. Jody sapeva di essere molto autoritaria e quasi ridicola in quel momento, ma voleva rimanere qualche minuto da sola con Ben. Baker sembrava innervosirlo e lei voleva farlo rilassare il più possibile.

Baker forse la capì e annuì. "Va bene, ma uso il bagno di camera tua."

Lei sentì un brivido nel corpo al pensiero di Baker nudo

nella sua doccia. "Va bene, ma se esci fuori con addosso il mio profumo comincio davvero a farmi delle domande."

Baker ridacchiò. "Mi piace sentirtelo addosso, Trilli, *non* usarlo su di me." Poi salutò Ben con un cenno del mento e andò verso la camera da letto di Jody.

Quando lei sentì la porta della camera da letto che si chiudeva, si voltò verso Ben. "Bene, adesso che lui non c'è... non dirglielo, ma penso che possiamo mangiarci una *malasada* come antipasto, prima di colazione."

Ben fece una risatina. "Sei un po' matta..."

"Infatti..." confermò lei con un sorriso, entusiasta di vedere sorridente anche Ben a sua volta.

Quando Baker uscì di doccia, dove secondo Jody aveva passato di proposito più tempo del necessario, la colazione era ormai pronta. Prima di mettersi seduta, lei andò a prendere in dispensa una Pop-Tart alla fragola e se la mise vicino al piatto.

"Waffle, bacon e *malasada* non ti bastano?" le chiese Baker con un tono chiaramente divertito.

Jody era decisa a non sentirsi imbarazzata per quell'abitudine, ormai rituale. "Kai mangiava sempre una Pop-Tart a colazione. Intendo dire, proprio ogni singolo giorno. Sempre alla fragola. A parte... a parte *quella* mattina." Fece un respiro profondo. "So che è sciocco, ma..." interruppe la frase a metà.

Baker le si avvicinò e le mise lentamente una mano dietro la nuca, per poi avvicinarla a sé. "Se vuoi mangiare ogni mattina una Pop-Tart, mangiatela pure, non c'è niente di sciocco," le disse sottovoce, appoggiando la fronte contro quella di lei. Rimasero seduti in quella posizione per un attimo, poi lei annuì.

Jody non pensava davvero che Baker la prendesse in giro, o che le dicesse con supponenza che Kai non era morto perché quel mattino di cinque anni prima non aveva mangiato una Pop-Tart. Nel profondo, lei lo sapeva già, ma ciò non le impediva di concedersi il dolce preferito di Kai ogni mattina, perché quel dolce le teneva vivo il ricordo del figlio.

I waffle erano deliziosi e Joy fu contentissima di vedere

che Ben ne mangiò diversi. Anche Baker fece la sua parte, mangiandone più d'uno. Di sicuro, un salto al supermercato si sarebbe reso necessario prima del previsto.

Mentre mangiava, Ben sembrava ancor più rilassato. Baker mantenne la conversazione leggera e semplice, senza far pressione sull'adolescente affinché condividesse i propri problemi. Quando i due furono pronti per andare a fare surf, Ben era quasi tornato il ragazzo che Jody aveva conosciuto due anni prima sulla spiaggia.

"C'è qualcosa di particolare che a voi due piace mangiare? Stamattina, mentre voi due vi divertite nell'oceano, io devo andare a fare la spesa," disse Jody.

"A me va bene tutto," le rispose Ben sottovoce, chiaramente in imbarazzo per l'impegno di Jody di sfamarlo; poi il ragazzo si avviò verso la porta.

Baker prese il portafogli e tirò fuori una carta di credito, che le passò.

"Ehm... perché me la dai?" gli chiese lei.

"Per la spesa."

"Ah, non c'è bisogno, ma grazie comunque."

Baker non ritirò la mano e fece un cenno col mento verso la carta. "Prendila, Jodelle."

"Davvero, non c'è bisogno."

In tutta risposta, Baker fece un passo verso di lei. Non le arrivò addosso, ma senz'altro ne attirò l'attenzione. "Non devi pagare la spesa, è già tanto che cucini," le disse.

Lei strinse le labbra e cercò di non prendersela. Baker era fatto a modo suo, lei lo sapeva; le faceva anche piacere che lui si preoccupasse per lei. Anzi, le aveva detto proprio la sera prima che il rapporto con lui non sarebbe stato facile, ma lei non voleva davvero dargli l'impressione di essere in cerca di un uomo che la mantenesse, o nulla del genere. "Lo so che non ne abbiamo parlato, ma io guadagno bene nel mio lavoro, Baker. Non ho bisogno, né *voglio* che tu paghi ogni volta, come se mi servissero i tuoi soldi. Davvero, no."

"Lo so che non ne hai bisogno," le rispose, senza la minima traccia di irritazione nella voce. "Sono contento che tu non sia in difficoltà in materia di soldi, ma quel che hai detto vale anche per me. Non sto cercando di farmi mantenere da te."

"Allora siamo in un vicolo cieco?" gli chiese d'istinto.

"No. È che per noi è una situazione nuova e dobbiamo parlare di queste cose," le rispose Baker.

Va bene, ottima risposta. Jody si prese un attimo per calmarsi, poi proseguì: "Di solito vado a fare la spesa una volta alla settimana, ma è un po' che non ci vado. Adesso c'è Ben, è un ragazzo e mangia parecchio. Almeno credo, basandomi sulla mia esperienza con Kai. Ultimamente ha passato anche un brutto periodo, quindi voglio che casa mia sia un posto sicuro in cui lui possa rimanere; per questo voglio che ci sia una buona scorta per tutto il tempo che vorrà fermarsi da me. Poi vorrei anche fare una buona impressione sul mio nuovo compagno cucinando qualcosa per lui. È passato tanto tempo da quando ho avuto l'opportunità di cucinare qualcosa di abbondante che non fosse una porzione singola per me. A me *piace* cucinare. Voglio preparare da mangiare per voi due e per farlo devo fare la spesa. Comprare qualcosa con i soldi che ho guadagnato."

"Ho capito, e tutto quel che hai detto è importante per me, anche perché io non so cucinare tanto bene, ma mi piace mangiare," le disse Baker. "Guardarti felice in cucina a preparare da mangiare per noi è qualcosa che non vedo l'ora di condividere. Specialmente sapendo che ti appaga. Detto questo, non cucini né fai la spesa solo per te stessa, siamo in tre e vorrei contribuire. Ben è un ragazzino, non dovrebbe pagare per mangiare. Anch'io non sto messo male in termini di soldi, Trilli, e vorrei che il nostro rapporto fosse a doppio senso, non a senso unico."

"Come fai a dire che è a senso unico, se compro da mangiare per me?" gli chiese Jody.

"Lo dico perché in cucina non sarò un grande aiuto," le spiegò Baker.

Jody ne capì il ragionamento, ma non era ancora pronta a cedere in silenzio. "Non voglio che il nostro rapporto diventi una gara a mettere le crocette su un pezzo di carta per vedere chi paga per cosa o per fare i conti che siano esattamente cinquanta e cinquanta."

"Nemmeno io. Se vuoi che usciamo a prenderci dei taco da un baracchino per cena, io ci sto. Se ci dimentichiamo qualcosa e c'è da fare un salto a comprare qualcosa al volo, non ci penso due volte. A un certo punto, vorremo un rapporto permanente e spero che combineremo i nostri conti correnti, così non dovremo più preoccuparci di chi paga che cosa, perché saranno soldi *nostri* e non miei o tuoi. Così non dovremo nemmeno più affrontare una conversazione come questa. Se dovessimo parlare di soldi, discuteremo se spendere o meno cinquemila dollari per andare in vacanza in continente, o che tipo di mutuo potremo permetterci se decideremo di traslocare in una casa più grande."

Jody deglutì a fatica. Le piaceva quel ragionamento. Molto. "Va bene."

"Va bene?" le chiese di nuovo Baker.

Jody annuì.

Le passò la carta di credito e Jody la prese senza aggiungere altro.

"Ho una domanda."

Baker alzò gli occhi al cielo sogghignando, poi disse: "Spara."

"Non ho mai usato una carta bancaria di qualcun altro. E se mi chiedono la firma? O un documento? Se finirò chiusa nell'ufficio sul retro del supermercato perché mi arrestano per frode, non ne sarò tanto felice."

Baker scoppiò a ridere e Jody fu di nuovo ipnotizzata da quel suono. Poi lui la prese tra le braccia com'era ormai abituato a fare. "Quattro cinque tre due. È il mio PIN. Inserisci la carta e digiti il PIN, tutto qua. Ormai alla cassa non la toccano nemmeno più la carta, Trilli. Ma anche se fosse, se ti rompono le scatole, fammi telefonare che ci penso io."

"Non finirai per mandare uno dei tuoi *contatti* a dare una sistemata al cassiere, se ti telefono, vero?" gli chiese con un sorrisetto.

"Furbacchiona. No. Dirò semplicemente che ti ho autorizzato io a usare la carta. Adesso, siamo a posto? Ho la sensazione che ci perderemo delle belle onde."

"Se lo dici tu, Baker."

Lui le fece un gran sorriso e la guardò. "Mi piace tutto questo, Trilli, molto."

Lei capì cosa intendeva dire. "Anche a me."

Baker la baciò brevemente, poi si girò e fece per avviarsi verso la porta.

Poi si fermarono entrambi di colpo, vedendo che Ben era ancora in casa.

Jody fu in imbarazzo per non essersi accorta della presenza dell'adolescente. Si era talmente concentrata sulla conversazione con Baker, che non le era nemmeno passato per la mente che Ben sentisse per intero quella specie di discussione.

"Ehm..." commentò Jody fissando Ben.

Baker però intervenne, interrompendo l'eventuale scusa che Jody stava per offrire.

"Se la tua donna ha un qualche tipo di problema, se ne discute e non si finisce di parlare finché non hai capito qual è la sua posizione, e lei non ha capito la tua, e si raggiunge un punto condiviso."

Ben annuì.

Santo cielo: Baker era incredibile.

"Sei speciale," gli disse Jody, non riuscendo a tenersi per sé il commento.

"Quando trovi qualcosa di buono, fai tutto il possibile perché *rimanga* buono," disse Baker. "A me non è mai capitato, quindi sarà meglio che mi dia da fare per tenerti felice, Trilli."

Le piaceva anche quel ragionamento.

Dato che avevano addosso gli occhi di Ben e che ovviamente Baker voleva fare un po' di surf, prima di affrontare gli altri impegni della giornata, Jody annuì semplicemente. "Ecco, a proposito... prendo la carta di credito di Baker per andare a fare la spesa. Allora... ve lo chiedo di nuovo: c'è qualcosa in particolare che volete?"

"Tu compra, io mangio. A parte i broccoli, quelli no," le rispose Baker.

Jody lo guardò stranita. "Ma i broccoli ti fanno bene."

"Ma sono a disagio, con tutti quei pezzettini verdi che mi si infilano tra i denti; è come mangiare dell'erbaccia strappata da terra."

Lei non trattenne una risatina, all'immagine evocata dalle parole di Baker.

"A te piacciono i broccoli?" chiese Baker a Ben.

Lui fece una mezza smorfia e alzò le spalle. "A me sì."

"Cacchio, sono in minoranza," mormorò Baker.

"Se non ti piacciono, non ti costringerò a mangiarli. Sei un uomo adulto," lo rassicurò Jody.

"A me non piacciono i fagiolini. Allora non mi costringerai a mangiarli?" le chiese Ben.

"I fagiolini ti fanno bene e tu sei ancora ragazzo: devi mangiarli perché ti aiutano ad alimentare il cervello," ribatté Jody.

"Accipicchia, almeno ho provato," commentò Ben; ma Jody lo vide sorridere, prima che si girasse per uscire.

Non le era chiaro se Ben stesse o meno scherzando, ma se davvero non gli fossero piaciuti i fagiolini, non l'avrebbe costretto a mangiarli.

Baker le mise le mani sulle guance appena Ben fu uscito e le fece alzare la testa. "Stai in guardia, quando vai a fare la spesa."

"Certamente. Passi da casa tua per prendere le tavole prima di andare in spiaggia?"

Baker fece una smorfia. "Se no come facciamo a fare surf?"

"Appunto. Pensi che con te si aprirà?"

"Non lo so, ma immagino che servirà del tempo. Devo fare in modo che si fidi di me. Ci arriverà, Trilli, ne sono certo."

"Lo spero proprio."

"A te va bene se torniamo qui dopo il surf, oppure hai da fare e devi rimanere in pace?"

"Se ti dico che mi serve del tempo?"

"Allora porto Ben a casa mia e aspetto che tu finisca."

Baker era *davvero* speciale.

"Per quanto tempo pensi rimarrete a fare surf?"

"Quanto tempo ti serve per finire le tue cose?"

Jody pensò ai progetti che l'aspettavano e gli rispose corrugando la fronte: "Forse verso le tre? È troppo?"

"Niente affatto. Mi fa piacere poter rimanere in acqua più a lungo."

"Che mi dici del tuo lavoro? Hai qualcosa da fare oggi? Malfattori da catturare?"

Baker scosse la testa e sorrise. "Per oggi niente in vista."

"Va bene."

"Va bene."

Poi Baker si abbassò e la baciò. Fu un bacio lungo, lento, semplice; quando lui si staccò, a lei venne subito voglia di un altro bacio. "Adoro il tuo gran cuore, Jodelle. L'adoravo anche prima di conoscerti. Sapevo solo che eri una brava donna che si faceva in quattro per assistere dei ragazzi che non sono nemmeno figli tuoi. Ci vediamo oggi pomeriggio."

Dopo mezz'ora, Jody stava ancora ripensando alle parole di Baker mentre si aggirava per il supermercato. Continuava a pensarci anche una volta tornata a casa, mentre metteva in dispensa gli acquisti. Poteva quasi sentirle ancora nell'aria mentre andava in camera da letto, al computer, per lavorare, in modo da liberarsi per passare il tempo insieme a Baker e Ben, più tardi.

La sua vita era cambiata molto in un lasso di tempo breve, ma lei si sentiva pronta. Qualche anno prima... accidenti, solo pochi mesi prima, probabilmente non sarebbe stata tanto aperta a intrecciare un rapporto con Baker.

Si fermò davanti alla seconda camera da letto di casa e fece capolino all'interno. Per la prima volta, dopo cinque anni, sembrava una camera vissuta. Il letto era rifatto. I vestiti lavati di Ben erano appoggiati in ordine uno sopra l'altro vicino a una borsa, sul pavimento. Jody vide sulla cassettiera un deodorante e un pettine.

Si meravigliò: invece di rattristarsi, quella presenza la fece star bene.

"Mi manchi, Kailani," sussurrò Jody. Non ottenne alcuna risposta, ma sentì nel cuore l'approvazione del figlio. Poi, leggera come non si sentiva da anni, si girò e andò in camera sua. C'era del lavoro da sbrigare.

CAPITOLO TREDICI

Nel giro di una decina di giorni, Jody, Ben e Baker avevano trovato una routine. La mattina, andavano in spiaggia tutti e tre per il surf, poi Ben andava a scuola, mentre Jody andava a lavorare e Baker tornava a casa o andava a Honolulu, alla base navale.

Nel pomeriggio tornavano tutti a casa di Jody per una cena abbondante preparata da lei. Ben svolgeva i compiti oppure guardavano tutti insieme la TV finché non arrivava il momento di andare a dormire.

Baker aveva dormito a letto con Jody ogni notte. Non erano andati oltre ai baci e alle coccole, ma Jody non sentiva alcuna pressione di affrettare un rapporto fisico, né le dava fastidio che, dopo aver tanto parlato di sesso, lui non avesse fatto alcuna mossa per portare il rapporto su un altro piano. Jody si sentiva... a suo agio.

Però le capitava comunque di eccitarsi e a volte si toccava, durante il giorno, quando era a casa da sola. Ne approfittava volentieri, anche se le piaceva il livello di intimità che condivideva con Baker, senza che si intromettesse la pressione del sesso.

Le piaceva molto dormire con lui. Adorava addormentarsi tra le sue braccia e risvegliarsi allo stesso modo. Fuori dal letto, Baker cercava di continuo il contatto fisico, ma non in modo prepotente o troppo carnale. Le portava una mano sulla pancia o sotto l'orlo della maglia, appoggiandole sulla schiena il palmo della mano. Oppure le metteva una mano dietro la nuca per tenerla vicina. Quando la baciava, la faceva sentire la cosa più preziosa di tutto il mondo.

Sì, Jody poteva ben dire che le piaceva la presenza di Baker nella sua vita. Era un uomo molto protettivo, a volte quasi paranoico, ma quando cominciava a esagerare, lei ripensava a tutto ciò che doveva aver visto e fatto nella vita, così lo lasciava fare. Aveva dei buoni motivi per essere com'era, e sotto sotto a Jody faceva piacere l'interesse che rendeva Baker molto vigile.

Stavano lentamente incoraggiando Ben ad aprirsi, per farsi raccontare i motivi che l'avevano spinto ad andarsene di casa e vivere in macchina, ma lui non aveva ancora detto molto. Baker aveva fatto altre ricerche su Al Rowden, che all'apparenza risultava essere esattamente ciò che si diceva: un giudice del tribunale minorile, rispettato e popolare.

Invece Emma, la mamma di Ben, era più un enigma e neanche Baker era riuscito ad accedere ai documenti dei suoi ricoveri. Avrebbe chiesto a un amico di nome Tex, che secondo lui avrebbe potuto procurarli, ma l'amico era impegnato con qualcun altro e Baker non voleva disturbarlo.

Ne avevano parlato in casa più di una volta, e Baker aveva accettato di aspettare che Ben fosse pronto a dire la sua. Era al sicuro, andava a scuola e sembrava più rilassato. Quelli erano gli aspetti che contavano di più.

"A cosa stai pensando, con tanto impegno?" le chiese Baker.

Erano a letto, con poca voglia di alzarsi per avviare la giornata; lei aveva la testa appoggiata al petto di Baker, che l'avvolgeva con le braccia. Erano quanto più vicini potessero essere. Jody sentiva con la coscia l'erezione del mattino, ma come al solito lui non le fece alcuna pressione per approfittarne. Le aveva detto più volte che per lui era normale avere un'erezione, quando le stava vicino, specialmente quando si svegliava tenendola tra le braccia, con addosso lo stesso profumo.

"La verità?" gli chiese.

"Sempre," le rispose Baker.

"Stavo pensando a quanto è bello averti qui."

"Davvero," confermò lui stringendola.

"E alla fiducia," sbottò lei.

"In che senso?"

"Alla fiducia. Penso che dovrei imparare a fidarmi, nella vita. Ti ricordi cosa mi dicevi, che dovremmo imparare qualcosa in ciascuna vita che viviamo? Beh, penso che sia questa la mia lezione."

"Fai fatica a fidarti?" le chiese Baker.

Jody alzò le spalle. "Non ci avevo mai pensato, ma ci sto riflettendo da quando abbiamo avuto quella discussione. Vado in spiaggia la mattina a osservare i ragazzi che fanno surf perché non mi fido che siano al sicuro. Penso che il rapporto col mio ex ne abbia sofferto non solo perché lui era uno stronzo, ma anche perché non mi fidavo di lui... e non avevo affatto torto. Era un uomo tutt'altro che affidabile. Da allora non ho avuto altri rapporti, perché nel profondo non mi fido di nessuno. Mi aspetto sempre di essere tradita o di sentirmi dire che devo dimenticare la morte di Kai. Non ho nemmeno delle amiche, perché non mi fido della capacità degli altri di capire il mio dolore."

"Poi mi sono resa conto che pretendere la fiducia di Ben, chiedere che si fidi di *noi* al punto da dirci cosa sta succedendo... è un'ipocrisia. Perché dovrebbe fidarsi di *me*, se io non mi fido degli altri? È difficile esporsi, in queste condizioni, aprirsi e confidare un dolore interiore, se la persona di cui ti fidi poi ti tradisce. Kai si fidava di tutto e di tutti. Era sempre aperto e onesto, con quasi tutte le persone che incontrava. Vorrei essere più come lui, ma non so come. Cioè, sotto alcuni aspetti non ho alcun problema, ma in altri... sul piano affettivo faccio fatica. Pensi che non sia mai troppo tardi per imparare la lezione di una vita?"

"No," le rispose Baker immediatamente. "Non è mai troppo tardi."

"Lo spero proprio. Magari non dovrei preoccuparmi tanto... perché penso che sto cominciando a fidarmi di *te*, Baker."

Lui strinse le braccia. "Di me puoi fidarti. E lo so che dirlo non basta, ma non importa quanto tempo servirà, ti dimostrerò che puoi fidarti di me al cento per cento. Col cuore, coi pensieri più intimi, con i ricordi di Kai, con le tue convinzioni più profonde... e ovviamente anche con il tuo corpo."

"Il tuo lavoro mi fa un po' paura," ammise lei sottovoce.

Lo sentì più teso, così gli disse: "Mi spiego: sono orgogliosa di ciò che fai e non ho alcun dubbio che tu stia facendo la differenza, nel mondo. So che mi hai detto di essere molto bravo in ciò che fai e che quel mondo non mi sfiorerà mai... ma, e se succedesse? Se qualcuno mi usasse per arrivare a te? Ma quel che mi fa davvero paura, soprattutto, è che ti portino via da me, che ti arrestino, o ti uccidano. So che non è giusto e che non si può prevenire proprio tutto... ma non potrei mai sopportare di perdere ancora qualcuno a cui tengo. Crollerei. Specialmente perché mi sto innamorando profondamente di te."

Baker si rigirò fino a mettere Jody supina e si mise sopra di lei, non dandole altra scelta se non quella di guardarlo negli occhi. "Penso che tu lo sappia meglio di chiunque altro: nella vita non c'è mai nulla di garantito."

Lei annuì. "Per questo ho paura di credere che il nostro rapporto durerà per sempre, o che non ti farai del male o che non finirai in galera."

"Cosa posso dirti per farti sentire meglio su ciò che abbiamo?" le chiese Baker.

"Non lo so."

Lui sembrò frustrato, il che capitava di rado... e Jody si sentì affranta. "Non ho cominciato questo discorso per farti star male."

"Lo so, e non vorrei mai che ti trattenessi, se hai una

preoccupazione da esprimere. Non sono certo un boy scout, ormai lo sai bene."

Jody annuì.

"Ti giuro che sono bravo in ciò che faccio. Nascondo le mie tracce, è impossibile che qualcuno risalga a me e mi accusi di qualcosa. Di nulla. Non solo perché sono come un maledetto fantasma nel trovare informazioni, ma anche perché, in caso succeda qualcosa, ho dei contatti molto in alto nella catena di comando che mi copriranno le spalle."

Jody avrebbe voluto chiedergli chi fossero quei contatti, ma sapeva che Baker non gliel'avrebbe detto. Probabilmente era meglio non saperlo. "Però perdi le staffe," gli disse sottovoce.

"Come dici?"

"Quando pensi che qualcuno possa farmi del male, perdi le staffe," gli ripeté. "Mi preoccupa pensare che tu possa fare qualcosa che non puoi nascondere. Non voglio essere il motivo per cui ti metti nei guai."

"Sai che non ti farei mai del male, per quanto perda le staffe, vero?"

"Sì, lo so, ma non è questo che dicevo. È uno sfogo nei confronti di *altri* che mi preoccupa."

"Allora ti fidi che non ti farei del male, ma non ti fidi che non farei del male a qualcuno che ti tratta male?"

Jody si morse un labbro. Era consapevole di essere ridicola, ma non sapeva che farci. "Il mio compartimento della fiducia è guasto."

"Non è guasto," insisté Baker. "Non è che non ti fidi di me, è che sei preoccupata. Sei preoccupata di proteggere il tuo cuore e hai paura di cosa potrebbe succedere se tu ti aprissi e poi io facessi qualche sciocchezza."

Jody non gli rispose, si limitò a fissarlo.

"Appunto. Allora ti do la mia parola, Jodelle, che per quanto possa incazzarmi con qualcuno, non farò mai *nulla* che possa portarmi via da te. Potrei sempre trovare il modo di fargliela pagare... ma non farò mai nulla che costringa la polizia a intervenire, tipo pestare a sangue o uccidere qualcuno. Così ti senti meglio?"

Con sua grande sorpresa, Jody si accorse di star meglio. Anche perché aveva la netta sensazione che quando Baker Rawlins dava la sua parola su qualcosa, non l'avrebbe mai smentita. Era comunque un po' impensierita da quel "trovare il modo di fargliela pagare", ma forse avrebbero potuto parlarne in un altro momento.

"Sì," gli rispose sottovoce.

"Bene. Per quanto riguarda la fiducia... vedrai che ci arriverai."

"Sembri tanto sicuro."

"Sono sicuro, perché tu sei tu. Nemmeno io mi fido facilmente, ma non penso sia questa la mia lezione di vita."

Jody lo fissò, intrigata. "Ah no? Quale pensi che sia la tua lezione, cosa dovresti imparare?"

"L'amore."

Lei sentì il cuore accelerare.

Baker spiegò: "I miei genitori erano già avanti con gli anni quando mi hanno avuto. Sono arrivato un po' a sorpresa e non credo che volessero veramente avere figli. Non mi hanno mai trattato male, ma erano più concentrati sulle loro vite che sul crescermi. Quando ho finito le superiori, avevano entrambi superato la sessantina e penso siano stati sollevati dalla mia scelta di entrare in Marina a diciott'anni, perché sono andato via di casa."

"Erano fieri di te?"

"Sì."

Fu una risposta senza esitazione, che a Jody fece piacere. "Bene."

"Ormai sono morti entrambi, ma ho passato molto tempo sentendomi solo, da ragazzino, tanto che mi ci sono abituato. Mi ci sono *troppo* abituato. Non ho incluso nessuno nella mia esistenza, ero determinato a diventare un SEAL e poi mi sono concentrato sulle missioni. Ho frequentato qualche ragazza, ma non ci sono mai rimasto tanto male quando mi lasciavano. Poi c'è stata una brutta esperienza con una donna che *pensavo* di amare, mentre poi ho scoperto che stava con me solo per i soldi. Anzi, pensa che voleva persino farmi fuori per incassare l'assicurazione sulla vita della Marina. Inutile dire che quell'esperienza mi ha chiuso totalmente all'amore."

"Solo quando ho cominciato a conoscere le compagne dei miei amici, vedendo la reazione dei loro mariti quando si sono trovate in pericolo, ho cominciato a capire l'amore. Mustang, Midas, Aleck, Pid, Jag e Slate farebbero veramente di tutto per le loro compagne. *Di tutto*."

"Poi ho incontrato *te* e ho cercato di separare l'ammirazione dai sentimenti più profondi, ma ho capito che stavo fallendo in modo disastroso. Il pensiero che tu possa trovarti in situazioni come quelle in cui si sono trovate Elodie e Lexie, o le altre, mi fa venire letteralmente l'orticaria. Assistere all'amore che avevi, che *hai* nei confronti di tuo figlio mi fa comprendere molto meglio quel sentimento."

Jody non sapeva bene come rispondere, specialmente a proposito della donna talmente fuori di testa da voler uccidere Baker per i soldi; quindi gli strinse solo i fianchi, dove già si era aggrappata con forza.

Baker le sorrise. "Non sto ancora dicendo che ti amo, è troppo presto per dirlo e so che andresti fuori di te, ma so che, se mai potrò amare qualcuno, quel qualcuno sei proprio tu, Jodelle."

"Baker," gli sussurrò.

Lui si abbassò e la baciò con dolcezza. "Siamo entrambi un po' incasinati," le disse.

Jody non poté che reagire ridendo. Baker non aveva tutti i torti. "Eh sì."

"Però, insieme, penso che potremmo districarci."

"Lo spero davvero."

"Di me puoi fidarti," le disse con tono serio. "So che per te sono solo parole, adesso, ma te lo sto dicendo con la massima sincerità, al cento per cento: puoi fidarti. Ti tratterò sempre con la massima attenzione, ci sarò sempre, ogni volta che avrai bisogno di me, e ascolterò ogni tuo pensiero più intimo. Non ti tradirò mai; se ti fidi di me, passerò il resto della mia vita a dimostrarti, giorno dopo giorno, che non ti sei sbagliata."

Baker non le lasciò il tempo di rispondere e le disse: "Stasera voglio portarti a mangiare fuori. Un appuntamento."

"Va bene. Anche se... non pensi che sia un po' strambo, che usciamo insieme per la prima volta, quando dormiamo insieme da più di una settimana?"

"Ho dovuto condividerti con Ben. Per carità, quel ragazzo mi sta simpatico, ma ti voglio tutta per me, almeno per qualche ora."

"Anche a me farebbe piacere."

"Bene. Pensi che finirai di lavorare, quando Ben tornerà a casa da scuola?"

"Sì." Jody non aveva idea dei progetti che l'aspettavano per quel giorno, ma avrebbe fatto in modo di completarli entro le quattro. Poi le sovvenne qualcos'altro. "Credi che adesso sia il caso di lasciare Ben a casa da solo?"

"Pensavo che fosse il caso anche il primo giorno," le rispose Baker.

Jody fu perplessa. "Ma avevi detto..."

"Lo so cos'ho detto, ma stavo solo chiarendo un punto, un punto che lui ha capito forte e chiaro: che non sei da sola, che hai qualcuno che ti difende. Non solo: ma non farà nulla per incasinare la situazione in cui si è messo, un posto sicuro dove dormire, la pancia piena... adesso sa cosa significa questo tipo di sicurezza e sa apprezzarla."

Quel ragionamento la fece star bene. Jody annuì.

"Si sta facendo tardi. Dobbiamo alzarci: io e Ben vogliamo andare in spiaggia a goderci qualche bell'onda."

"D'accordo."

"Tutto bene?"

"Per quanto possa andar bene, dopo una conversazione tanto profonda e intensa, sì: tutto bene."

"Non è vero: possiamo starcene qui sdraiati tutto il tempo che ti serve perché sia *davvero* tutto a posto," le disse.

Jody sentì di nuovo il cuore sciogliersi. "Sto davvero bene, Baker. Te lo garantisco."

"D'accordo. Se hai bisogno di parlarne ancora, fammi un fischio."

Eh sì, ormai era ufficiale: Baker era l'uomo migliore che Jody avesse mai conosciuto.

"Benissimo. Allora, l'appuntamento di questa sera è più del tipo vestiti bene, o del tipo pantaloncini e infradito?" gli chiese.

"Esistono ristoranti a cinque stelle, nella zona nord dell'isola?" le chiese Baker.

"Ehm, no, ma possiamo sempre andare a Honolulu."

"No. Non mi va di prendere la macchina e tornare giù una seconda volta, per oggi. Poi non sono il tipo di uomo che tenga a quel tipo di stile. È un problema?"

"No. Preferisco ambienti più casual."

"Meno male, cazzo. Va beh, adesso devo davvero alzarmi."

"Intanto che ti cambi, io vado a preparare dei panini per colazione, per i ragazzi del surf."

"Ottimo. Poi li finisco io appena sono pronto, intanto che anche tu ti prepari."

Ecco un altro aspetto meraviglioso di Baker. "Ottima idea."

Lui la fissò, ma non si mosse per alzarsi.

"Baker?"

"Diamine, se sono fortunato!" esclamò sottovoce. "Lo so che non ti merito, ma farò di tutto per essere l'uomo di cui ti fidi, Trilli." Poi la baciò profondamente, scese dal letto e andò in bagno.

Jody rimase per un lungo momento a letto, a fissare il soffitto. Infine, anche lei scese dal letto con un sorriso.

CAPITOLO QUATTORDICI

ERANO le quattro e mezza e Baker non era ancora tornato a casa. Aveva telefonato per avvertire che, purtroppo, la riunione con l'ammiraglio si era prolungata più del previsto e non ce l'avrebbe fatta per le quattro. Jody gli aveva assicurato che non era un problema e si era raccomandata di non fare le corse in macchina.

Poi aveva preparato la cena per Ben, una casseruola di pollo e verdure, spiegandogli quando toglierla dal forno. Ben era in cucina, appoggiato al mobile, mentre Jody era di fronte a lui, appoggiata al lavandino.

"Posso farti una domanda?" le chiese Ben.

"Ma certo. Puoi chiedermi quello che vuoi," le rispose Jody.

"Come avete fatto con Baker a capire che volevate uscire insieme?"

Jody sbatté le palpebre per la sorpresa, ma fece del suo meglio per tenere un'espressione impassibile. "Beh, credo sia stata una cosa graduale. Lo conoscevo da un po', ho visto quant'è bravo con voi, è sempre stato molto rispettoso e naturalmente c'è anche l'attrazione fisica."

Ben annuì come se nulla di ciò che Jody gli aveva detto fosse una novità. Poi non aggiunse altro, così lei gli chiese: "Come va con la ragazza che ti piace?"

"Con Tressa?"

"Sì. Che bel nome."

"Eh sì, ma anche lei è altrettanto bella. Però è nuova da queste parti ed è timida. Ha dei bei capelli lunghi neri e gli occhi color nocciola; è minuta, proprio come te. Non la vedo molto perché siamo in classi diverse, ma abbiamo chiacchierato a pranzo. C'è un tipo... un cretino, che la sta infastidendo."

"Infastidendo in che modo?" gli chiese Jody.

"Continua ad assillarla, le fa dei complimenti, le chiede di uscire, le fa pressioni. Lei gli ha detto che non è interessata, ma Alex non molla."

"Tu vorresti proteggerla."

"Sì," ammise Ben, "ma non vorrei portare troppa attenzione su di lei. Ad Alex non sto simpatico. Cioè, gli sto *veramente* antipatico e se mi espongo troppo per difenderla potrei provocare quel deficiente e potrebbe tormentarla ancor di più."

"Sembra proprio una situazione delicata. Pensi che questo tipo, questo Alex ti ascolterebbe, se provassi a parlargli con calma, per ragionare?"

"No."

Le rispose prontamente e dritto al punto.

"Perché no?"

"Io e Alex abbiamo dei trascorsi. Eravamo amici, ma abbiamo preso strade diverse. Lui pensa che io sia uno sfigato e io penso che lui sia un deficiente. Quindi... sì, non credo che mi ascolterebbe."

"Mi dispiace."

Ben alzò le spalle. "Ma non capisce che a Tressa non interessa e io sono preoccupato per lei."

"Tutto qua."

"Tutto qua cosa?"

"Sei solo preoccupato per lei?" gli chiese Jody.

"No. Mi piace anche, è dolce. Ha un modo di fare timido che mi intriga da morire. Non solo, ma è una *bella* persona.

Vorrei chiederle di uscire, ma non voglio crearle più problemi di quanti ne abbia già."

"Senti cosa ti dico, Ben" esordì Jody, "tu non sei certo uno sgorbio. Sei un ragazzo alto, abbronzato e bello; credo che anche tu non passi inosservato. Secondo me, è probabile che le farebbe piacere avere qualcuno che la difenda. È nuova a scuola, starà cercando di farsi degli amici e se questo Alex la sta davvero tormentando come dici, sarà anche nervosa e stufa di averlo addosso."

"Alex mi odia, e io ricambio," le spiegò Ben. "Se comincio ad avvicinarmi a lei, succede senz'altro qualcosa."

"Se invece le chiedi il numero e vi messaggiate? Un passettino alla volta," gli suggerì Jody.

Ben non disse nulla, né annuì.

"Scusami," gli disse Jody, "sai, non sono molto brava a dare consigli in situazioni come questa. Kai non si dava tanto da fare con le ragazze e quindi non ho esperienza a dare consigli ad adolescenti come te. Però, se ci fossi io al posto di Tressa, accetterei assolutamente il rischio di far arrabbiare Alex, per avere uno come te dalla mia parte. Se le chiedi di uscire e si crea una situazione di tensione, pensi di lasciarla perdere?"

"No," rispose Ben con un tono un po' sulla difensiva.

"Ecco, allora il mio consiglio è di provarci. La vita è breve, Ben, e io l'ho imparato nel peggiore dei modi. Non sai cosa farà questo Alex, ma qualunque sia la sua reazione, il responsabile è *lui*. L'unica persona che puoi controllare sei tu."

"Verissimo, ma è una rottura," disse Ben.

"Senti, posso farti *io* una domanda?" gli chiese Jody.

"Certo."

"Hai detto ai tuoi genitori dove ti trovi?"

Ben si fece serio.

Jody si affrettò a proseguire. "Non mi hai detto cos'è successo che ti ha costretto a scappare di casa, ma è chiaro che dev'essere qualcosa di grosso. A me non importa cosa sia successo o cosa sia stato detto, qui puoi sempre rimanere. Pensavo solo che, ormai, i tuoi saranno preoccupatissimi per te."

"Non lo sono," tagliò corto lui.

"Ben," lo chiamò Jody con tono dolce. "Se io e Kai avessimo litigato e lui fosse uscito di casa senza più tornare, a prescindere dal perché, io sarei fuori di testa."

"Tu non sei come mia mamma," le disse Ben. "E Al di sicuro non si interessa a quel che faccio, gli basta che stia fuori dai piedi."

"La tua mamma... è..." Jody cercò la parola giusta per non sembrare troppo dura, ma per riuscire a esprimere ciò che voleva. "È più fragile?"

"Sì, è fragile," confermò lui.

Jody aspettò di sentirsi spiegare meglio, ma lui non disse altro, così lei sospirò. "Almeno dovresti telefonarle," gli disse infine.

"Lei non risponde al telefono," le spiegò Ben. "Non ha nemmeno un cellulare suo. Fa solo tutto ciò che le dice di fare Al, senza mai metterlo in discussione. Non posso chiamare casa *senza* parlare con Al, e fidati: lui non vuole saperne di me e di sicuro non vuole farmi parlare con mia mamma."

A Jody non piacque quella spiegazione. Affatto. "Al lavora di giorno, giusto? Magari potresti passare da casa per vedere tua mamma mentre lui non c'è?"

"Apprezzo l'interessamento, Jody, ma il fatto è che andarmene di casa non è stata una mia scelta. Al mi ha cacciato via; mia mamma era presente e non ha pronunciato una parola per opporsi, quando lui mi ha detto di andarmene fuori dalle palle."

Jody sentì il cuore spezzarsi per il giovane uomo che aveva davanti. "Il tempo sa far cambiare idea alle persone," gli disse dolcemente.

Ben fece una risata nervosa. "Al non cambia idea. Però va bene così," aggiunse con decisione, mettendosi dritto in piedi e guardandola negli occhi. "Non voglio più tornare in quella casa, non è... un bel posto in cui vivere."

A Jody vennero in mente cento domande diverse, ma invece di interrogarlo, gli disse: "Se mai vuoi parlarne, io ci sono. So che non mi conosci bene, ma come ti dicevo, sono brava ad ascoltare."

"Grazie," le disse Ben. "Apprezzo molto l'ospitalità. Sto cercando un lavoro per guadagnare qualcosa e trovare un posto in cui vivere per conto mio, così potrò togliere il disturbo."

Jody scosse la testa. "No."

"No?" le chiese Ben confuso.

"Non cercare un lavoro. Si è ragazzi una volta sola nella vita. Diventare adulti non è sempre un gran divertimento. Qui puoi rimanere tutto il tempo che vuoi, dico davvero, Ben. Nessun disturbo. A casa mia avrai *sempre* un posto sicuro in cui stare."

Le fu chiaro che Ben si stava sforzando per non crollare. Alla fine, le annuì. "Grazie. Però mi farebbe piacere trovare un lavoro per guadagnare qualcosa. Voglio fare la mia parte, anche solo per fare la spesa. Non è bello approfittare senza nemmeno contribuire."

Jody avrebbe voluto dissuaderlo, insistere che Baker aveva ragione, che un ragazzo non avrebbe dovuto pagare per nulla... ma chiaramente Ben aveva assorbito parte dell'atteggiamento da macho di Baker e lei non voleva sminuirlo o contrastarlo. "Va bene, ma solo part-time. Prima c'è la scuola, e non voglio che tu rimanga fuori fino a tardi. Devi fare i compiti e devi dormire a sufficienza. Per non parlare del rapporto con Tressa: se funziona, vorrai anche portarla fuori, qualche volta."

Ben accennò un sorriso. "Allora vuoi che trovi un lavoro che mi impegni, tipo, dalle sei alle otto di sera?"

"Sarebbe l'ideale," gli rispose Jody con un gran sorriso.

Lui alzò gli occhi al cielo. "Non credo proprio che esista un lavoro del genere."

"Sono davvero contenta che tu sia qui, Ben," gli disse con un po' di emozione.

"Anch'io son contento d'esser qui, Jody."

"Comunque dico sul serio, se vuoi parlare, io ti ascolto."

"Lo so."

Jody avrebbe voluto pregarlo di dirle cosa fosse successo e come mai il patrigno l'avesse cacciato di casa, ma sapeva di dover lasciare a Ben la scelta di parlare. Non poteva costringerlo a spiegarle tutto.

Il suono della porta di casa che si apriva li fece voltare entrambi in quella direzione; vedendo Baker, Jody cercò di mettere da parte ogni preoccupazione.

Baker li guardò entrambi e si accigliò. "Che succede?"

"Niente di che," gli rispose Jody con leggerezza.

Baker spostò lo sguardo su Ben con le sopracciglia alzate, perplesso. "Ben?"

"Tutto bene, stavo solo chiedendo a Jody un consiglio."

Baker lo fissò per un momento, poi annuì. "Va bene, ma se hai bisogno di parlare io ci sono. Tu sei pronta, Trilli?"

Jody fu sorpresa da quel cambio repentino d'argomento. "Sì. Che fretta c'è?"

"La fretta è che sono rimasto in una riunione del caz... scusa, una riunione del cavolo per troppo tempo, sapendo che la mia ragazza mi aspettava a casa per il nostro primo appuntamento. Quindi vorrei muovermi per godermi tutto il tempo insieme a te."

Jody gli sorrise dolcemente. "Va bene, Baker."

"Si torna a casa alle dieci," commentò Ben.

Jody girò la testa di scatto per fissarlo, poi scoppiò a ridere. "Eh, cosa?"

"Non voglio che voi due ragazzi rimaniate fuori fino a tardi a fare follie," scherzò Ben.

"Mezzanotte," disse Baker.

Jody a quel punto si voltò verso *Baker*. "Mi spiegate cosa sta succedendo esattamente?" gli chiese.

"Stiamo negoziando," rispose Baker con un sogghigno.

"Alle undici," ribatté Ben.

"Undici e mezza, ma rimaniamo in macchina nel vialetto a pomiciare per altri venti minuti prima di rientrare."

"Affare fatto," concluse Ben con una risata.

"Santo cielo, ma state scherzando?!" commentò Jody fingendosi esterrefatta, ma godendosi quel botta e risposta tra i due. Baker le andò incontro e la tirò a sé abbracciandola in vita. "Perché mi tiri sempre verso di te?" gli chiese fingendo di brontolare, ma senza convinzione.

"Perché ci metti troppo tempo per salutarmi," le rispose Baker. "Baciami, donna!"

Lei alzò gli occhi al cielo e guardò Ben. "Spero che tu non stia prendendo appunti. *Non* è così che dovresti trattare la ragazza che frequenti."

"Invece sì, Trilli. Mostrare che ci tieni non è mai sbagliato. Adesso baciami, così possiamo svignarcela e cominciare il nostro appuntamento."

"Non mi hai ancora spiegato dove andiamo," gli disse prolungando l'attesa del bacio. Jody desiderava ardentemente le labbra di Baker sulle proprie, ma si divertiva troppo a stuzzicarlo.

"Hai ragione, non te l'ho spiegato perché è una sorpresa," le rispose Baker.

"Non so se mi piacciono le sorprese," ribatté lei.

"Questa ti piacerà." Poi Baker dovette stufarsi di aspettare il bacio, perché le infilò una mano nei capelli e la prese da dietro la nuca, tirandola più vicino.

Il bacio che le diede non fu esattamente come lo voleva lei, ma Ben era là in piedi, divertito. Quando finalmente Baker staccò la testa da quella di Jody, disse senza mai distogliere lo sguardo: "È così che si fa, Ben."

"Ricevuto, Baker," rispose il ragazzo ridendo ancora sonoramente.

Jody sbuffò ma non cercò di liberarsi da quella presa.

"Io... beh, grazie per la fiducia di lasciarmi qui da solo," disse Ben con un po' di titubanza.

Baker lasciò andare la presa dietro al collo di Jody, la fece girare e le mise un braccio intorno alle spalle, in modo che fossero entrambi voltati verso Ben. "Prego. Sei un bravo ragazzo, Ben. Non so bene cosa ti stia succedendo e spero che a un certo punto ce lo dirai, ma quando sarai pronto. Nel frattempo, hai dimostrato a me e a Jodelle che possiamo fidarci di te."

Jody annuì per confermare.

"Grazie," rispose il ragazzo sottovoce.

"Va bene, adesso andiamo," annunciò Baker.

"Chiudi a chiave la porta e se senti puzza di fumo esci di casa e chiama i pompieri. La casseruola in forno sarà pronta tra una ventina di minuti, ricordati, altrimenti si brucia. Stasera ti toccano i piatti, ma sciacquali bene prima di metterli in lavastoviglie. So che domani non c'è scuola, ma non andare a letto troppo tardi."

"Trilli, se la caverà," le disse Baker, dandole una spintarella verso la porta con la mano dietro la schiena.

"Volevo solo assicurarmi che..."

"Divertitevi," disse Ben, interrompendola con un sorriso e con un cenno della mano. "Io me la caverò. Dopo mangiato sistemerò i piatti, poi guarderò qualche porno e probabilmente sarò già a dormire quando tornerete, quindi non c'è bisogno che rimaniate fuori a pomiciare nel vialetto, potete anche entrare e concludere la serata sul divano."

"Santo cielo," commentò Jody scuotendo la testa.

"Benissimo," gli disse Baker. "A più tardi."

"Telefona, se ti serve qualcosa," aggiunse Jody mentre Baker quasi la trascinava fuori.

Invece di avviare subito il motore appena in macchina, Baker si voltò verso di lei e le mise una mano sulla guancia. "Quando sono tornato, mi sembravate molto presi. Va tutto bene?"

"A Ben piace una ragazza e mi ha chiesto consiglio. Gli ho anche suggerito di telefonare a sua mamma per farle sapere che sta bene, lui mi ha detto che non è andato via di casa di sua volontà. È stato il patrigno a cacciarlo e sua mamma non ha detto una parola, né ha fatto nulla per evitare che succedesse. Ben dice anche che il patrigno non gli consente di parlare con la madre, ma Ben non è in buoni rapporti con nessuno dei due al momento, quindi dubito che gli venga presto l'istinto di far sapere alla madre che sta bene." Si prese un momento di pausa. "Perché sua mamma non è intervenuta, Baker?"

"Non lo so, Trilli."

"Come può una madre lasciare che il suo unico figlio venga cacciato di casa, quando sa che non ha un posto dove andare e non ha soldi per comprarsi da mangiare, nulla?"

Baker non le rispose, ma le accarezzò col pollice la guancia, con dolcezza.

"Vuole trovarsi un lavoro, si sente in dovere di pagare per mangiare e per il resto, ma non c'è bisogno. Verrà presto il momento in cui dovrà preoccuparsi dell'affitto, della spesa e delle bollette."

"Ti dà fastidio che non voglia fare lo scroccone?" le chiese Baker.

"No!" rispose Jody con forza, ma poi sospirò. "È solo che mi dà fastidio sapere che non può godersi un po' più a lungo la gioventù."

"Potrei trovargli qualcosa io."

Jody si voltò di scatto verso di lui. "Ehm, senza offesa, ma non credo sia il caso che lui faccia ciò che fai tu."

Invece di prendersela, Baker le sorrise appena. "Puoi fidarti di me, Jodelle."

Lei chiuse gli occhi per un momento, poi annuì e li riaprì. "Scusami."

"Non preoccuparti. Conosco un tipo che gestisce dei baracchini alimentari. Fanno degli orari umani e penso che potrebbe inserire anche Ben. Così non dovrebbe andare fino in città e avrebbe dei turni flessibili. Potrebbe lavorare nei fine settimana e dopo la scuola, ma senza fare tardi, insomma."

Jody alzò una mano e gli afferrò il polso che lui le teneva vicino alla guancia. "Sarebbe meraviglioso."

Baker annuì. "C'è altro che ti preoccupa?"

"Mi preoccupa praticamente tutto," gli rispose con un sorrisetto, "ma i problemi più recenti li hai già risolti."

"Bene." Poi Baker si avvicinò per baciarla dolcemente, infine tornò dietro al volante. "Perché adesso devo portar fuori la mia ragazza."

Quattro ore dopo, molto prima del coprifuoco che Ben aveva dettato loro, Baker e Jody rientrarono nel vialetto di casa.

"Sembra che la casa sia ancora in piedi," scherzò Baker.

Jody non poté far altro che sorridere. Aveva passato una serata meravigliosa. Baker le aveva fatto una sorpresa: un picnic sulla spiaggia con tanto di tovaglia, piatti di ceramica e candele. Evidentemente, Baker aveva tramato con Kenna e Carly, che avevano portato loro una cena intera dal Duke's di Waikiki. Le portate erano a temperatura ambiente, ma ancora deliziose. Avevano riso e scherzato, parlando del più e del meno, godendosi un bellissimo tramonto e la compagnia reciproca.

Dopo aver ripulito il suolo e rimesso in ordine le suppellettili, avevano fatto una lunga passeggiata sulla spiaggia, con numerose fermate per baciarsi e coccolarsi. Era stata una serata rilassante e Jody non ricordava un appuntamento tanto meraviglioso in vita sua.

"Stasera sono stata benissimo," disse Jody, che voleva far sapere a Baker che la sua idea era stata perfetta.

"Anch'io," le disse con un leggero sorriso. "Mi dispiace che la cena non fosse in un vero ristorante, ma..."

"No!" esclamò Jody interrompendolo. "Non hai il permesso di scusarti: è stato il mio miglior appuntamento di sempre. Non ho bisogno di chissà che, Baker, mi basti tu."

"Io ci sono," le disse con voce roca e profonda.

Jody non si era mai sentita tanto legata a qualcuno come in quel preciso istante.

Baker le si avvicinò e la baciò. Si erano scambiati un sacco di baci durante la serata ma, chissà come, quello le sembrò più intimo.

"Sai, sarebbe più facile pomiciare nel furgone che qui dentro," le disse Baker ridacchiando, dopo essersi staccato da lei.

Jody rise. "In effetti *c'è* anche un letto nel retro," gli disse.

Baker spalancò gli occhi e Jody non trattenne una risata allegra.

"Mi prendi per il culo," la accusò.

Jody annuì. "Sì, dai, non c'è alcun letto. È solo pieno di scatole e di altra roba. Oltre quella porta abbiamo un letto perfettamente adatto e ci abbiamo dormito per più di una settimana," gli spiegò indicando la porta di casa.

"Non ho mai dormito tanto bene come ultimamente," le confessò Baker. "Tenerti tra le braccia mi trasmette un non so che, e dormo come un fanciullo, accidenti."

Jody sorrise. "Ah sì?"

"Sì! E anche se non vedo l'ora di entrarti dentro, non ho alcun bisogno di affrettare i tempi," aggiunse Baker.

"Nemmeno io, però..."

"Però cosa?"

"Prima o poi *ci* arriveremo, vero?"

"Cazzo, certo che sì!" esclamò lui con un fervore tale da farle venire i brividi dal godimento.

"Bene."

"Bene," ripeté lui annuendo. "Però ti ho già detto che volevo aspettare a fare l'amore, voglio che siamo entrambi sicuri di dove ci porta il nostro rapporto. Per me non è cambiato nulla. Adesso, che ne dici di entrare in casa, prima che Ben si metta davvero in testa che stiamo pomiciando?"

Jody rise. "Sì, non vogliamo che si faccia strane idee."

Baker ridacchiò. "Penso che ormai se le sia già fatte, certe idee, Trilli."

Lei arricciò il naso.

Baker stava ancora ridendo mentre scendeva dall'auto. Jody lo incontrò davanti al veicolo e lui la prese subito per mano. Quella sera aveva cercato il contatto di continuo. L'aveva tenuta per mano, le aveva appoggiato un palmo di mano dietro la schiena mentre camminavano, le aveva appoggiato la mano calda sulla coscia mentre mangiavano. Era stato sempre piacevole. Molto piacevole.

Quando entrarono in casa, Ben non era nei paraggi. Jody non poté non sorridere mentre Baker gettava le chiavi nella ciotola sul mobile, dove lei aveva lasciato le sue. La cucina era in ordine, niente piatti nel lavello, il leggero profumino delle verdure al forno ancora aleggiava nell'aria. Ben aveva anche ripiegato le coperte sul divano e le aveva messe in fondo, ben impilate sui cuscini.

"Wow," commentò Jody, "sono piacevolmente colpita."

"Vuoi guardare la TV?" le chiese Baker.

Jody scosse la testa.

Senza lasciar cadere la mano, Baker la accompagnò in camera da letto. "Vai pure a cambiarti e salta a letto, io intanto faccio un giro per vedere che sia tutto a posto."

Jody annuì. La prima volta che Baker aveva insistito per andare a controllare in giro, Jody gli aveva assicurato che non c'erano finestre aperte e che aveva controllato due volte di aver chiuso a chiave la porta. Lui allora le aveva spiegato che non sarebbe riuscito a dormire, se non avesse visto coi suoi occhi che era tutto ben chiuso. Lei non aveva più protestato. Era solo una routine per Baker, faceva parte di lui.

Quando lui uscì di camera, lei non seppe trattenersi e andò alla porta della camera di Ben, dove bussò leggermente. Se il ragazzo fosse stato già addormentato, non si sarebbe svegliato; ma lei era un po' come Baker, che non poteva dormire senza controllare la casa: anche Jody non sarebbe stata in grado di addormentarsi, prima di aver controllato che Ben stesse bene e che fosse al sicuro in camera sua.

"Ci sono," disse Ben dall'interno della camera.

Jody aprì la porta e infilò la testa in camera. Ben era seduto sul letto con un libro aperto sulle ginocchia; l'unica luce accesa era l'abat-jour. Per un attimo, a lei sembrò di vedere Kai, non Ben. Anche a Kai piaceva leggere e tante sere Jody aveva dovuto dirgli di mettere da parte il libro per andare a dormire, altrimenti il mattino dopo sarebbe stato come uno zombie.

"Tutto bene stasera?" gli chiese.

"Sì. La casseruola era eccezionale. Ho messo il resto in frigo. Pensavo di mangiarne ancora per colazione."

Jody sorrise. "Mi fa piacere."

"Voi vi siete divertiti?" chiese Ben.

"Sì sì. Baker ha chiesto a due amiche di portare da mangiare dal Duke's e ha organizzato un pic-nic sulla spiaggia. Abbiamo mangiato, parlato, camminato: tutto perfetto."

"E la torta hula?" chiese Ben.

"Si può mangiare al Duke's *senza* la torta hula?" ribatté lei.

Ben sorrise.

"Volevo solo chiederti se fosse tutto a posto. Ci vediamo domattina, Ben," gli disse. "Non rimanere sveglio fino a tardi a leggere."

"Va bene. Jody?" la chiamò appena lei cominciò a chiudere la porta.

"Sì?"

"Stasera ho inviato un messaggio a Tressa."

"Ah sì? Come hai fatto ad avere il suo numero?"

"Ho chiesto a un amico mio di domandare a un suo amico che suona con lei nella banda."

"E allora?" gli chiese.

Ben fece un gran sorriso. "È andata bene," le rispose.

"Son contenta."

"L'ho invitata a venire in spiaggia per guardarmi fare surf, qualche volta," le spiegò Ben.

"Forte! Mi farebbe piacere conoscerla."

"Per questo l'ho invitata: le ho detto che non sarebbe da sola sulla spiaggia, che sarebbe in ottima compagnia insieme a te, che sei forte e che se aveva delle domande da fare sul surf, poteva chiedere a te."

Jody sentì il cuore gonfio d'affetto. Non si immaginava minimamente come una donna forte, ma le faceva piacere sentirlo dire da Ben. "Non vedo l'ora di passare del tempo insieme a lei."

"L'ho invitata anche fuori a pranzo con me, per lunedì," aggiunse Ben.

Jody annuì: era fiera di lui.

"L'ho avvertita che probabilmente Alex se la prenderà, ma lei ha detto che non le interessa di lui. Ha detto che è un imbecille e che lei può mangiare con chi vuole."

"Che ragazza coraggiosa."

"Sì," confermò Ben. "Ma non voglio comunque che Alex le stia addosso."

"Immagino che non ti faccia piacere."

"Ci siamo scambiati gli orari e anche se non siamo in classe insieme, perché lei è in seconda e io in terza, penso che possiamo organizzarci per accompagnarla da una classe all'altra, così Alex non la tormenta."

"Meraviglioso!"

"Sì, e volevo solo ringraziarti per avermi incoraggiato a contattarla. Non so se sia la scelta migliore, con tutto quello che mi sta succedendo, ma avevi ragione: la vita è breve e mi prenderei a schiaffi da solo se perdessi l'occasione di conoscere Tressa."

A Jody non piacque molto il passaggio "con tutto quello che mi sta succedendo", ma decise di non commentare. Sperava solo che Ben le parlasse, prima o poi, appena si fosse sentito a suo agio nel farlo. "Sono contenta per te, Ben."

"Non sarei riuscito a combinare nulla senza il tuo aiuto, Jody."

"Sì che ci saresti riuscito. Avresti trovato il modo, era questione di tempo, ma sono contenta di averti dato una mano."

Ben annuì e Jody capì che la conversazione, per quella sera, era finita. "Allora dormi bene, Ben."

"Grazie. Anche tu. Puoi dire a Baker che, se domani vuole andare a provare quel nuovo punto per fare surf, io ci sto?"

"Ma certo. Buona notte."

"Buona notte, Jody."

Jody chiuse la porta senza fare rumore e poi chiuse gli occhi per un secondo. Era sopraffatta dalle emozioni. Dispiacere, per non aver potuto condividere lo stesso livello di vicinanza col figlio; felicità, per poter essere vicina a Ben; preoccupazione, per ciò che stava succedendo tra la madre e il patrigno di quel ragazzo; entusiasmo, perché sembrava che Tressa ricambiasse l'interesse di Ben.

Inquietudine, perché sembrava essere tutto tranquillo, nella sua vita.

Secondo la sua esperienza, proprio quando tutto sembrava andare per il verso giusto, la vita preparava un colpo basso. L'ultima cosa che voleva era che accadesse qualcosa di male, proprio quando la sua vita si stava risollevando.

Sentì un braccio intorno alla vita e si appoggiò subito a Baker.

"Ben sta bene?" le sussurrò Baker.

Jody annuì.

Baker la allontanò dalla porta di Ben e la accompagnò nella camera da letto principale. Chiuse la porta e la fece girare per guardarla negli occhi. Ne scrutò il viso per un momento, poi annuì soddisfatto. Infine accennò un sorriso e le disse: "Non ti sei cambiata."

"Dovevo guardare come stava Ben. Ha detto che ha mandato un messaggio alla ragazza che gli piace e che stanno pensando di andare fuori insieme per pranzo. Vuole anche accompagnarla da una classe all'altra, a scuola; l'ha persino invitata a guardarlo mentre fa surf."

"Si è impegnato parecchio," commentò Baker.

"Per un adolescente, è tanto," confermò Jody, che poi gli appoggiò la guancia sul petto e lo avvolse in un abbraccio stretto. Poi ammise: "Ho paura che succeda qualcosa che mi svegli da questa bolla di felicità."

"Succederà," le disse Baker con calma.

Lei si rabbuiò e alzò lo sguardo verso di lui. "Non era una cosa carina da dire."

Lui scrollò le spalle. "Succede sempre qualcosa al mondo, Jodelle. Non lo dico per fare il guastafeste. Quel che conta è come si affrontano le situazioni."

Lei tornò ad appoggiargli la guancia sul petto e sentì sotto di lei il cuore di Baker che batteva. "Non voglio più tragedie nella mia vita."

"Qualunque cosa succeda, l'affronteremo insieme," le disse lui semplicemente.

Eh sì, le piacque quella conclusione. Nulla al mondo

avrebbe potuto alleviare il dolore per la perdita del figlio, ma con al fianco uno come Baker che la sosteneva, forse il dolore non sarebbe stato tanto straziante.

"Dai, adesso cambiati. Preferisco le coccole in orizzontale," le disse.

Jody sorrise e lo guardò ancora una volta, senza togliergli le braccia di dosso. "Baker?"

"Sì, Trilli?"

"Sono contentissima di averti qui."

"Non vorrei essere da nessun'altra parte," ribatté lui, che poi la baciò sulla fronte e la fece girare verso il bagno, per poi darle una spinta scherzosa. "Muoviti, donna!"

"Cos'ho, otto anni?"

"Ti lamenti perché ti metto fretta, per avere più tempo a pomiciare a letto?" le chiese.

Col cavolo che Jody si sarebbe mai lamentata: si limitò a un sorriso e si affrettò, proprio come le aveva chiesto lui.

Dopo essersi cambiata ed essersi preparata per la notte come sempre, Jody tornò in camera e sorrise vedendo Baker seduto a letto. Aveva le gambe sotto le coperte ed era a torso nudo. I pochi peli che aveva sul petto erano sexy da morire, come anche i tatuaggi che praticamente gli coprivano ogni centimetro di pelle esposta. Ne aveva sulle braccia, sulla schiena e sul petto; glieli aveva mostrati tutti, ciascuno con un suo significato. Alcuni erano teneri, come il cuore con le iniziali dei genitori all'interno, altri invece più macabri, come il teschio con il numero ventidue a ricordo di una brutta giornata quando era in servizio nei SEAL. Però facevano tutti parte della storia di Baker, e Jody non avrebbe mai cambiato nemmeno una virgola.

Baker le sorrise dal letto e le fece quasi cedere le ginocchia. Avrebbe passato volentieri tutte le serate che le rimanevano da vivere aggirandosi in camera da letto per osservare Baker a letto che le sorrideva, e sarebbe anche morta felice.

Fece il giro del letto e ci salì, mettendosi sotto le coperte. Baker le porse il braccio e lei si accoccolò contro di lui. Quando lei gli appoggiò i piedi freddi sui polpacci lui grugnì, fingendo di protestare, ma non si staccò, facendola sorridere.

"Vuoi guardare la TV?" le chiese.

Lei fece spallucce. "Voglio fare quel che vuoi fare *tu*," gli rispose.

"Ti dispiace se prima di darci da fare guardiamo il telegiornale?"

"No."

"Sei sicura? Perché se non ti va non è un problema."

Jody lo guardò negli occhi. Gli mise una mano sulla guancia, sentendo col palmo i peli corti della barba, con qualche pelo bianco sparso qua e là. Erano morbidi; lei non se l'era aspettato, la prima volta che l'aveva baciata. "Se non mi va, te lo dico," gli spiegò con tono serio.

In tutta risposta, lui mise una mano sopra quella di lei e si abbassò. Jody allungò la testa per raggiungerlo con le labbra.

"Non c'è altro posto al mondo in cui vorrei essere, se non qui con te," le disse sottovoce dopo averla baciata.

Jody si sciolse e annuì contro la spalla di Baker, che strinse il braccio intorno a lei. Poi lui prese il telecomando del piccolo televisore, mentre lei chiuse gli occhi, immaginando che il lavoro di Baker richiedesse un costante aggiornamento su ciò che stava succedendo nel mondo, mentre a lei, delle notizie, non interessava minimamente.

Jody cercò di rimanere sveglia per potersi godere degli altri baci meravigliosi, ma si addormentò al suono del cuore di Baker che le batteva vicino all'orecchio, e con la sensazione del braccio intorno alla spalla, con cui lui la teneva stretta.

CAPITOLO QUINDICI

UNA SETTIMANA DOPO, a colazione, Baker disse a Jodelle: "Devo andar via per un po' di tempo." Quel mattino, Ben e Baker avevano convinto Jodelle che nessuno dei ragazzi sarebbe andato a fare surf perché pioveva e il tempo era parecchio uggioso, quindi lei aveva preparato frittate per tutti e tre. Baker mangiava sempre volentieri della carne, mentre a Ben piaceva molto la ricetta tipica del sudovest: prosciutto a dadini, peperone e cipolla. Per sé, Jodelle aveva preparato una frittata decisamente più piccola di quella che aveva preparato per gli altri due, ma si era saziata con la sua solita Pop-Tart.

Jodelle posò la forchetta e lo fissò con gli occhi spalancati. Baker notò l'espressione perplessa, ma era anche certo che lei non gli avrebbe fatto domande: Jody sapeva che Baker non poteva svelare i dettagli di dove stesse andando o di cosa andasse a fare.

"Quando?" gli chiese sottovoce.

"Oggi. L'ho saputo ieri pomeriggio e non volevo rovinarci la serata. Dovrei tornare nel giro di una settimana," aggiunse. "Forse anche prima."

"Va bene," disse Jodelle con voce vagamente tremante.

A Baker dispiaceva molto metterle ansia, ma sapeva anche che, prima o poi, doveva succedere. Per sperare in una possibilità sia pur remota di far funzionare il loro rapporto, dovevano superare quel primo allontanamento. Baker si rivolse a Ben. "Devo chiederti di stare vicino a Jodelle."

Ben raddrizzò la schiena. "Ma certo."

"Son contento che stia andando tutto bene, con la tua ragazza, ma apprezzerei se potessi tornare a casa prima di notte. Jodelle ha un po' la tendenza a dimenticare di prendersi cura di sé stessa, si preoccupa troppo per gli altri; quindi, se potessi sostenerla da parte mia, te ne sarei molto grato."

"Guarda che io sono qui seduta," si lamentò lei, ma Baker non distolse lo sguardo da Ben.

"L'avevo notato," rispose Ben. "Farò del mio meglio per assicurarmi che la mattina mangi qualcosa, a parte la sua Pop-Tart. Se per voi va bene, posso chiedere a Tressa se le va di venire a cena? Dirà ai genitori che c'è anche Jody e che non saremo da soli."

Baker annuì per approvare. "Sono sicuro che farebbe piacere sia a Tressa che a Jodelle."

Jodelle lasciò andare un sonoro sospiro irritato. "Dico sul serio: io sono qui e vi sento parlare di me come se non ci fossi."

A quel punto, Baker si voltò verso di lei e le mise una mano sulla coscia. Era sua intenzione aspettare a fare l'amore finché entrambi non fossero stati sicuri al cento per cento che il rapporto stesse procedendo per il verso giusto. Ma dato che *lui* era già arrivato a quella conclusione due secondi dopo essere entrato da quella porta, già la prima volta, stava diventando sempre più difficile resistere.

Dormire insieme a Jody era stato meglio di quanto avesse immaginato, e benché lui non fosse un uomo che dipendeva dal sesso, trattenersi e non portare il rapporto su un altro piano stava diventando particolarmente difficile. Gli dispiaceva dover andarsene, ma forse passare un po' di tempo lontano da quel profumo ammaliante, dagli abbracci, dalla sensazione di quelle mani su di lui anche mentre dormiva sarebbe stato un bene.

Mentre le accarezzava l'interno coscia con il pollice per

cercare di tranquillizzarla, Baker tornò a rivolgersi a Ben. "Non ti abbiamo fatto pressioni per sapere cos'è successo coi tuoi, ma devi garantirmi che, qualunque sia il problema, per Jodelle non diventerà una bomba pronta a esplodere mentre io sono via."

Quando vide Ben abbassare gli occhi per evitare il suo sguardo, Baker non ne fu entusiasta.

"Come sapete, non sono più tornato a casa mia. Non ho nemmeno ancora parlato con mia mamma. Dubito che a loro due interessi dove sono o cosa faccio, ma se c'è una minima possibilità che si facciano sentire, ti prometto che farò tutto il possibile per tenerne fuori Jody."

Baker strinse con forza le labbra. Quella risposta non gli piaceva. "Intendiamoci: voglio che Jodelle sia al sicuro, ma non a tue spese," disse al ragazzo.

"Ci sono abituato." Ben raddrizzò la schiena e guardò Baker negli occhi. "Ormai è una vita che sto proteggendo mia mamma. Stare qui da Jody, che mi tratta come un figlio anche se so che a volte ci soffre, vedere come siete tra voi... ho capito che essere protettivo è un bene, ma che la persona che proteggi deve anche meritarselo."

"Ben," disse Jodelle con tono triste.

Baker strinse la mano che le teneva sulla coscia e annuì verso l'adolescente. "Hai pienamente ragione. Se la persona che stai proteggendo non apprezza i tuoi sforzi, non ne fa tesoro, diventa doppiamente difficile trovare la motivazione per continuare."

Ben annuì. "Terrò al sicuro Jody perché ha fatto più lei per me nelle ultime settimane di quanto non abbiano fatto i miei stessi genitori in anni."

"Ti abbiamo lasciato il tempo e lo spazio," proseguì Baker, "ma penso che stia arrivando il momento in cui dovremo chiederti cosa sta succedendo."

"Non voglio trascinare voi due in questa faccenda," gli rispose Ben sinceramente.

"Magari non te ne sarai accorto, ma io so badare a me stesso. E a Jodelle. E anche *a te*, Ben." Dato che il ragazzo non gli rispose, Baker gli spiegò: "Qualunque cosa sia, se pensi che sia troppo grande da condividere ti sbagli. Penso che la faccenda che ti rode abbia a che fare col tuo patrigno."

Ben trattenne il fiato, ma non rispose.

Baker sapeva di aver fatto centro. "I contatti che ha lui sono quisquilie, rispetto ai miei," disse a Ben. "A te sembrerò anche un tordo che fa surf, ma fidati: la realtà è completamente diversa. Se ti dico che conosco qualcuno, significa che conosco *qualcuno*."

"Ma lui è un giudice," disse Ben sottovoce.

"E io sono un ex SEAL della Marina con amici sia nei bassifondi, *sia* nei quartieri alti. Conosco persone disposte a fare tutto ciò che chiedo, in cambio di favori che ho già fatto loro. E se c'è qualcosa che non sopporto sono le persone che maltrattano donne e minori. Specialmente donne in situazioni di vulnerabilità, che cercano di crescere un figlio e che si fanno in quattro per portare a casa da mangiare. Hai capito cosa intendo?"

"Sono sposati da anni, Baker. Mia mamma ha smesso di farsi in quattro per portare a casa da mangiare o per qualunque altro motivo il giorno stesso in cui ha sposato Al," gli spiegò Ben.

"Questo lo capisco, ma non significa che non abbia fatto fatica nella vita." Baker sapeva di fare pressione, ma non se la sentiva di andar via di casa col pensiero che ci fosse una situazione in sospeso. "Ne parliamo appena torno," disse a Ben con tono deciso.

"Va bene," sussurrò il ragazzo.

Baker si accontentò di quella conferma, anche se avrebbe dovuto aspettare una settimana, per sentire cosa stava succedendo. "Nel frattempo, mi fido di te: stai vicino a Jodelle."

"Non ti deluderò," gli rispose Ben con decisione.

A quel punto, Baker si voltò verso Jodelle. "So che sei vissuta da sola per un bel po' di tempo, Trilli, ma mentre sarò via mi preoccuperò per te, quindi ti chiedo di non trovare un altro senzatetto da invitare a casa; magari, se riesci, trattieni la tua inclinazione a salvare il mondo per una settimanina."

Jodelle alzò gli occhi al cielo. "Allora, *adesso* sono tornata in conversazione?"

Baker le fece un sorriso. "Non ne sei mai uscita. Se avessi voluto parlare con Ben senza che tu sentissi, l'avrei fatto."

Lei gli lanciò un'occhiataccia. "Sei terribile!"

"Lo so."

Jodelle sbuffò. "Non inviterò nessuno a casa mia," gli disse.

"Grazie."

"Però... anche se so che non ti piacerà... non me ne starò seduta con le mani in mano a fare la principessina in pericolo, se qualcuno viene a cercare Ben. Lui è un ragazzo, io sono l'adulta. Per arrivare a lui dovranno passare da me."

Ben si sforzò di contenere una risata.

Baker le fece un altro sorriso.

"Ragazzi, siete dei veri rompiscatole. Devo per forza invitare Tressa a bilanciare l'eccesso di testosterone nell'aria di questa casa."

"Stasera le parlo, vediamo che si può fare," disse Ben sorridendo.

"Chiedile cosa preferisce mangiare e vediamo se riesco a inventarmi qualcosa che la stupisca," disse Jodelle.

Baker le strinse di nuovo la gamba per farle sentire quanto apprezzava l'atteggiamento di seguire il corso degli eventi.

Lei lo guardò e annuì, come capendo perfettamente quel dialogo non verbale.

Finirono colazione e quando Ben stava per uscire dalla porta per andare a scuola, Baker lo fermò. Jodelle l'aveva già salutato prima di andare in doccia.

"Dicevo sul serio, prima," disse Baker a Ben. "Non voglio che ti faccia male per proteggere Jodelle. Se succede qualcosa, chiama la polizia. Chiama aiuto, hai capito?"

Ben deglutì a fatica, poi annuì.

Il che non fece sentire molto meglio Baker. Se la faccenda era talmente pesante che quel ragazzo non rifiutava di chiamare in soccorso la polizia, era anche peggio di quanto Baker pensasse. Rimpianse di non aver insistito con più forza, di non aver indagato più a fondo sul giudice Rowden. Ormai era convinto al cento per cento che era lui la minaccia, non la madre di Ben.

"Farai attenzione?" gli chiese Ben un po' impacciato.

Quella preoccupazione fece piacere a Baker. "Faccio sempre attenzione," gli rispose.

Ben annuì. "Allora ci vediamo quando torni."

"Sì. Abbi cura di te e di Jodelle."

"Va bene. Ciao, Baker."

"Ciao." Baker rimase in piedi nell'ingresso e guardò Ben che si allontanava dalla casa, poi chiuse le porta a chiave e andò in cucina. Stava sorseggiando una tazza di caffè quando tornò Jodelle.

"È andato via, tutto bene?"

"Sì."

"Deve parlare, deve dirci cosa succede."

"Parlerà." Baker posò la tazza sul ripiano della cucina e aggiunse: "Vieni qui."

Lei lo raggiunse immediatamente e non si fermò finché non gli fu addosso. Baker amava la sensazione di quel contatto corpo a corpo. Sembravano combaciare perfettamente. Le mise una mano dietro la schiena e l'altra dietro la nuca. Poi appoggiò la fronte su quella di lei e le disse: "Mi mancherai."

"Anche tu," gli sussurrò lei. "Ti prego, fai attenzione. Qualunque cosa tu vada a fare, so che è pericolosa. Non posso perdere anche te."

"Non mi perderai. Fidati di me, Jodelle. Tornerò."

"Ci provo, ma ho paura."

A Baker dava molto fastidio metterle paura, ma Jodelle dimostrava di non essere una stupida, sapendo che lui non sarebbe andato a pesca con gli amici, ma in acque torbide e maligne, nella speranza di trovare informazioni da passare a chi di dovere.

"So che hai paura e mi dispiace." Non sapeva bene che altro dire.

Jodelle fece un respiro profondo, poi raddrizzò la schiena.

"Non preoccuparti. Va bene così, sto bene. Vai a fare le tue cose, quando torni mi trovi qui."

"Per la prima volta in vita mia, ho un buon motivo per non veder l'ora di tornare a casa."

Lei gli sorrise. "Potrei darti un motivo migliore."

Baker inclinò la testa e alzò le sopracciglia.

"Abbiamo aspettato abbastanza, Baker. Io ti voglio, tu mi vuoi... quando torni a casa, non mi accontenterò di addormentarmi tra le tue braccia tutte le notti. Voglio di più."

Baker se lo sentì allungare. "Vuoi il mio uccello?" le chiese spavaldo.

"Sì," gli rispose Jodelle, con un accenno di rossore alle guance.

"È tuo," le disse senza esitare.

Lei sorrise. "Bene. Magari sarà un incentivo per tornare a casa da me prima."

A casa da me. Accidenti se gli piaceva sentirglielo dire. Baker non passava da settimane a casa propria, se non per prendere qualche vestito ogni tanto. In pratica aveva traslocato da Jodelle, la quale non se n'era minimamente lamentata. Anzi, si era persino preoccupata di sistemare meglio le proprie cose per fargli posto nella cassettiera e nell'armadio. Baker aveva messo i propri prodotti da bagno su una mensola e lo shampoo nella doccia. Jodelle l'aveva accolto a casa propria senza alcun ripensamento e quell'atteggiamento dimostrava più di ogni parola che ormai aveva accettato il rapporto con lui. Se non avesse voluto convivere, non sarebbe mai stata tanto accomodante.

"Sì, Trilli, è senz'altro un incentivo. Dovresti sapere che ieri sera, quando ho preparato la mia borsa da viaggio, ci ho messo la federa del tuo cuscino."

Lei sbatté le palpebre sorpresa. "Mi chiedevo come mai avessi cambiato le federe, ma non le lenzuola."

"Voglio che tu senta il mio corpo tanto quanto io sentirò il tuo, mentre son via." Era stato un piccolo gesto, ma a un certo punto Baker si sarebbe ritrovato immerso nella melma e avrebbe sentito il bisogno di qualcosa di pulito che gli ricordasse perché faceva quel che faceva. Portare con sé la federa su cui Jodelle appoggiava la testa ogni notte gli avrebbe fatto esattamente l'effetto di cui aveva bisogno.

All'improvviso, gli occhi di Jodelle si riempirono di lacrime e Baker quasi imprecò. La tirò più vicina e la strinse.

"Ti prego, torna da me, ti prego," gli sussurrò addosso al petto.

"Tornerò." Non c'era molto altro da dire.

Rimasero là in piedi per diversi minuti, finché lei non si staccò, si asciugò le guance e gli fece un sorriso tremante. "Ora dovrai andare, penso. Devi salvare il mondo."

Baker le mise le mani sulle guance e le fece alzare la testa. Poi la baciò con tutto il sentimento che provava nel cuore per lei. Amava quella donna, talmente tanto che quasi gli faceva paura. Razionalmente, Baker sapeva che sarebbe andato tutto bene, mentre era via; ma c'era sempre il rischio che succedesse qualcosa, proprio quando lui non era presente per proteggerla.

Jodelle si sciolse contro di lui e passò un altro minuto pieno, prima che lui si sforzasse di staccare le labbra da quelle di lei.

"Parlerò coi ragazzi, chiederò loro di passare o di farsi sentire."

"Non è necessario," ribatté lei.

"Ne ho bisogno io. Mustang ti chiederà di sentirvi ogni giorno, quindi ricordatene, altrimenti ti arriverà di filato una squadra di SEAL in casa per salvarti da chissà chi."

Jodelle fece una risatina. "Grazie per il preavviso, gli manderò un messaggio."

"Grazie mille."

Si fissarono negli occhi per un momento, poi Jodelle disse: "Adesso devi andare, Baker, questo saluto strascicato mi sta uccidendo."

Baker annuì. Jodelle aveva ragione. Dopo un respiro profondo, si allontanarono; quella perdita di contatto gli fece venire subito un dolore fisico.

"Fai attenzione," gli sussurrò.

"Sempre. Tornerò prestissimo."

"Lo spero proprio."

Baker avrebbe voluto salutarla con un *ti amo*, ma si trattenne. Prima doveva sentire addosso la fiducia di Jodelle, sapere di averle fatto superare quel muro di chiusura che si era erta intorno. Per fortuna, lei stessa era consapevole dei problemi che aveva in quel campo, il che rendeva Baker ancor più determinato a conquistarla.

Baker alzò la testa e si costrinse ad avviarsi verso la porta di casa. Prese le chiavi, poi la borsa che aveva appoggiato vicino alla porta quando lei era ancora in doccia. Infine si girò, si stampò nella memoria il sorriso coraggioso di Jodelle, poi uscì.

Aveva sempre saputo che Jodelle era una persona speciale, ma in quel momento comprese appieno quanto fosse importante per lui. Per la prima volta da quando era uscito dalla Marina, Baker pensò di andare in pensione, o almeno di diradare le "visite" di persona con i contatti che aveva. Avrebbe potuto continuare a cercare informazioni e concludere accordi da remoto. Così Jodelle non ne avrebbe sofferto. Pensare al rapporto con lei nel lungo termine non gli creava il minimo disagio.

Jodelle era la donna giusta per lui.

Punto.

Se con lei non avesse funzionato, Baker sarebbe rimasto da solo per tutta la vita. Tanto era sicuro che fosse la donna giusta. Gli erano serviti decenni per trovare la propria anima gemella e avrebbe fatto di tutto per proteggere quel rapporto. Per proteggere *lei*.

Aver raggiunto quella decisione lo fece star bene, così cominciò a pensare al viaggio che stava intraprendendo. Non sarebbe stata una passeggiata, anzi, avrebbe dovuto dare il massimo. Non si fidava mai delle persone con cui aveva a che fare; dover trattare con un terrorista per ottenere informazioni su un altro, ancor più pericoloso, non era certo il tipo di frequentazione più gradevole. Alla lunga, l'incontro di quella settimana avrebbe potuto salvare delle vite, ed era proprio quello l'obiettivo.

Dopo aver parcheggiato alla base navale, Baker si prese il tempo di scrivere un messaggio a Mustang. Come previsto, l'amico gli promise senza problemi di tenere d'occhio Jodelle e gli disse anche che Elodie le avrebbe telefonato e magari avrebbe organizzato un pranzo tra amiche.

Il tempo stava scadendo, e Baker doveva salire su un aereo; ma approfittò di un ultimo momento per inviare un messaggio a Jodelle.

Baker: Volevo solo mandarti un messaggio al volo prima di partire, per farti sapere che sono fiero di te. Sei una donna unica e ancora stento a credere che stiamo insieme.

I tre puntini sullo schermo cominciarono subito a saltellare. Jodelle non lo faceva mai aspettare. Non giocava a farsi desiderare. Era uno dei mille aspetti che Baker amava di lei.

Jodelle: Vedi, sei proprio fuori strada: sono io quella fortunata. Stai attento a salvare il mondo, Baker. Tratterrò il fiato finché non torni.

Ormai l'istinto di dirle che l'amava era quasi troppo forte, ma Baker resistette. Non poteva certo dirglielo per messaggio, la prima volta.

Baker: Allora siamo entrambi fortunati.
Jodelle: Così va meglio.
Baker: Fatti forza, Trilli. Stai al sicuro e, se possibile, portati avanti col lavoro, perché ho la sensazione che appena tornerò a casa non ti lascerò uscire dal letto per tanto tempo.

Jodelle: Vedrò cosa posso fare. :) In fondo, ti ho promesso una ricompensa speciale, se torni a casa tutto intero.

Baker: Sì, *quando* torno a casa tutto intero, ci sarà una ricompensa speciale per entrambi. A presto.

Jodelle: Ti penserò ogni minuto.

Baker: Idem.

Dato che i tre puntini non comparvero più, Baker fece un respiro profondo e spense il telefono. Saltò giù dall'auto e si avviò verso l'enorme edificio in cui erano gli uffici della base. Aveva in programma una riunione con il vice ammiraglio della base, prima di salire su un aereo militare. La settimana a venire sarebbe stata lunga e difficile, ma la ricompensa l'avrebbe aspettato al rientro a casa. Una ricompensa che lui non meritava, ma a cui si sarebbe aggrappato comunque con tutto sé stesso.

CAPITOLO SEDICI

JODY NON PENSAVA di riuscire a concentrarsi dopo la partenza di Baker, invece ogni mattina, sedendosi davanti al computer, scoprì con sua grande sorpresa di avere una capacità di lavorare intensamente che non avrebbe mai ritenuto possibile. Capì che il motivo era ciò che le aveva chiesto Baker: di portarsi avanti con i progetti, in modo che al suo rientro potesse concentrarsi su di lui per qualche giorno.

Inviò a Mustang un messaggio ogni giorno per fargli sapere che lei e Ben stavano bene, oltre a sentire per telefono Elodie e le altre amiche quotidianamente. Elodie aveva creato un gruppo in chat ed era divertente leggere tutti i battibecchi tra di loro.

Jody ringraziò Kenna e Carly per il cibo del Duke's, avviando così una tiritera di un giorno intero sulla torta hula, in cui il confronto era tra la bontà di una fetta appena sfornata rispetto a una fetta di un paio di giorni prima. Alla fine l'accordo comune era che non importava: la torta hula del Duke's era straordinaria a prescindere.

Le amiche avevano cercato di organizzare un altro pranzo, ma con tutto il lavoro che Jody cercava di concludere, aveva detto loro di non essere in grado. L'avevano capita tutte, ma Kenna l'aveva avvertita: ben *presto* ci sarebbe stata una serata tra amiche a cui non le sarebbe stato possibile mancare.

Il rapporto di Ben con Tressa procedeva lentamente, a quanto diceva lui, e Jody l'aveva incoraggiato a seguire il consiglio di Baker: invitare l'amica a cena. Lui l'aveva invitata e finalmente era arrivata la serata fatidica.

Jody aveva messo un arrosto nella pentola a cottura lenta, mentre in forno c'era una teglia con broccoli al formaggio. Dato che a Ben piacevano i broccoli, Jody ne aveva approfittato per prepararli, tanto più che a Baker invece non andavano a genio.

Ben era nervoso, e Jody lo trovava carino. Era partito da un po' per andare a prendere Tressa e ormai dovevano essere di ritorno.

Passarono dieci minuti e si sentì la macchina di Ben accostare nel vialetto. Jody sorrise e si girò verso la porta di casa.

Appena entrarono, Jody fu colpita dalla bellezza di Tressa, un particolare che Ben non aveva descritto fino in fondo. Era una ragazza dai capelli lunghi, lisci e neri, e con gli occhi scuri; una pelle perfetta, più alta di Jody di pochi centimetri. Indossava un paio di jeans scuri e una camicetta bianca a maniche corte: un look casual, ma curato per quell'appuntamento.

"Ciao," le disse Jody incamminandosi verso di lei. "Sono Jody, mi fa molto piacere che tu sia venuta."

"Jody, lei è Tressa. Tressa, questa è la donna di cui ti ho tanto parlato. Sai, quella che prepara dei panini fantastici per colazione e poi si scatena a colpi di frusta per farci uscire dall'oceano e farci arrivare a scuola in orario."

Tressa sorrise timidamente e disse: "Piacere di conoscerti, Jody."

"Spero che tu abbia fame," le rispose con affetto. "Adesso che Baker è via, il mio compagno, non c'è nessuno che ci aiuta a mangiare e abbiamo delle scorte esagerate."

"Che buon profumino. Posso dare una mano?"

Jody approvò subito mentalmente. Tressa era una ragazza educata e carina, era facile capire come mai Ben ne fosse infatuato fino al midollo. "Grazie, è tutto pronto. Perché non vi accomodate sul retro, intanto che finisco?" Jody voleva lasciare agli adolescenti un po' di spazio, perché in casa non avrebbero avuto la privacy che meritavano e lei avrebbe sentito tutto ciò che dicevano, per non parlare della camera di Ben. Anche se quel ragazzo non era il figlio biologico di Jody, lei non gli avrebbe dato carta bianca per sedurre Tressa.

Mentre preparava l'insalata, Jody tenne d'occhio i due adolescenti dall'altra parte della porta scorrevole in vetro che apriva sul giardinetto sul retro. La pedana non era molto ampia, in realtà: solo alcune tavole di legno inchiodate e due sedie a sdraio. Jody però trovava adorabile quella conversazione sommessa, mentre Ben teneva la mano di Tressa.

Quando i broccoli al forno furono cotti, Jody chiamò i due in casa, si riempirono i piatti e si accomodarono a tavola.

"Allora... come sei finita qui alle Hawaii?" chiese Jody a Tressa, una volta cominciato a mangiare.

"Mio papà è giapponese e mia mamma americana. La mamma lavorava a Tokyo quando ha incontrato il papà e si sono innamorati. Abbiamo passato anni a dividerci tra California e Giappone, poi mio papà ha trovato lavoro qui a Honolulu e così... eccoci qui."

"Vivi anche tu qui alla North Shore?" le chiese Jody.

Tressa annuì. "Sì. A mia mamma non piace abitare nelle metropoli. Penso che Tokyo le abbia fatto passare ogni voglia di vivere in città. Mio papà voleva renderla felice, così ha trovato una casa in affitto da queste parti e ogni giorno si mette in macchina per andare in città."

"La dura vita del pendolare," commentò Jody.

Tressa fece spallucce. "Lui dice che non è un problema. Parte prestissimo, tipo alle quattro del mattino, così anticipa il traffico peggiore, e capita spesso che torni a casa prima che io esca da scuola."

"Che bello!"

"Sì."

"E suoni nella banda?" le chiese Jody. Si rese conto che stava monopolizzando la conversazione, ma Tressa non sembrava a disagio per quelle domande, e Ben sembrava contento di ascoltare.

La ragazza annuì. "Sì, suono il trombone."

"Ma dai!"

Tressa sorrise. "Sì; quando ho cominciato le superiori e ho dovuto scegliere lo strumento, non volevo fare come tutte le altre, che sceglievano il flauto o il clarinetto. Il trombone mi sembrava più particolare." Alzò le spalle.

"Suona anche molto bene," commentò Ben. "È diventata secondo trombone in anticipo rispetto a tanti altri."

"Hai una materia preferita a scuola?" le chiese Jody.

Il resto della cena proseguì piacevolmente; Tressa rispose a tutte le domande di Jody e Ben intervenne ogni tanto per lodare qualcosa che Tressa aveva detto o fatto. Era più che evidente che il ragazzo era presissimo da Tressa e Jody non poté che essere felice per lui.

Dopo mangiato, Ben si offrì di prendersi cura dei piatti; Jody si sistemò in salotto e osservò i due adolescenti ridere e flirtare mentre riempivano la lavastoviglie.

Poi guardarono insieme in televisione due episodi di un programma poliziesco e avviarono una discussione appassionata sulla stupidità di alcune persone e sui modi migliori per passarla liscia dopo aver commesso un reato. Quando arrivò il momento in cui Ben doveva riportare a casa Tressa, che aveva un orario massimo di rientro, Jody si era convinta al cento per cento che quella frequentazione fosse da sostenere.

Tressa era una ragazza timida, proprio come l'aveva descritta Ben, ma passando il tempo in compagnia si era sciolta. Era divertente e non riusciva a togliere gli occhi di dosso a Ben. Erano carini, insieme, e Jody ne era felicissima.

"Torno subito," disse Ben accompagnando Tressa alla porta. Le teneva la mano dietro la schiena, proprio come faceva sempre Baker con Jody, quando andavano in giro insieme.

"Vai piano in strada," lo avvertì Jody.

"Va bene."

Dopo mezz'ora, quando Ben tornò, Jody era seduta sul divano. Si voltò verso di lui e lo vide entrare e chiudere la porta a chiave. Poi Ben la raggiunse in salotto e si accomodò sul divano, vicino a lei.

Jody sorrise. "Tressa è carina."

"Lo so."

"È anche molto gentile."

"Sì."

"Ti piace un sacco."

Ben annuì. "È diversa da tutte le altre ragazze della scuola. Non le interessa diventare popolare, ha il suo stile personale ed è molto divertente, basta conoscerla."

"Devi trattarla bene," gli suggerì Jody.

Ben si voltò verso di lei un po' perplesso. "In che senso?"

"Trattarla bene. Vedi, non tocca a me dirlo, ma non posso *non* dirlo. Quella ragazza stravede per te. Ti ha tenuto gli occhi addosso tutta la sera. Ho la sensazione che farebbe qualunque cosa tu le chiedessi. Quindi devi fare attenzione. È una ragazza timida e penso che non abbia avuto molte frequentazioni maschili." Jody sapeva che ci stava girando attorno, ma le creava imbarazzo dire apertamente ciò che voleva dire.

"So già tutto, Jody," le disse Ben.

"Dico solo che... penso che non dovresti affrettare nulla... fisicamente, intendo. Tressa è ancora un po' ingenua, non credo sia pronta per fare sesso."

Ben raddrizzò la schiena e Jody si accorse di avergli messo agitazione. "Lo so già."

Jody annuì. "Hai tanto tempo davanti, Ben. Dico solo che potete stare insieme senza alcuna pressione."

"Non sono vergine," le disse Ben... con un tono irritato.

Jody deglutì a fatica. Sì, probabilmente non avrebbe dovuto avviare quel discorso. "Capisco."

"Quando ho compiuto quattordici anni, Al ha portato a casa una ragazza e ci ha lasciati da soli; poi lei mi ha sbottonato i pantaloni e me l'ha preso in mano."

"Ben..." disse Jody cercando di interromperlo; non voleva sentire la storia di come avesse perso la verginità, ma lui la ignorò.

"Mi ha spinto sul divano, mi ha messo un profilattico e poi l'abbiamo fatto là, senza nemmeno andare a letto. Poi mi ha insegnato come togliermelo, mi ha baciato sulla guancia e se n'è andata. A me girava ancora la testa, mi sentivo orgoglioso, ero un idiota." Scosse la testa. "Ho pensato di essere cotto marcio e volevo avere il suo numero per rivederla. Che scemo... pensavo che fare sesso significasse stare insieme, così ho fatto una cazzata: l'ho seguita fuori dalla porta e ho visto Al che le dava dei soldi, prima di salutarla."

"Santo cielo," commentò Jody con un filo di voce; il patrigno di Ben già non le piaceva.

"Infatti! Ha pagato una prostituta per farmi diventare un uomo... parole sue, non mie. Io ero troppo giovane per capire cosa stesse succedendo. Mi ha *derubato* di quella esperienza e non potrò mai perdonarlo," concluse Ben a voce bassa, con un tono tormentato. "Non potrei mai fare pressione su Tressa per qualcosa che non vuole. Lo so, Jody, che non è pronta a fare sesso. Mi piace stare con lei. Stasera l'ho baciata per darle la buonanotte e potrei giurare che fosse il suo primo bacio. E poi... a me piace andarci piano. Voglio farle capire che la rispetto e che non le faccio pressioni."

Jody si accorse che le parole e il tono di Ben riflettevano l'esempio di Baker. Non si frequentavano da molto, ma l'influenza positiva si sentiva comunque.

"Sto cercando di non offendermi per il fatto che tu mi ritenga quel tipo di ragazzo," le disse Ben.

"Non è così, è solo che... sei importante per me e non voglio che tu commetta degli errori di cui potresti pentirti. Non volevo ferire i tuoi sentimenti."

Ben rimase in silenzio per un po', poi le disse. "Lo apprezzo. Nelle ultime settimane, sei stata più una madre per me di quanto non lo sia stata mia mamma negli ultimi anni."

Quelle parole fecero star bene Jody, ma la rattristarono allo stesso tempo. Quando lei aprì la bocca per rispondere, si sentì bussare con forza alla porta e lei sussultò per la sorpresa. Guardò l'orologio e vide che erano le nove passate. Troppo tardi perché qualcuno venisse a trovarla.

"Aspetti qualcuno?" chiese Jody a Ben.

Lui scosse la testa.

Jody si alzò e andò alla porta. Guardò dallo spioncino e si preoccupò. Dall'altra parte c'era un uomo, e dietro di lui, a circa tre metri, una donna in piedi sul selciato che portava al piccolo porticato.

"Benjamin! È ora di tornare a casa!" gridò l'uomo.

Jody guardò Ben sorpresa. Lo sguardo sul viso del ragazzo le spezzò il cuore. Era spaventato.

No. Terrorizzato.

"È Al," le disse Ben sottovoce.

Perfetto. Jody aveva proprio due o tre cosette da dire al patrigno di Ben. Aveva ancora fresco nella mente il racconto dell'episodio di quando Al aveva pagato una ragazza per far perdere la verginità a Ben. Così girò la chiave nella toppa e aprì. Si mise sull'uscio, in modo da far capire a quell'uomo che non era il benvenuto e che non poteva entrare. Pur essendo piccolina, Jody non avrebbe mai permesso a Ben di andarsene con quel tipo. Mai e poi mai.

"Posso aiutarla?" gli chiese con un tono vagamente belligerante.

Al Rowden la guardò dall'alto al basso. "Sì. Mio figlio si è divertito abbastanza, si è fatto capire e adesso è ora che torni a casa."

"Prima di tutto non è suo figlio," ribatté Jody. "In secondo luogo, pensa davvero che sia stato *divertente* dormire in macchina e dover raccattare qua e là da mangiare?"

Al fece una smorfia, come divertito dalle fatiche di Ben. "Doveva imparare la lezione."

"Che lezione sarebbe?"

"Che non è furbo quanto pensa, che deve ascoltare i suoi genitori."

Jody scosse la testa per il livello di stronzaggine di quanto diceva quello scemo. "Non va da nessuna parte."

"Prendi la tua roba, Ben, adesso torni a casa," ripeté Al guardando dietro la testa di Jody.

"Mi ha sentito? Non verrà con lei. Sta bene qui. Molto

meglio, a dire il vero." Jody guardò la madre di Ben. Emma. Aveva gli occhi abbassati sul selciato sotto i suoi piedi, come se fosse lo spettacolo più interessante di sempre. Non stava nemmeno cercando di guardare il figlio, di vedere se stesse bene. Quella totale apatia spaventò Jody più di quanto si aspettasse.

Al fece un passo avanti e Jody spalancò le braccia per bloccargli l'accesso. "Qui non è il benvenuto. Se fa un altro passo, chiamo la polizia."

Al sogghignò. "Pensi di potermi impedire di entrare?"

"Probabilmente no, è più grosso e più pesante di me," rispose Jody con una voce più tranquilla di quello che era il suo stato d'animo. "Ma non mi sorprende che cerchi di usare la forza per intimidirmi: sembra proprio tipico di una persona come lei."

Lui la guardò male e le disse: "Guarda che tu non sai nulla di me."

"Ne so abbastanza," insisté Jody.

"Ah, capisco, Ben ha spifferato," commentò Al, che poi guardò Ben dietro Jodelle e aggiunse: "Chi parla male non è il benvenuto."

Jody non si azzardò a togliere gli occhi di dosso all'uomo che aveva davanti, ma ebbe la netta sensazione che Al stesse minacciando Ben in qualche modo. "È tardi, adesso andate via," insisté a dirgli, sentendo il cuore che batteva a mille all'ora. Si chiese cos'avrebbe fatto, se lui l'avesse spintonata per entrare in casa, cercando di portarsi via Ben con la forza. Però non avrebbe mai consentito a quell'uomo di portare via il ragazzo senza opporsi in qualche modo. Anche se Jody era di corporatura minuta, sapeva comunque difendersi e aveva una voce potente. Avrebbe potuto gridare a squarciagola e dopo un po' i vicini avrebbero di sicuro contattato la polizia.

Invece, Al fece un passo indietro, sorprendendola. Gli vide i pugni stretti, ma lui non fece alcun movimento verso di lei. "D'accordo, ma non credere che non denunci alla polizia il rapimento di mio figlio."

"Non è rapimento se lui *vuole* star qui, dato che lei l'ha

cacciato via di casa," ribatté Jody, senza più nemmeno preoc-cuparsi di correggere quell'uomo sul fatto che Ben non era suo figlio.

"Pensi che lo confermerà alla polizia?" le chiese Al con una risatina. "Credo proprio che ci ripenserà."

A Jody non piacque l'eccessiva sicurezza di Al, così si rivolse alla mamma di Ben. "Come mai ci sono servite tre settimane per venirlo a prendere?" le chiese. "È vissuto in *macchina*. Gli è venuto un colpo di calore perché dormiva in macchina sotto al sole cocente. Non andava più a scuola. Non mangiava in modo adeguato. Da quel che ho capito, lei si è fatta in quattro per assicurare che il suo ragazzo avesse sempre da mangiare, quando era piccolo. Cosa le è successo?"

La donna alzò lo sguardo e per un momento Jody notò in lei un'espressione angosciata. Poi però tornò lo sguardo impassibile e assente. Nessuna risposta.

"Quel bastardino è stato viziato e coccolato troppo a lungo. Gli fa bene imparare com'è il mondo reale. Avrebbe dovuto rimanere dov'era, per imparare a fondo la lezione, invece di entrare in un'altra casa a fare da scroccone," disse Al facendo un passo di lato per impedire a Jody di vedere la mamma di Ben.

"È suo figlio," disse Jody sempre rivolgendosi all'altra donna. "Io darei l'anima per riavere il mio anche solo per un giorno, un'ora, un *minuto*. Invece lei manda il suo per strada... per che ragione? Perché?"

"Adesso andiamo via," disse Al all'improvviso, per poi girarsi e allontanarsi dal porticato. Prese il braccio di Emma e la strattonò, facendola girare. Poi si voltò indietro verso Jody. "Non finisce qui. Non può nascondersi in questa casa per ventiquattr'ore al giorno."

"Lo sta minacciando?" disse Jody fremendo, sinceramente sbalordita.

"Certo che no," disse Al con una smorfia, per poi tirare la moglie più vicina al proprio fianco e marciare con lei verso la Mercedes parcheggiata vicino al marciapiede.

Jody sentì Ben avvicinarsi da dietro e guardò con lui la

madre e il patrigno che si allontanavano in macchina. Poi chiuse la porta a chiave e fece un respiro profondo.

"Mi dispiace," disse Ben; ma Jody alzò una mano per impedirgli di dire altro.

"Non hai *nulla* di cui scusarti," gli disse con determinazione. Poi gli appoggiò una mano alla guancia. "Sei un ragazzo fantastico, Ben. Non posso fingere di sapere come fosse la tua vita in quella casa, ma a giudicare da questa breve chiacchierata, ovviamente non te la passavi bene."

"L'hai fatto arrabbiare," le disse Ben con voce tremante.

"Non mi interessa," gli rispose Jody.

"Ma dovrebbe."

"Non ho paura di lui."

"Può renderti la vita molto difficile, " la avvertì Ben.

Jody scrutò il ragazzo che le stava di fronte. Era completamente spaventato. "Cos'ha contro di te?" gli chiese sottovoce.

Ben chiuse gli occhi e per un secondo Jody credette che finalmente stesse per dirle la verità. Invece, quando lui riaprì gli occhi e i loro sguardi si incontrarono, lei capì che Ben aveva ripreso il controllo delle proprie emozioni e che il momento era perso. "Non importa. Devo andar via."

Jody gli portò la mano sulla spalla e la strinse leggermente, dicendogli: "No."

"L'ultima cosa che voglio è crearti dei problemi."

"Posso gestire quel testa di cacchio," gli disse Jody. "Poi, quando torna Baker, ci pensa lui a fare in modo che il tuo patrigno non ti rompa più le scatole."

Ben si prese un momento, poi finalmente rilassò appena le spalle. "Testa di cacchio?" le chiese con un sorriso un po' sforzato.

"Sì, stavo per usare un'altra parola, ma dato che ho ripreso Baker per aver usato parolacce in tua presenza, ho pensato che non fosse il caso."

"Quando si parla di Al Rowden, penso che qualche parolaccia ci stia assolutamente," le disse Ben.

"Direi proprio che hai ragione."

"A proposito di quanto hai detto a mia mamma," aggiunse

Ben, "purtroppo non mi sono accorto che fosse cambiata se non quando ormai era troppo tardi. Si è persa... e nel perdersi, ha perso anche me."

"Mi dispiace tantissimo, Ben," disse Jody a bassa voce, avvicinandosi a lui e abbracciandolo. Lo strinse con grande trasporto, sentendo con gioia che lui ricambiava. Poi si allontanò da lui.

"Mi dispiace per tuo figlio," ripeté Ben.

"Anche a me. Ma averti qui mi ha fatto stare molto meglio. Per la cronaca, mi fa *piacere* che tu stia qui, Ben, non sei affatto di peso e hai tutto il tempo di crescere e diventare adulto. Per adesso, dovresti preoccuparti solo di andare bene a scuola e di curare il rapporto con Tressa."

"*Vorrei* tanto non avere altre preoccupazioni," le rispose Ben a voce bassa.

"Lo vorrei anch'io," sussurrò Jody.

Ben fece un respiro profondo. "Quando torna a casa Baker?"

"Non ne sono sicura. Ha detto che pensava di tornare nel giro di una settimana, quindi speriamo che manchi solo qualche giorno."

"Cos'è andato a fare?"

Erano ancora in piedi nell'ingresso, ma dato che Ben le stava parlando, Jody non voleva rischiare che si chiudesse e non gli chiese di spostarsi sul divano. "Lavora per il governo, cerca informazioni di ogni tipo."

Jody non sapeva esattamente *cosa* facesse Baker, ma in quel momento non le sembrò il caso di dire a Ben che tipo di persone pericolose frequentasse. Ma lui continuò a fissarla, come se quelle parole fossero palesemente troppo vaghe.

"Magari gli parlo, quando torna."

"Penso sia un'idea meravigliosa," gli disse Jody. Non poteva certo darle fastidio che Ben si aprisse con Baker e non con lei. Quel ragazzo sembrava ammirare profondamente l'uomo che era Baker e del resto ne aveva ogni motivo: era un uomo ammirabile, di sicuro.

"Penso che rimarrò sveglio per un po' a guardare la TV, ma tu vai pure a dormire, se vuoi," le disse Ben.

Jody strinse gli occhi. "Ben Miller, se metti piede fuori da questa casa, perderò la pazienza."

Lui accennò un sorriso. "Non ho intenzione di andarmene," le spiegò.

Jody alzò un sopracciglio.

"Dico davvero. Lo giuro. Non ho alcuna intenzione di tornare a casa. Mai più. A costo di indossare gli stessi vestiti per il resto della mia vita. Se mia mamma un giorno dovesse svegliarsi, sarà *lei* a venirmi a cercare. Però... è solo che era stata una serata perfetta, ho baciato la mia ragazza per la prima volta, poi *lui* ha rovinato tutto."

"Nessuno può rovinare i tuoi ricordi, Ben," gli disse Jody. "Sono tutti tuoi."

Ben annuì e le disse: "Ho bisogno di pensare. Al si inventerà qualcosa, Jody, e devo essere pronto per quel momento."

A lei non piacque quel ragionamento. "Baker ti darà una mano, quando torna," gli disse per rassicurarlo.

"Sì," confermò Ben.

Jody ebbe l'impressione di aver detto tutto ciò che andava detto, per quella sera. Il mattino dopo, avrebbe fatto ciò che poteva per cercare di nuovo di rassicurarlo. "Va bene. Vado a dormire. Ma se hai bisogno di qualcosa, sono in fondo al corridoio."

"Grazie mille, Jody." Ben scosse la testa. "Non posso credere che ti sia messa in mezzo a braccia spalancate... come se bastasse per impedirgli di entrare."

"Ben, tu sei alto e grosso, ma sei sempre un ragazzo: se voleva portarti via con la forza, doveva passare sul mio cadavere," gli spiegò.

Ben deglutì a fatica e abbassò lo sguardo ai propri piedi, facendo un respiro profondo.

Jody gli lasciò il tempo di riprendersi. "Non sei Kai, questo lo so, ma non per questo non ti proteggerò con tutta me stessa. So che avrebbe potuto spingermi da parte, ma ero disposta a rischiare di prenderle, pur di difenderti, Ben."

"Vorrei che fossi *tu* la mia mamma," sussurrò Ben.

Fu il turno di Jody di deglutire a fatica, per evitare di scoppiare a piangere. Quando si sentì in grado di parlargli, gli disse: "Anche se non sono la tua madre biologica, per quanto mi riguarda, da questo momento è come se ti avessi adottato. Se hai bisogno di qualcosa, qualunque cosa, vieni pure a chiedermi. Da bere, da mangiare, un tetto sulla testa, una spalla a cui appoggiarti, consigli con le ragazze, o anche solo un posto in cui rilassarti per non avere pensieri... la mia porta, per te, sarà sempre aperta."

"Grazie," le rispose Ben, che poi si avvicinò di un passo, la strinse di nuovo e poi si girò per andare in salotto.

Jody fece un gran respiro, poi si avviò in corridoio per andare in camera sua. "Buona notte, Ben. Non rimanere alzato fino a tardi."

"Va bene," le rispose lui, sedendosi sul divano e prendendo il telecomando. "Controllerò io le porte e le finestre prima di andare a dormire, non preoccuparti."

Sì, Jody poteva senz'altro dire che Ben stava assorbendo tutta la bontà di Baker. "Va bene. Grazie."

"Buona notte, Jody."

"Buona notte, Ben."

Jody si preparò per andare a dormire, si infilò sotto le coperte e prese tra le braccia il cuscino di Baker. Ci affondò il viso e finalmente si lasciò andare alle lacrime che aveva trattenuto. Pianse, perché era davvero preoccupata per ciò che poteva fare Al. Pianse per Ben. Per Emma Rowden, che non aveva idea di ciò che aveva gettato al vento... o forse ce l'aveva. Pianse perché era preoccupata per Baker.

Quando le lacrime si esaurirono, si sentì come attraversata da un turbine. Non aveva idea di cos'avesse in mente il patrigno di Ben, ma sicuramente nulla di buono. Ben aveva una paura folle di quell'uomo, che chiaramente doveva avere i suoi metodi per far presa sul figliastro; Jody avrebbe tanto voluto sapere quali fossero.

Sperava che Baker fosse in grado di scoprire tutto. Magari, con i suoi contatti, avrebbe potuto eliminare ogni tipo di minaccia che Al esercitava su Ben, in modo che l'adolescente potesse vivere la sua vita senza una spada di Damocle sospesa sul collo per mesi. Quella sera, mentre Ben era in compagnia di Tressa, aveva vissuto qualche ora senza alcun pensiero negativo, ma poi gli erano tornati tutti.

La preoccupazione che Ben si tirasse indietro con Tressa per cercare di proteggerla passò per la testa di Jody. Più ci pensava e più sospettava che fossero esattamente quelle le intenzioni del ragazzo. Si ripromise di parlargliene l'indomani. Tressa ci sarebbe rimasta malissimo, se Ben avesse cercato di allontanarsi da lei in quel momento. Avrebbe pensato di aver fatto qualcosa di male, o di non essere brava a baciare, o chissà che altro; non certo che Ben stesse cercando di fare un gesto nobile.

Sdraiata nel letto, non riuscendo a dormire, Jody pensò a Ben, a come aiutarlo, e l'emozione fu talmente forte che Baker le mancò quanto mai. Lui avrebbe saputo esattamente cosa fare, in quella situazione. Se fosse stato presente, quella sera, Al non avrebbe mai osato dire le cose orribili che aveva detto. Jody era fiera di come aveva gestito quel tipo, ma avrebbe preferito mille volte che ci fosse stato Baker.

Negli ultimi cinque anni, le era sembrato di tirare avanti, vivendo in modo assente, mentre nell'ultimo mese era passata da un appannamento indistinto a un Technicolor ad alta definizione in un nanosecondo; una trasformazione che la spaventava. Nonostante il disagio e la paura, innegabilmente Jody preferiva vivere... con Ben e Baker, con tutte le incertezze che quella vita comportava... lontana dal lutto che l'aveva sopraffatta per mesi, per la mancanza di Kai, secondo dopo secondo.

Come per uno strano scherzo del destino, o del figlio, il clangore sordo delle chiavi che cadevano sulla cassettiera risuonò in camera con una certa potenza. Jody si mise seduta nel letto: stava di nuovo sognando?

Poi sentì i passi sul parquet dell'altra stanza: era Ben.

Tornò a sdraiarsi e sorrise. Ben non era Kailani, ma quella presenza la rasserenava. "Mi manchi, Kai," sussurrò.

Subito dopo aver parlato, le sembrò quasi di sentire una carezza sfiorarle la guancia.

L'anima del figlio *era* presente. La osservava. Per la prima volta, dopo chissà quanto, si sentì a proprio agio nel pensare al figlio, piuttosto che soccombere al dolore del lutto.

Tornò a sdraiarsi su un fianco e strinse al petto il cuscino di Baker. Sarebbe tornato presto a casa, ma nel frattempo sarebbe andato tutto bene. Lei e Ben avrebbero gestito il tutto al meglio, e al rientro di Baker, Ben gli avrebbe parlato e avrebbe trovato il modo di gestire Al Rowden.

Jody si addormentò con il profumo di Baker nelle narici, nella speranza che tornasse presto.

CAPITOLO DICIASSETTE

JODY APRÌ la porta bruscamente e vide Baker che accostava dietro al furgone nel vialetto. Le aveva telefonato circa un'ora e mezza prima per farle sapere che era rientrato, che aveva ancora qualche formalità da sbrigare alla base e che poi sarebbe tornato a casa.

Da quella telefonata, lei si era messa alla finestra ad aspettare con impazienza. Prima aveva mandato Ben a comprare da mangiare all'Aji Limo Truck, un furgone alimentare sempre parcheggiato vicino a Shark's Cove, un punto della North Shore molto frequentato per fare snorkeling. Ben aveva quasi chiesto di lavorare da Aji Limo, ma poi aveva deciso di concentrarsi solo sulla scuola e su Tressa, con l'approvazione di Jody.

Lei quasi non era riuscita a mangiare dall'emozione, ma non aveva resistito davanti a una deliziosa insalatona hawaiana con pesce crudo marinato e se l'era divorata. Ben aveva comprato da mangiare anche per Baker, in caso fosse tornato ancora a digiuno.

Jody non vedeva l'ora di stringere Baker tra le braccia. Gli andò incontro sul lato di guida della macchina e appena lui ne uscì gli si gettò addosso per farsi abbracciare.

"Ciao, Trilli."

"Finalmente sei a casa," borbottò Jody addosso al petto di Baker.

Lui la strinse tra le braccia sussurrandole in un orecchio: "Il miglior rientro a casa di una vita."

Lei sentì i brividi lungo la spina dorsale. Non che non fosse in grado di cavarsela da sola, ci era riuscita perfettamente per tanto tempo, ma in quel preciso istante, essere tra le braccia di Baker era una delle sensazioni migliori che avesse mai provato.

Jody si staccò e gli afferrò i bicipiti, squadrandolo dalla testa ai piedi per controllare che fosse tornato tutto intero.

"Sto bene," le disse, ben capendo quale fosse la preoccupazione di Jody.

"Sei stanco? Hai fame? Sei riuscito a dormire sull'aereo? Non so quante ore tu abbia volato, ma mi sembri esausto. Cosa posso fare per te?"

"Lo stai già facendo," le rispose Baker con un sorriso compiaciuto.

Jody scosse la testa ribattendo: "Non sto facendo nulla."

"Non hai aspettato nemmeno quei cinque secondi che mi bastavano per raggiungerti," le spiegò Baker. "Mi stai mangiando con gli occhi per vedere sotto i vestiti se mi sono fatto la bua e per prima cosa stai cercando di prenderti cura di me offrendomi da mangiare o di riposare. Stai facendo tutto, Jodelle."

Quelle parole le fecero sgorgare le lacrime dagli occhi. "Cacchio," disse Jody tornandogli addosso, "mi ero ripromessa di non piangere."

Baker ridacchiò e lei ne sentì le vibrazioni sotto la guancia. "Basta che siano lacrime di gioia, e son contento," le disse.

"Bentornato!" esclamò Ben dall'uscio.

Jody sentì Baker che alzava la testa... poi sentì che tutti i muscoli del suo corpo si contraevano. Baker le disse nell'orecchio a bassa voce, in modo che sentisse solo lei: "C'è un motivo per cui Ben sembra totalmente pietrificato?"

Jody sospirò. Non era sua intenzione affrontare quell'argomento nel momento stesso in cui Baker fosse tornato, ma forse era meglio farlo. "Due sere fa è successo qualcosa," gli spiegò.

I muscoli di Baker si strinsero con più forza intorno a lei. "Che cosa?"

"Sono passati sua mamma e il suo patrigno, volevano farlo tornare a casa."

Baker si fece serio. "Maledizione, ma come facevano a sapere dov'era? Anzi no, se qualcuno gli ha detto che stava a casa tua, come facevano a sapere il tuo indirizzo?"

"Non lo so. Li ho affrontati, ma Ben ha una paura folle del patrigno. Penso che quell'uomo abbia qualcosa che può usare contro di lui."

"Lo ricatta?" sbottò Baker.

"Non so se sia ricatto, ma di sicuro si sono detti qualcosa di poco piacevole."

"Ti ha messo le mani addosso?" le chiese Baker.

Jody scosse immediatamente la testa. "No."

"Ha messo le mani addosso a Ben?"

"No. Non l'ho fatto entrare in casa."

Baker non sembrò rincuorato da quella risposta. "Ti ha detto qualcosa? Ben, intendo dire."

"Mi ha accennato qualcosa prima che comparisse il suo patrigno, qualcosa per cui mi ero già fatta una brutta idea di quell'uomo, ma c'è molto altro che Ben non sta dicendo. Penso che stia cercando di proteggermi, per chissà quale motivo. Quando il patrigno è andato via, Ben voleva andarsene, per tenermi al sicuro."

"Gli parlo io," disse Baker.

"Va bene. Mi dispiace."

"Di che?"

"Del fatto che ti devi sorbire tutto questo due secondi e tre decimi dopo essere tornato a casa."

"Non importa se sono due secondi e tre decimi o tre giorni, Jodelle. Se succede qualcosa che mette a rischio non solo un ragazzo che rispetto, ma anche la mia donna... prima si affronta la questione e meglio è. Grazie per non avermi nascosto il fatto che quello stronzo sia passato."

"Perché mai dovrei nascondertelo?" gli chiese Jody inclinando la testa.

Lui la fissò per un attimo, poi le disse: "Non ti ho ancora baciata."

"No, non ancora... ma sul serio, Baker, perché mai dovrei evitare di parlartene? So che tipo di uomo sei, e mi hai promesso che non perderai mai le staffe e che non farai mai stupidaggini che ti portino via da me: in questo caso, non andrai certo a fare irruzione a casa di quell'uomo per sfidarlo a duello. Poi Ben deve pur parlare con qualcuno, e se non parla con me perché vuole proteggermi dalle schifezze che gli succedono, allora deve parlare con te. So che sei abbastanza forte da ascoltare ciò che vuole dirti, ma non solo: avrai anche la saggezza di consigliarlo su cosa deve fare."

Jody abbassò ulteriormente il tono della voce. "E con i contatti che dici di avere, spero che ce ne sia qualcuno disposto a dare una bella lezione ad Al... cioè che non è umano cacciare di casa il figliastro 'per dargli una lezione', sapendo che dovrà vivere di espedienti, dormire in macchina e probabilmente patire la fame."

In tutta risposta, Baker alzò lo sguardo verso Ben per dirgli a voce alta: "Adesso sto per baciare Jodelle; ci sarà movimento di lingua, sarà un bacio profondo, lungo e appassionato, quindi sarà meglio che tu ci aspetti in casa. Noi arriviamo tra poco."

Ben fece una smorfia. "Va bene, vado," gli rispose con lo stesso tono, "ma non so se i vicini di casa apprezzeranno uno spettacolino da bollino rosso nel vialetto di casa."

"Niente bollino rosso, magari solo giallo," gli rispose Baker. "Comunque Jody sta dando il bentornato al suo compagno, dopo un viaggio pericoloso... sono sicuro che comprenderanno."

Il sorriso sul volto di Ben non si spense: il ragazzo salutò con un cenno del capo, sempre imitando lo stile di Baker, poi si girò e rientrò in casa.

"Baker," disse Jody appena lui abbassò lo sguardo per osservarla con un'espressione assai intensa che lei non tentò nemmeno di interpretare.

"Per tutta la vita, ho avuto a che fare con persone che facevano di tutto per ingannarmi," le disse con voce profonda e roca, quasi come un ringhio. "Mentono su ogni cazzata, da ciò che mangiano a colazione fino a robe più importanti, come con chi si coalizzano per cercare di farmi fuori, o per uccidere qualche compatriota. Tu invece? Non ho fatto nemmeno due passi fuori dalla macchina e già vuoti il sacco su Al Rowden e sulla sua visita, fidandoti che non perderò le staffe. Per me significa molto, Jodelle. Significa tutto."

"Baker," gli sussurrò.

"Penso io a risolvere questa situazione di merda," si ripromise lui. "Magari non stasera, magari non domani, ma mi assicurerò di far sapere a quell'Al che tu sei off limits. Non deve parlarti. Non deve presentarsi a casa tua. Non deve nemmeno *guardarti*, cazzo. Poi sarà Ben a decidere se vuole essere lasciato in pace, nel qual caso passerò anche quel messaggio. Meno male che non ti turba il fatto che potrei incassare qualche cambiale per gestire questa situazione."

"No, non mi turba," gli confermò Jodelle. "Se Al è uno stronzo del calibro che mi immagino, si merita tutto e anche di più."

Baker si spostò e mise un dito sotto al mento di Jody, facendole alzare la testa proprio mentre lui si abbassava. Lei si alzò in punta di piedi per incontrarlo a metà strada, mentre gli appoggiava una mano dietro la nuca. Gli infilò le dita nei capelli e appena le labbra si incontrarono, si aprì per lui.

La barba era un po' più lunga rispetto a quando era partito, una settimana prima, ma a Jody non dava alcun fastidio. Aveva un bisogno incommensurabile di quell'uomo. Passò da zero a mille in un batter d'occhio. Le lingue si intrecciarono per scambiarsi sapori e sensazioni. Jody sentì sulla pancia l'erezione di Baker e gli si strofinò contro senza alcun imbarazzo. Voleva di più. Voleva essergli più vicina.

Quando alla fine Baker si staccò, Jody aveva alzato una

gamba e gliela teneva appoggiata sulla coscia, mentre gli affondava le unghie nello scalpo. Lui le aveva infilato una mano sotto la maglia, dietro la schiena, per tenerla più vicina e stretta, mentre con l'altra mano era andato dietro la nuca di lei, per tenerla attanagliata mentre con la bocca la divorava. Un assalto che lei voleva approfondire. Un piccolo gemito le uscì dalla gola mentre lui la guardava.

"Stanotte voglio farti mia," le disse.

"Sono già tua," gli rispose senza nemmeno pensarci. "Se però stai parlando del sesso, allora sì. Ti prego, sì."

Baker fece un respiro profondo, poi sorrise.

"Che c'è?" gli chiese.

"Frangipani. Cazzo, se mi è mancato."

Jody gli si sciolse addosso. Abbassò la gamba e si sforzò di togliergli la mano dai capelli. "Mi sei mancato tantissimo, Baker."

"È successo altro, mentre ero via, a parte quel Rowden che ha fatto lo stronzo?"

"Mi sono arrivati dei nuovi progetti di lavoro, tra cui un contratto per rifare completamente il sito di un'enorme azienda di abbigliamento sportivo. Prenderà un bel po' di tempo, ma pagano anche un bel corrispettivo, quindi ne vale assolutamente la pena. Ormai Tressa e Ben stanno insieme. È venuta a cena lo stesso giorno della visita di Al, ma Ben l'aveva già portata a casa quando è arrivato il patrigno, per fortuna. I ragazzi del surf stanno bene. A quanto pare, Kenna sta organizzando una nottata tra amiche quanto prima: a giudicare dalla chat in cui mi hanno inclusa, potrebbe essere già la prossima settimana. Per fortuna, perché la cosa mi rende nervosa, ma anche entusiasta, insomma, una vera follia. Ecco... Ben è andato a prendere delle insalatone pronte per cena; io ho già mangiato, ma ne sono rimaste due per te."

A quel punto, Baker sorrise. "Ottima idea, Trilli, ho una fame!"

"Allora cosa ci facciamo ancora qui?" gli chiese.

"Ci stiamo godendo il rientro a casa dalla mia donna.

Tenerti tra le braccia viene sempre prima di tutto, ogni giorno."

Jody scosse la testa. "Beh, allora che ne dici di entrare in casa, ti do da mangiare, poi fai una chiacchierata con Ben prima di andare a letto?"

"Mi sembra un ottimo piano. Mi sei mancata, Trilli."

"Mi sei mancato anche tu," gli sussurrò Jody.

"Grazie per non aver fatto giochetti, per non avermi nascosto nulla. Mi dispiace di non essere stato presente a difenderti da quel Rowden."

"Non preoccuparti, non hai nulla di cui dispiacerti. Non sono una ragazzina inerme e anche se non è stato un incontro divertente, ero più che pronta a gridare come una forsennata, se avesse tentato qualcosa. I vicini avrebbero chiamato la polizia in un baleno."

"Buono a sapersi. Dai, entriamo, così mangio e faccio due chiacchiere con Ben. Non vedo l'ora di addormentarmi di nuovo tenendoti tra le braccia."

"Anch'io," gli disse Jody.

Baker la lasciò andare per il tempo necessario ad aprire la portiera posteriore dell'auto e prendere il borsone, poi le mise il braccio destro intorno alla vita e la accompagnò alla porta.

Jody gli portò il borsone in camera da letto mentre lui salutava Ben con un abbraccio tra uomini e delle pacche sulla schiena. Mentre mangiava, Baker non parlò molto di dov'era andato o di cos'aveva fatto, ma disse che era piovuto quasi sempre e che era contento di essere tornato al sole di Oahu.

Dopo mangiato, Baker mise i contenitori del cibo da asporto nel bidone del riciclabile e Jody gli disse: "Adesso vado a cominciare il progetto del sito, così voi ragazzi potete star qui tranquilli. Mi metto le cuffie, così se proprio dovete dire qualche parolaccia, non vi sentite in colpa: non ascolterò nulla, se non la musica."

Baker ammorbidì l'espressione del viso. "Grazie, Trilli."

"Ma figurati. Ben, hai bisogno di qualcosa?"

"No, sto a posto, Jody."

"Benissimo. Se non ti vedo dopo, buona notte. Domattina vai a fare surf?"

Jody non si sorprese di vedere che il ragazzo si rivolse a Baker.

"Non cavalco onde da una settimana. Io vado volentieri a fare surf, domattina."

Ben annuì. "Anch'io."

"Bene. Allora mi raccomando di finire i compiti," concluse Jody.

"Li controllo."

"Ottimo. Buona notte." Poi fece un respiro profondo e aggiunse: "Sono contenta che tu sia qui, Ben. L'ultima settimana è andata meglio, altrimenti mi sarei sentita sola. Sei stato di grande aiuto, sia per il cortile che per le altre faccende."

Ben strinse le labbra e annuì. "Fa piacere sentirselo dire. Buona notte, Jody."

Jody capì che era il momento di andare, così si avviò verso la camera da letto. Avrebbe tanto desiderato rimanere ad ascoltare, per scoprire una volta per tutte quanto fosse bastardo il patrigno di Ben, ma non voleva perdere la fiducia di Ben o di Baker, facendosi scoprire a origliare. Così si mise seduta davanti al computer, prese le cuffie, cliccò sull'app musicale per far partire la sua playlist preferita e cliccò su Play. Poi si mise al lavoro.

CAPITOLO DICIOTTO

"È STATO BRUTTO?" chiese Baker a Ben appena sentì Jodelle che chiudeva la porta di camera sua.

Ben sospirò e rispose: "Parecchio."

Baker annuì: proprio come temeva. Aveva avuto la sensazione che Jodelle minimizzasse quanto era accaduto con Rowden. "Dai, sediamoci, così mi racconti tutto."

Si misero sul divano e nei dieci minuti successivi Baker si sforzò di trattenersi, mentre Ben gli descriveva cos'aveva detto Rowden e il modo in cui Jodelle aveva spalancato le braccia per impedire a quel bastardo di entrare in casa. Baker non fu sorpreso dal coraggio di Jodelle nel difendere Ben. Nessuno avrebbe mai violato quella casa, se lei avesse potuto impedirlo.

"Cosa pensava di fare, se lui l'avesse spintonata per passare?" chiese Baker, scuotendo la testa.

"Le ho fatto la stessa domanda e lei mi ha risposto che gli sarebbe saltata addosso come una scimmia e si sarebbe messa a urlare all'impazzata."

"Buon Dio," commentò Baker, che però non trattenne una risata. Non che fosse un'ipotesi divertente, niente affatto. Ma quell'immagine era comunque ridicola, nonostante tutto.

Baker tornò serio e disse: "Parla con me, Ben; ho fatto

delle ricerche su Rowden e non c'è nulla che mi desti simpatia, ma non ho trovato nemmeno alcun indizio concreto. Mi servono informazioni per poterti aiutare."

Ben abbassò lo sguardo sulle proprie mani, intrecciate e appoggiate sulle ginocchia. "Non penso tu *possa* aiutarmi," ammise. "Al è molto bravo a nascondere ogni traccia, fa sempre in modo che nessuno parli male di lui."

"Ho notato che riceve solo commenti positivi per il lavoro che fa," disse Baker.

Ben annuì. "Sì... perché tratta bene i ragazzi che lavorano con lui e non infligge mai pene severe."

"Come fa a tenere tutti in silenzio? Immagino con dei ricatti?" gli chiese Baker riferendosi a quel "lavorano con lui".

Ben sospirò. "Per spiegarti, devo cominciare dall'inizio."

Baker annuì e si preparò ad ascoltare ciò che Ben aveva da dirgli.

"All'inizio, quando mamma ha sposato Al, andava tutto bene. Non c'erano più difficoltà da superare. Ci siamo trasferiti in una casa enorme qui alla North Shore. Ero felice di andarmene dalla città, lontano dai ragazzi che mi prendevano in giro perché indossavo vestiti logori. Non ho più sofferto la fame, persino mamma era felice. Poi Al le ha trovato quel lavoro d'ufficio in uno studio medico e ha cominciato a diventare cattivo. Le urlava contro e lei piangeva molto. Un giorno, mamma è caduta e si è fatta male alla schiena. Io non ho mai saputo *come* sia caduta... ma penso che Al l'abbia spinta. Comunque, il medico le ha prescritto della codeina, ma non le ha fatto molto effetto contro il dolore, così il medico è passato all'ossicodone."

"Merda," commentò Baker.

Ben annuì. "Infatti. In quel periodo, pensavo ancora che Al fosse una brava persona, anche se urlava parecchio. Avevo dodici anni e volevo solo che mi accettasse, cercavo attenzioni. Preferivo quando mi trattava bene, ovviamente, non quando mi urlava contro. Mentre mamma era bloccata in casa, fatta di antidolorifici... Al mi ha insegnato ad aprire macchine altrui. Ero un ragazzino stupido e pensavo fosse solo un passatempo innocuo, tanto per divertirsi, senza conseguenze. Uscivamo nelle spiagge affollate o negli altri punti più frequentati dai turisti e lui mi portava in fondo al parcheggio e mi aspettava dall'altra parte. Alcune macchine erano persino aperte, quindi nessun problema, ma per altre ho dovuto usare degli attrezzi diversi, a seconda dei modelli, o anche rompere dei lunotti posteriori. Portavo via telecamere, borsette e altra roba. Al portava tutto a un tipo che conosce per farsi dare in cambio del contante. Mi dava dei soldi e io pensavo fosse un bel modo di guadagnarmeli."

"Poi ha cominciato a reclutare i miei amici... anche Alex, il mio migliore amico. Di nuovo, all'inizio era divertente, sembrava tutto un gioco. Ci sparpagliavamo in un parcheggio e prendevamo più roba che potevamo, facevamo anche a gara. Al ci ha insegnato cosa valeva più soldi. Col passare del tempo, però... era sempre meno divertente. Varie volte, sono stato quasi beccato, mentre alcuni amici miei *sono* stati beccati e sono stati portati in tribunale, dove Al faceva solo delle ramanzine e condannava a dei servizi comunitari ridicoli, sempre controllati da lui."

"Quando ho compiuto quattordici anni, mi sono rifiutato di andare a rubare. Al non l'ha presa bene, ma dato che Alex e gli altri erano disposti a continuare, non se l'è presa più di tanto."

"Cosa ci fa con tutti quei soldi?" gli chiese Baker, che davvero non si aspettava quel giro, con l'aggravante dello sfruttamento minorile. Eppure, gli sembrava che Ben non avesse ancora finito.

"Ne usa molti per comprare droga. Ha comprato dell'ecstasy per i miei amici, ha cominciato a organizzare feste a casa per distribuire pasticche come fossero caramelle. I ragazzi stanno in piedi tutta la notte a ballare e a bere alcol, che Al guarda caso dimentica in giro. Ovviamente non dà mai da bere alcol ai ragazzi direttamente, ma chiunque ne voglia sa come trovarlo. Ci vanno *tutti*. Ha affittato anche un'altra casa dove organizza feste anche più di frequente, per evitare che i vicini di casa si insospettiscano con tutti quei giri."

"A ogni festa, recluta altri ragazzi che lavorano per lui. Quando ne adesca qualcuno, si assicura che rimanga facendo dei filmati: ti filma mentre rubi in una macchina, o mentre ti ubriachi e ti droghi. Nella casa in affitto ha telecamere nascoste dappertutto... invece nelle feste a casa non registra *mai*, è troppo attento. Se qualcuno vuole uscire dal giro, lui comincia coi ricatti, tira fuori i filmati e minaccia di consegnare le prove alla polizia. L'ha già fatto qualche volta: a quei ragazzi che finiscono in tribunale, lui fa passare dei mesi nel carcere minorile. L'unico modo di uscirne è finire la scuola e andarsene via."

"Santo cielo, Ben."

"Eh, infatti. Ha anche molti filmati su di me, Baker. Ero il suo pupillo," disse Ben con amarezza. "Ho fatto tutto quello che mi ha chiesto e non mi interessava che mi registrasse. Anzi, all'inizio ero persino fiero di riuscire bene a scassinare le macchine senza farmi beccare. Quando ho smesso, ho pensato di raccontare a qualcuno quello che faceva, fregandomene dei video." Fece un sospiro pesante. "Ma non posso, per via della mamma."

"Ormai l'ha resa dipendente dagli antidolorifici. È stata licenziata perché il direttore si è accorto che aveva rubato dei libretti per le ricette: era disperata e gli affari loschi di Al la hanno iniziato a mantenerla rifornita. Sono anni che la tiene sotto droghe, Baker." Ben scosse la testa. "È talmente fuori che spesso non sa neanche cosa le succede attorno. Non ha amicizie, quindi dipende da lui per i sedativi, ecco perché fa tutto ciò che le dice senza lamentarsi."

"Lui ha bisogno dei soldi che ruba anche perché ha la mania del gioco d'azzardo," proseguì Ben. "C'è dentro fino al collo e so che avrebbe perso la casa, se non fosse per i soldi dei furti dei ragazzini. A loro fa credere che sia bello correre il rischio, che sia eccitante. In cambio ricevono droghe e possono far festa senza temere ripercussioni, mentre Al prende i soldi per le sue scommesse."

"E tu sei incastrato," aggiunse Baker disgustato. "Se denunci il tuo patrigno, tua mamma rimarrà sola, senza un lavoro, senza mezzi di sostentamento, grazie a Rowden. Per non parlare del problema della dipendenza, che sarebbe difficile da eliminare anche per una persona forte, mentre lei, senza offesa, non sembra tanto forte. Non solo, ma se salta fuori, tanti amici tuoi e altri ragazzi si troverebbero nei guai, forse al punto da essere condannati al riformatorio, o chissà, persino al carcere, se hanno l'età."

Ben annuì. Aveva ancora la testa abbassata e sembrava soffrire di tutto il peso del mondo sulle spalle. "Ho fatto anch'io quelle cazzate," aggiunse, "quasi ogni settimana, per due anni. Mi ha filmato. Se finisce male, ci sono dentro anch'io, me l'ha giurato. Ha detto che racconterà a tutti che è stata una mia idea fin dall'inizio."

"Ben, senti, dimmi una cosa: adesso sei un ragazzo alto, muscoloso. Ma com'eri quando avevi dodici anni?" gli chiese Baker.

"Ero pelle e ossa," rispose Ben senza esitare. "Solo quando ho cominciato a fare allenamento e surf regolarmente, con gli ormoni, ho cominciato a sviluppare la corporatura che ho adesso."

"Appunto. I video che ha girato Rowden, presumo che fossero di quando avevi dodici o tredici anni?"

"Sì."

"Capisco che cerchi di proteggere tutti. Tua mamma, i ragazzi della scuola, te stesso... ma fidati di me: se Rowden tirasse fuori quei video per cercare di convincere la polizia o un giudice che eri tu il genio del male dietro tutto questo, *nessuno* gli crederebbe."

Ben guardò Baker. "Perché no?"

"Perché eri un bambino," gli spiegò Baker. "Lui invece era un uomo che ha salvato te e tua madre da una vita di miseria. Tu lo guardavi con rispetto, come un modello, e lui se n'è approfittato. Capiranno subito tutti che eri facile da plagiare."

Ben scosse la testa. "Voglio solo che finisca tutto."

"Ti capisco, e in questo preciso istante stai compiendo il primo passo per arrivarci. Perché sei stato cacciato di casa?" Baker vide che Ben voleva credergli. Voleva tornare a sperare, ma non si sentiva ancora pronto.

"È diventato sempre più difficile reclutare dei ragazzini," gli rispose Ben. "Ormai ci sono telecamere dappertutto, specialmente da quando i furti si sono fatti frequenti. È quasi impossibile entrare in un parcheggio frequentato dai turisti e scassinare una macchina senza essere ripresi da una telecamera di sorveglianza. Lui insiste che gli porti delle reclute, vuole che parli ai ragazzi più giovani che fanno surf e che li convinca a partecipare alle prossime feste, ma io gli ho risposto di no. Lui si è incazzato e mi ha detto che se non collaboravo non ero più il benvenuto in casa sua."

"Mia mamma è rimasta seduta dov'era, con lo stesso sguardo perso nel nulla, come sempre, da anni. Non mi ha nemmeno difeso. Così me ne sono andato. Mentre uscivo, lui mi ha tirato da parte per dirmi che se avessi parlato con qualcuno avrebbe cacciato via anche mamma, che l'avrebbe scaricata in un vicolo di Honolulu con niente addosso, che lei si sarebbe prostituita entro un giorno, per comprarsi la droga. E io... sì, io gli ho creduto."

Baker si sentì piangere il cuore per Ben. Allo stesso tempo, però, gli nacque un fuoco dentro. Al Rowden era una minaccia per la società, aveva ricattato il figliastro e rovinato chissà quante altre giovani vite. Quando qualcosa gli era sembrato strano su quel tipo, avrebbe dovuto indagare più a fondo.

"Prima di tutto, non hai alcuna colpa per aver taciuto," gli disse Baker.

Ben lo guardò sorpreso: nei suoi occhi si leggeva chiara la paura. "Ah no?"

"No. Rowden è un pezzo di merda, ma è un merdoso intelligente. Tu stavi solo cercando di proteggere le persone intorno a te. È una posizione bruttissima in cui trovarsi, sinceramente ti ammiro per avergli tenuto testa e per essere uscito da quella situazione tossica."

"Però ci ho lasciato mia madre," commentò Ben con un filo di voce.

"So che ti farà male sentirlo... ma è una donna adulta," gli disse Baker con calma. "È stata lei a scegliere di rimanere. Ha scelto di lasciargli fare ciò che ha fatto."

"Probabilmente ha ricattato anche lei," disse Ben.

Baker annuì. "Sì, penso che tu abbia ragione. Magari le ha fatto vedere anche i filmati in cui tu rubi nelle macchine e ha minacciato di denunciarti se lei non fa come le dice. Probabilmente l'ha incoraggiata a rubare i ricettari."

A quelle parole, Ben ebbe un brivido.

"Comunque sia, senti... io non ho mai avuto figli, ma immagino che se chiedessi a Jodelle cosa farebbe *lei* in quella situazione, se scoprisse che qualcuno sta insegnando al figlio come diventare un ladro, andrebbe fuori di testa e trascinerebbe te e sé stessa fuori da quella situazione in un lampo. Poi andrebbe lei stessa alla polizia, per non dargli modo di gettarti fango addosso. E anche se ci provasse, lei si batterebbe come un'indemoniata per assicurarsi che il figlio viva libero, salvo e al sicuro."

Ben fece una risatina dal suono tutt'altro che divertito. "Sì, *lei* reagirebbe così, ma mia madre non è forte come Jody."

"No, hai ragione. Ma avrebbe dovuto. Per te. Da quel che son riuscito a scoprire, ha lavorato sodo per tenerti un tetto sulla testa, quando eri piccolino. Avrebbe potuto reagire anche lei, lottare per te... ma non l'ha fatto," aggiunse Baker con calma.

"No, non l'ha fatto," confermò Ben, che poi guardò Baker negli occhi per dirgli: "Adesso che lo sai, posso andar via. Al non prenderà bene il fatto che io mi rifugi qui; minaccerà Jody e io non voglio che le succeda qualcosa. Sono rimasto abbastanza a lungo, ho aspettato che tornassi, per tenerla al sicuro, ma adesso che sei tornato me ne vado."

"Non vai da nessuna parte," ribatté Baker.

Ben sbatté le palpebre sorpreso.

"Prima di tutto, se pensi che Jodelle ti lasci andare, ti sbagli di grosso. La donna che sta nell'altra camera ti ha praticamente adottato. Non solo, ma le hai fatto bene. È cinque anni che soffre per la perdita del figlio, che le manca tremendamente. La tua presenza ha fatto in modo che quella tristezza svanisse. Non sei certo un sostituto di Kailani, ma lei ha bisogno di te tanto quanto tu hai bisogno di lei."

"Non voglio che Al le crei problemi. Avresti dovuto vederlo, Baker. Era *troppo* incazzato. È andato via solo per organizzarsi, ma so che ha in mente qualcosa e ho una paura folle che voglia vendicarsi con Jody."

"Non succederà," disse Baker. "Adesso che so cosa cercare, scaverò più a fondo e lo mostrerò a tutti per quello che è, cioè un marito aggressivo che spaccia droga, sfrutta dei bambini, è dipendente dal gioco d'azzardo e per di più è un giudice corrotto. È *finito*, Ben. Magari non domani, ma succederà presto. Su questo ti do la mia parola."

"Ma come?"

Baker fece un sorriso glaciale. "Ho dei favori da riscattare e troverò gli altri ragazzi che ha reclutato. Troverò tutti nelle università, nell'esercito, nei luoghi di lavoro. Quando li avrò contattati tutti, vedrai che accetteranno di testimoniare contro Rowden. Cazzo, te lo garantisco."

"Ma..."

"No, niente ma," lo interruppe Baker. "Non ci saranno ripercussioni su di te o su tua madre. Le troveremo un posto in un centro di disintossicazione. Non ti dirò bugie, Ben: non sarà facile per lei, le manca la forza interiore, quindi non sono sicurissimo di quanto riuscirà a liberarsene, ma la allontaneremo da Rowden, così almeno avrà una chance. Sì, è vero che hai partecipato anche tu alle sue operazioni, ma insomma, eri un bambino! Appena sei diventato abbastanza grande, hai smesso. Hai reclutato altri ragazzi?"

"No, cazzo!" esclamò Ben. "Me ne sono andato, ti ricordi?"

"Dato che me l'hai detto meno di un minuto fa, sì, mi ricordo. Sto solo chiarendo che hai smesso, hai rifiutato di collaborare con lui, sei uscito di casa senza avere un posto dove andare, hai dormito in macchina per stargli lontano.

Vedrai che tutto questo conterà, farà una buona impressione, Ben."

"Invece Jody? Se l'è presa *parecchio* con lei, Baker."

"Se la caverà."

Ben lo fissò per un lungo momento, poi aggiunse: "Mi sto accorgendo che fai paura, in un certo senso."

"In un certo senso hai ragione, ma non per le persone a cui tengo, e... notizia del giorno: tu rientri nel gruppo, Ben. Sei un bravo ragazzo. Hai fatto la mossa giusta quando avevi tutto contro. Crescerai e avrai successo. Non so che traguardi raggiungerai nella vita, so solo che, negli anni a venire, sarò orgoglioso di dire che ti conosco."

Ben deglutì a fatica, nell'evidente tentativo di trattenere l'emozione. Poi domandò a Baker: "Hai dei favori da riscattare? Ehm... non so se voglio impedire al mio patrigno di costringere dei ragazzi a commettere dei reati usando degli *altri* reati per fermarlo."

"Ti dirò cosa ho detto a Jodelle: sono stato nei SEAL della Marina, ho conosciuto tante persone durante il servizio, persone buone, ma anche cattive. Mi muovo nella sottile linea di confine tra il bene e il male, ma sempre per il bene di brave persone, come la mia Jodelle. Affinché possa vivere felice. Anche per ragazzi come te e i tuoi amici. Per la tua Tressa... che un bel giorno vorrei conoscere. Il mondo è un posto più sicuro grazie a ciò che faccio, Ben. Per via delle persone che conosco e per ciò che so di loro. Alcuni potrebbero pensare che non sono molto diverso dal tuo patrigno, ma si sbaglierebbero: io uso le informazioni che ho contro dei terroristi che farebbero piovere l'orrore sugli altri."

Ben lo fissò per lungo tempo, poi annuì. "Direi che mi basta."

"Ottimo. Grazie per la tua onestà. Non deluderò né te, né tua madre."

"Le voglio bene perché è mia mamma... ma non le voglio *più* bene, non so se mi spiego," disse Ben sottovoce. "Mi ha perso quando ha preferito le droghe a me."

"È una scelta tua, Ben," gli rispose Baker.

"Io voglio aiutarla, ma per lei, non per me o per il nostro rapporto. Spero che riesca a scrollarsi di dosso la dipendenza. Però, come dicevi anche tu, non nutro grosse speranze."

"Immagino che Jodelle sia contenta di tenerti qui a casa sua a prescindere da come vanno le cose con tua mamma, se lo vuoi anche tu. Poi, quando andrai al college o andrai a vivere per conto tuo, le farà piacere una visita per il Ringraziamento o per Natale, quando sarai libero. Se un giorno decidessi di mettere su famiglia e avessi dei figli, spero che avrà l'onore di rivestire un qualche ruolo di nonna per loro."

"Certo che sì," gli rispose Ben senza esitare.

"Ottimo. Ora senti: hai dei compiti?"

Ben accennò un sorriso. "Adesso fai il papà?"

"Col cazzo!" esclamò Baker. "Voglio solo che ti diplomi perché altrimenti Jodelle ci sta male."

"Ho della roba di mate da finire."

"Allora dacci dentro."

"Va bene." Ben rimase in silenzio per un momento, poi aggiunse a bassa voce: "Mi fa paura."

"Lo capisco, e penso che sarebbe stupido *non* aver paura di quello stronzo. Ti ha già causato molta sofferenza negli ultimi anni. Hai dovuto sopportare per troppo tempo il peso di tua mamma, degli amici, del tuo futuro, tutto sulle tue spalle. Io ti aiuterò a liberartene. Adesso il tuo compito è stare lontano da Rowden. Non parlare con lui. Non affrontarlo. Se lo vedi, gira l'angolo. Se torna qui quando io non ci sono, non aprire la porta. Non lasciare che *Jodelle* apra la porta. Chiama la polizia, poi mi telefoni. Penseremo noi a lui, hai capito?"

"Ho capito."

Baker fu contento di vedere che Ben sembrava un po' meno stressato di quando si era seduto a parlare.

"Grazie, Baker."

"Non c'è di che. Grazie per avermi detto tutto, così potrò proteggere sia te, sia Jodelle. Sarebbe stato difficile, non sapendo chi ho davanti."

Ben annuì, poi si alzò, andò in cucina, prese una lattina di acqua tonica, andò a prendere lo zaino che aveva lasciato sul pavimento dell'ingresso, probabilmente quando era tornato da scuola, e si avviò nel corridoio per andare in camera sua.

Baker rimase seduto dov'era per altri cinque minuti. La mente gli turbinava di informazioni. Sapeva già che Rowden era un bastardo, ma il livello di quella bastardaggine era quasi stupefacente. Bisognava scegliere i prossimi passi con estrema attenzione. Rowden era un coglione, ma non era uno stupido, altrimenti non sarebbe andato avanti tanti anni con quella pantomima da brava persona. Per non parlare del fatto che, al primo tentativo di scoprire qualcosa su di lui, Baker non aveva trovato alcun indizio della dipendenza dal gioco d'azzardo o dello spaccio di stupefacenti. Certo, ecstasy e ossicodone non erano certo metanfetamina o cocaina, ma erano comunque droghe.

Si alzò in piedi e controllò la porta di casa: era chiusa a chiave. Poi si assicurò che ogni singola finestra fosse ben chiusa. Essere a casa era una bella sensazione, ma era ancor più importante controllare che ogni via d'accesso fosse preclusa.

Rimase in piedi sull'uscio della camera da letto a guardare il corpo di Jodelle che si muoveva avanti e indietro al ritmo della musica che stava ascoltando nelle cuffie, mentre cliccava sul mouse e osservava lo schermo del computer. *Ecco* perché aveva prestato servizio nelle forze speciali: ecco perché lavorava *tuttora* in quel settore. Ecco perché entrava nei gorghi profondi della Terra per incontrare terroristi, spacciatori e criminali di ogni sorta: per tenere al sicuro persone come Jodelle, per evitare che quel tipo di male la sfiorasse mai.

Entrò in camera e chiuse la porta. Poi andò verso il bagno. Accese la luce, sapendo che così avrebbe catturato l'attenzione di Jodelle senza spaventarla. Lei si voltò subito e si tolse le cuffie.

"Ciao," gli disse sottovoce. "Fatta la chiacchierata?"

Baker annuì. "Mi faccio una doccia superveloce. Nel frattempo, vuoi prepararti per la notte?"

"Sì, certo."

Per fortuna, non gli fece altre domande sulla conversazione con Ben, almeno non nell'immediato, così Baker entrò in bagno. Scoprì che Jodelle aveva già disfatto il bagaglio per lui. Vedere il proprio spazzolino sulla mensolina, vicino a quello di Jodelle, lo fece sorridere.

Si fece una doccia al volo, ormai preso dal desiderio di stringere Jodelle tra le braccia. Finita la doccia, indossò solo un paio di boxer puliti e tornò in camera. Lei lo aspettava a letto, con le gambe sotto le coperte, con la schiena appoggiata su un cuscino. Baker spense la luce, attraversò la stanza al buio e la strinse a sé.

"Immagino che i programmi di portare avanti il nostro rapporto fisico siano temporaneamente sospesi?" gli chiese a voce bassa; chiaramente si era accorta dell'umore combattuto di Baker.

"Sì, Trilli, se per te non è un problema?"

"Ma figurati. È tanto grave?"

Baker non si sorprese che Jodelle accettasse tanto facilmente un cambio di programma. Le rispose con un sospiro: "Sì." Poi si prese un quarto d'ora per condividere con lei ciò che gli aveva raccontato Ben. Non avrebbe mai potuto nasconderle quelle nefandezze. Anche lei doveva sapere esattamente quanto era maligno Rowden, così in futuro non gli avrebbe mai più aperto la porta. *L'informazione è potere.* Tenerla all'oscuro di tutto sarebbe stata una scelta stupida. Così le parlò.

Quando finì di spiegarle, Jodelle si era irrigidita come un blocco di marmo.

"Che stronzo *bastardo*!" disse con un filo di voce carico di passione.

Baker fu sorpreso del tono feroce di Jodelle. Non era solita imprecare, doveva essere tutt'altro che felice. La strinse tra le braccia. "Infatti."

"Ti ha raccontato della questione verginità?" gli chiese.

"Quale questione verginità?"

A quel punto fu lei a raccontargli tutto, per qualche

minuto; quando terminò, Baker odiava Rowden ancor più di prima... il che era indicativo, perché già odiava parecchio quel bastardo.

"Lo roviniamo," commentò Baker.

"Bene. Spero anche presto."

Baker non poté che sorridere. "Appena è tutto pronto; ma nel frattempo, come ho detto anche a Ben, devi stargli lontana. Non aprire mai più la porta, accidenti, se c'è lui dall'altra parte."

"Non gli aprirò. In mia difesa, non sapevo tutte le cose che mi hai detto stasera. Pensavo fosse solo uno stronzo, ma non credevo che fosse un bastardo di prima categoria."

"Adesso lo sai," le disse Baker.

"Sì, adesso lo so."

Rimasero sdraiati in silenzio, abbracciati, per qualche minuto; poi Jodelle aggiunse: "Mi dispiace."

"Di cosa?" le chiese Baker.

"Sei tornato a casa, probabilmente hai lavorato intensamente per una settimana, e trovi una situazione tanto deprimente."

"Non è deprimente. Sono a casa, con la mia donna tra le braccia. Ho le informazioni che mi servono per porre fine ai problemi nella vita di Ben... direi che va bene."

Jodelle gli si accoccolò contro, agganciandogli una gamba alla coscia e infilandogli il naso nell'incavo del collo. Sentirla addosso in quel modo lo faceva stare meravigliosamente bene; in quel momento, Baker era più che appagato.

"Che idiota, anche lei."

"Chi?" le chiese Baker.

"La mamma di Ben. Ha lasciato che le succedesse tutto sotto al naso senza proteggere il figlio."

"Vero."

"Se Kai fosse vivo e noi fossimo sposati, e tu cominciassi a trattarci in quel modo, col cavolo che rimarrei. A prescindere dall'amore per te, non avrei accettato nulla del genere: ne va del bene di mio figlio."

"Ci sono un sacco di 'se', Trilli, ma ti capisco. Ho detto a Ben la stessa identica cosa."

"Ah sì?" gli chiese.

"Sì."

"Ci soffre," aggiunse Jodelle.

"Lo so."

"Farò tutto ciò che posso per fargliela passare," gli disse.

"Lo stai già facendo."

Baker la sentì sorridere contro la sua spalla. "Santo cielo, che bello riaverti a casa," gli disse dopo un po'.

"È bello anche per me, Trilli. Sei sicura che possiamo rinviare la questione 'renderti mia'?" le chiese.

"Sono già tua," gli rispose a bassa voce.

Baker sentì un certo calore spandersi nel corpo. "Puoi dirlo forte," ribatté.

"Voglio fare l'amore con te, ma senza un calendario preciso, del resto l'hai detto anche tu. Stasera è stata dura, sei stanco. Non sei qui, nel mio letto, perché ho paura che Ben mi faccia del male; non sei qui perché mi dispiace per te. Sei qui perché ti voglio qui. Altrimenti dormiresti ancora sul divano, o a casa tua. Spero che sarai nel mio letto anche domani, e dopodomani, e anche la notte *dopo*. Non voglio fare sesso ogni notte, né ne ho bisogno. Penso che gli anni della passione sfrenata siano passati. Quel che *voglio* è intimità. Voglio poterti abbracciare quando hai passato una brutta giornata, sentirti condividere ciò che ti preoccupa. E voglio che sia tutto reciproco."

"In fin dei conti, non voglio fare sesso, o fare l'amore, solo per il gusto di farlo. Voglio che significhi qualcosa. Se tu avessi ignorato il fatto che non sei dell'umore giusto e avessi cercato di fare sesso comunque, stanotte ci sarei rimasta male. Lascia che ti abbracci, Baker. So che sei un uomo, ma a volte anche un uomo ha bisogno di un abbraccio, tanto quanto una donna."

Baker la strinse tra le braccia. Jodelle aveva ragione. Come sempre. "Quando faremo l'amore, significherà tutto."

"Lo so. Mi hai detto che non avremmo fatto sesso se non

ci fossimo amati a vicenda." Jodelle alzò lo sguardo verso di lui. "Penso che conosciamo bene entrambi la situazione, anche senza dircelo. Adesso chiudi gli occhi, pensa a qualcosa di diverso dai bastardi violenti e dai figuri viscidi che vivono sotto ai ponti e che ti chiedono informazioni per farti passare; cerca di dormire."

Quelle parole lo ammorbidirono nell'anima in un modo che Baker non aveva mai provato prima. Non aveva mai conosciuto una donna generosa quanto Jodelle. Ciononostante, Baker non trattenne una risata. "Ehm... come dici, figuri viscidi?"

"È così che mi immagino le persone con cui hai a che fare per lavoro."

Non si sbagliava affatto. "Non andrò avanti per sempre," le disse.

"Bene."

Ecco, una parola sola.

Accidenti, se amava quella donna!

"Ce la fai a dormire?" le chiese.

"Sei a casa, sono tra le tue braccia, Ben è a casa, al sicuro. Ho un intero gruppo di nuove amiche e un lavoro che paga bene. Sì, Baker, ce la farò benissimo a dormire."

Baker sorrise.

Lei alzò la testa, mentre lui l'abbassò. Era buio, ma riuscirono comunque a trovarsi al primo tentativo. Fu un bacio lungo, lento e profondo; senza fretta, intimo, forse il bacio migliore di sempre.

"Buona notte, Trilli."

"Buona notte, Baker," gli rispose agitandosi addosso a lui fino a trovare una posizione comoda.

Lui la sentì respirare profondamente nel giro di due minuti, con il fiato che gli scaldava la pelle nuda.

Se si fosse trovato altrove, Baker sarebbe rimasto sveglio più a lungo, ripensando nelle ore della notte a tutto ciò che aveva appreso da Ben, per tramare, programmare. Ma con Jodelle al fianco, riuscì ad alienare tutto il marcio che gli turbinava in testa, trovando pace in ciò che aveva. Ben presto sarebbe arrivato l'indomani, il momento in cui cominciare a definire l'operazione 'rovinare Al Rowden'. Prima però, Baker si sarebbe goduto quel letto morbido, con l'aroma di Frangipani che gli riempiva le narici, e la donna che amava tra le braccia.

CAPITOLO DICIANNOVE

JODY ERA UN PO' preoccupata per Baker. Se già lo trovava teso e concentrato prima, non era nulla, rispetto a come era diventato. Erano passati quattro giorni da quando Ben aveva vuotato il sacco sul patrigno. Baker aveva passato molte ore ogni giorno a casa propria. Il mattino dopo quella fatidica conversazione, le aveva ripetuto che, nel caso Al si fosse presentato, lei non avrebbe dovuto aprire la porta e avrebbe dovuto avvertirlo subito.

Sinceramente, Jody avrebbe preferito che Baker non uscisse, ma lui le aveva detto di avere bisogno del proprio computer. Quello che aveva a casa. Le aveva borbottato qualcosa sulla connessione più sicura e sull'esigenza di migliorare il collegamento a internet anche da lei.

Quando lei gli aveva chiesto se dovesse andare alla base della Marina una riunione, o come cavolo si chiamassero gli incontri dopo le missioni, lui le aveva solo sorriso, scherzando sul fatto che c'erano quegli oggettini carini chiamati telefoni, oppure anche le videochiamate. Baker sapeva quel che faceva ed era improbabile che rischiasse il licenziamento, così lei aveva lasciato perdere.

L'argomento sesso non era più saltato fuori, da quella notte. Lui l'accompagnò in spiaggia a guardare i ragazzi che facevano surf, ma sembrava teso, molto all'erta. Il primo mattino dopo il rientro dalla missione, Baker era uscito a fare surf, ma da allora era rimasto seduto con lei al tavolo da picnic, tenendola per mano, in guardia.

Era teso. Tesissimo. Del resto, Jody non poteva biasimarlo. Lei avrebbe voluto fare qualcosa per aiutarlo a rilassarsi, togliergli di dosso parte del peso che ovviamente lui si era accollato, ma non sapeva come. Lei non era un'esperta informatica come lui, e di sicuro non aveva contatti utili. Non poteva fare altro che preparargli da mangiare e stringerlo a sé, quando dormivano.

Quella sera, tornando a casa, Jody era determinata ad aiutarlo a pensare a qualcosa di diverso da quel bastardo di Al Rowden.

"Dov'è Ben?" le chiese entrando dalla porta.

Baker aveva saltato la mattinata in spiaggia dicendo di non potersi prendere una pausa e che si sarebbero visti a casa. Sentirlo parlare di "casa" la faceva sempre star bene. Se Baker l'avesse ritenuta in pericolo, probabilmente non l'avrebbe lasciata da sola durante il giorno, o in spiaggia, permettendole di tornare alla routine di sempre... nonostante la preoccupazione per lo stress a cui era sottoposto Baker, oltre che per Ben.

"È a casa di Tressa. I genitori l'hanno invitato a cena. Gli ho detto di tornare per le dieci."

Baker annuì distrattamente, poi si abbassò per baciarla.

Jody gli afferrò la maglia e non lo lasciò allontanare appena lui cercò di raddrizzare la schiena per tornare in salotto.

Lui alzò le sopracciglia, ma la prese subito tra le braccia.

"Com'è andata la giornata?" gli chiese.

"Quel bastardo ha i giorni contati," le rispose brevemente.

"Cosa intendi dire?" gli chiese. "Non stai tramando in segreto con uno dei tuoi contatti per fargli capitare un qualche 'incidente', vero?"

Baker si fece serio. "Per quanto piacere proverei, no. Ti ho promesso che non farò nulla che mi porti lontano da te, quindi escludo il coinvolgimento in un assassinio. C'è solo un rischio dell'un per cento che qualcuno possa collegare me a quel tipo di evento, ma l'un per cento è un rischio troppo alto, perché tu ci soffriresti e io ti ho dato la mia parola."

"Baker," sussurrò Jody.

"Ha i giorni contati nel senso che sto trovando persone più che disposte a testimoniare contro di lui. Persone che lui ha manipolato. Ragazzi che sanno di aver sbagliato e che ci stanno male e vogliono togliersi un peso dalla coscienza. Altri che sono stati coinvolti da Rowden ma non sono stati al gioco e sono stati bistrattati da quello stronzo. Nei circoli della magistratura gira voce che ci sia qualcosa che non va, con quel bravo giudice. Ho seminato, sparso voce qua e là, sto mettendo in moto un'indagine a tutto spiano su di lui. Ovviamente ho fatto delle richieste ad alcuni figuri coinvolti nello spaccio qui sull'isola. Ho chiarito che sarebbe meglio respingere Rowden, la prossima volta che si presenta con del denaro sporco."

"Porca vacca!" sussurrò Jody. "Sta portando avanti le sue malefatte da tanto tempo. Davvero puoi porre fine a quell'impero del male in quattro giorni?"

"No." Baker fece una smorfia. "Potrebbe servire una settimana."

Jody gli si spinse addosso, abbracciandogli il collo. "Wow."

"Cerco di fare alla svelta perché non mi piace che si sia mosso mentre io non c'ero. Ti ha sottovalutata e dubito che commetterà ancora lo stesso errore. Si sta organizzando, ha in mente qualcosa. Io e Ben la pensiamo allo stesso modo e voglio che anche lui si tolga queste preoccupazioni: prima è, meglio è."

"Furbo," commentò Jody.

"Anche Ben non ha bisogno di quella spada di Damocle sospesa sulla testa. Deve liberarsene una volta per tutte."

"E sua mamma?" gli chiese Jody.

Baker sospirò. "Si è messa in quella situazione, dovrà subirne le conseguenze. Se è furba, ne approfitta e si libera di quel farabutto. Altrimenti..." Baker alzò le spalle.

"Che brutta situazione per Ben."

"Davvero. Ma a me sembra che lui abbia accettato la situazione della mamma. È uno schifo, ma Ben è un bravo ragazzo e se la caverà. Specialmente adesso che ci sei tu."

Jody fissò Baker. Quando aveva divorziato, si era sentita libera, sollevata di essere da sola con Kailani. Non aveva rimpianti sul matrimonio, perché ne era nato Kai, ma si era ripromessa di non sposarsi mai più. Quando il figlio era morto, era come se una porta fosse sbattuta, chiudendole il cuore. Non si era sentita più disposta ad avvicinarsi a qualcuno, perché ne aveva sofferto troppo. Tuttavia, chissà come, Baker aveva fatto saltare quella barriera. Lei aveva ancora paura di perderlo, ma ancora di più la terrorizzava il pensiero che lui non la trovasse all'altezza, che Baker decidesse che non valeva la pena di fare tanta fatica per lei.

Lo amava. Punto. Con tutta sé stessa.

"Abbiamo la casa tutta per noi," gli disse guardando l'orologio al polso, "per le prossime quattro ore."

Baker contrasse i muscoli addosso a lei. "Ah sì?" le chiese.

"Eh sì. Nella pentola a cottura lenta c'è dello stufato di manzo, ma non sarà pronto per almeno un'altra ora e mezza."

"Allora... vuoi guardare la TV?" le chiese Baker.

Jody notò che gli occhi di Baker brillavano, ma volle essere il più chiara possibile. "No. Voglio te. A letto. Nudo. Dentro di me."

Le pupille di Baker si dilatarono, mentre lui inspirava profondamente.

"Cioè... sempre che tu sia pronto," aggiunse lei, sentendosi all'improvviso intimidita. Che sensazione ridicola. Dopo tutto quel tempo, dopo aver dormito con lui ogni notte, abbracciati, dopo tutti i baci e i palpeggiamenti, i discorsi sul sesso... avrebbe dovuto sentirsi più sicura. Più decisa in ciò che voleva.

Senza dire una parola, Baker la prese per mano, si girò e si avviò per il corridoio, trascinandola dietro di sé.

Quando lei quasi inciampò, lui non la lasciò cadere: la sostenne, ma continuò a camminare.

Jody non riusciva a non sorridere. Le riusciva difficile

credere che finalmente stesse succedendo: lei e Baker stavano
per fare l'amore.

Lui la tirò fino al bordo del letto; poi, senza dire una
parola, abbassò la testa e cominciò a baciarla. Non fu un bacio
lento e seducente: fu appassionato e profondo. Mentre lui
spingeva con la lingua per intrecciarla con quella di lei, con le
mani afferrò i pantaloncini che indossava Jody.

Quell'impazienza fu contagiosa. Jody sollevò il lembo del
proprio maglioncino. Baker staccò le labbra da lei giusto il
tempo per lasciare che si sfilasse il maglioncino da sopra la
testa, poi riprese da dove si era interrotto. Jody gemette. Non
riusciva a pensare, ubriaca di baci.

I pantaloncini le caddero all'altezza delle caviglie; l'aria
fresca tra le gambe la fece ansimare e lei si allontanò. Abbassando lo sguardo, Jody notò che era nuda dai fianchi in giù:
Baker le aveva abbassato le mutandine insieme ai pantaloncini
e lei non se n'era nemmeno accorta. Mentre lei stava ancora
elaborando quella sorpresa, lui le alzò la maglietta e gliela sfilò
dalla testa.

Lei non voleva essere l'unica nuda, così cominciò ad
armeggiare alla cintura dei pantaloni cargo di Baker. Lui le
mise le mani dietro la schiena per sganciarle il reggiseno, che
le cadde sulle braccia, mentre lei gli spingeva giù i pantaloni.
Baker si abbassò i boxer con impazienza, e appena fu nudo la
avvolse con un braccio intorno alla vita e la tirò contro di sé.

Lei ansimò di nuovo, sentendosi addosso quel corpo
muscoloso, quella carne calda; un suono che lui ingoiò divo-
randole ancora la bocca. Jody gli tracciò la schiena con le
unghie, mentre lui le appoggiava una mano sotto al sedere per
tirarla più vicino alla propria erezione. Lei sentì una punta
umida sulla pancia, poi si sentì volare in aria.

Rimbalzò sulla schiena in mezzo al letto, dove Baker la
raggiunse sovrastandola, respirando con affanno, mentre la
squadrava dalla testa ai piedi.

"Ma guarda, quanto sei bella!" esclamò mormorando.

Jody si morse un labbro e gli sorrise.

Lui le sfiorò la guancia col dorso delle dita, poi proseguì

sulla clavicola, fino alla punta dei seni, dove si soffermò un momento, per passare le dita intorno al capezzolo, che si inturgidì. Poi si mise in ginocchio e proseguì con la mano verso il basso, accarezzandole il ventre e facendole il solletico, al che lei inspirò di scatto, e lui rise.

Dopo averle sorriso, Baker abbassò gli occhi tra le gambe di Jody, si spostò e le mise le ginocchia tra le gambe, allargandole per farle divaricare le cosce.

Jody aprì le gambe con un imbarazzo solo minimo. Era difficile distrarsi dall'eccitazione di quel momento, anche per il modo in cui la stava guardando, come se fosse la donna più bella che avesse mai visto.

Non solo: ce l'aveva duro, *assai* duro. Ce l'aveva lungo, non molto spesso, ma più lungo degli uomini con cui Jody era stata. La punta era di un rosa scuro, le vene lungo l'asta in netto rilievo, con una goccia di liquido che l'imperlava, mentre lei se lo gustava con gli occhi, leccandosi le labbra per l'eccitazione.

"Cazzo," commentò Baker, che poi all'improvviso si tirò indietro e praticamente le cadde addosso, stringendole le labbra intorno al capezzolo. Lei ansimò e inarcò la schiena, cercando di spingersi contro di lui. Lui le passò una mano dietro la schiena per sostenerla, mentre con l'altra le afferrava un seno, pizzicando e stimolando il capezzolo, mentre teneva in bocca l'altro.

Jody tremò per la forza con cui glielo succhiava, non sapendo se fosse un dolore reale, o un brivido di piacere. Dopo un attimo, quando lui lasciò andare il capezzolo dalla bocca con uno schiocco, Jody capì che era tutto piacere: il migliore che avesse mai provato in tanti anni. Gli portò una mano dietro alla testa e gli afferrò i capelli stringendo il pugno e costringendolo ad abbassarsi di nuovo.

Lui resistette a quella forza facilmente con una smorfia. "Ti piace?"

"Certo che sì," gli rispose alzando gli occhi al cielo. Poi fu *lei* ad alzare la testa per prendergli in bocca un capezzolo, facendolo gemere. La mano che lui le teneva dietro la schiena la aiutò a rimanere in quella posizione mezza seduta, consentendole di giocare e di provocarlo.

Lo succhiò con forza, come aveva fatto lui; Baker la premiò con un: "Cazzo, che bello!"

Poi lei si staccò e tornò a sdraiarsi con una smorfia soddisfatta. "Ti è piaciuto?" gli chiese, imitandolo di proposito.

"Cazzo, Trilli," le rispose.

Jody lo interpretò come un *sì*. Poi ripresero a baciarsi con foga. Vagarono con le mani e appena lui andò a toccarla tra le gambe, lei strappò la bocca dal bacio per inalare bruscamente. Quando lui trovò il clitoride senza alcun problema, lei cominciò a oscillare coi fianchi.

Senza dire una parola, lui scese lungo il corpo di Jody, baciandola sotto al seno, poi sul ventre. Infine, le fece divaricare meglio le gambe e abbassò gli occhi sulla passera.

Jody non si sentiva minimamente in imbarazzo. Stava alla perfezione. Naturale. Era come se avesse sempre aspettato quel momento. Infilò le mani nei capelli un po' cresciuti di Baker, poi abbassò lo sguardo su di lui per sorridergli.

Lui ricambiò il sorriso, poi abbassò la testa.

Lei inarcò subito la schiena, inspirò bruscamente e gemette.

Baker non la stuzzicò, né la leccò con leggerezza: andò dritto al clitoride, come se fosse stato sicuro che era ciò che voleva lei. Perché mai non avrebbe dovuto esserne sicuro? Aveva cinquantadue anni, chiaramente non era alla prima esperienza.

Lei si ricordò all'improvviso che Baker non stava con una donna da dieci anni. Le sembrava difficile da credere, specialmente perché era molto bravo in ciò che faceva. Però ben presto la mente le si liberò di ogni altro pensiero, se non del modo in cui stavano facendo l'amore, che la portò al limite dopo pochi secondi. Mentre con le mani le accarezzava l'interno coscia, con la lingua passava sulle pieghe e continuava a leccare e stuzzicare il clitoride.

Lei contrasse i muscoli dell'addome e cominciò a spingere coi fianchi. Stava per venire, stava per esplodere. Forse avrebbe dovuto provare un certo riguardo, per un orgasmo tanto veloce, ma era con Baker: le bastava guardarlo per eccitarsi.

Lui fece un grugnito profondo e le vibrazioni che lei sentì contro il clitoride la stimolarono ancor di più. Poi lui le infilò dentro due dita e Jody cominciò a scoparlo, mano e faccia.

"Ecco, dai... di più... ci sono quasi!" Jody straparlava, incapace di dire *alcunché* di sensato, mentre superava il limite del piacere. Si strinse a lui, afferrandogli i capelli con forza, tirandolo a sé mentre veniva scossa dalla forza dell'orgasmo.

Lui alzò la testa; vederlo con i propri succhi nella barba fu una sorpresa, ma anche un altro stimolo feroce. Lui si asciugò la faccia sulla coscia di lei, pur continuando a muovere le dita con dolcezza dentro e fuori dal corpo di lei. Poi si alzò e lei non poté far altro che ansimare fissandolo.

Quando finalmente lui sfilò le dita, lei sospirò e si sciolse sul letto. Lui si fece avanti tra le gambe di lei. Con la mano che le aveva tenuto dentro, facendola venire, andò a stringersi l'uccello per masturbarsi.

All'improvviso, Jody si sentì piena di energia e decise di ricambiare le sensazioni magiche che le aveva appena provocato. Si mise seduta, poi sulle ginocchia, appoggiò una mano al petto di Baker e lo spinse all'indietro. Lui si lasciò cadere supino e le sorrise, mentre lei gli saliva sopra.

"Tocca a te," gli disse con voce roca.

"Non farmi venire," le rispose. "Voglio essere dentro di te, quando sarà il momento."

Al che, lei ebbe un brivido. Che uomo sexy! Faceva sentire sexy anche *lei*. "Va bene," gli rispose, per poi abbassare la testa.

———

Baker inspirò bruscamente sentendo la lingua di Jodelle. Contrasse i muscoli dell'addome mentre lei glieli leccava, per poi salire a leccargli ogni singolo tatuaggio sul petto. Per lei, era come se li avesse appena scoperti, nonostante lo avesse visto a petto nudo in innumerevoli occasioni, anche prima di mettersi insieme, quando erano in spiaggia. Ma poterci mettere le mani sopra, inginocchiata su di lui, mentre strofinava i capezzoli sulla sua pelle nuda, l'aroma seducente del Frangipani sulla barba e sulla lingua di Baker... era quasi troppo.

"Smetti di provocarmi e succhiamelo," le ordinò.

Per tutta risposta, lei accennò un sorriso e infilò una mano tra i loro corpi per afferrargli l'uccello.

"Va bene," gli rispose, mentre cominciava a muovere la mano su e giù.

Baker non riuscì più a parlare. Quel massaggio gli piaceva troppo. Era diverso dall'autoerotismo. Anche se ultimamente si era sfogato da solo almeno una volta al giorno, da quando si era praticamente trasferito da Jodelle, gli sembrava fossero passati anni dall'ultima volta che era venuto. Quel tocco era sia una tortura, sia il gesto più piacevole che avesse subito in tutta la sua vita.

Quando lei scivolò giù per leccargli la punta, Baker ansimò. Vide i capelli scuri che le fluttuavano intorno alle spalle, mentre gli baciava le cosce e l'uccello con un particolare luccichio negli occhi, il petto arrossato per l'orgasmo di prima e la lingua che usciva dalla bocca per leccargliaelo; quasi gli sembrò che il cuore gli scoppiasse nel petto.

"Così non va bene," mormorò Baker. Non sapeva proprio come fare per evitare di esplodere.

"Io penso che vada benissimo," ribatté lei abbassando meglio la testa.

Lui trattenne il fiato mentre la guardava. Con la mano, Jodelle gli circondò i testicoli, mentre con l'altra gli afferrò la base dell'uccello per tenerlo fermo. Lui fece un gemito profondo di gola appena lei se lo infilò in bocca.

"Porco cane!" imprecò Baker infilandole una mano nei capelli. Non per spingerla, non per costringerla a prenderlo tutto in bocca. Doveva solo aggrapparsi a qualcosa per non esplodere in mille pezzi. Nulla di meglio a cui aggrapparsi se non Jodelle.

I minuti successivi furono una vera e propria tortura, mentre Jodelle glielo succhiava col massimo impegno: la testa che rimbalzava in alto e in basso, risucchiando le guance, lasciando fuoriuscire la saliva. Baker si accorse che stava producendo liquido seminale, ma la donna che gli stava tra le gambe sembrava inarrestabile.

Jodelle si alzò sulle ginocchia per poterlo prendere in bocca da un'angolatura migliore, mentre Baker faceva del suo meglio per ricordare ogni secondo di quell'incontro. Lei non era certo intimidita. Non era minimamente reticente. Non seguiva una tecnica perfetta o esperta, non dava l'impressione di averlo fatto a decine di uomini, il che gliela fece amare ancor di più. Ma era chiaro dai gemiti appassionati che Jodelle si stava godendo ciò che faceva. Non lo stava succhiando perché si sentiva in obbligo, o solo per restituirgli un favore, dopo che lui l'aveva leccata fino a farla venire.

Baker resisté a quella piacevole sofferenza più che poté, finché gli sembrò di non potersi controllare per un altro secondo. L'uccello pulsava e i testicoli gli facevano davvero male, quando strinse la mano con cui le teneva i capelli. Lei alzò la testa e lo guardò perplessa, con un rivolo di saliva che collegava la bocca alla punta dell'uccello. Era talmente eccitante che lui quasi venne guardandola.

A quel punto non ce la fece più: doveva entrare dentro di lei. Doveva scoparla subito.

Si mise seduto, sempre tenendole la mano nei capelli; lei cadde sulla schiena e si mise a ridere. Baker fu felicissimo di aver già parlato con lei di profilassi, una sera, mentre si coccolavano a letto. Lei gli aveva spiegato che prendeva la pillola per regolare il ciclo e lui le aveva assicurato che avrebbe usato comunque un preservativo, ma lei gli aveva chiesto di non usarlo perché era allergica al lattice, materiale con cui erano prodotti moltissimi preservativi.

Se chiunque altra gli avesse detto la stessa cosa, prima di tutto Baker avrebbe verificato con qualunque mezzo, anche infiltrandosi nei registri medici, poi si sarebbe dato da fare per trovare comunque preservativi privi di lattice. Non si fidava tanto facilmente, e anche se non faceva sesso da anni, non avrebbe voluto di certo essere incastrato con una donna che si facesse mettere incinta da lui.

Però si trattava di Jodelle: di lei si fidava con tutto sé stesso.

Si tenne in equilibrio su un gomito, appoggiato vicino alla testa di lei, e le tenne una mano nei capelli per costringerla a guardarlo negli occhi. Con l'altra mano, andò a sentire che fosse ancora bagnata per poterla penetrare senza darle fastidio. Appena le toccò il clitoride, lei scattò e spalancò le gambe. Lui le infilò dentro lentamente un dito e si accorse con soddisfazione che poteva farlo scivolare facilmente dentro e fuori.

"Sono pronta," gli disse.

"Volevo essere sicuro."

"Baker," piagnucolò Jodelle, mentre lui continuava a scoparla col dito.

Baker fece un gran sorriso. "Sì?"

Lei infilò una mano tra i loro corpi per accarezzarglielo.

"Merda, non è giusto," le sussurrò.

"Dentro di me. Sono pronta. Fai l'amore con me," gli ordinò.

Al che, Baker decise di smetterla con le galanterie. Era stufo di aspettare. Cercava quella donna da una vita, non voleva attendere un secondo di più. Si afferrò l'uccello alla base e ne strofinò la punta alle labbra bagnate della passera, per poi salire sul clitoride.

Lei gemette e spinse i fianchi in alto. Tornando giù, Baker si appoggiò all'ingresso e cominciò a spingere lentamente. Digrignò i denti e strinse la presa intorno all'uccello, cercando con tutte le forze di trattenere l'orgasmo.

Jody di sicuro non l'aiutò, quando strinse i muscoli interni intorno all'uccello che la penetrava.

Lui si fermò. "Ti fa male?"

"Noooooooo," gli rispose gemendo. "Dai, di più! Ti prego!"

Baker le obbedì, spingendosi dentro di lei fino a sfiorarle il sedere con le palle, andando a mescolare i peli pubici con quelli di lei. Quando abbassò lo sguardo, notò che erano perfettamente connessi, non si vedeva spazio tra i loro corpi.

"Che bello," sussurrò lei.

"Dammi un secondo," la implorò chiudendo gli occhi, cercando di controllarsi.

Baker sentì che Jodelle gli accarezzava il petto con le mani, per poi scendere sui bicipiti, dove si fermò e strinse la presa. La sentì alzare le gambe e stringerlo intorno ai fianchi, mentre lei incrociava i piedi all'altezza delle caviglie, appena sopra il sedere di lui. "Prenditi tutto il tempo che vuoi," gli disse. "A me piace sentirti dove sei."

Lui aprì gli occhi e ridacchiò.

Quel movimento la fece gemere. "Va bene, non è vero, ho bisogno di sentirti muovere, Baker. Ti prego!"

Sentirla in preda al bisogno lo aiutò a spegnersi un poco. Baker voleva dare piacere a lei più che sfogarsi. Tornò indietro di poco coi fianchi, poi si spinse di nuovo dentro.

Così la fece gemere ancora.

Si ritirò e spinse un'altra volta.

Al che lei gridò.

Prima ancora di accorgersene, Baker stava spingendo dentro e fuori di lei come se da quel movimento dipendesse la sua vita stessa. Ogni volta che le colpiva il sedere coi testicoli, gemevano entrambi per l'estasi.

"Sì. Dai. Di più!"

Le tette le rimbalzavano sul petto a ogni spinta e Baker non riusciva a toglierle gli occhi di dosso: era la visione più sublime che avesse mai avuto, ed era tutta sua. *Sua* fino al midollo. Nessun altro l'avrebbe mai più vista in quel modo. Nessun altro l'avrebbe mai sentita stringersi intorno all'uccello. Nessun altro avrebbe più sentito il rumore che Jodelle faceva, mentre lui la prendeva.

Darle piacere era ormai diventato l'unico scopo della vita di Baker. Era disposto a uccidere, per avere l'onore di stare con Jodelle per sempre.

Sopraffatto da quei pensieri, Baker la penetrò fino in

fondo e si fermò, poi rotolò per farla mettere di sopra. Lei sbatté le palpebre sorpresa, sostenendosi con le mani sul petto di lui.

"Ora tocca a te," le disse.

Lei fece un gran sorriso e cominciò a muovere i fianchi. Poi inarcò la schiena e affondò sull'uccello. Con un po' di incertezza, si tirò su di qualche centimetro, per poi calarsi di nuovo su di lui. "Oh, che bello!" esclamò, quasi sorpresa.

Baker si accorse che forse Jodelle non aveva mai fatto l'amore in quella posizione, ma dimenticò tutto appena lei cominciò a scoparlo con tutta la foga possibile. Ormai le tette le rimbalzavano, e lui non riusciva a non guardarle. La testa di Jodelle cadde all'indietro mentre lo cavalcava, impegnandosi per raggiungere un nuovo orgasmo.

Baker non sentiva l'attrito che gli serviva per venire, ma non gli importava. Sarebbe rimasto là sdraiato per tutto il tempo che voleva lei. Quella visione non gli spegneva certo il desiderio.

Quando lei infilò una mano tra le gambe e cominciò a stimolarsi il clitoride, Baker capì di aver esagerato, pensando di poter rimanere là sdraiato tutta la notte senza raggiungere l'orgasmo.

A quel punto, Jodelle smise di muoversi. Invece, si spinse in basso mentre si avvicinava sempre più all'esplosione, affrettandosi con le dita sul clitoride. I muscoli interni le si strinsero intorno all'uccello di Baker con tanta forza che lui sentì una fitta di piacere e quasi gridò: *Cazzo, che donna magnifica!*

Lei contrasse i muscoli e gli affondò le unghie nella pelle del petto, mentre si stringeva a lui e superava di nuovo il limite. Lui non poté far altro che osservare affascinato, preso dalla gioia di ricevere quell'orgasmo. Sentì la passera che si stringeva follemente intorno all'uccello, mentre i succhi uscivano da lei, bagnandogli i testicoli.

Quando lei aprì appena gli occhi, incontrò subito lo sguardo di lui e gli disse: "Wow!"

"Sei tremendamente bella," le rispose.

Lei arrossì.

Lui la fece rotolare di nuovo mettendola supina. Poi cominciò a muoversi. Lentamente, con dolcezza, dentro e fuori. Lei era talmente fradicia che starle dentro era paradisiaco. Baker si abbassò, appoggiandosi ai gomiti e affondando il naso nella pelle dietro l'orecchio. Ne inalò il profumo come se fosse l'ossigeno che gli serviva per non morire. Quell'essenza muschiata mista a Frangipani gli sarebbe rimasta impressa nella mente per sempre.

Non stava scopando: stava facendo l'amore con la donna senza la quale non avrebbe potuto vivere.

Non gli servì molto tempo. Non col ricordo ancora fresco di lei che godeva seduta sull'uccello. Quando lei si alzò leggermente e gli morse il lobo dell'orecchio in modo provocante, lui cominciò subito a venire. La penetrò più che poteva, tremandole tra le braccia mentre gli sembrava che le palle si rigirassero svuotandosi.

Baker sentì il fiato sottile di Jodelle che gli sfiorava l'orecchio, mentre lo stringeva e gli sussurrava quanto lo trovava sexy, quanto le riuscisse difficile saperlo suo, perché lui era la cosa migliore che le fosse mai capitata.

Quando Baker sentì di poter tornare a respirare, sollevò la testa. Alzò le mani e gliele mise intorno al viso, baciandola con dolcezza. Alla fine, l'uccello si era afflosciato, ma dato che era piuttosto lungo, era ancora ben dentro di lei. Era una bella sensazione. Piacevole.

"Ti sto stringendo?" le chiese.

Jodelle scosse la testa. "No."

"Sei scomoda?"

"No."

"Bene, perché non so se riesco a muovermi."

Lei ridacchiò. "Mi hai tolto le parole di bocca."

Baker le accarezzò un sopracciglio con un dito. "Ti amo," le disse a voce bassa.

Gli occhi le si riempirono subito di lacrime.

"Davvero. Non lo dico solo perché sono vinto dalla magia della tua passera, anche se in un certo senso è così. Ti amo perché hai accolto in casa un ragazzo che aveva bisogno delle attenzioni di qualcuno. Ti amo perché tieni d'occhio i ragazzi in spiaggia. Ti amo perché lavori sodo, ma ti prendi comunque il tempo di goderti la vita al meglio, anche senza tuo figlio. Ti amo perché rifiuti di far svanire i ricordi di Kai. Ti amo per tutto ciò che sei, Jodelle. Non stavo scherzando, quando ti ho raccontato che le anime si reincarnano insieme. Ti cercavo da tutta la vita, senza sapere bene cosa stavo cercando. Farò tutto ciò che posso per non rovinare ogni cosa."

"Non puoi rovinare la perfezione," gli disse lei sottovoce. "Anch'io ti amo. Penso di amarti da anni. Dalla prima volta che ti ho visto uscire dall'oceano con la muta da surf e la tavola sottobraccio, il tuo fascino e i capelli brizzolati. Mi hai sorriso e mi hai fatta sentire come l'unica persona al mondo, in quel momento."

Baker chiuse gli occhi. Non avrebbe mai dimenticato quel momento. Mai. L'avrebbe conservato come un tesoro prezioso. Nessuno avrebbe mai messo a rischio ciò che gli apparteneva. Aveva vissuto una vita d'inferno... ma almeno, in cambio, aveva ricevuto Jodelle in dono. Si sarebbe ricordato giorno dopo giorno di farle sempre sapere quanto l'apprezzava e l'amava.

"Non per lamentarmi, ma... passiamo il resto della serata a letto? Cioè, mi piace star qui con te, ma..." Jodelle fu interrotta dal suono del proprio stomaco che brontolò.

Baker accennò un sorriso.

Lei lo ricambiò. "Scusa. È che a pranzo non ho mangiato molto. Stavo lavorando a quel sito e mi sono dimenticata della pausa pranzo."

Lui annuì. Doveva alzarsi dal letto e assicurarsi di sfamare la sua donna. "Questo è solo l'inizio," le disse.

Lei non fece una piega. "No, non è l'inizio."

Baker si fece serio.

"L'inizio del nostro rapporto è stato quando ti sei rifiutato di andar via da casa mia perché c'era Ben e volevi tenermi al sicuro," gli spiegò. "Per la cronaca... sono contenta che tu non abbia insistito per andare da te. Mi piace casa mia. So che è piccola, ma è mia. L'anno scorso ho finito le rate del mutuo e qui è cresciuto Kai."

"Metterò in vendita casa mia," le disse Baker senza esitare.

Jodelle sembrò sorpresa. "Non intendevo..." Non completò la frase.

"Allora *cosa* intendevi?" le chiese.

"Beh... quel che *volevo* dire è che non mi importa dove viviamo, basta che tu sia al mio fianco, ma non è del tutto vero. So che Kai non c'è più, so che gli oggetti materiali non significano molto e che i ricordi sono ciò che conta, ma non so se potrei andarmene da questa casa."

"Infatti non ti chiederei mai di farlo. Ti crea problemi se mi trasferisco io qui da te?"

"No," gli rispose scuotendo la testa.

"Allora venderò casa mia e vivremo qui, insieme, perché io non potrei mai andarmene da *te*."

Lei sorrise. "Va bene."

Accidenti se amava quella donna. "Devo ammettere..." le disse, senza terminare la frase.

"Sì?" gli chiese Jodelle.

"Non sono ancora pronto a muovermi, al momento. Mi piace dove sto."

Jodelle allargò il sorriso e si mosse sotto di lui. "Anche a me piace dove stai, e mi piace dove sto io. Ma penso che non possiamo rimanere qui, altrimenti moriremo di fame. Poi Ben tornerebbe a casa e vedrebbe il tuo sedere."

Baker scoppiò a ridere con tanta foga che alla fine l'uccello gli scivolò fuori dal rifugio caldo e sicuro in cui era rimasto fino a quel momento.

"Accidenti," commentò, sempre ridendo.

Jodelle rise con lui.

"Per quel che vale, non mi interessa se Ben vede il mio sedere, basta che sia coperta *tu*."

"Che dolce che sei," gli disse.

Lui scosse la testa. "No, non è vero."

"Per me è così."

"Allora va bene. Vuoi che facciamo la doccia insieme?"

"Sì."

Di nuovo, nessuna esitazione, nessun giochetto. A Baker piaceva moltissimo la reazione di Jodelle. "Sarai sempre tanto accondiscendente?" le chiese d'istinto.

"No," gli rispose. "Ti accorgerai se sono irritata, ma di sicuro cederò subito e ti dirò il motivo senza costringerti a indagare. Mi capitano degli sbalzi d'umore, Baker. Tu non te ne sei ancora accorto per via di tutto ciò che sta succedendo, ma è così. Il compleanno di Kai è sempre molto difficile, per me, e non sono molto appassionata del Natale."

"Faremo qualcosa di speciale per ricordarlo, il giorno del suo compleanno, e se vuoi possiamo fare un viaggio per Natale," le disse Baker.

Jodelle scosse la testa. "Sei troppo buono."

"Impossibile."

"Lascerai che anch'io ti vizi allo stesso modo?" gli chiese.

"Mi stai già viziando. Dai, andiamo. Dobbiamo alzarci, farci la doccia, cenare e cercare di darci una sistemata prima che Ben torni a casa, così non sarai imbarazzata quando ti guarderà e capirà subito cos'abbiamo fatto."

"Pensi che lo capirà?"

"Trilli, sei radiosa... se non lo capisce, dev'essere mezzo scemo."

"Ben non è uno scemo," ribatté lei.

Baker alzò le sopracciglia guardandola.

"Appunto," gli disse. "Allora sarà meglio darsi una mossa: smettila di essere tanto sexy e aiutami a essere meno radiosa, così non sarò in imbarazzo quando Ben torna a casa."

Baker scoppiò di nuovo a ridere. Non ricordava l'ultima occasione in cui aveva riso tanto. Quando era tornato a casa, era di umore pessimo. Aveva passato la giornata a trattare con degli spacciatori, il che spesso si rivelava rischioso; inoltre aveva chiesto alcuni favori in cambio dei servizi di una vita. Ma per Jodelle avrebbe fatto di tutto, e togliere dai piedi un bastardo come Rowden, per evitare che si approfittasse dei ragazzini della zona, valeva qualunque favore.

"Andiamo," le disse rotolandosi sul letto per mettersi

seduto sul ciglio. "Doccia, pappa, poi relax fino all'ora della nanna."

"Baker?" lo chiamò Jodelle mettendogli una mano sulla schiena.

"Sì?"

"Ti amo."

Baker sentì un groppo in gola. Pensò che non si sarebbe mai stancato di sentirselo dire. "Anch'io ti amo." Poi si alzò, le porse la mano e sospirò appagato appena la donna che amava gliela prese, per farsi aiutare ad alzarsi dal letto. Camminarono mano nella mano, completamente nudi, verso il bagno, e nulla gli era mai sembrato tanto naturale in vita sua.

CAPITOLO VENTI

LA VITA di Jody ultimamente sembrava andare a mille all'ora. Avere intorno Ben era uno degli eventi migliori che le fosse capitato negli ultimi cinque anni, ma la teneva anche impegnata. Doveva andare più spesso a fare la spesa al supermercato, aiutarlo con i compiti quando ne aveva bisogno; proprio il giorno prima, Ben le aveva chiesto di insegnargli a cucinare, un compito che lei aveva accettato molto volentieri.

E poi c'era Baker. Jody era preoccupata dell'intensità con cui lo vedeva lavorare per incastrare Al Rowden, per poter tenere sia lei che Ben al sicuro. Lei cercava di stargli vicino in ogni modo, togliendogli di dosso lo stress più che poteva nelle ore serali. Il momento del giorno che lei preferiva era quando andava a letto con Baker. Lui la teneva stretta, come cercando di proteggerla anche nel sonno. Non avevano rifatto l'amore, ma i contatti erano più aperti e liberi, dalla sera della prima volta, e lei lo beccava sempre a guardarla con tenerezza e con desiderio negli occhi.

Inoltre, Jody aveva anche il suo lavoro, i panini e gli spuntini da preparare per i ragazzi del surf, la chat col gruppo delle amiche. Era parecchio, ma lei non era mai stata tanto felice.

Il giorno prima, Kenna aveva inviato a tutte un messaggio per cercare di concordare la data della prossima nottata tra amiche. Con tutto ciò che stava succedendo, Jody non si sentiva a suo agio ad andarsene. Baker non aveva cercato di farle pressioni né in un senso né nell'altro, ma le aveva solo detto: "Fai ciò che ritieni più giusto."

Così lei aveva detto al gruppo di amiche che in quel momento non se la sentiva ancora di stare via di casa, ma che *senz'altro* avrebbe voluto trovarsi con loro quanto prima, non appena la sua vita si fosse un po' calmata. Quella risposta aveva dato il via a una raffica di messaggi preoccupati, che l'avevano commossa profondamente. Era passato moltissimo tempo, da quando qualcuno si era preoccupato per lei quanto quelle donne. E non ne aveva incontrate di persona nemmeno la metà.

Jody era in piedi in cucina e aspettava che Ben tornasse a casa da scuola. Aveva appena finito di preparare degli spuntini per i ragazzi del surf, per l'indomani mattina, mentre Baker era appena tornato da casa sua. Stava lavorando intensamente, sia sul progetto Rowden, che sugli incarichi ricevuti dal governo. Jody gli aveva appena spiegato di aver rinunciato alla nottata tra amiche, nella speranza di poter partecipare alla prossima più serenamente.

Lui la prese tra le braccia. "Sinceramente, non mi dispiace. Se fossi andata, mi saresti mancata da morire. Ormai sono abituato a tenerti stretta la notte. La settimana in cui ero via ho fatto fatica, ma almeno ero impegnato. Dormire nel tuo letto senza averti vicina non mi farebbe star bene."

Jody lo strinse a sé. "Come pensi che mi sia sentita io? Però con le amiche si sta fuori solo una notte."

"Ho cinquantadue anni, Trilli, non mi rimane un'infinità di notti."

Jody alzò gli occhi al cielo. Baker stava facendo il drammatico. Si allontanò da lui e gli mise una mano sulla guancia. "Sei stato un SEAL di quelli tosti e fai il pellegrino in giro per il mondo a bazzicare con dei loschi figuri. Penso che saresti in grado di reggere una notte senza di me."

Baker appoggiò la testa sulla mano di Jody per un momento, poi la girò per baciarne il palmo. "Penso che dovremo diventare creativi," le disse.

"Creativi?" gli chiese Jody perplessa.

"Ben mi sta molto simpatico e non ho problemi ad averlo vicino, ma la notte, quando voglio fare l'amore con la mia donna, non voglio metterti in imbarazzo se ci sente."

Jody arrossì. Sì, in effetti non lo voleva nemmeno lei. "Beh, però è a scuola *tutto* il giorno," gli rispose facendo spallucce.

Gli occhi di Baker brillarono quando le disse: "Mi sembra un'ottima idea."

Anche a Jody sembrava un'idea perfetta, scatenarsi con Baker durante il giorno. Gli sorrise.

"Accidenti, adesso vorrei trascinarti a letto."

"Ben torna a casa da un momento all'altro," gli disse con rammarico.

Baker annuì. "Infatti." Poi si avvicinò per baciarle la fronte. Infine le coprì le labbra con le proprie per baciarla profondamente.

Jody lo amava moltissimo. Baker era un brav'uomo. Certo, a volte era troppo intenso, ma lei non l'avrebbe mai cambiato. "Ben ti ha detto che programmi aveva per stasera?" gli chiese Jody. "È venerdì, immagino che avrà qualche impegno con Tressa."

"Trilli, non conosco il suo calendario sociale," le rispose Baker con una smorfia.

"Lo so, ma pensavo che a te avesse detto qualcosa."

"Non mi ha detto nulla, ma presto sarà a casa, possiamo chiederlo a lui." Mentre Baker la osservava, Jody fece del suo meglio per non mostrare sul viso la preoccupazione. Ovviamente, lui se ne accorse comunque. "Che succede?"

"Nulla."

"Trilli, dai, parlami."

"È solo che non voglio dire o fare qualcosa di sbagliato. Non sono sua madre, lo so, ma non voglio che stia fuori tutta la notte o che si immischi con i gruppi sbagliati a scuola. So che è all'ultimo anno e che presto se ne andrà, ma insomma... voglio anche parlargli di quali programmi si sta facendo per dopo il diploma, ma di nuovo, non voglio esagerare. Anche imporgli di tornare entro una certa ora mi fa strano. Cioè, lui l'ha presa bene, ma stasera è venerdì e probabilmente vorrà rimanere fuori fino a tardi, anche se, dopo mezzanotte, non succede mai nulla di buono. Anche contando il suo patrigno. Chissà *cosa* si è messo in testa quello. Però non voglio che Ben me ne voglia a male."

Baker le prese il viso tra le mani per dirle: "Prendi fiato, Trilli."

Jody respirò a fondo.

"Prima di tutto, Ben non è uno stupido," le disse. "Sa di aver avuto una fortuna sfacciata nel capitare qui. Non farà nulla per rovinare la situazione. In secondo luogo, è un bravo ragazzo. Non so come abbia fatto; non ha avuto un esempio eccelso da parte della madre, o da quel bastardo di Rowden. Eppure è stato abbastanza forte da capire che doveva smetterla di rapinare le macchine, si è rimesso in riga. Vedrai che non rimarrà fuori fino a tardi, non vorrà farti preoccupare."

Jody afferrò i polsi di Baker e annuì. "Ti amo."

Il volto di Baker si intenerì. "Anch'io ti amo. Ben ha una fortuna incredibile nell'avere dalla sua parte una donna come te. Se vuoi parlare con lui di cosa intende fare dopo il diploma, parlagli. Probabilmente gli farà piacere sentire che a qualcuno interessa."

"Mi piace Tressa," commentò Jody sottovoce. "Penso che piaccia molto anche a Ben."

"Lo penso anch'io."

"Sta imparando a trattare una donna con rispetto osservando te," aggiunse Jody.

Baker sbatté le palpebre e non ignorò l'importanza di quelle parole.

"Per lui sei un esempio meraviglioso," disse Jody.

"Mi è servito troppo tempo per trovarti, accidenti," commentò Baker quasi grugnendo.

Jody si fece seria, confusa. "Come dici?"

"Dico che vorrei tanto averti trovata prima. Il tempo che mi rimane a questo mondo, per stare al tuo fianco, non è minimamente abbastanza."

"Baker," gli sussurrò Jody commossa.

"Se Ben impara a trovare ciò che vuole... se impara a trattare con rispetto una donna, come la cosa più importante della sua vita... allora mi sta benissimo che mi prenda a esempio."

Jody gli si avvicinò e lui le tolse le mani dal viso. Lei gli appoggiò la fronte al petto e lo abbracciò. "Adesso mi viene da piangere," gli disse borbottando.

"Se Ben torna e ti trova che piangi, si preoccupa," commentò Baker ridendo.

"Allora devi smetterla di essere tanto carino. Non lo sopporto."

"Cavolate! Dovrai imparare a sopportarlo, perché da me non avrai altro che carinerie per tutto il resto della vita."

Jody singhiozzò di nuovo. "Vedi? Ecco che mi torna."

Baker rise con più convinzione. "Dai, Trilli, asciugati le lacrime. Ben tornerà presto a casa, così stasera potrai assillarlo con i compiti, invece di aspettare domenica... anche se è un po' una follia, ma se preferisci così, divertiti pure. Poi voi due potrete decidere cosa volete mangiare per cena e magari puoi insegnargli a cucinare. Credo che tu abbia ragione, che vorrà passare la serata con Tressa. Magari digli che deve tornare per mezzanotte... così potremo stare da soli per qualche ora."

Jody alzò gli occhi e fece un respiro profondo. "Se invece volesse invitare qui Tressa?" gli chiese.

"Allora passeremo una seratina tranquilla per conoscerla meglio, poi Ben l'accompagnerà a casa e quando tornerà ce ne andremo a dormire."

"Non te la prenderai se non potremo... hai capito...?"

"Non sto con te per fare sesso, Jodelle. Mi piace stare *insieme* a te. Anche solo starmene seduto tranquillo sul divano a guardarti, mentre ti dai da fare in cucina; mi piace osservarti mentre fai le tue magie al computer, oppure passare il tempo con te in spiaggia mentre tieni d'occhio i tuoi ragazzi. Quando ci sarà un momento buono, faremo di nuovo l'amore e ce lo godremo da matti... ma non ho bisogno di fare sesso per amarti. Ti amo e basta."

"Risposta esatta," gli sussurrò Jody.

Sentirono entrambi la porta che si apriva, e dopo una frazione di secondo Ben li salutò con un sonoro: "Ciao!"

Jody si girò tra le braccia di Baker e sorrise a Ben. "Ciao, com'è andata la scuola?"

"Va tutto bene?" chiese lui di rimando, invece di risponderle. "Per caso Al ha combinato qualcos'altro?"

"No! Non è successo nulla, va tutto bene," gli rispose subito Jody.

"Allora come mai ho l'impressione che tu abbia pianto?" le chiese Ben perplesso.

"Perché Baker è troppo carino," gli rispose lei.

Ben sembrò confuso. "Piangi perché Baker è troppo carino," le ripeté.

"Sì."

"Consiglio: non cercare di comprendere come funziona la mente di una donna," disse Baker a Ben.

"Ecco. Allora... stai bene?" chiese il ragazzo tenendo gli occhi fissi su Jody.

"Sto bene, Ben. Dico davvero."

"Va bene."

"Hai tanti compiti da fare?" gli chiese lei, staccandosi dall'abbraccio di Baker, che le tenne una mano appoggiata alla schiena, un contatto che lei amava.

"È appena entrato dalla porta, Trilli. Dagli un attimo di respiro," le disse Baker quasi riprendendola.

"Passerà un fine settimana migliore, se finisce subito i compiti. Poi arriverà la domenica e potrà rilassarsi senza alcun pensiero."

"Oppure può rilassarsi adesso, sapendo che non ha compiti da fare *per oggi*," ribatté Baker. "Perché può approfittare dei prossimi due giorni per fare quella roba."

"Non ho molto da fare, Jody," le rispose Ben con un sorrisetto. "Farò tutto dopo cena. Se non è un problema, stasera volevo vedermi con Tressa."

"Certo che non è un problema. Che programmi avete?" gli chiese Jody.

"Ancora non lo so. Oggi non abbiamo avuto molte occasioni per parlarne. Tra un po' le mando un messaggio per decidere."

"Se volete, potete venire qui a casa," gli disse Jody.

"Grazie... ma voi due sarete sicuramente stufi di avermi addosso, magari vi farà piacere avere del tempo da soli. Andremo al cinema, o qualcos'altro."

"Noi non saremo mai stufi di averti a casa con noi," gli rispose Jody con calma. "Anche se non è una casa grande e non avresti molto spazio per parlare con Tressa in tutta calma, sarai *sempre* ben accolto insieme a lei."

"Grazie," rispose Ben a bassa voce. "Adesso vado a cambiarmi."

Jody gli annuì.

Quando arrivò al corridoio, Ben si girò per aggiungere: "Questa casa è delle dimensioni ideali. È bello sapere che non possono passare giorni senza vedersi o che non ci sono stanze off-limits." Senza aspettare alcuna risposta, Ben si avviò verso camera sua.

Jody prese fiato e abbassò lo sguardo sul piano di lavoro della cucina. Sentì Baker raggiungerla da dietro. "Davvero non mi stanno simpatici sua madre e il patrigno," gli disse a bassa voce, in modo che Ben non la sentisse.

"Nemmeno a me," le rispose Baker, appoggiandole il mento sulla spalla.

Sia pur a fatica, Jody recuperò la sensazione di tepore di qualche minuto prima. Quando si sentì di nuovo dell'umore giusto, gli chiese: "Costine di maiale o pollo al pomodoro per stasera?"

Baker le baciò una tempia e le rispose: "Costine."

"Ben!" gridò Jody.

"Dimmi, Jody?" si sentì rispondere dalla camera del ragazzo.

"Datti una mossa! Stasera ci sono costine di maiale e

volevi imparare a cucinare. Stasera è un momento buono come un altro per cominciare."

"Arrivo tra un minuto!" gridò Ben.

"Vuoi imparare insieme a noi a preparare le costine di maiale?" chiese Jody a Baker.

"Accidenti, certo che no... ma *voglio* guardare la mia donna che tramanda la propria esperienza a un ragazzo che muore dalla voglia di essere amato da una madre. Quindi starò seduto a tavola col computer a guardarvi."

"Hai intenzione di organizzare una rimpatriata tra terroristi rivali per evitare che scoppi la terza guerra mondiale, mentre noi cuciniamo?" gli chiese Jody.

Lo sentì ridere dietro la schiena, una vibrazione che le arrivò al petto. "Quello l'ho già fatto ieri," le rispose scherzosamente. "Stasera devo fare da moderatore a un incontro tra il presidente americano e quello cinese, si tratta del riscaldamento globale."

Jody si girò per guardarlo negli occhi, non sapendo bene se credergli o meno.

Baker scoppiò a ridere. "Dai, Trilli, scherzavo! Santo cielo!"

"Sinceramente non mi sorprenderei, se fosse davvero tra i tuoi impegni, Baker. In pratica sei fantastico."

Lui scosse la testa. "Ti amo, cara mia. Tantissimo, accidenti!"

"Anch'io ti amo."

"Bene, sono pronto!" disse Ben entrando con indosso un paio di jeans diversi da quelli che indossava un minuto prima, e una Polo blu. Quel colore gli metteva in risalto gli occhi nocciola. Si era anche pettinato i capelli e dato un po' di gel. Jody ebbe anche l'impressione che si fosse dato dell'acqua di Colonia, o almeno un deodorante spray che lei aveva notato in bagno, su una mensola. Si era tirato al meglio, sicuramente per l'appuntamento di quella sera con Tressa.

Jody fece del suo meglio per nascondere un sorriso e gli rispose: "Va bene, allora vieni qui e cominciamo con quelle costine."

Due ore dopo, Baker osservava con un gran sorriso Jodelle che "aiutava" Ben a fare i compiti. Ovviamente, non gli serviva alcun aiuto, ma il ragazzo voleva comunque assecondare il bisogno di Jodelle di sentirsi utile.

La cena era stata deliziosa e Ben era orgoglioso di quel primo tentativo di cucinare, che aveva dato ottimi frutti. Soprattutto grazie alla costante supervisione di Jodelle, che l'aveva aiutato a fare ogni mossa nel modo giusto; secondo Baker, Ben avrebbe ricordato tutto ciò che aveva imparato quella sera. Era come una spugna, che assorbiva tutte le attenzioni che riceveva.

Mentre stavano chiacchierando dell'incarico di Baker per il governo, il telefono di Ben vibrò. Il ragazzo lo guardò di sfuggita... e contrasse ogni muscolo del corpo. Si alzò di scatto, facendo cadere la sedia dietro di sé. Poi corse in camera e tornò in salotto dopo qualche secondo con in mano le chiavi della macchina.

Anche Baker e Jodelle si erano alzati subito, e Baker raggiunse Ben prendendolo per un braccio per impedirgli di uscire di casa di corsa. "Cos'è successo?"

"Devo andare," disse Ben a denti stretti.

"Dimmi cos'è successo," gli ordinò Baker.

"Lasciami andare!" gridò Ben cercando di sottrarre il braccio dalla presa di Baker con uno strattone, senza riuscirci.

"No, prima devi dirmi che cazzo sta succedendo," ribadì Baker.

Guardando negli occhi di Ben, Baker ci vide rabbia... ma anche paura primordiale. Il messaggio che aveva ricevuto, quale che fosse, doveva essere pessimo.

"Ha preso Tressa!"

"Cosa? Chi è stato?" gli chiese Jodelle.

Baker però non ebbe bisogno di fare domande. Aveva già capito: era Rowden che stava compiendo la sua mossa.

Baker porse la mano a Ben per farsi dare il telefono. I loro sguardi si incontrarono, ma anche nel mezzo di quella crisi, per fortuna Ben si fidò abbastanza per sbloccare il cellulare e passarglielo.

Baker non gli lasciò il braccio: non voleva che corresse fuori di casa mentre lui leggeva il messaggio che aveva appena ricevuto.

Rome: Ehi amico, pensavo dovessi saperlo. Ho sentito da Lani, che l'ha sentito da un'amica sua vicina a Tressa, che stasera sono tutte a casa tua per la festa. Sembra che lei pensasse di trovarti là.

"Rowden ha organizzato una festa per stasera?" gli chiese Baker.

Ben annuì. "Sì. Oggi a scuola ne parlavano tutti. A Tressa non ho detto nulla perché non volevo che ci andasse."

"Pensi che Rowden sappia che frequenti Tressa?" gli chiese Baker.

"Ne sono certo. Alex Flores è uno dei suoi tirapiedi più leali. Eravamo amici, ma quando ho smesso di scassinare le macchine, lui ha deciso che ero uno sfigato e adesso mi odia. Io ricambio. Comunque, sono sicuro che ci ha messo lo zampino. Tressa non può essere coinvolta in questa stronzata, Baker!" esclamò Ben con un tono basso, ma disperato.

"Non verrà coinvolta. Mandale un messaggio, subito, dille che stai andando a prenderla," gli disse Baker restituendogli il cellulare.

"Se è nel seminterrato dove si tengono di solito le feste, il messaggio non le arriverà. Al ha messo fuori casa una specie di apparecchio per bloccare il segnale. Vuole che tutti si distraggano con l'alcol e con le droghe, senza accorgersi di quello che succede nel garage, dove lui porta alcuni di loro. È là che insegna a scassinare auto," gli spiegò Ben.

Baker lasciò andare Ben e si diresse verso la ciotola in vetro sul mobile, prese le chiavi e le porse al ragazzo. "Vai ad avviare la mia macchina. Ti raggiungo tra un secondo. *Non* andartene senza di me, altrimenti mi arrabbio. Già sono incazzato, non è il caso di peggiorare la situazione."

Ben annuì una volta, prese le chiavi e andò verso la porta.

"Baker, cosa stai facendo?" gli chiese Jodelle.

Lui la raggiunse e le mise le mani intorno al viso. Come sempre, lei gli afferrò i polsi. Lo guardò con occhi spalancati, preoccupatissima.

"L'hai sentito. Tressa è a casa di Rowden, c'è una delle sue feste, dobbiamo tirarla fuori da là."

In una frazione di secondo, l'espressione preoccupata di Jodelle diventò rabbiosa. "Sta cercando di vendicarsi di Ben per aver mollato il giro, vuole inguaiargli la ragazza. Che *farabutto*! Vai a prenderla, Baker. Portala in salvo, ma per favore, cerca di impedire a Ben di aggredire e ammazzare il patrigno. Non voglio doverlo visitare in carcere per i prossimi quarant'anni."

A quelle parole, l'istinto di Baker fu di ridere, ma fu sopraffatto subito dalla rabbia. "A seconda delle condizioni in cui la troveremo, non so se qualcuno l'avrà convinta o meno a prendere delle pillole... potremmo anche non tornare direttamente a casa."

"Fai tutto ciò che ritieni necessario."

Baker inclinò la testa. "Non ti dispiace se non li riporto subito entrambi qui a casa?"

"No. Mi fido di te."

Quelle poche, brevi parole penetrarono la psiche di Baker e lo scaldarono da dentro. "Ti fidi di me?" le chiese.

"Sì, te l'ho appena detto."

"No, Trilli. Ti *fidi* di me?"

Lei lo fissò negli occhi.

"Mi hai detto che, secondo te, era questa la lezione che dovevi imparare in questa vita."

"È vero," commentò lei a bassa voce.

"Mi dispiace un casino non poter passare la nostra seratina tranquilla, ma ti giuro che non ti pentirai mai di esserti fidata di me," le disse Baker.

"Lo so. Adesso penso sia meglio che tu vada, raggiungi

Tressa, prima che Ben si innervosisca e decida di tentare la sorte, andandosene e facendoti arrabbiare."

"Giusto. Jodelle?"

"Sì?"

"La pagherà. Mi dà un fastidio tremendo che quello abbia fatto una mossa proprio adesso, quando tra qualche giorno sarà fin troppo preso per incasinare la vita di suo figlio, ma quel bastardo è andato. *Finito.*"

"Bene. Adesso vai, Baker. Chiamami o mandami un messaggio appena puoi, per farmi sapere cosa succede."

"Va bene. Chiudi a chiave e non uscire di casa, va bene?"

"Va bene."

Baker le fece alzare il mento, la baciò brevemente, ma con tutto l'amore che provava nel cuore, poi si girò e andò verso la porta.

———

Dieci minuti dopo, Baker accostò dietro una lunga fila di macchine parcheggiate sulla strada in cui abitava Rowden. Era un bel quartiere, ogni casa aveva intorno un terreno di un paio d'ettari che lasciava spazio a sufficienza per organizzare feste senza che i vicini fossero troppo infastiditi per il rumore, o per l'eccesso di traffico d'auto. Nel tragitto, Ben gli aveva spiegato come si componeva l'interno della casa. Cinque camere da letto e una cantina enorme nel seminterrato, protetta come un bunker. Due garage, di cui uno davanti alla casa e l'altro, il più grande, sul retro: era quello in cui Rowden insegnava ai ragazzi come scassinare le macchine.

Baker si girò verso Ben. "Tu aspetta qui."

"Assolutamente no," rispose Ben. "Vengo con te."

"No, rimani qui," ribadì Baker. "Senti, lo so che vuoi raggiungere la tua ragazza, ma non voglio che tu metta piede in quella casa. Rowden sapeva che saresti venuto a prendere Tressa. Fa parte del piano. Non voglio che ti ricatti per farti rimanere. Senza offesa, Ben, ma se entri in quella casa, fai una scenata e magari tiri qualche pugno, lui avrà più materiale da usare contro di te.”

Ben aveva le narici dilatate e non sembrava affatto sul punto di desistere. Aveva in mente solo di arrivare a Tressa. Baker rispettava quel sentimento, ma sapeva che bisognava muoversi con astuzia.

“È probabile che usi tua madre per convincerti, se Tressa da sola non basta,” aggiunse Baker. “Magari ti racconterà qualche storia strappalacrime sul fatto che non sta bene, o che la farà internare di nuovo. La userà contro di te e non è il caso, né per te né per lei. Fidati di me, tirerò fuori io la tua ragazza, Ben.”

“Se invece cercasse di ricattare *te*?” gli chiese Ben.

Accidenti, Ben era davvero un bravo ragazzo. Si preoccupava per tutti, tranne che per sé stesso. “Non succederà mai. Pensi che lascerei in pericolo te *oppure* Jodelle? Assolutamente no! È finito, Ben. Mi basta qualche giorno in più per far partire lo tsunami. Adesso però devi fidarti di me, ti porterò io Tressa.”

Ben si voltò verso di lui per guardarlo negli occhi. L'angoscia nel suo sguardo era tremenda. “Va bene, Baker.”

Senza perdere un solo secondo in più, Baker annuì, più sollevato di quanto potesse dire del fatto che Ben si fidasse di lui. “Rimani qui. Te la mando fuori.”

Baker aveva incontrato Tressa una sola volta, quando era venuta in spiaggia per guardare Ben che faceva surf, quindi non era sicuro di riconoscerla in quella occasione. C'era buio e lei probabilmente sarebbe stata confusa, non trovando Ben in quella casa, quando qualcuno le aveva detto che ce l'avrebbe trovato; forse sarebbe stata anche spaventata. Magari persino drogata. Ma l'importante era solo farla uscire, rimandarla da Ben. Rivedendolo, si sarebbe sentita meglio.

Baker saltò giù dalla macchina e andò verso il lungo vialetto che portava alla porta d'ingresso della casa. Rifletté se fosse il caso di perlustrare il terreno circostante, ma avrebbe perso troppo tempo. Qualcuno poteva costringere Tressa a ingoiare delle pillole, oppure si poteva approfittare dell'assenza di Ben per assillarla: non era il caso di perdere nemmeno un istante.

Baker si avviò dritto alla porta e pigiò il campanello col dito. Non staccò il dito: continuò a premere nella speranza che il rumore fastidioso del campanello portasse qualcuno ad aprire al più presto.

Nel giro di pochi secondi, la serratura della porta fu sbloccata da un ragazzo di circa quattordici o quindici anni.

"Cazzo, dammi almeno il tempo di aprire la porta!" esclamò il ragazzo, che poi alzò gli occhi, vide Baker e deglutì. A fatica.

"Vai a prendere Tressa."

"Ehm... chi?"

"Tressa Dixon. Capelli neri lunghi, sul metro e sessanta. È troppo affascinante, sono sicuro che non ti è sfuggita."

"Ah, quella," commentò il ragazzo. "Va bene. Ehm... vado a trovarla," gli disse mentre cominciava a chiudere la porta.

Baker appoggiò il palmo di una mano alla porta e la spinse per aprirla. Il ragazzo fu preso alla sprovvista e fece un passo indietro. "Ehi, non puoi fare così!"

"L'ho appena fatto. Vai a prendere Tressa, maledizione! Hai solo tre secondi, se no perdo la pazienza."

Il ragazzo se ne andò di fretta proprio mentre una voce profonda chiedeva: "Scusi, lei chi è?"

Baker alzò lo sguardo e vide Al Rowden in carne e ossa per la prima volta... non gli fece una gran bella impressione. Indossava abiti firmati che davano troppo nell'occhio, era evidente che ce la metteva tutta per fare il figo. Era vagamente stempiato e si tingeva palesemente i capelli per cercare di sembrare più giovane; la ricrescita dei capelli bianchi si notava già. Era sovrappeso di una decina di chili e non lo nascondeva.

Ma fu l'espressione sprezzante con cui lo guardava a colpire subito Baker.

"Sono venuto a prendere Tressa," gli disse senza rispondergli.

"Di nuovo, posso chiederle chi è lei? Non credo sia il caso

di lasciare che gli ospiti di mio figlio se ne vadano via col primo sconosciuto che mi suona alla porta."

"Però è il caso che se ne stiano nel seminterrato, con libera distribuzione di droghe e alcol?" ribatté Baker, che non poteva rivelare troppo a quell'uomo, ma non voleva fargliela passare liscia per il modo in cui stava corrompendo quegli adolescenti.

"Ho delle telecamere di sorveglianza," disse Rowden alzando lo sguardo verso una telecamera puntata verso la porta.

"Sì, lo so," gli rispose Baker, che aveva già chiesto a un amico di infiltrarsi in quel sistema di sicurezza e aveva già raccolto molti video del fine settimana precedente, che dimostravano che quel bastardo aveva invitato in casa propria dei ragazzi e che poi quegli stessi adolescenti se n'erano andati ubriachi o strafatti in piena notte o alle prime luci dell'alba.

Rowden strinse gli occhi. "Se non mi dice subito chi è, faccio arrivare la polizia."

Baker non voleva certo che la polizia interferisse col piano. Alcuni agenti erano corrotti e stavano dalla parte di Rowden, reggendo il gioco di quel maledetto; ma non c'era il tempo di affrontare quel tipo di situazione in quel preciso istante.

"Sono Baker Rawlins," gli disse.

Negli occhi di Rowden non ci fu alcun segno di riconoscimento. "Non la conosco," gli rispose dopo un momento.

"No, ma io conosco *te*," ribatté Baker, incapace di trattenersi.

Un rumore alle spalle di Rowden lo fece girare, e Baker vide Tressa che veniva accompagnata all'ingresso. Dietro di lei c'erano altre due ragazze, chiaramente in vena di spettegolare. Tressa sembrava confusa e nervosa, non sapendo bene chi la cercasse. Quando vide Baker, spalancò gli occhi.

"Signor Baker!"

"È ora di andare, Tressa," le disse Baker.

"Porco cane, che figo scopabile!" sussurrò ad alta voce una delle altre ragazze.

Rowden ebbe l'ardire di allungare un braccio per bloccare il passaggio di Tressa. "Non così alla svelta," le disse.

Però Baker si era già stufato e disse, con tono profondo e secco: "Andiamo via, Tressa."

Lei gli obbedì immediatamente, aggirò il braccio di Rowden e si affrettò fuori dalla porta in compagnia di Baker.

"La mia macchina è quella nera, l'ultima della fila. Là c'è Ben che ti aspetta," le disse.

Gli occhi di Tressa si illuminarono di sollievo. "Ben è in quell'auto?"

Quando Baker annuì, lei si rilassò visibilmente. Era evidente che non le facesse piacere stare in quella casa e che avesse voglia di andarsene. Scattò via da quella porta senza esitare.

Baker fu contento di notare che Tressa non sembrava aver assunto alcuna sostanza, non aveva le pupille dilatate e non sembrava nevrotica: un altro ottimo segno. Certo, era diffidente e nervosa, ma c'era da aspettarselo: si era presentata a una mega festa sperando di trovarci Ben e poi aveva scoperto che lui non c'era.

"C'è anche mio figlio?" chiese Rowden guardando attorno a Baker come se potesse vedere nell'oscurità.

"Ben *non* è tuo figlio," gli rispose Baker facendo un passo indietro. In realtà avrebbe voluto prendere a pugni quel bastardo, ma poi Rowden avrebbe di sicuro avvertito i suoi amichetti infiltrati nella polizia e Baker avrebbe dovuto affrontare delle grane che avrebbero ritardato il gran crollo di Rowden. Per non parlare di Jodelle, che si sarebbe preoccupata, proprio il contrario di ciò che lui voleva. Non c'era bisogno di aggiungere altro stress sulle spalle di quella donna.

"Sono sposato con sua madre," sbraitò Rowden con tono arrogante.

"Non significa un cazzo. A proposito, dov'è Emma?" chiese Baker.

"Sta dormendo," rispose Rowden con voce artificiale.

"Sì, certo. Perché con questa maledetta festa in casa lei può dormire. Ci mancherebbe. Avrei dovuto immaginarlo."

Baker doveva portar via Ben e Tressa, ma era una vera tortura doversene andare, sapendo che in quella casa c'erano altri ragazzi che non avrebbero dovuto esserci. Ragazzi che Rowden stava corrompendo. Purtroppo, Baker aveva dovuto imparare tanto tempo prima che non poteva salvare tutti, per quanto fastidio gli desse. In quel momento, doveva concentrarsi su Ben, su Tressa, su Jodelle.

"Hai fatto una cazzata," gridò Rowden. "Scoprirò tutto quello che c'è da sapere su di te, Baker Rawlins, e rimpiangerai di esserti messo contro di me."

Baker non trattenne una risata. Prima di tutto, quel borioso non avrebbe scoperto nulla su di lui. Nulla che lui non volesse fargli scoprire. Tutta la sua vita era blindata, a differenza della vita di quel bastardo. Dopo aver capito cosa doveva cercare, per Baker non era stato molto complicato scoprire tutti gli scheletri che quello teneva nell'armadio... scheletri di cui la vita di Rowden era piena zeppa. L'avrebbe distrutto. Alla grande.

"Provaci," gli disse Baker voltandosi e avviandosi sul vialetto.

"Te ne pentirai!" gridò Rowden fuori di sé.

Baker alzò appena una mano col dito medio in evidenza, continuando ad allontanarsi. Sentì dietro di sé la porta che sbatteva e accelerò fin quasi a correre per raggiungere la macchina.

Ben era fuori dal veicolo, abbracciato a Tressa. Le teneva il viso tra le mani, come aveva visto fare a Baker con Jodelle più di una volta. Stavano parlando a voce bassa e per quanto Baker desiderasse lasciare loro un po' di intimità, doveva portarli via da quel quartiere, portarli in un posto sicuro.

"Vai dentro, Ben, dobbiamo andar via."

"Ci insegue?" gli chiese Ben, girandosi verso Tressa, che gli stava al fianco, e tenendole un braccio sulle spalle.

"No, ma non è il caso di soffermarsi troppo."

"Certo," gli rispose Ben, che poi aprì lo sportello posteriore dell'auto, aiutò Tressa a salire e salì dietro di lei.

Baker accennò un sorriso. Non si sarebbe mai aspettato di

fare da autista a una coppia di adolescenti, ma sinceramente non gli dispiaceva. Si mise al volante e fece retromarcia, ripromettendosi di tornare in quella casa, ma per osservare Al Rowden che veniva portato via in manette.

Ben e Tressa parlavano sottovoce sul sedile posteriore, ma Baker li ignorò. Guidò fino al parcheggio di Sunset Beach e spense il motore.

"Cosa c'è, Baker?" gli chiese Ben confuso.

"Non c'è niente di meglio per schiarirsi le idee di una passeggiata in spiaggia, con la sensazione dell'oceano sul viso. Porta Tressa a fare una camminata, Ben. *Parla* con lei." Baker non era sicuro che Ben avrebbe detto alla sua ragazza ciò che stava succedendo, ma doveva comunque farle sapere il motivo per cui non era il caso di tornare in quella casa.

"Capito. Grazie."

"Io rimango qui," aggiunse Baker. "Prendetevi tutto il tempo che volete. Non vado da nessuna parte."

"E Jody?" chiese Ben.

Per la centesima volta, Baker ebbe una conferma del buon cuore di quel ragazzo. "Le telefono subito, sta bene."

Ben annuì. Chiaramente non era ancora pronto a sorridere.

"Quando siete pronti, portiamo Tressa a casa," concluse Baker.

"La ringrazio, Baker," disse Tressa sottovoce.

"Dammi pure del tu," le rispose lui.

Tressa annuì.

I ragazzi uscirono e si avviarono verso la spiaggia. Ben si fermò davanti alla macchina e si accovacciò davanti a Tressa, fuori dal campo visivo di Baker. Quando si rialzò, teneva in mano i sandali di Tressa e li mise sul cofano dell'auto. Poi si tolse anche lui le scarpe, le mise vicino a quelle di lei e la prese per mano. Si avviarono insieme verso il bagnasciuga.

La spiaggia non era deserta, ma di sicuro non era affollata come durante il giorno. C'era buio, ma le luci provenienti dalle case che costellavano la spiaggia davano a Baker la certezza di poter tener d'occhio i due ragazzi. Ben avrebbe fatto in modo che non succedesse nulla a Tressa.

Baker uscì dalla macchina e tirò fuori dalla tasca il cellulare, cliccando sul nome di Jodelle.

"Tressa sta bene?" gli chiese Jody senza convenevoli.

Baker immaginò che Jody fosse andata avanti e indietro per casa, preoccupata fino al midollo, per tutto il tempo. Si fidava di lui, ma stava comunque in pensiero. "Sta bene."

La sentì sospirare di sollievo. "E Al? È ancora vivo?"

Baker fece una risata nasale. "Sì, Trilli."

"È stato difficile?" gli chiese.

"Sì e no. Per fortuna, il ragazzo che mi ha aperto la porta non mi ha rotto le scatole ed è andato subito a trovare Tressa. Poi è arrivato Rowden, ce ne siamo dette quattro, infine ce ne siamo andati."

"Penso che tu stia omettendo qualche dettaglio, Baker," lo accusò Jody.

"Quel deficiente mi ha minacciato," le disse con una risata.

"Cosa? Non c'è nulla di divertente!" esclamò Jodelle.

"Accidenti, è da spanciarsi," ribatté lui. "Pensa di poter usare i suoi contatti per gettarmi addosso del fango. Prima di tutto, non può trovare nulla. Secondo, non avrà nemmeno il tempo di muovere i suoi ingranaggi, perché è finito."

"Ecco. Adesso dove siete? Tornate a casa?"

"Ho portato in spiaggia Ben e Tressa. Stanno facendo una camminata per parlare. Rimango qui finché non tornano. Voglio essere sicuro che siano a posto, prima di riaccompagnarla a casa."

"Ottimo."

"Ti dispiace che non siamo tornati subito a casa?" le chiese Baker.

"No: sono con te, quindi sono al sicuro. Forse sarebbe meglio che passassi un po' di tempo con Ben, solo voi due, dopo aver portato Tressa a casa. Puoi parlare con lui, rassicurarlo che hai tutto sotto controllo. Adesso sarà sicuramente fuori di sé, ma non vuole mostrarlo alla sua ragazza.

Poi non voglio che si metta in testa strane idee su come vendicarsi. Quindi... sì, va bene se rimanete fuori un po' di tempo."

Baker abbassò la testa e osservò la sabbia tra i propri piedi nel parcheggio. Era appoggiato allo sportello sul lato di guida; si aspettava di dover convincere Jodelle che Ben aveva bisogno di passare del tempo da solo con Tressa. Invece si era sbagliato.

"Detto questo, se quello continua a tormentare Ben, dovrà vedersela anche con *me*," aggiunse Jodelle con un tono basso ma deciso.

"Invece no," le rispose Baker rimettendosi ben dritto in piedi.

"Baker, dai! Usare una ragazzina di sedici anni per cercare di tormentare Ben, per controllarlo, è davvero troppo!"

"Hai ragione," concordò lui, "ma tu non ti avvicinerai a quel bastardo."

"Non posso prometterti di non fare qualche pazzia. Ho già perso Kai, *non* perderò anche Ben."

Baker si prese un secondo per incassare il colpo. Per quanto amasse quella donna, per quando felice la rendesse, non sarebbe mai riuscito a riportarne in vita il figlio. "E io non posso perdere *te*, Jodelle. Sarebbe uno strazio insopportabile. Non mi riprenderei mai. Devo sapere che sei al sicuro."

"E io devo sapere che le persone che amo non vengono ricattate o costrette a fare cose che non vogliono fare, come scassinare delle auto, spacciare droga, diventare dei figuri malvagi e orribili. Quel tipo ha avuto un'occasione di prendersi cura di Ben, lo stesso dicasi per sua madre. Siccome non ci sono riusciti, adesso tocca a me! Lo proteggerò in qualunque modo."

"Cazzo!" imprecò Baker.

Jodelle sospirò. Poi lo prese alla sprovvista, mettendosi a ridere. "Che ne dici se ti prometto di avvisarti prima di fare qualunque follia? Così se ne ho bisogno puoi sempre venirmi a salvare."

"Che ne dici se mi avvisi prima di fare qualunque follia,

così posso convincerti a lasciar perdere e posso occuparmi io della faccenda che ti turba?"

"Non sono una persona debole," gli disse Jodelle.

Baker si accigliò. "Non ho mai detto che lo fossi."

"Non ho bisogno di qualcuno che si prenda cura di me."

"Lo so che non ne hai bisogno. Forse sarebbe meglio parlarne a quattr'occhi, ma dato che sei entrata nell'argomento... io non ti ritengo una persona debole, sotto nessun punto di vista. Anzi, sei una delle donne più forti che abbia mai conosciuto. Persino più forte di Elodie e delle altre. Certo, loro hanno affrontato situazioni gravissime, e sono orgoglioso per come le hanno superate, grazie alla loro forza interiore e a una fortuna sfacciata. Ma tu, Jodelle... tu hai subito colpi che spezzerebbero chiunque in modo irreversibile, e invece sei andata avanti. Non solo, ma hai *fatto* qualcosa quando Ben ne aveva più bisogno. In tanti avrebbero provato compassione, ma sarebbero andati avanti senza immischiarsi, per non farsi coinvolgere. Tu invece non solo ti sei fatta coinvolgere, ma l'hai invitato a vivere nella camera di Kai, donandogli te stessa e l'immenso amore che hai dentro."

"Accoglierlo in casa, nella stanza di Kai, quando Ben ha la stessa età che aveva tuo figlio quando ti è stato portato via, sentirlo parlare degli amici, guardarlo fare surf nelle stesse acque che hanno preso Kai... questa è *forza*, Trilli. Però non sei immortale. Ti ho detto una volta che le malvagità del mio mondo non arriveranno mai a te, e dicevo sul serio."

"Al Rowden non viene dal tuo mondo," commentò Jodelle a voce bassa.

"Ma ci è entrato, perché ce l'ho fatto entrare *io*," ribatté Baker.

Un altro sospiro. "Baker?"

"Sì, Trilli?"

"Quando questa storia sarà finita, vorrei tanto tornare alla mia vita noiosa. Sai, lavorare a progetti di grafica, guardare i surfisti, nella peggiore delle ipotesi bruciare una cena ogni tanto."

"Mi sembra un'ottima idea," le disse Baker.

"Mi mandi un messaggio prima di tornare a casa?"

"Certo, Trilli. Non è un problema."

"E di' a Tressa che mi fa piacere che stia bene."

"D'accordo."

"E fai pur sapere a Ben che, finché sta fuori con te, non ci sono problemi di orario."

Baker ridacchiò. "Ti sta bene se lo tengo fuori fino alle due?"

"Ehm..."

"Ecco. Come immaginavo. Torneremo prima di mezzanotte."

"Va bene."

"Adesso ti saluto," le disse Baker. "Cerca di rilassarti. Ben sta bene. Tressa sta bene. Questa boiata finirà presto."

"Va bene. Ti amo, Baker."

"Ti amo anch'io."

"Baker?"

"Sì?"

"Sto pensando che forse Ben vorrà vedere Tressa anche domani. Sai, per assicurarsi che stia bene, dopo tutto quel che è successo stasera. Se è così, dato che io di solito il sabato non lavoro... pensavo che, se non sei troppo impegnato a mettere in movimento il crollo epico di Al Rowden... magari potremmo passare del tempo insieme."

"Se intendi dire fare l'amore, accidenti se ci sto," le rispose con tono profondo.

"Ottimo. Allora è deciso."

Baker sentì il cuore gonfiarsi. "Sì, Trilli, è deciso."

"Perfetto. Fai attenzione, c'è buio, e a notte inoltrata ci sono tanti ubriachi al volante per la strada."

"Infatti."

"A presto."

"Sì, a presto," ripeté lui. "Controlla che la porta sia chiusa a chiave."

"È chiusa a chiave."

"Controlla di nuovo," insisté Baker.

"Va bene, ricontrollo."

"Ti amo."

"Ti amo anch'io. Ciao."

"Ciao."

Baker infilò il telefono in tasca e alzò lo sguardo verso l'oceano all'orizzonte. Le bianche spume delle onde si frangevano sulla spiaggia. Doveva inviare qualche messaggio, per controllare che l'operazione procedesse liscia, ma avrebbe dovuto aspettare di essere sul suo computer per accedere al *dark web* per comunicare con la rete impenetrabile che si era costruito.

La bella vita di Rowden stava per concludersi... e Baker era maledettamente ansioso di godersi quel momento.

CAPITOLO VENTUNO

Lunedì mattina, Jody era in spiaggia seduta a quello che ormai riteneva il *suo* tavolo da pic-nic, a guardare i suoi ragazzi che facevano surf. C'era anche Ben, che per fortuna sembrava star bene, dopo tutto ciò che era successo il venerdì sera. Il ragazzo aveva passato tutto il sabato in compagnia di Tressa, a casa di lei, mentre la domenica, pur non andando a trovarla di persona, aveva passato moltissimo tempo a mandarle messaggi o parlando con lei al telefono, nei momenti in cui non stava sbrigando faccende per la casa o aiutando Jody a preparare la cena.

Quel lunedì mattina, Baker l'aveva convinto a fare surf, ed erano entrambi in spiaggia.

"Tutto bene?" le chiese Baker raggiungendola da dietro.

Lei si voltò e scrutò l'uomo di cui ormai era follemente innamorata. Baker era diventato per lei importante a tal punto da spaventarla. Avevano passato il mattino del sabato a letto insieme, facendo l'amore in modo travolgente e appassionante come la prima volta, poi avevano fatto la doccia, avevano mangiato e lui le aveva praticato sesso orale in salotto: una delle esperienze intime più appaganti di tutta una vita. Poi lei aveva ricambiato, succhiandoglielo fino a farglielo esplodere: un'esperienza senza pari anche per lui.

La domenica, Baker le aveva proposto di portare in casa

da lei degli altri oggetti da casa propria. Non aveva ancora traslocato il computer e gli altri apparecchi di lavoro, perché prima voleva fare delle modifiche, per rendere la connessione a internet più criptata a casa di Jody. Lei gli aveva chiesto di spiegarle come funzionasse, ma lui aveva cominciato a parlare di *dark web*, di nascondere le tracce e di VPN, così lei aveva smesso abbastanza presto di seguirlo.

Gli aveva risposto solamente che poteva portare ciò che voleva e fare le modifiche che voleva alla casa, che a lei sarebbe andato tutto bene... perché significava averlo con sé più spesso.

Così, dopo tutto ciò che era successo, persino dopo l'incidente con il patrigno di Ben, Jody finalmente si sentiva più tranquilla, anche se Baker le aveva appena detto di dover andare alla base navale per qualche ora, quel pomeriggio.

"Jodelle?" la chiamò Baker di nuovo, preoccupato. "Tutto a posto?"

"Scusami. Sì, tutto a posto."

"Non andrei via, se non fosse importante."

Jody lo guardò e annuì. "Lo so, non c'è problema. Non sono una sciocchina inerme che non può sopravvivere un pomeriggio senza il suo uomo."

Baker accennò un sorriso. "Lo so. Forse sono *io* che non me la sento di lasciare voi due da soli."

Jody gli si avvicinò e gli appoggiò la testa sulla spalla. Lui la cinse immediatamente col braccio intorno alla vita, tenendola stretta. "Hai detto che ti servivano un altro paio di giorni, per preparare tutto sul discorso Rowden," gli disse.

"Sì," confermò Baker.

"Allora oggi sarà solo un giorno come un altro," aggiunse Jody. "Tu fai le tue cose, io faccio le mie. Andrà tutto bene. Stasera, stavo pensando di insegnare a Ben come si preparano le lasagne. Per te va bene?"

"A me va bene tutto ciò che prepari, Trilli." Poi Baker fece un respiro profondo. "Spero tanto di finire le riunioni per le quattro. Poi torno subito a casa; se il traffico non è esagerato, dovrei essere a casa per le cinque."

"Va bene."

"Per gran parte della giornata, potrei non essere raggiungibile," la avvertì.

Lei alzò la testa e lo guardò perplessa. "Va tutto bene?"

"Sì. È che a volte le cose di cui discuto coi piani alti richiedono maggiori precauzioni di sicurezza. Le camere sono totalmente blindate, persino il segnale di telefonia è disturbato. Sono solo precauzioni, ma ci saranno solo una pausa pranzo e qualche intervallo, per il resto sarò irraggiungibile. Se hai bisogno di qualcosa, telefona a Mustang. Se non trovi lui, prova con Midas. Se non c'è lui..."

"Lo so, lo so! Provo con Aleck, o Pid, o Jag, o Slate," terminò Jody.

"Esatto. Però lasciami un messaggio, così appena posso ti richiamo."

"Non succederà nulla," ribadì Jody a bassa voce.

"La mia esperienza mi insegna che i drammi accadono proprio quando meno te li aspetti," le disse Baker. "Più si avvicina l'ora zero dell'operazione Rowden, e più mi innervosisco. Avrei evitato la riunione di oggi, se avessi potuto, ma non posso."

"Starò a casa tutto il giorno. Non devo andare a fare la spesa. Ho già in casa tutti gli ingredienti per le lasagne. Vedrò Ben qui in spiaggia, oggi pomeriggio. Mi ha già detto che vuole portare anche Tressa per rimanere in spiaggia con me, vuole insegnarle altri dettagli del surf, spiegarle cosa fanno gli altri in acqua."

"Venerdì sera ho fatto incazzare Rowden," le disse Baker. "Quello è il tipo che vorrà salvare la faccia, vedrai che tenterà qualcosa."

"È meglio che rimaniamo in casa, invece di uscire in spiaggia?"

Baker strinse le labbra, poi sospirò. "Ben è sotto stress. Ha più problemi di tanti altri adolescenti. Mi darebbe troppo fastidio togliergli l'unica cosa che l'aiuta ad alleviare la tensione. Penso che non sarà un problema: questa è una spiaggia pubblica. Però tieniti all'erta in caso ci siano guai.

Telefono a portata di mano in ogni momento. Se per caso Al
si presenta, non affrontarlo."

"Pensi che si farà vedere?" gli chiese Jody.

"Sinceramente no. Siamo in un luogo pubblico e lui preferisce non fare baccano, però rimane pur sempre una
minaccia."

"La pioggia di fuoco e fiamme che gli hai riservato pioverà
su di lui prima che possa eseguire i piani che ha in mente,"
disse Jody con un sorrisetto.

"Lo spero proprio."

"Vedrai," aggiunse Jody, più per coraggio, che per certezza.
Al era chiaramente un bastardo di gran calibro, a cui non
importava nulla di corrompere dei ragazzi e di tenere la
moglie sotto l'effetto costante dei farmaci fino al punto da
farla diventare dipendente... Era uno che ricettava merce
rubata in cambio di droga e di soldi da scommettere. Viveva
in una fragile trama di potere destinata a crollare come un
castello di carte, e Baker stava per dare il tocco finale. Jody si
sentiva come assetata di sangue, per il desiderio di far pagare
ad Al Rowden lo scotto delle sue malefatte, anche se le dispiaceva che la mamma di Ben rischiasse di venire immischiata
nello stesso calderone. Però erano persone adulte, anche
quella donna aveva fatto le sue scelte e sia lei che Rowden
avrebbero affrontato le conseguenze delle proprie azioni.

Baker si voltò e baciò Jody sulla tempia. "Ti amo, Trilli."

"Ti amo anch'io."

Si sedettero rimanendo abbracciati, guardando i ragazzi
che facevano surf, finché non giunse il momento di richia-
marli per farli andare a scuola. Baker si mise due dita in bocca
e sprigionò un fischio lungo e potente. Fu molto efficace, e
Jody provò una certa gelosia, perché i ragazzi reagirono
immediatamente al fischio, cominciando a tornare a riva a
bordo delle rispettive tavole da surf.

Jody consegnò a tutti dei panini per colazione e rimase
finché anche l'ultimo dei ragazzi se ne andò dal parcheggio.
Poi mise il frigo da viaggio nel baule dell'auto di Baker mentre
lui sistemava la tavola di Ben sul portapacchi del tettuccio.

Mentre tornavano a casa, Baker prese la mano di Jody nella propria. Fu un gesto semplice, niente affatto erotico, eppure lei si sentì in quel momento felicissima, come non si sentiva da moltissimo tempo. Da cinque anni, per la precisione. La vita le aveva creato difficoltà estreme e inaspettate, ma lei aveva imparato qualcosa dalla morte di Kailani: apprezzare ciò che aveva nel momento.

Quando arrivarono a casa, Jody entrò a preparare il caffè, mentre Baker sistemava la tavola da surf di Ben nel piccolo box fuori di casa. Era un garage pieno di scatoloni e di altre cianfrusaglie che Jody aveva accumulato negli anni, oggetti di cui non si era disfatta.

Quando Baker entrò in casa, le disse: "La mia prossima missione, quando questa cosa con Rowden sarà completata, sarà dare una ripulita a quel garage, così potrai metterci il tuo furgone."

"Non mi dispiace parcheggiare nel vialetto," gli rispose Jody. "Non è che mi capiti mai di dover togliere il ghiaccio dal parabrezza."

"Sì, ma nel vialetto ci stanno solo due macchine, quindi io o Ben dobbiamo parcheggiare in strada. Non vorrei dover andare avanti così per sempre, perché darà fastidio ai vicini e qualcuno potrebbe scheggiare l'auto; il rischio aumenta ogni giorno di più, se la macchina rimane fuori in strada."

Jody si morse un labbro. "Baker, questa casa non è enorme. Se vieni a viverci, non so proprio come faremo a sistemare tutto. Probabilmente dovremo mettere *più* cose in garage, non toglierne."

Baker le si avvicinò e la baciò con dolcezza. "Quando, non se."

"Come?"

"*Quando* verrò a viverci, non se," le spiegò. "E non devi preoccuparti delle mie robe. Se non ci stanno, le venderò, o le darò a Theo, oppure Lexie può trovare nel centro di Food For All qualche utente a cui possono servire."

"Non puoi dar via le tue cose," gli disse Jody esasperata.

"Perché no?"

"Beh... perché sono le *tue* cose," gli rispose blandamente.

"Jodelle, a me non importa un fico secco degli oggetti materiali. Mi interessi solo tu. Perché mai dovremmo tenere due divani, quando quello che hai è perfettamente comodo? Non ci servono due letti, due tavole, due servizi di piatti. Pensavo di cambiare la tua TV con la mia, che è più grande, ma se sei affezionata a quella che hai, allora va benissimo."

"Baker," gli sussurrò Jody, sopraffatta dall'emozione.

"Io voglio solo che tu faccia spazio per *me*, nella tua vita. In questa casa. Tutto il resto non conta."

"Ho capito," gli rispose con più amore di quanto ne provasse un minuto prima. "Mi aiuteresti a fare una cernita delle cose di Kai? Non ce l'ho fatta a darle via. Alcuni degli oggetti nel garage vengono dalla sua camera... oggetti che proprio non potevo scartare."

"Certo che ti aiuterò," le rispose dolcemente, tirandola tra le proprie braccia.

Proprio nel posto in cui Jody preferiva stare. Appoggiata a lui, che la teneva stretta. Rimasero in piedi senza muoversi per un lungo minuto, poi Baker si staccò da lei controvoglia. "Devo farmi la doccia e partire per la base," le disse con tono triste.

"Lo so."

Baker abbassò la testa e appoggiò le labbra su quelle di Jody. Non fu un bacio corto: fu appassionato e lei poté sentire tutto l'amore che lui provava, grazie a quel contatto intimo delle labbra. Quando lui si staccò, le baciò la punta del naso e poi le annusò la pelle sotto l'orecchio, inalando profondamente.

Jody sorrise. Le piaceva un sacco quel gesto che lui ripeteva spesso. Era come se non fosse mai stanco di fiutare il profumo della sua pelle.

Baker le appoggiò il palmo della mano sulla guancia e le passò il pollice sulle labbra, poi finalmente staccò la mano e si avviò verso il bagno.

A Jody servì un momento per riprendere l'equilibrio, ma quando finalmente si sentì in grado di camminare, si voltò per andare alla macchina del caffè: aveva un sorriso enorme in viso. Poteva ben dire di essere felice. Non molto tempo prima, c'era stato un periodo in cui lei non avrebbe mai immaginato di potersi sentire in quel modo. Però era successo l'impossibile, grazie a Baker e a Ben.

———

Più tardi, quel pomeriggio, Jody era seduta al suo tavolo da pic-nic in attesa che arrivassero i suoi ragazzi. Era arrivata in spiaggia un po' in anticipo per parlare con gli altri surfisti, per farsi un'idea delle condizioni dell'oceano e poterne informare poi gli adolescenti, prima che andassero in acqua.

Baker le aveva inviato un messaggio verso ora di pranzo, chiedendole come stesse andando la giornata e confermando che avrebbe finito intorno alle sedici.

Erano già le tre e mezza, quindi presto sarebbe uscito da quella riunione e si sarebbe avviato verso casa. Con un traffico non troppo pesante, che era sempre un terno al lotto dalle parti di Honolulu, ma anche sulla super-strada che portava alla North Shore, forse sarebbe rien-trato in tempo per aiutare lei e Ben a preparare le lasagne.

Era persa nei propri pensieri quando si sentì chiamare per nome da lontano, dietro di lei.

"Miss Jody! Miss Jody!"

Jody si girò e vide Felipe e Lani che correvano verso di lei dal parcheggio.

Vedendo l'espressione che avevano in viso, Jody fu colta da un improvviso terrore e per un attimo non riuscì a muoversi. Appena riuscì ad alzarsi in piedi, i due ragazzi la raggiunsero. Erano senza fiato e avevano gli occhi spalancati. Cominciarono a parlare simultaneamente e Jody dovette alzare una mano e interromperli con decisione: "Uno alla volta. Cos'è successo?"

Lani fece un gran respiro. "Si tratta di Ben!"

Per la seconda volta nel giro di un minuto, Jody fu quasi

sopraffatta dal terrore. Poi Felipe riprese a spiegare da dove si era interrotto Lani.

"Hanno aggredito Ben in pausa pranzo! Alex e altri amici suoi lo hanno pestato a sangue. È messo *male*, Jody. Quando i professori gli hanno tolto di dosso i ragazzi, lui è rimasto per terra a gemere."

Il pensiero di Ben sofferente fece venire a Jody una scossa d'adrenalina. "Perché?"

"Non lo sappiamo," le rispose Lani. "Però lo sanno *tutti* che non vanno d'accordo, anche se prima erano amici."

"Adesso dov'è?" chiese Jody.

"Credo che sia a casa," rispose Felipe. "Il preside ha sospeso Alex e gli altri che l'hanno pestato, per fortuna."

Jody però non ascoltò quell'ultima frase. Lei era rimasta a casa tutto il pomeriggio ed era appena arrivata in spiaggia. Se Ben era stato picchiato a ora di pranzo, sarebbe dovuto tornare a casa ben prima che lei uscisse. Poi la colpì un altro pensiero. "Cosa vuol dire *a casa*? A quale casa?"

Felipe sembrò confuso. "Beh, a casa *sua*. È venuto a prenderlo suo padre. Credo che l'abbia portato a farsi medicare e poi a casa per riprendersi."

No. *Nonononono!* Il panico di Jody si decuplicò. Se Al Rowden era andato a prendere Ben per portarlo a casa sua, non era affatto un buon segno. Al contrario.

In un attimo, tutto il panico sparì per lasciare il posto alla determinazione, che cominciò a scorrerle nelle vene.

Jody si voltò e si avviò verso il parcheggio senza dire una parola.

"Jody?" la chiamò Lani. "Dove sta andando? Lascia qui il frigo?"

Jody non si fermò. Non gliene importava più nulla di quel frigo. Ogni suo pensiero era rivolto a Ben, che era nelle grinfie del patrigno, un uomo a cui di lui non importava minimamente. Un uomo che stava per crollare al tappeto per mano di *Baker* e che probabilmente era ancora fuori di sé perché Ben gli era sfuggito di mano. Con le ferite del pestaggio, Ben era decisamente più vulnerabile. Jody non escludeva nemmeno che Al approfittasse di quel pestaggio per picchiare ulteriormente Ben e farla franca.

Saltò sul furgone e richiamò il numero di Baker, poi avviò il motore e sfrecciò via come una indemoniata verso la casa di Al Rowden. Il telefono squillò alcune volte, poi partì la segreteria.

"Baker, sono io. Ben è ferito. Alex e degli altri ragazzi l'hanno picchiato in pausa pranzo. Al è andato a prenderlo a scuola e l'ha portato a casa. Da *lui*. A questo punto, è là da ore. Ci sto andando per vedere se posso tirarlo fuori da là. Ti amo."

Cliccò sull'icona rossa. L'apprensione minacciò di vincerla, ma Jody la spinse da parte. Forse per istinto materno, forse per una premonizione; quale che fosse il motivo, Jody sapeva di non poter aspettare a raggiungere Ben.

Cercò di telefonare a Baker altre tre volte, pregando che fosse uscito in anticipo dalla riunione, ma ogni volta scattava la segreteria. Non si preoccupò di lasciare altri messaggi: senza dubbio alcuno, appena scoperto cos'era successo, Baker l'avrebbe raggiunta il prima possibile.

Jody era un po' nervosa: sapeva che Baker era lontano, alla base navale, e che non avrebbe raggiunto in breve tempo lei e Ben, ma senza dubbio li *avrebbe* raggiunti. Lei doveva solo trovare Ben, valutare la situazione e fare ciò che andava fatto nel frattempo.

Solo quando parcheggiò il furgone davanti alla casa di Al, le tornò in mente che doveva telefonare a Mustang. Ne richiamò il numero, ma anche quello passò in segreteria. Più rimaneva là seduta e più cadeva nel panico. Ben era là, in quella casa, e lei doveva vederlo coi propri occhi, assicurarsi che stesse bene. Non volendo aspettare un secondo di più, Jody saltò giù dal veicolo e si avviò di corsa verso la casa.

Cominciò a battere sulla porta col pugno allo stesso tempo in cui con l'altra mano suonava il campanello.

"Apri la porta!" gridò, alzando lo sguardo verso la telecamera di cui le aveva parlato Baker dopo aver visitato quella casa. "So che sei là dentro. Voglio vedere Ben! Apri la porta!"

Jody si aspettava di essere ignorata, di dover rimanere là in piedi tutta la sera, invece fu sorpresa di vedere la porta che si apriva.

Si ritrovò davanti proprio Al, in persona, con un ghigno malefico in faccia. "Adesso la situazione si è ribaltata. Sei tu che vuoi entrare in casa *mia*."

"Dov'è?" gli chiese.

"Chi?"

"Lo sai bene, chi! Ben! Dov'è? So che lo tieni qui. Mi hanno detto che sei andato a prenderlo."

Al fece uno schiocco con la lingua. "Non se la passa bene, signora Spencer. La ringrazio per l'interessamento, ma Ben sta riposando."

"Vaffanculo!" esclamò Jody. "Non me ne vado se non lo vedo. Ben? *Ben!*" gridò con forza, senza preoccuparsi che qualche vicino la sentisse. Anzi, in realtà *sperava* che la sentissero.

Al la prese di sorpresa: le afferrò un braccio e la tirò dentro casa grugnendo: "Sta' zitta!"

"Lasciami andare!" gli rispose lei con tono basso ma determinato. Era impaurita, arrabbiata, sopraffatta, più disperata di quanto credesse possibile. Il pensiero che Kai si ritrovasse intorno un figuro come Rowden le fece digrignare i denti dalla rabbia. Non si trattava di Kai, ma di Ben, e Jody sarebbe andata all'inferno, piuttosto che deludere quel ragazzo come avevano fatto tanti altri, che invece avrebbero dovuto volergli bene e occuparsi di lui.

"Non so proprio cosa ti importi di quello stronzetto," le disse Al. "È solo uno stupido *teppista*. Un delinquentello che ha bisogno di mano ferma; trattarlo da bambino non gli farà alcun bene."

"Se è un teppista, è perché ce l'hai fatto diventare *tu*," ribatté Jody. "Invece di insegnargli a distinguere il giusto dallo sbagliato, l'hai incoraggiato a diventare un criminale. Per che cosa? Per poter usare i soldi e comprare droghe alla madre? Per comprare ecstasy con cui tenere gli altri ragazzi sotto controllo? Per perdere tutto in scommesse come un balordo? Mi fai pena!"

Jody ebbe un momento per vedergli alzare il braccio e sussultare, ma fu troppo lenta nel reagire. Il pugno di Al la colpì alla guancia e Jody rimase in piedi solo grazie alla stretta dolorosa con cui le teneva il braccio. Per un momento, vide solo delle stelle confuse, e dovette prendere fiato per non svenire. Non era mai stata colpita e le faceva male. Un dolore straziante.

Si accorse troppo tardi che non avrebbe dovuto far sapere ad Al che Ben le aveva raccontato tutto. Avrebbe dovuto giocarsela a sangue freddo, ma era *troppo* incazzata! Aveva parlato senza riflettere.

Così aveva messo in pericolo sia sé stessa *sia* Ben.

Quando la fitta intensa alla faccia si trasformò in un dolore pulsante, Jody guardò Al. Stava sogghignando beffardamente, come se avesse goduto intimamente nel picchiarla.

"Adesso chiamo la polizia," le disse Al. "Dirò che sei entrata in casa mia con la forza e ti arresteranno per violazione di domicilio."

"*Tu* mi hai afferrata e mi hai tirata dentro. Mi hai colpita e mi stai trattenendo contro la mia volontà." Jody non conosceva bene gli aspetti legali di una situazione come quella, in cui qualcuno veniva trascinato con la forza in una casa, ma le sembrava di non aver violato alcuna legge. "Non ho paura di te, né della polizia," ribadì provocandolo e alzando la testa. "Non sei altro che un bastardo di prima categoria. Specialmente rispetto a un uomo come *Baker*."

Appena sentito il nome di Baker, Al accennò un sorriso. Le strinse la presa al braccio, ma senza parlare. Jody era decisa a provocarlo. Voleva fargli male quanto lui ne aveva fatto al figliastro.

"Ben prende Baker come esempio. È il suo idolo, un uomo infallibile agli occhi di Ben. Per forza: non solo è un uomo affascinante e intelligente, ma ha anche un cuore nobile ed è letteralmente un eroe della Marina." Le scappò una risata nervosa. "Ho saputo persino che una delle ragazze l'ha definito *figo scopabile*. Chiamano così anche *te*? Sovrappeso, stempiato, *patetico*! Scommetto che quelle ragazze ridono alle tue spalle, ti chiamano vecchio pietoso che cerca di fingersi ancora giovane."

Al le lasciò andare il braccio e ritrasse l'altro braccio col pugno chiuso per colpirla di nuovo.

Jody però era pronta: si girò per evitare il pugno diretto alla faccia, che le andò a sbattere contro la spalla. Le fece comunque male, ma non quanto il dolore del colpo in faccia. Quella spinta la fece incespicare all'indietro. Colpì con un fianco l'angolo di un tavolino appoggiato alla parete dell'atrio e cadde, andando a sbattere con la guancia contro il pavimento in ceramica.

Al avanzò di slancio e le sferrò un calcio alla coscia, poi al fianco, mentre lei cercava di rannicchiarsi il più possibile per proteggersi. Dopo qualche altro calcio, Al si abbassò e la tirò in piedi. Stava ansimando, con gli occhi strabuzzati... ovviamente l'aveva provocato un po' *troppo*.

"Vuoi vedere quel bastardello?" le chiese Al con voce sibilante. "D'accordo!"

La portò di gran passo verso una rampa di scale. Jody inciampò, ma fece del suo meglio per rimanere in piedi, perché temeva che comunque Al l'avrebbe trascinata per i capelli, qualora fosse caduta. Arrivati in cima alle scale, Al la trascinò per un corridoio fino all'ultima porta in fondo. Tirò fuori di tasca una chiave e la ficcò nella toppa.

Non sorpresa che Al avesse chiuso Ben a chiave, ansimò quando la spinse dentro con una mano dietro la schiena. Jody cadde di nuovo sul pavimento, ma si rimise in piedi rapidamente e si voltò verso di lui.

"Era meglio se non venivi, signora Spencer," le disse con un tono tetro.

"Se lo dici tu..." gli rispose scuotendo la testa e facendo del suo meglio per nascondere i dolori dei colpi subiti. "Chiama la polizia. Forza! Ti sfido!"

"Ho cambiato idea. Non chiamo nessuno. Dovrai subire le conseguenze delle tue azioni."

"Non puoi tenermi qui dentro. È un rapimento!" gli rispose.

"No, se non lo sa nessuno," ribatté Al. "Alex e i suoi amici porteranno il tuo furgone da qualche altra parte. Dirò a tutti quelli che si interessano che sei passata, ma che sei andata via dopo aver visto che Ben stava bene. Ci crederanno tutti, cazzo, perché sono un giudice e qui mi *adorano* tutti!"

Ormai era completamente impazzito. Jody deglutì a fatica e si accorse di aver lasciato cadere la borsetta con le chiavi e il telefono al piano terra, quando era caduta sul pavimento. "E poi?" gli chiese. "Hai intenzione di tenermi chiusa qui dentro per sempre? Saprai bene che mi cercheranno."

"Ti manderò in overdose," mormorò Al. "Sarà una disgrazia, troveranno il tuo corpo spiaggiato."

Non fosse stato per la paura, Jody si sarebbe messa a ridere. Ormai Al si stava arrampicando sugli specchi. Lei non aveva mai assunto droghe in vita sua. Nessuno avrebbe creduto alla storia dell'overdose. Anche se non aveva tante amicizie, quelle che aveva *non* avrebbero mai permesso che qualcuno la uccidesse dando la colpa alla droga.

"Lasciala andare," borbottò Ben debolmente dietro di lei.

Jody si voltò di scatto. Come aveva fatto a non vederlo prima? Come aveva dimenticato il motivo principale per cui era andata in quella casa? Si affrettò verso il ciglio del letto e gemette appena vide il volto martoriato di Ben. Aveva gli occhi talmente gonfi che quasi non si aprivano, il naso rotto e la faccia piena di lividi nerastri o bluastri.

"Oh, Ben..." Jody gemette e allungò una mano verso di lui, ma si fermò prima di toccarlo: non voleva causargli altro dolore.

"Lasciala andare, Al," borbottò di nuovo Ben. "Lei non c'entra nulla con tutto questo."

"Non c'entrava finché non hai dato aria alla tua boccaccia raccontandole troppo," sbraitò Al, che poi girò i tacchi e se ne andò sbattendo la porta.

Jody lo sentì chiudere a chiave, ma non le importava.

"Mi dispiace tanto, Jody," sussurrò Ben.

"Ma di cosa? Non è affatto colpa tua. Come ti senti? Dove ti fa male?"

Ben tentò di ridere, ma fu sopraffatto subito dal dolore. "Beh... dappertutto?"

"Ho capito. Allora non ti muovere. Ti porteremo in ospedale e ti visiteranno. Vedrai che starai meglio."

"Ehm... come facciamo ad andare in ospedale, se Al ci ha chiusi a chiave e vuole eliminare il furgone, imbottirti di droga fino a mandarti in overdose e abbandonare il tuo corpo su qualche spiaggia?"

La voce di Ben si era alzata di tono alla fine della domanda, Jody capì che stava andando nel panico.

"Baker," gli rispose.

"Come?"

"Baker ci sta raggiungendo. Penserà lui ad Al, poi troveremo aiuto," lo rassicurò con calma. Stranamente, *lei* si sentiva calma. Baker non avrebbe preso bene il fatto che lei si era mossa da sola, ma lei *non* poteva fare altro. Almeno aveva cercato di telefonargli, come gli aveva promesso. Appena si sedette sul bordo del letto, sussultò per il dolore; poi gli prese la mano. Le nocche di Ben erano gonfie e sanguinolente, a dimostrare che aveva cercato di difendersi; ma lei gli prese comunque la mano, tenendogliela.

"Ti ha picchiata," disse Ben con voce spezzata.

Jody alzò le spalle, ignorando il dolore causato da quel movimento. Avrebbe patito per un po', ma ne era valsa la pena, per Ben. "Sì, ma chiunque mi vedrà capirà che Al mi ha messo le mani addosso; e se cerca di inventarsi una storia dicendo che è colpa mia, perché sono entrata con la forza per vederti, capiranno tutti che sta mentendo."

"Però i lividi potrebbero rendere la sua bugia ancora più *credibile*, se ti trovano esanime su una spiaggia," borbottò Ben.

"Vero, ma non avrà il tempo di mettere insieme un piano per uccidermi e scaricare il mio corpo," ribatté Jody.

Ben sembrava ancora preoccupato.

"Baker sta arrivando," gli disse con determinazione. "Probabilmente arriverà con un plotone di poliziotti e di amici suoi al traino, tutti Navy SEAL tosti. Dobbiamo solo resistere e aspettare."

"Andrà fuori di sé, quando vedrà che Al ti ha colpita," disse Ben.

Non aveva affatto torto. Ma Jody si fidava del suo uomo. Baker se la sarebbe presa, ma le aveva promesso di non fare nulla che lo mettesse nei guai, col rischio di venire allontanato da lei. "Riuscirà a tenersi sotto controllo," disse a Ben. "Adesso... mi dici cos'è successo oggi?"

Ben sembrò scettico, ma le rispose: "Stavo andando a pranzo con Tressa, quando Alex e i suoi amici stronzi mi sono saltati addosso. Erano in quattro, ho fatto quel che potevo per difendermi, ma non ce l'ho fatta. Dalle poche parole che mi ha detto Al mentre guidava, direi che è stato lui a dare l'ordine, per avere una scusa di portarmi via da scuola."

"Che bastardi!"

Ben sembrò sorpreso. "Jody... tu non dici parolacce!"

"Oggi ho pronunciato una bella dose abbondante di parolacce, ma penso che ci stiano tutte, data la situazione. Quei bastardi la pagheranno! Se poi mi danneggiano il furgone, non la prenderò affatto bene," aggiunse Jody.

Ben la fissò per un secondo, poi scosse la testa. "Mi sembra di essere in un limbo oscuro. Non riesco a credere che tu non sia più arrabbiata, o spaventata."

"Sono arrabbiata perché sei stato ferito," gli spiegò Jody. "Sono arrabbiata perché il tuo patrigno è un idiota e perché tua madre è inesistente, invece di smuovere mari e monti per proteggerti. Ma pazienza: penserò io a te. E Baker penserà *a noi*. Gli ho già telefonato, Ben. Sa che sono qui. Gli avevo promesso di chiamarlo e di fargli sapere se avevo intenzione di commettere qualche follia, così l'ho avvertito. Non che venire qui a prenderti sia una follia, ma credo che Baker la pensi diversamente. Però mi fido di lui, so che non perderà le staffe, quando ci troverà."

"Spero che Tressa stia bene," commentò Ben a voce bassa.

"Sono sicura che stia bene. Però sarà preoccupata per *te*," gli disse Jody.

"Sì, che rottura! Però almeno se la sono presa con me e non con lei," aggiunse Ben più secco.

Jody si guardò intorno irritata: in quella stanza non c'era accesso ad alcun bagno. Non aveva alcun modo di inumidire del tessuto per cercare di togliere il sangue dal viso di Ben. Preferì non pensare nemmeno all'esigenza di fare pipì. Baker sarebbe arrivato in tempo, prima che sorgesse il problema. Lei non aveva dubbi in proposito.

"Jody?"

Abbassò lo sguardo su di lui, gemendo per il dolore che Ben doveva provare. "Dimmi, Ben."

"Non dimenticherò mai che oggi sei venuta a salvarmi."

Lei gli sorrise e gli strinse leggermente la mano. "Non sono venuta a salvarti. Quello è compito di Baker. Io sono qui solo per tenerti la mano e per farti sapere che ti vogliamo bene."

A quelle parole, Ben sbatté le palpebre, poi chiuse gli occhi. Ma una lacrima gli era già sfuggita dall'angolo dell'occhio e gli stava scendendo sulla tempia, bagnandogli i capelli. Jody gliela spostò dalla faccia, poi si abbassò e lo baciò sulla fronte. "Rilassati, Ben. Ci pensa Baker."

Jody cercò di sopprimere un gemito nel sedersi.

Al che Ben aprì gli occhi di nuovo e le disse: "Devi sdraiarti."

"Sto bene."

"Non è vero. Ti verrà un occhio nero e da come ti muovi si capisce che ti fa male il fianco. Ti ha colpita anche lì?"

"Con un calcio," ammise lei.

Ben si fece più serio. "Sdraiati," le ripeté, ma con più decisione.

"Va bene, va bene," gli rispose, muovendosi lentamente fino a sdraiarsi di fianco a lui su quel letto a una piazza e mezza. Intrecciò le dita con quelle di Ben e gli strinse la mano, fissando il soffitto. Stare sdraiata le dava meno dolori che stare seduta. Inspirò profondamente, contenta di non soffrire.

"Davvero sta arrivando?" le chiese Ben, sussurrando dopo un paio di minuti.

"Sta arrivando," affermò Jody con sicurezza. "Ti faremo visitare, poi andremo a casa. Stasera volevo insegnarti a preparare le lasagne, ma forse sarà meglio aspettare un giorno o due. Preparerò la zuppa al pomodoro, intanto puoi telefonare a Tressa e rassicurarla, dirle che stai bene e che ci prenderemo un paio di giorni di riposo, prima di tornare alla normalità."

Ben ridacchiò. "Hai già programmato tutto."

"Eh sì." Jody si voltò verso Ben e si accorse che anche lui aveva fatto lo stesso: la stava guardando tra le palpebre socchiuse degli occhi gonfi.

"Sto pensando che sarà meglio chiamare Tressa il prima possibile."

Jody gli sorrise. "Sì, lo penso anch'io. Puoi usare il cellulare di Baker."

"Secondo me andrà fuori di testa, quando ti vede. Se io trovassi Tressa con un occhio nero e mezza zoppicante perché qualcuno le ha dato un calcio, di sicuro non la prenderei bene."

"Sarà incazzato, questo è sicuro, ma riuscirà a mantenere il controllo. Vuoi sapere il perché?"

"Sì, perché?"

"Perché me l'ha promesso. Perché se pestasse a sangue Al, attirerebbe su quello stronzo la solidarietà di qualcuno. Invece Baker si sta facendo il mazzo da una settimana per distruggere il tuo patrigno, per accertarsi che non faccia più male a nessuno. Se Baker perdesse il controllo vedendomi, metterebbe a rischio tutto ciò che ha fatto per tenerti al sicuro. Anche Tressa. Anche me, e ogni ragazzino di dodici anni che potrebbe convincersi che è bello scassinare una macchina, o ingoiare una pillola per sballarsi un pochino."

Ben la scrutò, poi annuì. "Hai ragione."

"Lo so," gli rispose compiaciuta.

"Sei anche un po' matta," aggiunse lui scuotendo la testa.

"No no. Mi fido del mio uomo e ti voglio bene. C'erano

zero possibilità che ti lasciassi alla mercé di Al per un secondo in più. Sarei arrivata anche prima, ma non sapevo cosa fosse successo."

"Davvero mi vuoi bene?" le chiese Ben con la voce più sottile che lei gli avesse mai sentito usare.

"Sì," gli rispose, stringendogli di nuovo la mano. "Moltissimo."

"Perché ti ricordo Kai?"

"No. Perché sei *tu*, Benjamin Miller."

Al che lui rimase in silenzio, e Jody fece lo stesso. Non gli aveva mentito. Si era affezionata a quel ragazzo, lo rispettava, le piaceva, quindi sì: gli voleva molto bene.

Jody alzò la mano sinistra, sussultando per il dolore causato da quel movimento, e vide che erano le quattro e mezza. Era difficile credere che fosse passata mezz'ora, da quando aveva telefonato a Baker. Ormai doveva arrivare da un momento all'altro.

Con un sorriso, Jody si rilassò su quelle coperte. Al Rowden non aveva idea del diluvio di fuoco e fiamme che stava per scatenarsi su di lui.

CAPITOLO VENTIDUE

Baker era concentrato al massimo. Era uscito dalla riunione quando mancavano cinque minuti alle quattro e aveva sorriso vedendo la notifica di un messaggio vocale di Jodelle... poi si era accorto che gli aveva telefonato varie volte e l'adrenalina gli era salita a mille.

Quando finì di ascoltare il messaggio che gli aveva lasciato, stava già partendo.

Erano seguite varie telefonate: a Mustang, agli altri contatti che aveva conosciuto nelle ricerche su Rowden, infine alla polizia, che lo stava scortando verso nord. Era talmente in preda all'adrenalina che gli tremavano le mani. Scenari di tutti i tipi, specialmente pessimi, gli turbinavano nella mente. Sarebbe tanto voluto arrivare a casa di Rowden e scoprire che Jodelle era passata, ma era andata via insieme a Ben... però sapeva bene che era improbabile.

Rowden pensava di essere intoccabile, se l'era cavata per troppo tempo, con troppe malefatte. Era un tipo presuntuoso, vanitoso, con l'assoluta certezza che le donne e gli uomini con cui aveva a che fare l'avrebbero sempre protetto.

Si sbagliava.

Rowden stava per affondare. Quel giorno stesso. Immediatamente.

Baker sperava solo che quel bastardo non coinvolgesse nella propria rovina anche Jodelle.

La preoccupazione per lei lo teneva nella massima all'erta, mentre sfrecciava verso nord. Lui aveva un ruolo marginale in quanto stava per accadere. Eppure era stato lui a mettere in moto gli ingranaggi, anche se nell'operazione finale non aveva un ruolo da protagonista. Avrebbe dovuto mettersi da parte e lasciar intervenire la squadra speciale della polizia. Il capo del dipartimento di Honolulu aveva ricevuto da pochi minuti un mandato di perquisizione firmato da un giudice, proprio prima di sfrecciare verso la North Shore. Il direttore dell'ufficio locale dell'FBI stava arrivando. Era stato avvertito anche un ispettore del dipartimento antidroga.

Tutte le agenzie governative e le forze dell'ordine dell'isola erano in qualche modo coinvolte in ciò che stava per accadere, grazie al lavoro di intelligence di Baker.

Per non parlare dello spacciatore da cui Rowden comprava le droghe, che aveva accettato di non vendergli mai più sostanze. L'allibratore che di solito accettava le scommesse di Rowden non era più disposto ad accettarne i soldi.

In pratica, Rowden era un uomo finito. L'impero che aveva costruito negli anni gli si stava sgretolando sotto i piedi. Ormai mancava solo l'arresto, per evitare che facesse del male ad altri. Certamente avrebbe provato a usare le informazioni che aveva sugli altri a proprio vantaggio, ma ormai aveva perso ogni autorevolezza. Poteva sempre cercare di spifferare ciò che voleva, ma se gli era rimasto un po' di sale in zucca, avrebbe fatto meglio a farsi i fatti suoi senza denunciare o tentare di rovinare altre persone.

Stava succedendo tutto circa ventiquattr'ore prima del previsto, ma Baker era contento che tutte le agenzie investigative fossero accorse a fare il loro dovere. Avevano capito tutti la necessità di agire con urgenza.

Baker avrebbe voluto arrabbiarsi con Jodelle, che era andata da sola a casa di Rowden, ma non ce la faceva. Aveva fatto esattamente come gli aveva promesso: l'aveva contattato, aveva cercato di farsi aiutare. Aveva telefonato anche a

Mustang, ma non poteva certo lasciare Ben in balia di una minaccia, proprio come non avrebbe mai potuto ignorare il figlio, se fosse stato in pericolo. Aveva un cuore tenero, uno dei tanti motivi per cui la amava.

Baker si sarebbe preso a schiaffi da solo, mentre si avvicinava al quartiere in cui viveva Rowden. Avrebbe dovuto insistere per posticipare l'incontro con l'ammiraglio della base. Avrebbe dovuto aspettare che Rowden fosse dietro alle sbarre. Aveva sottovalutato quell'uomo, un errore che Baker non commetteva. Mai.

Quell'errore aveva messo in pericolo Jodelle. Anche Ben.

Le volanti della polizia che lo circondavano spensero le luci blu e le sirene mentre si avvicinavano, per evitare di essere individuate. L'ultima cosa che volevano era che Rowden facesse qualche mossa affrettata, pensando che stesse per esserci un'incursione. Baker non lo credeva possibile: quel tipo era un uomo troppo arrogante e pensava di essere inattaccabile, al di sopra di ogni sospetto e di ogni accusa. Invece si sbagliava.

Sulla strada era già parcheggiato un furgone delle forze speciali della polizia; si era fermato più avanti rispetto al civico di Rowden. Baker si guardò attorno, ma non vide il furgone di Jodelle. Non era sicuro che fosse un buon segno o il contrario. Di nuovo, pregò che fosse arrivata, che avesse preso Ben e che se ne fosse partita. Ma l'istinto che gli torceva le budella gli diceva che era andata diversamente. Rowden aveva portato a casa il figliastro per un motivo ben preciso e non l'avrebbe lasciato andare tanto facilmente.

Baker saltò giù dalla macchina e rimase in piedi con i pugni stretti al fianco, mentre i poliziotti si apprestavano a fare incursione in quella casa enorme.

Mustang e Midas si avvicinarono al fianco di Baker. Avevano preso la macchina di Midas alla base e si erano uniti al convoglio. Gli altri della squadra aspettavano nella zona di Honolulu insieme a donne e bambini, per proteggerli, nel caso ci fossero stati dei risvolti negativi imprevisti. Non sembrava possibile, ma con tutto ciò che era successo in passato, nessuno voleva correre rischi.

"Tutto bene?" gli chiese Mustang.

"No," rispose Baker a denti stretti.

L'amico fu abbastanza furbo da evitare banalità, dicendogli che sicuramente Jodelle stava bene. Mustang sapeva meglio di tanti altri quanto era stressante una situazione come quella: non sapere se la propria donna è o meno in salvo. Lui stesso aveva affrontato una situazione simile, con Elodie.

Per fortuna, la squadra speciale della polizia era pronta e non passò molto tempo prima che partisse l'irruzione. Baker osservò a denti stretti mentre un agente bussava alla porta di casa chiamando Rowden perché si presentasse. Gli lasciarono meno di venti secondi, poi usarono l'ariete della polizia per sfondare quel portone elaborato.

Baker sentì gridare gli agenti di buttarsi a terra. Fece un passo avanti, ma Mustang lo fermò afferrandolo per un braccio.

"Aspetta. Lascia loro il tempo di trovare tutti."

Era facile per Mustang: non era *lui* quello con la donna in pericolo.

"Ma che aspettare!" esclamò Midas in disaccordo. "Vai pure, ti copriamo noi."

Baker capì che Midas era contrario a quell'attesa perché lui era arrivato quasi troppo tardi a salvare Lexie. Se lui non avesse evitato il semplice gesto di fermarsi a comprarle il suo caffè preferito, il mattino in cui Lexie era stata attaccata, l'esito di quella tragedia avrebbe potuto essere molto diverso.

Baker si affrettò verso la porta, che era rimasta mezza divelta e mezza appesa ai cardini. Si aspettava che qualcuno lo fermasse, ma nessuno intervenne. Entrò in quella casa e aspettò, inclinando la testa per ascoltare i poliziotti, che ancora stavano perlustrando i locali.

Nell'atrio enorme c'erano quattro adolescenti proni con la pancia sulle mattonelle del pavimento e le mani dietro la schiena: nessun segno di Rowden. Baker alzò la testa e gridò: "Jodelle?"

Sentendo il suo grido, due dei poliziotti a guardia degli adolescenti sussultarono, ma non fecero altra mossa, a riprova del loro addestramento.

Baker urlò di nuovo il nome: "Jodelle!"

"Se è in casa, gli agenti la troveranno," commentò Midas.

Baker non era disposto ad aspettare. Doveva vederla coi propri occhi. Con urgenza.

Fu molto sorpreso di sentirsi chiamare per nome. Fu una voce debole, ma lui si girò immediatamente verso le scale e cominciò a salire due gradini alla volta. Quella casa era odiosamente grande, ma lui non si fermò certo ad ammirare i quadri alle pareti o i tappeti berberi.

Mentre passava davanti a una camera, vide due poliziotti che ammanettavano Rowden, steso sul pavimento, mentre altri due controllavano le condizioni di una donna, sdraiata e immobile su un letto enorme in mezzo alla stanza. Rowden stava urlando che era tutto un errore, che gli agenti l'avrebbero pagata, che avrebbero perso il posto, ma Baker non si fermò ad ascoltare. In quel momento non gli interessa Rowden, ma Jodelle.

"Jodelle!" gridò di nuovo.

"Baker!" sentì da una delle stanze in fondo al corridoio. "Siamo qui!"

Quasi inebriato dal sollievo, sentendo quella voce, Baker corse verso quella stanza. Aprì due porte, erano camere vuote, poi tentò di aprirne una terza: chiusa a chiave.

"Stai indietro!" le gridò.

Sentì da dentro Jodelle che rideva, ma non poteva essere: doveva essere spaventata a morte.

"Sei indietro?" sbraitò Baker.

"Sì!" ribatté lei.

Lui alzò un piede e sferrò un calcio potente: nessuna porta poteva separarlo dalla donna che amava.

Baker si mosse senza riflettere e scattò in quella camera, noncurante del rischio che in quella stanza ci fosse qualcuno con un'arma puntata contro di lui: in quel caso, Jodelle avrebbe trovato il modo di avvertirlo. Notò velocemente Ben sdraiato sul letto, era conciato parecchio male, ma poi gli occhi di Baker si fissarono su Jodelle, che era mezza seduta sul letto, vicino all'adolescente.

Gli occhi gli caddero dritti sulle labbra sorridenti.

Maledizione: Jodelle stava *sorridendo*!?

"Ciao," gli disse.

Baker ebbe l'impressione di sentire dietro di sé Mustang che ridacchiava, ma era tale il sollievo di aver trovato Jodelle sana e salva, che tutto il resto sembrò confondersi. Si abbassò rapidamente e si mise le mani sulle ginocchia, nel tentativo di allontanare l'oscurità che gli stava invadendo la vista. Santo cielo, non era davvero quello il momento di perdere i sensi!

"Baker?" Jodelle lo chiamò, allarmata. Poi lui ne sentì la mano sulla spalla.

Muovendosi troppo alla svelta, si alzò in piedi e la prese tra le braccia.

Ma un giramento di testa lo costrinse ad accasciarsi sul pavimento, con Jodelle tra le braccia.

Lei non si agitò per alzarsi. Si accoccolò semplicemente contro di lui, tenendogli le ginocchia intorno ai fianchi e stringendosi a lui.

"Accidenti, Baker. Lo sapevi che non dovevi entrare prima che dessimo il via libera!" esclamò una voce irritata dalla soglia.

"Ci stavate mettendo troppo tempo," rispose Baker senza alcun rimorso al caposquadra della polizia.

"Fai attenzione con Jodelle," disse Ben dal letto.

Baker alzò la testa e trovò gli occhi del ragazzo. "Cosa?"

"È ferita, fai attenzione."

Tutto il sollievo di quando aveva visto Jodelle svanì all'istante. Ogni muscolo del corpo di Baker si contrasse. Le mise le mani sulle spalle e la sollevò dal proprio petto con dolcezza, in modo da poterla squadrare da capo a piedi.

"Sto bene," gli disse lei a voce bassa.

Fu allora che Baker finalmente notò il livido sul volto e i segni rossi a forma di dita sulla parte alta del braccio. Notò anche il comportamento di Jodelle, che sembrava intenta a mitigare altre ferite impossibili da vedere.

"Fate venire qui i soccorritori. Subito!" ordinò Baker.

"Sì, subito," confermò Jodelle, "ma non per me: per Ben. Al lo ha fatto picchiare dagli altri ragazzi ed è rimasto sdraiato qui per *ore*, ferito e coperto di sangue seccato," aggiunse Jodelle, ovviamente fuori di sé. "Ha bisogno di essere visitato e gli servono vestiti puliti. Oh, vuole anche telefonare a Tressa per farle sapere che sta bene; anche lei dev'essere preoccupata marcia."

Baker non riusciva a distogliere gli occhi dal livido sul viso di Jodelle, che diventava più bluastro con lo scorrere del tempo. La rabbia cominciò a montargli dentro, quasi oscurandogli la vista.

"Voglio il mio avvocato! È una barbarie illegale! Non potete fare irruzione in casa mia in questo modo!" urlò Rowden dal corridoio.

Senza pensarci, sapendo senz'ombra di dubbio che era stato Rowden a mettere le mani addosso a Jodelle, Baker si mosse. In mente non aveva altro pensiero se non mostrare a quel bastardo cosa succedeva agli uomini che aggredivano le persone più deboli: *specialmente* Jodelle.

"Baker," lo chiamò Jodelle sottovoce prendendogli la mano.

Chissà come, lui si era alzato in piedi e l'aveva messa coi piedi a terra al proprio fianco, facendo un paio di passi verso la porta senza nemmeno accorgersene. Fu solo quel tocco alla mano che lo risvegliò da quella furia annebbiata e confusa. Baker abbassò lo sguardo verso di lei.

"Ho bisogno di te," gli disse Jodelle sottovoce. "*Noi* abbiamo bisogno di te. Al ha fatto portar via il mio furgone dagli altri ragazzi, non so dove, insieme alla mia borsa e al mio telefono. Devi portarci al pronto soccorso del Kahuk Medical Center, per far medicare Ben. Avrà bisogno di aiuto per mettersi un camice o qualcos'altro, sono sicura che preferirà il tuo aiuto al mio. Se fai del male a quel bastardo, lui ti farà arrestare. Troverà un cavillo per rendere questa

ricerca, o come vuoi chiamarla, inammissibile, illegale, o che
so. L'ultima cosa che voglio è che ti faccia pure male alla
mano."

Baker era ancora combattuto tra ciò che gli dicevano la
testa e l'istinto del cuore. Voleva farla pagare a Rowden... ma
sapeva anche che Jodelle aveva ragione.

"Sapevo che saresti arrivato," gli disse stringendogli la
mano. "Ho detto a Ben che saresti arrivato il prima possibile,
umanamente. Lui era preoccupato, ma io no."

Quella fiducia lo fece tornare coi piedi per terra.

Dopo un respiro profondo, Baker fece qualcosa che aveva
fatto raramente da adulto: lasciò che fosse qualcun altro a
occuparsi di un malfattore. Lui aveva fatto tutte le ricerche e
aveva servito Rowden su un vassoio d'argento ai federali. Loro
l'avrebbero messo in prigione, a prescindere da quanto
tentasse di lagnarsi o di atteggiarsi.

Baker fece un passo verso Jodelle e passò con delicatezza
il pollice sul livido che aveva sulla guancia.

Lei mise la mano su quella di lui e appoggiò su quel palmo
la testa. "Forse ho attaccato Rowden, l'ho provocato un po'
troppo," gli disse a bassa voce. "Però... almeno così sapevo
che, se fossero arrivati i poliziotti, sarebbe bastata un'occhiata
per capire che mi aveva picchiata."

Baker commentò con un grugnito, ma si tenne sotto
controllo.

"Sono arrivati i soccorritori," disse Midas.

Baker aprì la bocca per dir loro di visitare Jodelle, ma lei si
mise da parte e indicò il letto. "Bene: Ben ha bisogno di cure.
È stato pestato a scuola da alcuni compagni, non so se abbia
qualcosa di rotto, a parte il naso, ma è pieno di dolori."

I soccorritori annuirono e andarono dritti verso il letto.

"Quando avrai finito di dare disposizioni, ti lascerai visitare?" le chiese Baker con un sorrisetto. Accidenti, non riusciva
a credere di avere anche lui un'espressione sorridente, ma che
altro poteva fare?

"Sto bene," gli disse Jodelle. "Ho solo bisogno di un bel
bagno caldo, abbracciata al mio uomo."

"Aggiudicato," le rispose Baker. Ma se Jodelle pensava di scansare un esame medico completo, si sbagliava di grosso.

Jodelle si avvicinò di un passo e gli appoggiò una mano sul petto, alzandosi in punta di piedi. Baker si abbassò e lei gli avvicinò la bocca a un orecchio.

"Grazie," gli sussurrò. "Grazie per essere la persona di cui posso fidarmi. So che sei fuori di te, ma grazie per aver mantenuto il controllo, per me. Ti amo, Baker. Sapevo che saresti intervenuto. Lo *sapevo*."

Poi tornò con le piante dei piedi per terra e gli sorrise.

Baker era ancora furioso; non poteva certo spegnere la rabbia come con un interruttore, ma per Jodelle avrebbe controllato l'adrenalina che ancora il suo cuore gli pompava nelle vene. Si abbassò e le baciò il livido sulla guancia. Poi la baciò in fronte, poi sul naso. Infine le coprì le labbra con le proprie. Fu un bacio dolce, anche per non farle altro male.

Quando lui rialzò la testa, fece un gran respiro e si girò verso Mustang, senza lasciare andare Jodelle. "Pensi di poter mandare uno degli agenti a parlare con i teppistelli giù al piano terra per sentire dove hanno portato il furgone di Jodelle?"

"Sì, ci penso io," gli rispose Mustang con un sorriso.

Poi Baker si girò verso Midas. "Tu puoi avvertire gli altri, far sapere che Jodelle sta bene? Anche Ben? Immagino che Lexie e le altre si siano trovate per affilare i forconi e partire in quarta all'assalto, se non ricevono presto aggiornamenti."

Midas ridacchiò. "Non hai tutti i torti, fratello. Ci penso io."

"Grazie."

"Ci vediamo in ospedale," disse Mustang dalla porta.

"Non c'è bisogno," rispose Baker.

"Ci vediamo in ospedale," ripeté Mustang con più decisione, con un'occhiataccia per chiudere il discorso.

"Ci fa piacere, grazie mille," gli rispose Jodelle.

Baker annuì all'amico.

Mustang lo salutò con un cenno del mento, poi sparì nel corridoio.

"Sei stato fortunato," disse uno dei soccorritori a Ben, mentre lo aiutava a mettersi lentamente seduto sul letto. Ben sussultò, ma annuì. "Rimarrai indolenzito per un po' di tempo, i lividi saranno bruttini, ma non mi sembra ci siano emorragie interne. Non so se le costole siano tutte intere o meno, ma lo scopriremo con i raggi; a quel che vedo, te la sei cavata bene nel proteggerti."

Baker strinse i denti e l'odio per Rowden si accumulò di nuovo dentro di lui. Tuttavia, proprio come prima, bastò un tocco di Jodelle per fargli tenere sotto controllo la rabbia.

Seguirono pochi minuti di colloquio, ma alla fine i soccorritori decisero di usare una barella per portare Ben al piano di sotto e nell'ambulanza. Il ragazzo insisté di poter camminare, ma sia Jodelle, sia i soccorritori non vollero sentire storie.

Quando Ben fu accomodato e fissato alla barella, pronto al trasporto, alzò lo sguardo verso Baker e gli chiese a voce bassa: "Mia mamma?"

Baker si sentì in difetto per non aver pensato molto a quella donna, pur avendone notato la presenza in una stanza, passando davanti alla porta. Aprì la bocca per rispondere al ragazzo che non ne aveva idea, ma fu Midas a parlare.

"La stanno trasportando a Honolulu in una clinica per disintossicarsi. È parecchio fuori."

Ben sospirò e annuì. "Me l'ero immaginato."

Jodelle gli si avvicinò e gli mise una mano sulla spalla. "Si sta facendo aiutare. Finalmente. Magari questa sarà la spinta che le serve per liberarsi dalle droghe e per rimettere insieme la sua esistenza."

Ben scrollò le spalle.

Jodelle corrugò la fronte quando i soccorritori cominciarono a spingere la barella con su Ben per portarlo fuori, verso il corridoio. Baker le mise lentamente un braccio intorno alla vita: Jodelle non era stabile quanto cercava di far credere. Eppure Baker non poté non essere impressionato dalla sua forza.

Jodelle alzò gli occhi verso di lui. "Mi dispiace per lei."

"Non aveva la più pallida idea di cosa stesse facendo il marito," le rispose Baker.

"Forse sì, o forse no. Ma si sta perdendo la cosa migliore che le sia mai successa: Ben. È uno schifo... spero tanto che si disintossichi, o che almeno sia meno dipendente e possa svegliarsi e fare ciò che deve per recuperare un po' del rapporto col figlio."

"Andiamo, Trilli. Puoi occuparti un altro giorno di salvare il resto del mondo. In questo momento dobbiamo andare in ospedale per seguire la guarigione di Ben. Poi anche tu devi farti visitare. Infine andremo a casa e ti preparerò quel famoso bagno."

Jodelle gli si appoggiò al fianco quasi di peso. "Ti amo, Baker."

"Anch'io ti amo. Più di quanto potrò mai esprimerti. Adesso andiamo fuori da questa cazzo di casa."

"Molto volentieri," gli rispose con un sospiro.

———

Passarono delle ore, il sole era già tramontato da tempo, Jodelle e Ben erano stati visitati da un medico ed erano stati congedati: potevano tornare a casa, a patto di non fare sforzi. Jodelle si era fatta un lungo bagno caldo, Mustang era uscito a prendere la cena in una paninoteca di Haleiwa; il furgone di Jody era stato recuperato sano e salvo e Ben era andato in camera sua a telefonare a Tressa. Infine, Jody si era accomodata sul divano.

Aveva ricevuto messaggi uno dopo l'altro da Elodie e dalle altre, che volevano darle supporto e assicurarsi che stesse bene. Lei aveva fatto del suo meglio per dissuaderle dall'andarla a trovare la mattina dopo. Le faceva piacere sentirle vicine a sé e a Ben, ma aveva bisogno di un po' di tempo, prima di avere l'energia di trovarsi in compagnia con qualcuno.

Mustang aveva lasciato la casa da poco e Jodelle stava osservando Baker da una finestra: lui era andato in cortile, era uscito dopo che l'amico era partito, affermando di aver bisogno di un momento da solo.

Jody non si era affatto offesa: Baker le era rimasto al fianco ogni secondo, da quando aveva sfondato con un calcio la porta della stanza in cui Al Rowden aveva chiuso lei e Ben. Appena lei si era sentita chiamare da quel vocione tonante, si era rilassata. Baker era arrivato per mettere in salvo lei e Ben, proprio come lei si aspettava.

La grande forza che Baker aveva dimostrato, dopo averla vista ferita, era ammirevole. Ma Jody non era un'idiota e sapeva che tanto autocontrollo richiedeva uno scotto emozionale. Lui era abituato a trovarsi in situazioni difficili, era abituato ad affrontare direttamente i peggiori malfattori. Per lui, starsene da parte e lasciare che altre persone si occupassero di Rowden, senza nemmeno un minuto da solo col patrigno di Ben... almeno per dargli del bastardo, o per informarlo che era stato *Baker* a muovere l'operazione che l'avrebbe spedito dietro le sbarre per il resto della vita... Baker doveva essersi mangiato il fegato.

Così Jody accettò volentieri di lasciargli lo spazio di cui aveva bisogno.

Quando era uscito, all'inizio Baker aveva i pugni stretti e i denti serrati. Aveva raccolto da terra un mango caduto da un albero enorme nel cortile e l'aveva gettato contro il tronco di quell'albero con tutte le forze. L'aveva colpito in pieno e il frutto si era distrutto, schizzando polpa appiccicosa in ogni direzione. Poi Baker ne aveva raccolto un altro e aveva ripetuto lo stesso gesto.

Aveva gettato un frutto dopo l'altro, fino a non trovarne più per terra. Poi aveva chiuso gli occhi, inclinato la testa all'indietro, rimanendo in piedi, fermo immobile.

Una lacrima sfuggì dagli occhi di Jody, rigandole una guancia, ma lei non distolse lo sguardo da quell'uomo. Alla fine, lui aveva riaperto i pugni e aveva respirato a fondo. Erano passati altri cinque minuti, poi aveva rilassato anche le spalle e si era girato per tornare in casa.

Ormai Jody aveva il viso rigato dalle lacrime e stava

singhiozzando senza sosta. Baker si fermò sul posto appena la vide.

"Cazzo," mormorò.

Jody gli regalò un sorriso tra le lacrime. "No, sto bene, è solo che... ti amo tantissimo."

Baker abbassò lo sguardo sulle proprie mani appiccicose e andò dritto verso il lavello della cucina. Jody si voltò, sussultando per la leggera fitta di dolore che quel movimento le scatenò al torace. Ma il dolore non le impedì di tenere gli occhi sul suo uomo. Baker si lavò e si asciugò le mani, poi andò dritto verso di lei, seduta sul divano. Si accomodò con lei, la alzò con attenzione e la fece sedere sulle proprie ginocchia. Poi appoggiò la schiena allo schienale, facendola accoccolare su di sé e sospirando.

"Ti senti meglio?" gli chiese.

"Sì." Baker prese un fazzoletto dalla scatola sul tavolo vicino al divano, portandoglielo alle guance. Le asciugò il viso, poi spostò il fazzoletto verso il naso. "Soffia."

Jody alzò gli occhi al cielo e gli prese il fazzoletto dalla mano. Si soffiò il naso, provocandosi un'altra fitta di dolore al torace, poi si appoggiò a lui, che le prese il fazzoletto usato e lo appoggiò sul tavolino. Jody gli appoggiò la guancia sul petto e ne sentì il cuore che palpitava ritmicamente: *tum, tum, tum*.

"Mi dispiace," gli disse.

"Di che cosa?" le chiese.

"Di essermi messa in quella situazione. So che devi essere arrabbiato con me."

"Non sono arrabbiato. Lo sarei se non mi avessi avvertito."

"Sapevo che stavi per finire la riunione," gli spiegò Jody. "Ma non volevo aspettare. Ben era là dentro già da ore e non sapevo a che punto potesse arrivare Al. Anzi no, non è vero... so esattamente a che punto poteva arrivare: ha mandato un gruppetto di adolescenti a picchiare il suo figliastro per poterlo riportare sotto lo stesso tetto e per trovare il modo di ricattarlo."

"Cosa ti ha detto quel tipo?" le chiese Baker.

"Cosa intendi dire?" gli chiese Jody per guadagnare tempo. Il capo della polizia aveva accettato di sottoporla a visita medica immediata, rimandando all'indomani l'inevitabile deposizione, come segno di rispetto nei confronti di Baker. Quindi lui non conosceva ancora i dettagli.

"Lo sai cosa intendo. Ben mi ha fatto capire che Rowden ha detto delle malvagità."

Jody fece spallucce. "Era disperato, stava perdendo il controllo di Ben e doveva aver capito di non avere più presa su di lui; penso avesse paura, perché ha intuito cosa comportasse il mio arrivo."

"Cosa ti ha detto?" ripeté Baker.

"Non voglio farti tornare in cortile per scaricare la rabbia sul mio povero albero di mango," gli rispose Jody, scherzando solo fino a un certo punto.

"Sto bene. Avevo solo bisogno di scaricare un po' di tensione e di stress che mi ero tenuto dentro da quando ho ascoltato il tuo messaggio."

Jody sospirò. "Ha detto che mi avrebbe iniettato un'overdose e che mi avrebbe gettato nel mare."

Sentì sotto di lei ogni muscolo del corpo di Baker che si contraeva e per un secondo le venne paura per quel povero albero di mango. Ma Baker recuperò le proprie emozioni e la strinse dolcemente.

"Mi ha dato un fastidio tremendo che Ben dovesse sentirlo dire quelle cose, ma sapevo bene che non sarebbe successo," gli spiegò Jody.

"Avrebbe potuto ucciderti," le disse Baker con un tono basso e tormentato.

"Lo so, e avevo paura, ma non avevo dubbi che saresti arrivato prima che lui avesse il tempo di fare qualcosa o di organizzare un piano."

Baker scosse la testa. "Non potevi esserne certa."

Jody si mise seduta e lo guardò dritto negli occhi. "Sì, lo sapevo. Baker, mancavano quindici o venti minuti alla fine della tua riunione. Saresti arrivato, ne ero certa quanto sono certa del mio nome. Mi dispiace che tu abbia sofferto più di me, oggi, perché ti sei preoccupato per me, per Ben; non sapevi cosa stessimo passando, mentre noi eravamo solo sdraiati su un letto ad aspettare che tu arrivassi."

"Sei meravigliosa," le sussurrò Baker.

"Non è vero," insisté lei. "Se non ci fossi tu, sarei ancora in un casino pazzesco. Ma ti ho visto darti da fare instancabilmente per incastrarlo e nutrivo in te la massima fiducia. Fiducia, Baker. L'ho imparata. Me l'hai insegnata *tu*. Non so se credo fino in fondo alla storia delle anime in cui credi tu, ma se hai ragione, ho imparato benissimo ciò che dovevo imparare in questa vita. Grazie a te."

"Devo darti ragione," le rispose Baker. "E grazie a te, io ho imparato il vero significato dell'amore."

"Baker," gli sussurrò Jody.

"Peccato che mi sia servito tanto tempo per trovarti," le mormorò, abbassandosi sul divano finché lei non fu sdraiata sopra di lui.

"Lo sai che di là abbiamo un letto perfettamente a posto?" gli chiese con un sorriso.

"Sì, ma da qui possiamo sentire meglio Ben, nel caso abbia bisogno di qualcosa."

L'amore che Jody provava per quell'uomo sembrava diventare ogni giorno più grande.

"Farà fatica ad accettare quanto è successo," gli disse sottovoce. "Specialmente per sua mamma."

"Sì... ma almeno potrà parlare con noi. Vedrai che si riprenderà," le disse Baker con sicurezza.

Passò un minuto pieno, poi Jody gli chiese con un sorrisetto: "Quanto tempo pensi che avremo, davvero, prima dell'irruzione di Elodie e delle altre?"

"Al massimo un giorno," le rispose Baker, senza alcuna traccia di dispiacere nella voce. "Ma se davvero non te la senti, posso parlare con Mustang e con gli altri."

"Non è un problema. Voglio davvero conoscerle meglio. Anche i loro compagni. Voglio incontrare Theo, andare a cena al Duke's con tutta la compagnia. Voglio visitare il centro di Food For All e guardare il dipinto che Theo ha creato sul muro."

Baker ridacchiò. "Allora è quello che faremo." Si girò e la baciò sulla tempia.

Jody si rilassò contro il suo uomo, e anche se aveva tutta l'intenzione di rimanere sveglia, per assicurarsi che Baker stesse davvero bene, dopo tutto quello che era successo, appena chiuse gli occhi cadde in un sonno profondo e rigenerante, grazie all'assoluta certezza che le persone che amava erano tutte in salvo, sotto lo stesso tetto.

———

Baker non dormì. Non poteva. Non riusciva a staccare la testa dalle immagini che gli passavano davanti, dai tanti esiti diversi che quella giornata avrebbe potuto avere. Quando sentì il telefono vibrare dal mobile della cucina, riuscì a sfilarsi da sotto Jodelle senza svegliarla e capì quanto doveva essere sfinita: quella giornata le era pesata più di quanto lei fosse disposta ad ammettere.

Baker vide che era Slate che gli telefonava. Uscì di casa per poter parlare liberamente senza svegliare Jodelle o Ben. "Che c'è, Slate?"

"So che è tardi, scusami. Come sta Jodelle? E Ben?"

"Stanno bene. Dormono."

"Mi fa piacere. Midas mi ha riferito ciò che hanno detto i medici: solo ferite superficiali che guariranno in tempi relativamente brevi, vero?"

"Eh sì."

"Ottimo. Insomma, ti telefono per aggiornarti su ciò che sta capitando a Rowden."

Baker raddrizzò la schiena. "Allora?" Lui pensava di fare qualche telefonata l'indomani mattina, sentendo i suoi contatti per chiedere come fosse andata, ma qualche informazione in più nell'immediato non guastava.

"Anche se a casa sua piagnucolava per avere un avvocato, poi a Honolulu ha accettato di parlare coi federali senza avvocato. Ha negato tutto, ma poi gli ispettori hanno cominciato a contestargli le prove una a una e lui ha cominciato a parlare. Alla svelta. All'inizio ha cercato di dare tutta la colpa a Ben, dicendo che era stato il ragazzo a coinvolgere *lui* nella storia dei furti. Poi ha affermato che era Ben a comprare l'ecstasy per le feste. Quando si è accorto che nessuno credeva alle sue cavolate, si è messo ad attaccare Emma. Ha detto che era disperata e che aveva bisogno di pillole e che è stata lei a pregarlo di trovargliene."

"Che pezzo di merda galattico," commentò Baker.

"Infatti. Sulle scommesse non sapeva cosa dire, ma l'allibratore con cui hai parlato ha tutti i registri, senza contare poi i video dei loro incontri. Quando hanno cominciato a fare vedere ad Al le deposizioni dei ragazzi che hai rintracciato, quelli che avevano lavorato per lui e che lui aveva ricattato, Rowden non ha più parlato. Non poteva più negare. Alla fine, anche gli altri ragazzi, quelli che gli si erano opposti e che erano finiti in prigione per reati che avevano commesso per lui... questo è stato il colpo finale che l'ha inchiodato. Si è ritrovato addosso una sfilza di incriminazioni, ma dato che è un giudice minorile, anche solo la condanna per corruzione gli basterà per beccarsi un bel po' di prigione."

"Ottimo," commentò Baker, senza trattenere il sollievo dal tono di voce.

"Per la cronaca..." proseguì Slate, "a volte fai proprio paura, Baker, ma io e mia moglie siamo orgogliosi di essere tuoi amici. Detto questo, gli amici devono aiutarsi a vicenda, quindi ti avverto che domani pomeriggio c'è un convoglio di persone che arriva a trovarvi. Le signore hanno accettato di soprassedere per il mattino, ma non sono disposte ad aspettare qualche giorno come aveva chiesto Jodelle. Vogliono venire a vedere di persona come state tu, Jodelle e Ben."

"Cacchio," sospirò Baker senza scaldarsi troppo.

Slate ridacchiò e gli disse: "Noi ti siamo vicini; oggi, domani e in futuro. Preparati a essere invitato a ogni festa per le gravidanze, per il rinnovo delle promesse matrimoniali, per i compleanni, per i diplomi scolastici, per le grigliate di gruppo, e per qualunque altra occasione che venga in mente alle nostre signore. Anche se non abbiamo i contatti che hai tu, ti siamo vicini e siamo comunque a tua disposizione, per qualunque cosa."

Baker si era quasi commosso... il che non succedeva mai. Forse per via di tutto ciò che era successo quel giorno. Si era sentito solo, anche se in passato ci si era abituato. Ma poi aveva trovato una donna che l'amava, un ragazzo che lo prendeva da esempio, una squadra di SEAL che lo trattavano come uno di loro, e le loro compagne, che volevano ricoprirlo d'affetto solo perché i loro uomini lo ritenevano un amico.

Baker era un bastardo fortunato e lo sapeva.

"Se qualcuno portasse delle *malasada*... Jodelle le apprezzerebbe."

"D'accordo," gli disse Slate.

"Oh, stiamo anche finendo le Pop-Tart alla fragola."

Slate rise. "Sarà il caso che ti chieda il motivo? Perché so che *tu* non mangi quella roba."

"Sono per Jodelle."

"Nessun problema. Altro?" gli chiese Slate.

"Solo... grazie."

"Vedremo se ci ringrazierai ancora, domani, quando arriveremo in massa. Sono contento che Jody stia bene," aggiunse Slate. "Anche Ben."

"Grazie per avermi aggiornato."

"Non riesco a credere che sapevo qualcosa che tu non sapevi. Stai invecchiando, Baker."

Baker ridacchiò. "Se lo dici tu... io me ne stavo sul divano abbracciato a Jodelle. Direi che è molto più importante che sentire i dettagli su quel maledetto bastardo."

"Vero," confermò Slate.

"Poi, va bene così. Lo sapevo che non si sarebbe tirato fuori dalla buca che si è scavato da solo."

Slate rise. "Sei un bel tipo arrogante, ma hai assolutamente ragione."

"Ci vediamo domani," gli disse Baker, anche lui sorridendo.

"A domani," ribatté Slate.

Baker chiuse la chiamata e per un momento fissò lo sguardo nel buio della notte. Poi si girò per guardare in casa. Jodelle era ancora sdraiata dove l'aveva lasciata. Durante il giorno, il livido che aveva in faccia si era fatto più bluastro, facendolo infuriare ulteriormente, ma l'amore e l'ammirazione per Jodelle oscuravano la rabbia per Rowden.

Tornò in camera senza fare rumore, appoggiò il telefono sul mobile e tornò al divano. Si sedette e spostò Jodelle fino ad averla al fianco, poi sospirò appagato.

"Tutto bene?" gli chiese borbottando nel sonno.

"Sì. Torna a dormire, Trilli."

"Ti amo."

"Ti amo anch'io."

Baker non si sarebbe mai stancato di sentire o di ripetere quelle parole. Era stato un idiota, per aver resistito a quell'attrazione per tanto tempo. Si sarebbe preso a calci da solo per il resto della vita. Ma finalmente Jodelle gli apparteneva come lui apparteneva a lei. Non c'era altro posto al mondo in cui lui avrebbe voluto essere in quel momento.

La tenne tra le braccia e ringraziò la sua buona stella perché le loro anime gemelle si erano di nuovo ritrovate.

EPILOGO

UN ANNO DOPO

JODY NON SAPEVA BENE il motivo per cui Ben insisteva tanto per andare in spiaggia. Lei si era presa il pomeriggio libero in vista del suo arrivo. Ben era matricola alla University of Hawaii con sede a Honolulu ed era venuto a trovarla per il fine settimana. Dopo tutto quel che era successo l'anno prima e nei mesi successivi, Ben si era ripreso senza alcun problema dal pestaggio e da quello strano rapimento.

Jody si aspettava di riprendersi altrettanto bene, invece gli incubi l'avevano perseguitata per settimane. Soprattutto sognava di correre in una enorme casa vuota urlando il nome di Ben, ma senza riuscire a trovarlo. Ogni volta però si svegliava tra le braccia di Baker che le accarezzava i capelli e le diceva che era al sicuro, che Ben stava bene, e anche lei. Baker odiava vederla agitata in quel modo, ma l'aveva sostenuta come una roccia e lei non aveva idea di come avrebbe fatto senza di lui.

Per quanto Jody amasse pensare che Ben veniva spesso a trovare *lei*, invece di passare i fine settimana coi nuovi amici dell'università, sapeva bene che quei rientri alla North Shore servivano soprattutto per vedere Tressa, che era all'ultimo anno delle superiori. I due ragazzi stavano ancora insieme e si erano avvicinati più che mai.

"Andiamo, Jody! Se no ci perdiamo le onde migliori!" gridò Ben dalla porta di casa.

Lei alzò gli occhi al cielo. "Arrivo, santo cielo! Che fretta indiavolata!"

Ben le sorrise appena.

Jody prese le chiavi dalla ciotola in vetro sul mobiletto e si avviò verso la porta. Baker era partito da una decina di minuti, portando con sé il frigo e dicendole che avrebbe cominciato a dispensare spuntini ai ragazzi.

Jody sorrise nell'avvicinarsi al furgone. Aveva provato un enorme sollievo quando aveva scoperto che Alex e i suoi amichetti non gliel'avevano rovinato, quando l'avevano portato via su richiesta di Al Rowden, un anno prima. Le avevano forato le gomme, ma era stata una riparazione semplice. Le avevano rotto anche il finestrino sul lato passeggero, ma gli amici di Baker si erano organizzati e gliel'avevano sostituito nel giro di un paio di giorni.

Quando si furono avviati, Jody chiese a Ben: "Allora come te la passi, Ben, adesso che il processo è finito?" Era servito più tempo di quanto Jody e Baker avrebbero gradito, per portare a processo il caso di Rowden, ma ormai era tutto finito. Rowden aveva lottato fino all'ultimo, rifiutando di dichiararsi colpevole nonostante le prove schiaccianti contro di lui, soprattutto grazie al lavoro di Baker.

"Sto bene," le rispose Ben quasi distrattamente.

"Sul serio, tesoro, *come* stai?" insisté Jody.

Ben si voltò per guardarla negli occhi. "Sul serio, sto bene. Ha avuto ciò che si meritava."

"Sì, questo è vero." Al Rowden avrebbe passato il resto della vita, o quasi, in prigione. Se mai fosse stato rilasciato, sarebbe stato un uomo anziano... il che a Jody andava benissimo. "La tua mamma come sta?" gli chiese.

"L'ultima volta che l'ho sentita, stava tornando a disintossicarsi."

Emma Rowden non aveva avuto vita facile, nel tentativo di scrollarsi di dosso la dipendenza dall'ossicodone. Era entrata e uscita più volte dalla comunità di recupero, dalla sera in cui la polizia aveva fatto irruzione in quella casa. C'era riuscita, era entrata in una casa protetta per ex tossicodipendenti, poi c'era ricaduta, riavviando quel circolo vizioso di nuovo daccapo.

"Mi dispiace," gli disse Jody.

Ben scrollò le spalle. "Non posso farci nulla." Poi, con tono più sommesso, aggiunse: "Non penso che ce la farà, Jody."

Lei sentì un tuffo al cuore. "Oh, Ben."

"Sta soffrendo. Ogni giorno, per lei, è come un inferno. Odio vederla tanto abbattuta."

"Capisco," commentò Jody tristemente.

"Non è abbastanza forte da vincere questa lotta. Prima o poi, ho paura che qualcuno mi telefonerà per darmi una brutta notizia. Ma forse così mi metterei il cuore in pace. Almeno smetterebbe di soffrire."

Jody inspirò profondamente, cercando di non piangere. La situazione della mamma di Ben era di una tristezza agghiacciante. Il fatto che Ben non la odiasse la diceva lunga sul buon carattere di quel ragazzo.

"Adesso basta, cambiamo argomento," disse Ben. "Oggi ho proprio voglia di fare surf con Baker. Se la cava ancora molto bene, per uno così avanti con gli anni."

Jody ridacchiò. "Stai *attento* che non ti senta!"

"Per carità," commentò Ben, con un tono tra il divertito e l'impaurito.

Quando arrivarono al parcheggio, Jody fu sorpresa di vederlo quasi al completo. "Per caso oggi c'è una gara di cui non sapevo nulla?"

"Non lo so... là c'è un posto!" esclamò Ben indicandole dove parcheggiare.

Jody fece manovra, poi spense il motore. Uscì e fu sorpresa da Ben, che la prese sottobraccio e si avviò subito con lei verso la spiaggia.

"Non ti stai dimenticando qualcosa?" gli chiese con una risata. "Ti servirà la tavola, per fare surf."

"Tornerò poi a prenderla," le rispose Ben.

Per la prima volta, Jody cominciò a sospettare. Baker era partito in anticipo, mentre Ben era tanto determinato ad andare in spiaggia, invece di passare il tempo con Tressa; poi la tavola dimenticata nel furgone... tutti quegli indizi la portarono a credere che stesse succedendo qualcosa alle sue spalle.

Mentre camminavano verso la spiaggia, Jody vide un enorme gruppo di persone, tra le quali riconobbe molti visi. C'erano tutti gli amici di Baker, i SEAL con le rispettive compagne, tra cui Kenna, che sembrava pronta a partorire da un momento all'altro. Charlotte, la figlia di Monica, stava gattonando incerta, mentre il papà la seguiva a ruota, pronto a prenderla al volo, qualora cadesse.

Insieme alle famiglie dei SEAL, Jody vide Kal, Lani, Brent, Rome e Felipe. C'era anche Tressa, insieme ad alcuni genitori degli altri ragazzi del surf che lei seguiva.

"Cosa diamine succede?" gli chiese, voltandosi verso Ben.

"Ora vedi," le rispose con un sorriso.

Baker si avvicinò e Ben le lasciò andare il braccio.

"Pensavo che non arrivassi più, Trilli," le disse Baker.

"Se avessi saputo che c'era sotto qualcosa, magari mi sarei sbrigata un pochino," ribatté lei.

Lui sogghignò, si abbassò e la baciò al volo, poi la trascinò verso la folla in attesa. Senza fare alcuna sosta, la portò fino al "suo" tavolo da pic-nic e si voltò con lei verso gli altri.

"Cercherò di essere breve e stringato, perché oggi le onde chiamano che è un piacere, ma grazie a tutti per essere qui. Sappiamo bene cos'ha fatto Kailani Spencer in questa spiaggia, oltre sei anni fa. Si è sacrificato per salvare un'altra vita. Era un ragazzo generoso e altruista, un eroe nel senso vero del termine."

Baker si voltò verso Jody, che già non tratteneva le lacrime. Le mise una mano sulla guancia e proseguì, ma parlandole come se fossero da soli al mondo. "D'ora in avanti, questo posto sarà dedicato a Kai, e a te." Baker le indicò il tavolo dietro la schiena e Jody lo guardò di sfuggita, confusa. Sembrava tutto come al solito... tranne per una targa in metallo installata sulla superficie. Jody si avvicinò per leggere:

In memoria di Kailani Spencer,
che ha donato la propria vita
mentre faceva ciò che amava. Vai col surf, fratello!
"Fuori dall'acqua, non sono nulla." (Duke
Kahanamoku)

Le lacrime uscivano copiose dagli occhi di Jody, rigandole il viso.

"Non sarà mai dimenticato. Mai. Il suo gesto verrà ricordato per sempre," le disse Baker, mentre la prendeva tra le braccia

Jody gli si strinse addosso, senza togliere gli occhi da quella targa.

Tutte le persone intorno commentarono con versi di gioia, e Jody faticò a riprendere il controllo. "Hai organizzato tutto tu?" chiese a Baker.

Lui alzò le spalle. "L'idea è stata di Ben. Io l'ho assecondato."

"Ti amo," gli disse Jody.

"Ti amo anch'io. Adesso... baciami, poi vai a chiacchierare con le tue amiche."

"Le nostre amiche."

"Sì," confermò Baker.

Jody si alzò in punta di piedi, ma Baker si abbassò come faceva sempre, per incontrarla a metà strada. La baciò a lungo, appassionatamente, noncurante degli amici che li circondavano. Quando le loro labbra si staccarono, a Jody girava la testa. Lui fece una smorfia e le sfiorò una guancia con un dito.

"Conosco quello sguardo," le disse a bassa voce.

"Sì, è lo sguardo di quando mi fai andare su di giri e mi fai girare la testa, per poi lasciarmi qui e andare sull'oceano," ribatté lei scherzosamente.

Lui non fece altro che ampliare il sorriso.

"Ho conosciuto Baker in questo punto preciso," commentò Monica poco più in là.

"Sì, hai visto i miei tatuaggi e ti hanno dato talmente fastidio che sei caduta col culo per terra," ribatté Baker.

"Questo è anche il punto in cui Baker ha tirato fuori il suo caratterino inquietante per avvertirmi che se ferivo i sentimenti di Midas mi mettevo nei guai con lui," disse Lexie sorridendo. Qualche mese prima, finalmente Lexie e Midas erano convolati a nozze con una cerimonia tranquilla, a cui avevano presenziato i genitori e i parenti stretti di Midas; Kenna aveva organizzato per loro una festa sulla spiaggia antistante il suo palazzo, un gran divertimento estremamente chiassoso.

"Tantissimi ricordi sono legati a questo posto, sicuramente," commentò Carly unendosi alle altre, seguita a ruota da Elodie, da Kenna e da Ashlyn.

"Direi che è giunto il momento di andare a cavalcare qualche onda con Ben," commentò Baker, che poi baciò Jody in fronte e si avviò di corsa verso il parcheggio a prendere la tavola dalla macchina.

"Penso che l'abbiamo messo in difficoltà," commentò Ashlyn con un sorriso.

Risero tutte.

"Stai bene?" chiese Elodie a Jody. "Noi non eravamo tanto sicure che questa sorpresa fosse una buona idea, ma Baker ha insistito dicendo che a te avrebbe fatto piacere."

"A me fa sicuramente piacere," rispose subito Jody. "Non ho dubbi che Kailani avrebbe fatto grandi cose in questo mondo. Sarebbe stato ricordato per il suo animo generoso e per l'energia straordinaria. La mia grande paura è sempre stata che pian piano mio figlio svanisse dalla memoria degli altri; adesso non può più succedere. Chiunque vedrà questa targa, leggerà il suo nome, e questo basterà per impedire che svanisca per sempre."

Gli occhi di Carly si riempirono di lacrime.

Jody la guardò con sospetto. "Ehm... per caso sei in dolce attesa, Carly?"

L'altra la guardò sorpresa per un momento, poi si mise a ridere. "Non si può nasconderti nulla, vero?"

Tutte le altre si congratularono subito con lei abbracciandola.

Passò qualche minuto, i surfisti furono tutti in acqua, mentre gli altri si preparavano a partire, quando Elodie raggiunse Jody.

"Come facevi a saperlo?" le chiese con un'espressione pensosa negli occhi.

"Di solito Carly non si commuove tanto facilmente. Poi sono mesi che ci dice che lei e Jag stanno cercando di avere un figlio. Sinceramente, mi è sembrata la spiegazione più ovvia."

Elodie annuì.

Jody allungò una mano e la mise sul braccio dell'amica. "Capiterà anche a te e Scott. Ne sono certa."

Elodie sospirò. "È già più di un anno," le rispose scuotendo la testa.

"Non arrendetevi," le disse Jody con decisione.

"Ma no, è che... è una frustrazione. Adesso dovremo andare in clinica a fare dei controlli di fertilità. Se proprio non dovesse funzionare, vedremo per un'adozione. Al mondo ci sono tantissimi bimbi che hanno bisogno di una nuova casa. Non abbiamo bisogno di un figlio per diventare una famiglia, ma so che a Scott farebbe molto piacere."

Jody la abbracciò. "Tu e Scott sarete dei genitori fantastici. Non importa se sarà un figlio biologico, o un adolescente che ha bisogno di una casa sicura e protetta."

Elodie le regalò un sorrisetto. "Ben è un bravo ragazzo."

"Sì, proprio vero."

"È stato fortunato a trovarvi."

"No, siamo stati noi ad avere fortuna," le rispose Jody.

In quel momento, arrivò il marito di Elodie, che le mise un braccio intorno alla vita. "Pronta ad andare?"

"Solo se prometti che prima di tornare a casa ci fermiamo alla Dole Plantation per un gelatino all'ananas."

"Non mi sognerei mai di passarci davanti senza fermarmi," le rispose Mustang con un sorriso. Poi salutò Jody con un cenno del capo dicendole: "Ci vediamo presto?"

"Ma certo. Immagino ci troveremo tutti all'ospedale per la nascita del bimbo di Kenna e Aleck, ormai manca poco," gli rispose Jody.

"Verissimo," confermò Mustang, che la abbracciò brevemente e poi si diresse verso il parcheggio con Elodie sottobraccio.

Un'ora dopo, in riva all'oceano era rimasta solo Jody, seduta al tavolo da pic-nic di Kai; fissava Baker, il suo uomo, che risaliva sulla spiaggia sabbiosa per raggiungerla.

Lei si alzò e gli porse un asciugamano, guardandolo mentre si asciugava. Lui si abbassò la muta da surf fino alla vita e Jody non poté far altro che fissarlo. Nonostante i suoi cinquantatré anni, Baker le faceva ancora tremare le ginocchia.

"Se mi fissi così troppo a lungo, non rispondo più delle mie azioni," la avvertì Baker.

Jody alzò gli occhi al cielo. "Ma sentilo. Tanto lo sai di essere un figo," gli disse.

"Non me ne importa un tubo; a me importa solo che mi ami," ribatté lui.

"Beh, per fortuna tua, ti amo."

"Ottimo." Baker infilò una mano nel taschino laterale della muta e si mise in ginocchio sulla sabbia. Le mostrò l'anello da circa un carato, con tanti diamantini che circondavano un topazio impeccabile al centro. "È la pietra natale di Kai, ho pensato fosse la più adatta. Vuoi sposarmi, Jodelle? Non ti deluderò mai. Farò sempre di tutto per tenerti al sicuro e per farti felice. Farò..."

Jody non lo lasciò finire. Gli si gettò addosso esclamando: "Sì!"

Lui la prese al volo e cadde con la schiena sulla sabbia ridendo.

"Accipicchia, Trilli, per poco non mi cadeva l'anello!" le disse, lamentandosi con un sorriso.

Jody si sdraiò sull'uomo che amava più di quanto avrebbe mai creduto possibile. "Questo è un giorno specialissimo."

"Sì," confermò Baker infilandole l'anello al dito. Poi la avvolse con le braccia e la baciò.

"Ehi, voi due! Il *Sex On the Beach* è solo un drink, non significa che dovete farlo davvero," disse Ben con un tono assai divertito.

Sia pur controvoglia, Jody staccò le labbra da quelle di Baker e alzò la mano. "Mi ha chiesto di sposarlo," spiegò a Ben con un sorriso enorme.

"Congratulazioni!" esclamò il ragazzo, che però non sembrò molto sorpreso. Ovviamente conosceva il piano di Baker. "Io e Tressa adesso andiamo."

"Torni a casa per cena?" gli chiese Jody, mentre Baker la aiutava ad alzarsi.

"Prepari le lasagne?" le chiese Ben.

"Ehm... sì?"

"Allora torno a casa per cena," le disse Ben con un sorriso. "Può venire anche Tressa?"

"Ma certo," gli rispose Jody. "Siete sempre i benvenuti."

"Grazie," disse Tressa.

Mentre i due ragazzi si allontanavano, Baker commentò: "Vedrai che la sposa."

"Eh sì," commentò Jody senza che quel pensiero la innervosisse.

"Ti amo, Trilli. Non ti deluderò mai. Mai."

"Lo so," gli rispose Jody. "Pensi che possiamo tornare a casa a festeggiare il fidanzamento?"

Jody non aveva mai visto Baker muoversi tanto veloce quanto dopo quella domanda retorica.

Le venne da ridere. Si sentiva leggera e felice, come non si sentiva da anni. Prima di andarsene dalla spiaggia, passò la mano sulla targa di metallo sussurrando: "Ti amo, Kai." Baker le strinse la mano per farle sentire il suo sostegno, e lei gli sorrise. "Torniamo a casa."

"A casa," ripeté lui come un'eco.

UN ANNO E MEZZO DOPO

Jody era in piedi nel cortile sul retro della casa di Jonny, da cui si vedeva tutta Waimea Bay. Jonny era un contatto di Baker; era stato un surfista professionista ed era stato tanto generoso da prestare il proprio cortile come location per la cerimonia nuziale. Jody era curiosissima di sapere come si fossero incontrati, ma aveva anche la sensazione che nessuno dei due avrebbe raccontato la storia vera, quindi aveva lasciato perdere.

Né Jody né Baker avevano in animo una cerimonia pomposa o affollata. Per cui avevano invitato solo gli amici più stretti e avevano scelto quel luogo perché da là si vedeva il punto in cui Kailani amava fare surf e dove osservava le gare, con la speranza, un giorno, di essere tra i partecipanti.

La cerimonia in programma era breve, ma sentita. Erano nozze totalmente diverse dalle prime di Jody. Nessuna chiesa enorme, nessun pranzo esagerato, niente schiera di damigelle e testimoni, niente abiti costosi, smoking o gente che non conosceva che la guardasse mentre lei prometteva di accogliere e onorare il marito.

C'era comunque un certo baccano. Il bimbo di Kenna aveva cinque mesi e piangeva, mentre la figlia di Monica continuava senza sosta a chiacchierare, rivolgendosi a chiunque si prestasse ad ascoltarla. Lexie aveva dato l'annuncio di essere incinta di una femmina, anche Carly era incinta e stava per partorire. Jody pregava che il travaglio non cominciasse proprio in quel frangente, su quel prato tanto ben curato. Ashlyn e Slate avevano portato la bimba di otto anni che avevano in affidamento, la quale si impegnava per evitare che Charlotte cadesse per terra mentre andava in giro per il cortile a chiacchierare con chi trovava.

Era venuto anche Theo, insieme a Midas e Lexie; al momento, era seduto sotto al porticato con in mano un foglio di carta e le sue matite, a disegnare. Jody l'aveva incontrato ormai varie volte ed era sempre più impressionata dal suo talento artistico. Era un tipo un po' asociale, ma non dava fastidio a nessuno. Aveva un cuore d'oro ed era sempre invitato e ben accolto a tutti i ritrovi degli amici.

L'aspetto migliore di quella giornata era che tutti si sentivano a loro agio, si divertivano, ed erano vestiti come volevano. Quello dei vestiti era l'unico punto su cui Jody aveva insistito.

Lei indossava un prendisole giallo con delle maniche corte a sbuffo; le arrivava alle ginocchia. Ai piedi aveva un paio di infradito con un enorme fiore giallo come decorazione. Si era tenuta i capelli sciolti e quando si era accorta che il vento continuava a scompigliarli, aveva fatto spostare Baker sull'altro fianco per farsi prendere i capelli; lui glieli aveva stretti in un pugno, tenendoli raccolti e lontani dagli occhi di lei, mentre la guardava con amore.

Lui era fin troppo affascinante, con i pantaloncini corti neri, camicia bianca e un paio di infradito neri ai piedi. Jody ogni tanto si pizzicava un braccio per controllare di essere davvero sveglia. Non che avesse poca stima di sé, ma era ancora troppo meravigliata che un uomo straordinario come Baker stesse condividendo la propria vita con lei.

"Ora potete baciarvi da marito e moglie," disse il celebrante. Jody l'aveva incontrato poco prima di fare il suo ingresso con Baker in quel prato, per raggiungere l'angolo più remoto del cortile, il punto migliore per osservare la baia, il punto in cui avevano deciso di scambiarsi le promesse matrimoniali.

La mano con cui Baker le teneva i capelli si strinse quando lui la invitò a girare la testa, mentre abbassava la propria. Come faceva sempre, Jody si alzò in punta di piedi per incontrarlo a mezz'aria. Lui la avvolse con il braccio libero per sostenerla, mentre lei gli mise le braccia intorno al collo.

Nell'ultimo anno e mezzo, Jody aveva ricevuto da Baker moltissimi baci da far venire i brividi, ma quello sembrò surclassarli tutti. Forse per via dei commenti gioiosi e dei fischi degli amici sullo sfondo. Forse perché era il primo bacio da sposati. Forse perché Jody non era mai stata tanto felice in vita sua. Quale che fosse il motivo, lei sapeva che non avrebbe mai dimenticato quel momento. Mai.

Baker aveva appena rialzato la testa per sorriderle, quando il cielo decise di sfogarsi. La pioggia cadde scrosciante, ma Jody era troppo felice per preoccuparsene.

Gli amici si misero a ridere e presero tutti la via più breve per andarsi a riparare sotto il grande porticato sul retro della casa di Jonny. Invece Jody e Baker rimasero abbracciati, noncuranti della pioggia che nel giro di pochi secondi aveva già reso la loro pelle fradicia.

Baker allargò il sorriso. "Sposa bagnata, sposa fortunata," le disse.

Jody gli strinse le braccia intorno al collo. "Mio marito..."

"Mia moglie..." ribatté lui, che poi scosse la testa. "Sinceramente, non avrei mai creduto che capitasse a me. Ho sempre pensato che sarei morto per la patria."

"Sono contenta che non sia successo."

"Anch'io," le disse con un sorrisetto gioioso. Poi Baker si fece serio. "Con tutto il marcio che ho visto e che ho fatto... tu sei il mio premio."

"Baker," gli sussurrò Jody.

"È la verità," insisté lui. "Sei troppo buona per me e io lo so, come lo sanno i miei amici, ma non me ne frega: non farò mai nulla per rovinare il nostro rapporto. Mai."

"Lo so. Nemmeno io," gli rispose.

Baker si abbassò per baciarla un'altra volta, brevemente.

Jody sospirò contenta. Poi si voltò verso Waimea Bay. Le onde erano alte e potenti, probabilmente per il temporale che si stava scatenando. "Sembra che ci sia anche lui," gli disse.

"È così," concordò Baker. "Mi piace pensare che questo sia il modo in cui Kai ti dice che mi approva."

Jody distolse lo sguardo dalle onde e tornò a guardare il marito. "Sarebbe stato felicissimo di vederci insieme," lo rassicurò. "Anche se aveva solo diciassette anni, era già protettivo. Si preoccupava sempre per me, non voleva che rimanessi da sola, dopo il suo diploma, qualora si fosse trasferito."

Baker annuì, poi fece un passettino per allontanarsi. Le tolse la mano dai capelli, lasciando che le ciocche bagnate le scendessero sulle spalle. Jody lo guardò con un attimo di confusione, poi lui la prese per mano e le mise un braccio intorno alla vita. Infine, cominciò a danzare con lei. Sotto la pioggia, con gli amici e le amiche che osservavano da sotto il porticato, con le onde che si frangevano sulla baia di sotto.

Lei non l'avrebbe mai creduto possibile, ma in quel momento si innamorò di lui ancor di più.

Completarono la prima danza da sposati, completamente fradici, con la pioggia e il vento che battevano su di loro: nulla nella vita di Jody era stato tanto perfetto.

DUE ANNI DOPO

Jody era in piedi vicino a Baker, che le teneva un braccio intorno alle spalle; stavano osservando Ben. Erano a Ka'ena Point e Ben stava spargendo nell'oceano le ceneri della madre. Emma Rowden non aveva avuto vita facile, negli ultimi due anni. Aveva cercato con tutte le sue forze di liberarsi dal baratro delle droghe, ma alla fine ne era stata risucchiata per sempre.

Ben che era un ragazzo meraviglioso... no, un *giovane uomo* meraviglioso, aveva fatto del suo meglio per aiutare la madre a vivere. Dopo tutto ciò che gli aveva combinato, o meglio, ciò che non aveva fatto, lui aveva comunque trovato nel cuore la forza di perdonarla e di rimanere in contatto con lei.

Tressa era in piedi a circa tre metri da Ben; gli stava lasciando un momento di tranquillità, pur facendogli sentire il supporto di cui aveva bisogno. Ormai erano molto legati. Tressa aveva cominciato a frequentare la University of Hawaii dopo il diploma di maturità e Jody aveva il sospetto che passasse più tempo nell'appartamento di Ben, vicino al campus, che nel dormitorio a lei assegnato.

Ben si rialzò e Tressa lo raggiunse subito. Dal punto in cui si trovava, una decina di metri dietro di loro, Jody riuscì a vedere che stavano parlando di qualcosa di personale.

"Mi dispiace moltissimo per Ben," disse Jody sottovoce.

"Lo so," commentò Baker stringendola a sé.

Quando Ben le aveva chiesto se quel punto dell'oceano fosse il luogo adatto per spargere le ceneri della madre, Jody l'aveva sostenuto di cuore. Quando Ben era andato a prendere gli oggetti della madre dall'ultimo alloggio in cui era stata, proprio quello in cui era stata trovata esanime da un altro residente, ci aveva trovato anche una lettera indirizzata a lui.

Ben aveva lasciato che Jody la leggesse: era uno dei messaggi più tristi che avesse mai letto.

Caro Ben,

so di non essere stata una brava madre e mi dispiace. Meritavi di meglio. Sarò per sempre grata a Jodelle, che ti è stata vicina quando io non c'ero. Sono sicura che farai grandi cose nella vita. So che non ho il diritto di chiedertelo, ma magari ogni tanto potresti pensare a me, ricordare i bei tempi di quando eri piccolo. Abbiamo faticato, ma adesso, anche se è troppo tardi, capisco che eravamo felici.

Sono fiera di te. Sei la cosa migliore che abbia mai realizzato in vita mia, anche se ho quasi rovinato tutto. Anzi, ho rovinato tutto e ti ripeto che mi dispiace. Grazie per avermi perdonata. Non è stato facile, ma sappi che per me è molto importante.

Sono stanca, Ben. Sono troppo stanca. Non ce la faccio più. Non essere triste, voglio che vada così. Voglio solo smettere di soffrire. Vivi la tua vita, figlio mio. Sarà una vita meravigliosa, non ho alcun dubbio.

Ti voglio bene. Non te l'ho dimostrato sempre come avrei dovuto, e di questo proverò sempre rimorso.

Con amore, la tua mamma

Emma Rowden era riuscita in qualche maniera ad appropriarsi di una dose letale di metanfetamina, una droga potente che, per quanto ne sapesse Jody, Emma non aveva mai assunto. Si era iniettata di proposito una dose doppia anche rispetto a quella di un consumatore abituale.

Ben c'era rimasto male, anche se non ne era stato sorpreso. Conosceva bene le difficoltà che la madre affrontava di continuo, perché ogni tanto l'andava a trovare.

Jody vide Ben mandare un bacio all'oceano, poi voltarsi e tornare verso lei e Baker.

"Tutto a posto?" gli chiese Jody a voce bassa.

"Sì," le rispose Ben.

Ovviamente non era tutto a posto, ma Jody non se la sentì di insistere. Tornarono tutti e quattro verso il parcheggio, percorrendo quei circa tre chilometri in silenzio, ciascuno perso nei propri pensieri... buoni o cattivi che fossero.

Quella sera, Tressa si fermò a cena. L'umore si era rasserenato e fecero qualche partita a UNO. Quando Tressa uscì per tornare a casa dai suoi, si era fatto tardi. Ben doveva tornare a Honolulu in macchina il pomeriggio del giorno dopo. L'indomani mattina, aveva in programma di fare surf con Baker, poi sarebbero andati tutti a pranzo da Tressa, a casa dei suoi genitori, prima che i due studenti universitari dovessero ripartire.

Dopo aver dato la buona notte, Ben andò in camera sua, una stanza che Jody non aveva più toccato negli ultimi due anni, da quando lui era andato all'università.

Baker andò a dormire dopo aver controllato che porte e finestre fossero ben chiuse, come faceva ogni sera, senza perdere un colpo. Vederlo svolgere quella routine la fece sospirare soddisfatta. Quell'uomo non avrebbe mai smesso di pensare a lei. Lo amava quel giorno quanto due anni prima, quando aveva rifiutato di lasciarla a casa da sola con Ben. Un animo da cavaliere fino al midollo: Baker era fatto così.

Dopo aver riordinato in cucina, anche Jody si avviò verso la camera da letto. Si fermò davanti alla porta di Ben e bussò leggermente.

"Ben? Sei sveglio?"

"Sì."

Jody aprì la porta di uno spiraglio per sbirciare all'interno. Ben era seduto sul ciglio del letto, non si era ancora cambiato, fissava la lettera che gli aveva scritto la mamma. Jody sentì il cuore quasi spezzarsi.

Entrò in camera e si sedette vicino a lui, mettendogli un braccio intorno all'ampia schiena. Non gli disse nulla: si limitò ad abbracciare quel ragazzo ormai uomo che aveva imparato ad amare come un figlio.

Ben si girò, appoggiando un ginocchio sul letto, e avvolse Jody tra le braccia, appoggiandole la testa su una spalla per piangere.

Jody lo tenne stretto più che poté, cercando di consolarlo. Emma Rowden non era stata una brava madre, l'aveva confessato sinceramente nella lettera che aveva scritto a Ben. Avrebbe dovuto proteggere il figlio, fare di tutto per tenerlo al sicuro. Invece non c'era riuscita. Però nulla toglieva al fatto che gli voleva bene e che Ben le voleva bene.

Ben pianse sulla spalla di Jody per diversi minuti, poi finalmente i singhiozzi si affievolirono. Rialzò la testa e si asciugò le lacrime con la manica della maglia. "Mi dispiace," le disse sottovoce.

Jody gli mise le mani sul viso scuotendo la testa. "Non devi mai dispiacerti di mostrare le tue emozioni, Ben. *Mai* chiedere scusa per ciò che provi."

Lui annuì e Jody abbassò le mani.

"Ti voglio bene," gli disse Jody. Ben la guardò negli occhi. "Sei un ragazzo fantastico e tua mamma aveva ragione: farai cose straordinarie a questo mondo."

"Grazie," le rispose Ben. ""Anch'io ti voglio bene, Jody."

Lei sorrise. Non si sarebbe mai stancata di sentirselo dire.

"Adesso cerca di dormire. Vedrai che Baker vorrà farti il mazzo sulle onde, domattina."

Ben alzò gli occhi al cielo e coi palmi delle mani si asciugò le ultime lacrime dalle guance. "Ci mancherebbe." Poi Ben si avvicinò a Jody per abbracciarla di nuovo. Fu un abbraccio lungo e carico di sentimento. "Grazie di tutto. Dico davvero."

"Ma certo," gli disse Jody parlandogli nei capelli. "Te l'ho già detto e sono sicura che te lo ripeterò, ma... pazienza. Anche se non sono la tua mamma biologica, per me sei come un figlio e questa sarà sempre casa tua, Ben. Sempre."

Lui annuì e si staccò da lei. Jody capì che era il momento

di andare. Si alzò in piedi, gli strinse la mano, poi andò verso la porta. Uscì e chiuse; poi, ben sapendo di essere sul punto di piangere, andò dritta dall'unica persona che sapeva sempre farla sentire meglio.

Appena Baker la vide entrare in camera da letto, si scoprì e la raggiunse.

Jody lo avvolse con le braccia come se stesse per dissolversi in milioni di pezzi e lui fosse l'unico in grado di tenerla dov'era. Senza dirle una parola, Baker la accompagnò a letto e riuscì a infilare entrambi sotto le coperte senza lasciarla mai andare.

A quel punto, Jody pianse. Per Ben, per Emma, per il dolore di entrambi.

"Vedrai che starà bene," le disse Baker a voce bassa, quando Jody riuscì a ritrovare il controllo.

"Lo so," gli borbottò Jody sulla pelle nuda della spalla.

"Ci sei tu, ci sono io, c'è Tressa con i suoi parenti."

"Lo so," ripeté Jody, che poi aggiunse con un tono più crudo: "Spero proprio che Al se la stia vedendo brutta in prigione."

Baker ridacchiò. "Non è certo una vacanza in un albergo a cinque stelle, Trilli."

"Comunque sia, spero che abbia fame, e freddo, e che si chieda come abbia fatto a rovinarsi così la vita. Spero che gli altri reclusi lo trattino di merda, che sia solo, terrorizzato dal rischio che qualcuno gli salti addosso, che non abbia un secondo di pace per tutto il resto della vita."

"Accidenti, che augurio," commentò Baker.

"Tu hai i contatti, puoi rendergli la vita impossibile, giusto?" gli chiese guardandolo negli occhi.

"Potrei, ma non c'è bisogno. La sua vita è già impossibile, se non peggio."

"Sei sicuro?" gli chiese Jody.

"Sono sicuro," le rispose con fermezza.

Jody annuì. Non aveva mai chiesto a Baker informazioni sui suoi contatti, ma se lui sapeva che Al Rowden stava soffrendo, allora lei sapeva che era vero, senz'ombra di dubbio. "Ottimo."

"Sete di vendetta..." borbottò Baker facendola di nuovo appoggiare su di sé.

"Ha fatto del male a Ben," gli spiegò lei, senza aggiungere altro.

Non c'era altro da aggiungere. Nessuno poteva ferire le persone a cui lei voleva bene. Jody avrebbe fatto di tutto, pur di proteggere Ben, nonostante ormai avesse vent'anni. Non sarebbe cambiato nulla nemmeno quando ne avrebbe avuti trenta, o quaranta. Lei avrebbe sempre cercato di proteggerlo. "Ti amo, Baker," gli sussurrò contro la pelle, passandogli un dito sui tatuaggi del petto.

"Ti amo anch'io, Jodelle. Ce la fai a dormire?"

"Sì," gli rispose annuendo leggermente. "Anche se non ce la faccio, tu sei qui con me."

"Puoi dirlo forte," borbottò Baker.

Jody si strinse al suo uomo e inviò una preghiera silenziosa a Kailani, ringraziandolo per averle fatto incontrare sia Ben, sia Baker. Lei non era sicura che il figlio avesse avuto un ruolo nel farglieli conoscere. Si addormentò tra le braccia dell'uomo che amava, senza il minimo dubbio che lui la ricambiasse almeno altrettanto.

QUATTRO ANNI DOPO

Jody era talmente fiera di Ben che si sentiva scoppiare.

Era giunto il giorno della cerimonia di laurea alla University of Hawaii, Ben avrebbe poi proseguito con un master in biologia marina. Jody sapeva che Ben avrebbe raggiunto ogni suo obiettivo e che avrebbe trascorso la vita a lavorare sull'oceano che aveva imparato ad amare da ragazzo.

Jody e Baker erano andati a Honolulu e avevano passato la notte in albergo, in modo da non dover affrontare il traffico del mattino, col rischio di arrivare tardi alla cerimonia. Baker aveva scelto una botta di vita, con una suite vista oceano, e anche se di solito non facevano l'amore tutti i giorni, nemmeno lontanamente, quella notte non era riuscito a tenere le mani a posto.

Baker faceva sentire sempre la moglie come la donna più bella al mondo, anche se negli anni aveva messo su qualche chilo. Lui ne aveva apprezzato ogni centimetro del corpo, sussurrandole parole di ammirazione e complimenti, mentre ci passava sopra con la bocca e con le dita, prima di penetrarla e di procurarle un altro orgasmo mentre se la godeva anche lui.

Stavano per partire, quando sentirono bussare alla porta della suite e Jody si sorprese, in quanto non aspettavano visite o servizio in camera.

Baker invece non sembrò minimamente sorpreso, quando andò ad aprire la porta. Era Ben, che entrò... e Jody si preoccupò subito.

"Che succede? Pensavo che andassi alla cerimonia con Tressa..."

"Infatti, ma prima volevo parlare con voi," le disse Ben.

Il che non contribuì certo ad alleviare la trepidazione di Jody, che guardò Baker preoccupata; lui invece era totalmente inespressivo. "Vaaaa bene," gli rispose nervosamente.

Ben guardò Baker, che annuì verso di lui per rassicurarlo. Era il primo indizio che Baker era coinvolto in quella storia.

"Vieni a sederti," disse Ben a Jody.

Jody andò al divano e si sedette, trattenendo il fiato per timore di sentirsi dire qualcosa di brutto, del tipo che Ben non si sarebbe laureato, o che aveva rotto con Tressa (il che sarebbe stato un vero dispiacere per Jody), o che stava per sparire, per unirsi a un circo viaggiante, o chissà che altro.

Per la prima volta, Jody notò che Ben teneva in mano un foglietto di carta. Lo stava fissando, giocherellandoci con le dita nervosamente, prima di respirare a fondo e guardarla negli occhi.

"Ne ho parlato con Baker, lui pensa che sia una buona idea. Però se tu non sei d'accordo, se non ti fa felice, devi essere onesta con me. A me va benissimo in ogni caso... però volevo fare qualcosa per mostrarti quanto sei importante per me."

Le bastarono quelle parole per calmarsi, per non pensare ad altro che a rassicurare Ben. Odiava vederlo tanto nervoso. Jody allungò una mano e la appoggiò sopra quella di Ben. "Di qualunque cosa si tratti, andrà tutto bene," gli disse con dolcezza.

Ben accennò un sorriso. "Non sai nemmeno cosa devo dirti e stai già cercando di rassicurarmi."

Jody fece spallucce. Lei era fatta così, non poteva negarlo.

"Ecco, allora... sai che non ho mai preso il cognome di Rowden quando mia mamma si è sposata con lui. Non che sia stata una scelta mia, è stata mia mamma che non ha mai preparato i documenti, e quello stronzo che ha sposato non ha mai voluto adottarmi. Così ho sempre tenuto il cognome da nubile di mia mamma. Lei non mi ha mai detto chi fosse il mio padre biologico, tanto a me non è mai importato. Però ultimamente ho cominciato a pensarci... e mi è venuta un'idea. Forse è un'idea stupida, forse non ti piacerà, ma... ho pensato che potrei cambiare cognome, chiamarmi Spencer."

Jody sentì ogni muscolo del corpo contrarsi. Sbatté le palpebre, non sicura di aver sentito bene.

"Come ti dicevo, ne ho parlato con Baker; lui mi ha spiegato che non hai voluto cambiare cognome quando vi siete sposati, per via di Kailani, perché era il suo cognome e non volevi avere la sensazione di perdere una parte di lui facendoti chiamare Rawlins. Dato che sei l'unica mamma che mi è rimasta, mi chiedevo se ti andrebbe di condividere con me il cognome tuo e di Kai. Quando mi sposerò, spero che mia moglie prenderà il mio cognome e che lo trasmetteremo ai nostri figli. Io avrei già compilato i documenti." Indicò il foglietto di carta che teneva in mano. "Però non li ho inoltrati, perché volevo chiederti il permesso, avere la tua benedizione."

Ben pronunciò quelle parole più in fretta: non sapeva bene che reazione aspettarsi da lei e voleva arrivare fino in fondo al ragionamento prima che lei dicesse di no.

Ma Jody non aveva alcuna intenzione di dire di no. Nessuno, in tutta la sua vita, aveva mai fatto qualcosa che la commuovesse tanto nel profondo. Baker non aveva avuto alcun problema, quando lei aveva deciso di tenere il cognome Spencer, ma il pensiero che Ben volesse chiamarsi come lei la lasciò senza parole.

Jody fissò il giovane uomo che aveva davanti per una frazione di secondo, poi scoppiò in lacrime tutto d'un colpo.

Ben sembrò spaventato, invece Baker non esitò: si sedette all'altro fianco di Jody e la tirò più vicina. Jody si appoggiò a lui, singhiozzando e piangendo senza freni.

"Santo cielo, Trilli, prendi fiato."

Lei ci provò, ma era troppo sopraffatta dalle emozioni.

"Devo prenderlo come un sì? O come un no?" le chiese Ben esitando.

Jody si tirò fuori dall'abbraccio di Baker e si gettò addosso a Ben. "Sì! Buon Dio, certo che sì! Non so... è che... non so cosa dire!"

Ben la strinse a sé, poi la lasciò andare, come non sapendo bene cosa fare con una donna in lacrime, e Baker la prese tra le braccia.

Le servirono alcuni minuti per riprendere davvero il controllo, ma da quel momento Jody non perse più il sorriso. Mai, nemmeno in sogno, avrebbe immaginato quel momento.

"Allora inoltro i documenti la settimana prossima," disse Ben alzandosi, con tono molto più rilassato.

Baker aiutò Jody ad alzarsi in piedi, tenendole un braccio intorno alla vita.

"Ora dovrai andare," disse Baker a Ben. "Non vorrai perderti la cerimonia della tua laurea."

"Infatti," commentò Ben, che poi abbracciò Jody. "Ti voglio bene, Jody," le disse sottovoce. Poi arretrò e si diresse alla porta.

Gli occhi di Jody si riempirono di nuovo di lacrime, ma lei le trattenne. Quello era un giorno felice e lei non voleva più piangere. Appena Ben uscì e chiuse la porta, lei si girò verso

Baker. "Non posso crederci: tu lo sapevi e non mi hai avvertita!" gli disse dandogli uno schiaffo sul petto.

Lui le sorrise e le disse solo: "Mi ha chiesto di tenerlo segreto e così ho fatto."

Era tipico di Baker. Le aveva promesso anni prima che i segreti delle sue attività non le avrebbero mai recato fastidio, e così era stato. Mai una volta. Il mese prima, Baker era andato in pensione, lasciando il lavoro per il governo. Gli era servito più tempo del previsto, ma ormai non era più disposto ad andare all'estero a "far visita" a dei famigerati delinquenti per trattare accordi segreti in cambio di informazioni. Usava ancora il *dark web* per raccogliere dati utili, ma Jody era contenta che non dovesse più viaggiare per lavoro.

"Sto pensando... forse vuoi darti un'occhiata al viso, prima di uscire," le disse con dolcezza.

Jody ridacchiò. Era sicura di avere un look sconquassato. Si alzò in punta di piedi per baciare il marito. Non fu un bacio breve. Quando si staccarono, respiravano entrambi a fatica. Baker guardò di sfuggita il letto e Jody rise sonoramente. "Per quello non c'è tempo, mi dispiace," gli disse.

"Meno male che rimaniamo un'altra notte," commentò lui alzando una spalla e regalandole un sorriso che la fece eccitare. "Forza, Trilli. Dobbiamo muoverci, se vogliamo trovare posto nelle prime file."

Lei annuì, gli prese una mano e ne baciò il palmo, poi andò in bagno. Quando si guardò alle spalle, appena prima di entrarci, vide che Baker non si era mosso. Era ancora in piedi dove l'aveva lasciato, la fissava con un sorriso stampato in volto. La guardò negli occhi e le fece un cenno col capo.

Jody poté solo rispondergli con un sorriso, meravigliandosi per la trilionesima volta della propria fortuna.

SEI ANNI DOPO

"Allora, dopo sei anni..." disse Elodie, che poi si fermò; guardò il marito, era in piedi dietro di lei e le teneva le braccia intorno alla vita, con il mento appoggiato sulla sua spalla. "... finalmente siamo in dolce attesa!" esclamò.

Impazzirono tutti di gioia. Seguirono grida e commenti allegri tutt'intorno a Elodie e Mustang, seguiti da abbracci esuberanti.

Jody era in disparte a osservare con un sorriso enorme in volto.

"Sono davvero felici," disse Baker dietro di lei, in una posizione simile a quella di Mustang, con il mento sulla spalla di Jody, le braccia intorno alla vita e le mani intrecciate.

"Sì," confermò Jody.

"Però Mustang è fuori di testa dalla paura," aggiunse Baker.

Jody si voltò verso il marito. "Tu lo sapevi?"

Lui le rispose alzando le sopracciglia.

"Ovviamente lo sapevi," concluse Jody rispondendosi da sola.

"Sono tre," le disse Baker sottovoce.

Jody si voltò di scatto tra le sue braccia. "Sul serio?"

"Sì. È considerata gravidanza a rischio. Dopo quattro anni di clinica e trattamenti, era l'ultimo tentativo, prima della trafila per l'adozione. I medici hanno impiantato sei embrioni, nella speranza che almeno uno attecchisse."

"Tre!" Jody prese fiato. "Porca paletta!"

"Infatti." Baker ridacchiò e lei ne sentì le vibrazioni con le mani.

Erano in piedi, in mezzo al giardino erboso dietro il complesso di Coral Springs. Kenna e Aleck vivevano ancora nello stesso attico, col figlio di cinque anni. Si trovavano ancora tutti regolarmente, e dato che ormai tutti avevano figli, quei ritrovi erano diventati parecchio incasinati.

Il figlio di Lexie aveva quasi tre anni, la figlia quattro ed era molto amica del figlio di Kenna. Monica e Pid avevano due figlie, più un bambino nato un anno prima; ormai erano d'accordo di fermarsi. La figlia di Carly aveva quattro anni e mezzo, mentre il figlio aveva sei mesi. Ashlyn e Slate avevano avuto in affidamento una ventina di bambini negli ultimi quattro anni e stavano per concludere le pratiche di adozione degli ultimi: due fratelli di otto e dieci anni.

Ecco perché i ritrovi di gruppo erano ormai pieni di risate, a volte di lacrime, ma sempre ricolmi d'amore. In ogni occasione, Elodie e Mustang erano sempre sorridenti, rincorrevano i più piccini asciugandone le lacrime, trattando i figli degli altri come fossero i propri. Ma Jody e tutti gli altri conoscevano le loro difficoltà di coppia: desideravano avere figli da tanto tempo, ma non era mai capitato.

Avevano affrontato stoicamente quattro anni di trattamenti ormonali, con momenti di delusione talmente cocente che Jody aveva cominciato a preoccuparsi della salute mentale di Elodie. Ecco perché l'annuncio di quel giorno, la tanto attesa gravidanza, provocò un'ondata in gioia immensa in tutti.

"Sono felicissima per loro," commentò Jody. "Ma... tre? Tutti insieme? Ahi!"

"L'ho pensato anch'io. Per fortuna ci sono tante coppie di amici pronti a fare da baby-sitter per aiutare nei momenti più impegnativi."

Jody annuì, mentre con la mente pensava già a come aiutare i due amici.

"Devo preoccuparmi? Sento gli ingranaggi della tua mente che girano," borbottò Baker.

Jody gli sorrise. "Forse," gli rispose in tutta onestà.

"L'unico rimpianto della mia vita," le disse, "è non aver avuto figli con te."

Jody sentì il cuore sciogliersi. "I nostri figli sarebbero stati bellissimi," gli sussurrò.

"Sì," confermò Baker. "Ma almeno c'è un lato positivo, se i nostri amici hanno figli e noi no: a fine giornata, quando sono tutti appiccicosi o carichi di zucchero, o sfiniti, possiamo sempre restituirglieli."

"Ah sì, sono totalmente d'accordo," gli rispose Jody.

"Venite qui, voi due!" esclamò Lexie. "Si fa una foto tutti insieme!"

"Quanto tempo pensi servirà, stavolta?" chiese Jody a

Baker, tenendo la voce bassa, mentre si avviava con lui verso gli altri. Avevano cominciato a scattare foto di gruppo a ogni ritrovo. Jody non ricordava di chi fosse stata l'idea, ma si erano trovati tutti d'accordo nel volere dei ricordi di come la loro "famigliola" si fosse evoluta nel tempo.

"Troppo tempo, accidenti," le rispose Baker con un filo di voce.

Jody non trattenne una risata. Cercare di mettere tutti insieme, fermi immobili, a guardare nella stessa direzione era un compito quasi impossibile, ma anche la preparazione contribuiva a rendere quelle foto uniche. C'era sempre un bimbo o una bimba che piangeva, o qualcuno che guardava da un'altra parte, o che saltava fuori con un'espressione stramba.

Mentre si raggruppavano, Jody ebbe modo di parlare per un momento con Elodie. La salutò con un forte abbraccio e le disse: "Sono felicissima per voi."

"Anch'io," le rispose Elodie. "Ma se..."

"*No*. Niente se. Pensa positivo e sii ottimista, sempre," la riprese Jody.

"Parli proprio come Scott," le disse Elodie con un sorriso.

"Ho sempre pensato che tuo marito fosse un uomo intelligente," ribatté Jody scherzosamente.

Elodie la abbracciò di nuovo. Poi le sussurrò in un orecchio: "Sono tre gemelli."

Jody sorrise e le sussurrò di rimando: "Lo so."

Elodie sbuffò. "C'era da aspettarselo. Baker sa sempre *tutto*."

Jody annuì. "Vedrai che andrà tutto bene. Sia per te, che per i bimbi. Fidati di me."

"Va bene, tutti pronti! Guardate l'obiettivo e sorridete!" urlò Kenna.

Jody provò un attimo di dispiacere per Robert, che finalmente era andato in pensione e non lavorava più alla reception del complesso di Coral Springs, ma veniva sempre invitato da Kenna a tutti i ritrovi di gruppo. Lui si sentiva un po' il nonno di tutti quei bambini e non si tirava mai indietro quando c'era da scattare foto di gruppo. C'era anche Theo, in disparte, come sempre a disegnare. Come si aspettavano tutti, andava d'accordo con i bambini. Lasciava persino che usassero i suoi album e le sue matite colorate, anche se i genitori cercavano di portarsi dietro pastelli e fogli di carta per evitare che Theo venisse disturbato troppo.

Baker arrivò dietro Jody e la prese di nuovo tra le braccia, sospirandole in un orecchio mentre cominciava il solito caos e Robert cercava di convincere tutti a sorridere verso di lui nello stesso momento.

Jody non aveva alcun problema a sorridere. Amava la sua vita, voleva bene alle amiche e agli amici. Ogni tanto si sentiva triste, perché Kailani non era presente a conoscere tutti; Baker sembrava accorgersi di quei momenti di malumore e faceva sempre di tutto per rallegrarla. In quel momento, però, Jody era felice. Alzò lo sguardo verso Baker e lui le mise una mano sul lato della testa, abbassandosi per baciarla.

La foto di gruppo fu scattata in quel preciso istante, con Jody e Baker che si baciavano e metà dei bambini che guardavano da tutt'altra parte, il neonato di Carly che piangeva a più non posso, mentre Elodie e Midas avevano entrambi gli occhi chiusi. Quando Jody vide quella foto, il giorno dopo, nella mail che Kenna inviò a tutti, si mise a ridere a crepapelle e la stampò subito per appenderla al muro.

DIECI ANNI DOPO

Baker era in piedi, appoggiato al muro del salone, dopo il ricevimento; osservava Jodelle che danzava con Ben, in qualità di madre dello sposo. Gli ultimi dieci anni erano stati pieni di gioia, ma anche di contrasti, ogni tanto di paura, ma soprattutto di amore, più di quanto ne avesse mai provato in tutti i cinquantadue anni precedenti messi insieme.

Santo cielo, non riusciva a credere di aver superato i sessanta! Spessissimo gli capitava di sentirsi addosso appena trent'anni... sì, insomma, forse quaranta. Ma non sessantadue. Ogni tanto andava ancora a fare surf, ma più spesso si accontentava di stare seduto con Jodelle in spiaggia, guardando con lei i ragazzi che cavalcavano le onde.

Ovviamente, quei ragazzi non erano più gli stessi, erano cambiati negli anni, ma c'era sempre qualche adolescente da tener d'occhio, qualcuno che a volte si avventurava in acque pericolose. Jodelle lavorava ancora come graphic designer ed era anche molto brava. Baker si sorprendeva di continuo per la creatività della moglie, che sapeva creare per i clienti progetti tanto belli e complessi.

Lui, invece, pensava di non poter mai smettere di cercare informazioni sugli altri. La soddisfazione di scoprire qualcosa di utile, o di fermare un malvivente, non gli passava mai. Ormai, trasmetteva ogni informazione a qualcun altro, che poi si occupava della parte pratica, senza contare che gli erano rimasti moltissimi contatti in tutto il mondo.

Quella sera, Jodelle era radiosa. Aveva sempre una luce speciale negli occhi. Sia quando indossava l'abito da cerimonia a tutta lunghezza, come in quel momento, sia quando indossava un paio di pantaloncini e una canottiera, per andare al tavolo da pic-nic in spiaggia, o anche quando non indossava proprio nulla e gli si concedeva tra le braccia. Lui l'amava moltissimo, tanto da far paura. Baker non avrebbe voluto cambiare una sola virgola della propria vita, del percorso che l'aveva portato dov'era in quel preciso istante.

Le promesse matrimoniali che si erano scambiati Ben e Tressa erano state commoventi, accorate, e ormai la festa era in pieno svolgimento. Jodelle aveva riso tutta la sera e lui la capiva benissimo. Quando erano stati annunciati i nomi della coppia sposata, Ben e Tressa Spencer, Jodelle si era commossa a tal punto da voltarsi verso di lui per piangergli su una spalla.

Ben aveva trovato un lavoro molto importante presso un'azienda che svolgeva ricerche biologiche nell'oceano, mentre Tressa lavorava come assistente in uno dei tanti studi legali di città. Erano andati a convivere da due anni, subito dopo la proposta di matrimonio e il fidanzamento. Baker aveva informazioni riservate e non vedeva l'ora che anche Jodelle le scoprisse: Tressa era incinta. Jody sarebbe diventata una nonna meravigliosa, a giudicare da come stravedeva per i tre gemelli di Elodie, che ormai avevano tre anni e mezzo.

Baker non aveva alcuna smania di mettersi a ballare, ma gli piaceva guardare sua moglie che ballava con tutti gli amici giovani di Ben. La fotografa assunta da Ben e Tressa stava impazzendo a forza di scattare, ma Baker non aveva alcun dubbio che Jodelle avrebbe apprezzato e tenuto a cuore ciascuna di quelle foto.

La loro casetta era stracolma di fotografie. Ogni angolo di ogni parete ne era ricoperto, in più c'erano portafoto appoggiati su ogni superficie possibile. C'erano le foto vecchie di Kailani e Jodelle, quelle delle nozze con Baker, quelle dei figli e delle figlie degli amici, i tanti scatti di gruppo per cui Jodelle era riuscita a trovare spazio. C'erano anche scatti di Ben e Jodelle, Ben e Tressa, persino Ben e Baker. Ovunque si voltasse, in quella casa, Baker trovava solo amore e ricordi felici.

Non passava giorno che Baker non rimpiangesse di non aver incontrato prima Jodelle, ma si impegnava comunque per vivere al massimo ogni momento con lei. Non poteva tornare indietro o cambiare il passato, ma poteva far sì che Jodelle sapesse senza ombra di dubbio di essere amata.

Per il resto della serata, Baker continuò a portare da bere alla moglie, soprattutto acqua, ma anche champagne, in modo che il bicchiere non fosse mai asciutto. Alla fine della festa, i tacchi alti di Jodelle erano rimasti sotto a un tavolo e i capelli si erano sciolti dall'acconciatura elaborata che si era fatta sistemare quel mattino; le guance erano arrossate a forza di ballare, ma anche per l'alcol che aveva bevuto.

Ben e Tressa erano partiti da un'ora, e ormai anche Baker voleva portare la moglie nella camera d'albergo. Jodelle non beveva mai molto, ma quando beveva tendeva a perdere ogni inibizione... diventando assolutamente insaziabile a letto. Baker era prontissimo a dare il via anche a quella parte della festa.

Jody gli si appoggiò addosso, nel taxi che li riportava all'albergo; gli si appiccicò addosso anche nell'ascensore che li portava al piano. Nell'attimo stesso in cui furono da soli, fece per allentargli la cravatta.

Nonostante la voglia di dare seguito alle fantasie che gli erano passate per la mente tutta la sera, di togliergli il vestito e di osservarlo mentre le cadeva ai piedi, Baker preferì prima darle il regalo che Ben gli aveva chiesto di consegnarle. Ben conosceva bene Jodelle e non voleva farla piangere troppo davanti agli invitati... almeno non più di quanto avesse già pianto durante la cerimonia nuziale.

"Aspetta un attimino, Trilli, devo darti qualcosa," le disse.

Jody fece una smorfia e gli appoggiò una mano sul petto, facendola scendere per andare a prendergli l'uccello. "Lo so cosa devi darmi," gli disse ammiccando.

Lui ridacchiò, le prese la mano, poi le fece strada verso il divanetto della camera. La fece accomodare, poi andò a prendere la cornice trenta per quaranta incartata che Ben gli aveva consegnato prima. Baker sapeva già cosa conteneva, ed era pronto alle lacrime di Jodelle, una volta visto in cosa consisteva quel regalo.

Quando lei vide il regalo, sorrise e lo ricevette con smania. Era sempre contenta di ricevere un dono, per questo lui cercava di farle sempre molti regali, anche solo per la gioia di vedergli aprire.

Jodelle strappò la carta color bianco e crema mentre Baker le spiegava: "È di Ben, ha dato a Theo una foto delle nostre nozze e gli ha chiesto se potesse ricrearla con uno dei suoi disegni, per te."

Sorprendentemente, Theo Merkl era diventato uno degli artisti più noti di Honolulu. Anni prima, Lexie aveva cominciato a vendere alcuni dei suoi disegni per procurargli dei soldi in tasca. All'inizio, ne aveva portati dieci a un mercatino... e li aveva venduti tutti nel giro di mezz'ora. La popolarità di Theo era cresciuta in modo esponenziale, da quel momento in poi. Gli veniva attribuita un'abilità straordinaria di trasmettere emozioni estreme nelle sue opere pittoriche.

Lui non dipingeva per guadagnare, anche perché non aveva un'idea chiara dei concetti di guadagno e di risparmio, non sapeva nemmeno cosa volesse dire essere ricco, o povero. Lui era contento di vivere come aveva sempre vissuto. Lexie e Midas gli avevano aperto un conto in banca, investendo i soldi che guadagnava. In questo modo, non si sarebbe mai più ritrovato senza un tetto sulla testa.

C'era addirittura una lista d'attesa per i suoi dipinti, ma a lui faceva piacere soprattutto disegnare gli amici. Così, quando Ben aveva rintracciato Theo per dargli una foto di Jody e del neo-sposino, sotto la pioggia scrosciante, con gli occhi fissi l'uno nell'altra, pieni di amore, Baker era certo che l'artista avesse colto al volo l'occasione di ricreare a modo suo quel momento.

Baker osservò gli occhi della moglie riempirsi di lacrime, mentre fissava quel ritratto incorniciato. Jodelle passò le dita sul vetro con ammirazione, poi alzò gli occhi lucidi verso il marito.

"Siamo noi," gli disse, affermando l'ovvio.

Baker annuì, poi si mise di fianco a lei per osservare l'opera d'arte. Non l'aveva mai vista prima, e in quel momento fu meravigliato come in ogni altra occasione in cui vedeva una nuova produzione di Theo: quell'uomo era un vero maestro! Anche se aveva difficoltà mentali, era di un talento impareggiabile.

"Ma guarda, c'è una sbavatura," disse Jodelle accigliandosi e passando un pollice su un punto del disegno in cui si notava una macchia. Era appena sopra la spalla di Jody e si vedeva chiaramente, nonostante la pioggia che Theo aveva dipinto.

In quel momento, Baker notò qualcosa nei resti della carta da regalo, appoggiata accartocciata sul tavolino davanti, dove Jodelle l'aveva gettata nell'entusiasmo di aprire quel dono.

Era una bustina; Baker la prese e la passò a Jodelle, che si appoggiò l'opera d'arte incorniciata sulle ginocchia e aprì la busta. Ne estrasse un foglietto di carta e ne lesse il contenuto ad alta voce.

"Cara Jody, ho pensato che, in occasione delle mie nozze, fosse giusto ricordare anche le vostre. Spero solo che io e

Tressa rimarremo sempre innamorati profondamente come te e Baker. Con amore, Ben. PS: ho chiesto a Theo cosa fosse quella macchia nel disegno e lui mi ha detto che, ogni volta che ti incontra, vede sempre una specia di 'sfera sospesa' vicino a te. Ha detto che la mette in ogni opera in cui ci sei anche tu. Io non l'avevo mai notata prima, ma se Theo dice che c'era, allora c'era."

Jodelle alzò lo sguardo verso Baker, confusa. "Hai mai notato la stessa macchia negli altri dipinti?" gli chiese.

In tutta risposta, Baker tirò fuori il telefono: aveva fotografato tutti i dipinti che Theo aveva dato loro. Erano bellissimi e lui voleva poterli riguardare ovunque, non solo quando era a casa. Ne trovò uno in cui Jodelle teneva in braccio i tre gemelli di Elodie. Aveva le braccia chiaramente impegnate, ma la testa era all'indietro, perché stava ridendo istericamente per qualcosa che era stato detto. Ingrandendo l'immagine, Baker notò una piccola sbavatura vicino al gomito destro di Jodelle, un particolare che non aveva mai notato. Lo indicò anche a lei, poi passò all'immagine successiva.

Era un ritratto di Jodelle che abbracciava Ben. Erano seduti al solito tavolo da pic-nic sulla spiaggia. La prospettiva era da dietro, e anche in quello saltò fuori una macchietta vicino alla caviglia, in basso.

In ogni singola immagine che Baker trovò, Theo aveva incluso una piccola sbavatura. Quelle imperfezioni erano sempre vicino alle braccia o alle gambe di Jody, motivo per cui Baker non le aveva mai notate prima: lui si concentrava sempre sul viso e sugli occhi felici della moglie.

Baker prese l'ultima opera di Theo e fissò per un lungo momento quella sbavatura: poi, all'improvviso, gli si riempirono gli occhi di lacrime.

A Jodelle non sfuggì quella reazione. "Baker?" lo chiamò preoccupata, appoggiandogli una mano sulla coscia.

Lui si girò verso di lei e le sussurrò: "È Kailani."

"Come dici?" gli chiese Jodelle confusa.

Baker passò di nuovo il pollice su quella piccola macchia.

"So che ti sembrerà folle, ma penso che questo sia Kai. Ti sta sempre vicino."

Jodelle lo guardò meravigliata. "Non mi sembra folle," gli rispose. "A volte lo sento vicino... ma ho sempre pensato che fosse l'impressione di una mamma in lutto, o almeno che tutti avrebbero detto così."

Una lacrima uscì dagli occhi di Baker.

Jodelle gliela asciugò col pollice, poi si mise in ginocchio sul divano e lo baciò sulla guancia. "Non piangere, Baker. Non per questo. Io l'ho sempre sentito vicino a me. Il fatto che Theo lo confermi mi fa solo piacere."

Baker si sforzò di controllare le proprie emozioni, che sapeva condividere solo con lei. Poi annuì verso di lei.

"Tutto bene?" gli chiese.

Lui sospirò e la baciò brevemente. "Sì, Trilli, tutto bene."

"Allora finalmente possiamo spogliarci?"

Lui scoppiò a ridere. Poi, invece di risponderle, si alzò, appoggiò sul tavolino il disegno di Theo e si prese un momento per sfiorare di nuovo quella sbavatura e per inviare un messaggio silenzioso a Kailani, promettendo di nuovo di prendersi cura della sua mamma; infine si girò, prese in braccio Jodelle e si avviò verso il letto.

Lei gli avvolse le braccia intorno al collo ridendo. Baker le fece mettere i piedi a terra vicino al letto e le mise una mano dietro la schiena. Lei gli appoggiò le mani sul petto e lo guardò negli occhi.

"Hai passato una bella serata, Jodelle?"

Lei sospirò. "Ah, sì. Tressa era bellissima, e anche Ben era affascinante, con lo smoking. Sono felicissima per loro."

"Tu come stai?"

Lei arricciò il naso. "In che senso?"

"Fisicamente, Trilli," le rispose con un sorriso. "Nessun problema di stomaco?"

"Oh. No. Alticcia sì. Eccitata, di sicuro. Lo stomaco? Quello è a posto."

"Benissimo, allora... ho una scatola nuova di Pop-Tart nel mio borsone, per domattina," la informò.

Lei sfoggiò un sorriso radioso. "Ormai sarebbe ora che perdessi quell'abitudine."

Lui alzò le spalle. "Se non ti vanno più, fammelo sapere. Altrimenti, ne porterò sempre qualcuna, per te."

"Pensi sempre a me," gli disse Jodelle a voce bassa.

"Certamente," le confermò lui.

Poi Jodelle lo colse di sorpresa inclinando la testa all'indietro e dicendo: "Se ci sei, Kai, adesso è meglio se vai via per un pochino, perché sto per fare l'amore con mio marito e non è il caso che tu mi stia vicino per *questo*."

Baker fece una risata, ma quando lei tornò a guardarlo negli occhi, lui tornò serio.

"Ti amo, Jodelle Spencer. Talmente tanto, accidenti, che non so come fartelo sapere."

"Io lo so *già*," ribatté lei, "perché ti amo anch'io allo stesso modo, Baker Rawlins." Poi Jody si mise le mani dietro la schiena cercando la cerniera.

Baker la fermò subito prendendole le mani e aprendole lui la lampo. "È tutta la sera che aspetto questo momento, non potrai certo negarmelo," le disse con decisione.

"Allora datti una mossa," ribatté Jodelle.

"Molto volentieri." Poi Baker si preoccupò solo di fare l'amore con sua moglie.

———

Grazie per aver letto la serie *Forze speciali alle Hawaii*. Nel mio cuore, ho sempre avuto un debole per le Hawaii. Sono sicura che, nei libri futuri, Baker continuerà a saltar fuori; penso proprio che sia un po' come Tex... sempre col naso negli affari degli altri.

Niente paura! Ho in mente tanti altri Navy SEAL che attendono impazienti di raccontare le loro storie.

Sii gentile, continua a leggere e avanti tutta!

Also by Susan Stoker

Forze Speciali alle Hawaii
Trovare Elodie
Trovare Lexie
Trovare Kenna
Trovare Monica
Trovare Carly
Trovare Ashlyn
Trovare Jodelle

Ricerca e soccorso Eagle Point
In cerca di Lilly
In cerca di Elsie
In cerca di Bristol
In cerca di Caryn
In cerca di Finley (3 Ottobre)
In cerca di Heather
In cerca di Khloe

Il Rifugio
Meritare Alaska
Meritare Henley
Meritare Reese
Meritare Cora (14 Nov)
Meritare Lara
Meritare Maisy
Meritare Ryleigh

Armi & Amori: verso il futuro
Soccorrere Caite
Soccorrere Brenae
Soccorrere Sidney
Soccorrere Piper
Soccorrere Zoey
Soccorrere Avery

Soccorrere Kalee
Soccorrere Jane

Delta Duo
La forza di Gillian
La forza di Kinley
La forza di Aspen
La forza di Jayme
La forza di Riley (15 Agosto)
La forza di Devyn (15 Settembre)
La forza di Ember (1 Novembre)
La forza di Sierra (7 Dicembre)

Mercenari di Montagna
Difendere Allye
Difendere Chloe
Difendere Morgan
Difendere Harlow
Difendere Everly
Difendere Zara
Difendere Raven

Delta Force Heroes
Salvare Rayne
Salvare Emily
Salvare Harley
Il Matrimonio di Emily
Salvare Kassie
Salvare Bryn
Salvare Casey
Salvare Sadie
Salvare Wendy
Salvare Mary
Salvare Macie
Salvare Annie

Armi e Amori

Proteggere Caroline
Proteggere Alabama
Proteggere Fiona
Il Matrimonio di Caroline
Proteggere Summer
Proteggere Cheyenne
Proteggere Jessyka
Proteggere Julie
Proteggere Melody
Proteggere il Futuro
Proteggere Kiera
Proteggere i figli di Alabama
Proteggere Dakota

Ace Security
Il riscatto di Grace
Il riscatto di Alexis
Il riscatto di Bailey
Il riscatto di Felicity
Il riscatto di Sarah

Una raccolta di storie brevi
Un momento nel tempo

BIOGRAFIA

L'autrice

Susan Stoker è annoverata da *New York Times*, *USA Today* e *Wall Street Journal* quale scrittrice di successo, le cui collane di libri includono Badge of Honor: Texas Heroes, SEAL of Protection e Delta Force Heroes. Sposata con un sottufficiale dell'esercito in pensione, Stoker ha vissuto in ogni dove negli Stati Uniti - dal Missouri alla California e al Colorado - e attualmente vive sotto i grandi cieli del Texas. Quale vera sostenitrice del "vissero felici e contenti", Stoker ama scrivere romanzi in cui una relazione romantica si trasforma in amore.

Per ulteriori informazioni sull'autrice e il suo lavoro, visita il sito web www.stokeraces.com